永乐盛世

李硕儒　胡玉琦　著

作家出版社

图书在版编目（CIP）数据

永乐盛世 / 李硕儒，胡玉琦著．-- 北京：作家出版社，2018.7（2023.2重印）

ISBN 978-7-5212-0147-5

Ⅰ．①永… Ⅱ．①李… ②胡… Ⅲ．①长篇小说 - 中国 - 当代 Ⅳ．①I247.5

中国版本图书馆CIP数据核字（2018）第167612号

永乐盛世

作　　者：李硕儒　胡玉琦
责任编辑：李亚梓
装帧设计：百丰艺术
出版发行：作家出版社
社　　址：北京农展馆南里10号　　**邮　　编：**100125
电话传真：86-10-65930756（出版发行部）
86-10-65004079（总编室）
86-10-65015116（邮购部）
E-mail:zuojia@zuojia.net.cn
http://www.haozuojia.com（作家在线）
印　　刷：固安兰星球彩色印刷有限公司
成品尺寸：170×240
字　　数：357千
印　　张：23.5
版　　次：2018年11月第1版
印　　次：2023年2月第2次印刷
ISBN 978-7-5212-0147-5
定　　价：45.00元

一

公元1402年6月17日，已是燕王朱棣“靖难”之师攻入京城南京的第五日。

夜色已深，都城上空几天前因宫殿着火散发出的焦煳味，经暑热的蒸发越发潮中带焦，其味不散。焦煳的夜静得瘆人，以致钟楼上传出的报更声都震得夜鸟哀鸣，城中百姓连忙吹灯灭烛，房门紧闭。

然而，宫中别院却是另一番景象，太监马和忘却了多日征战的疲惫，正须臾不辍地紧盯着报时的滴漏，它那徐徐缓缓不急不躁的滴水声，丝毫难解马和急疾的心跳。

四更了，四——更——了——

随着更夫苍凉的报更声，朱棣寝宫廊道中的灯笼渐次亮了起来，远远看去，如同一条灵动的火龙。

马和踏着轻疾的脚步沿火龙走来，迟疑片刻后，他壮着胆子走近燕王寝宫的竹帘，透过竹帘内望，朱棣已盘腿坐于卧榻，正闭目沉思着，一见马和帘外的身影，便问：道衍大师进城了吗？

回燕王，大师日落之前已经进城，现居天禧寺。

天禧寺？他为何不……

大师说，出家人，不宿宫阙。

朱棣敛去刚绽于嘴边的笑容，问：大师可有话交代？

大师说，大儒方孝孺不会归顺，殿下若因此而杀之，便会绝了读书人的种子。

朱棣走下卧榻，踱了几步说：正因为此，诏天下书就非他写不可！

马和躬身后退说：遵命，奴才再去请他。

是夜，方府“逊志书斋”也是一宿烛光未熄，斋中门窗紧闭，幽暗的烛光在闷热中跳荡了几下，还是无人说话。方孝孺的弟子、下属们或坐或立，一个个神色慌乱、六神无主，方孝孺却端坐书案埋首翻书。

沉沉死寂中，哐的一声门响，解缙推门闯入，他满脸煞白，语不成句地说：先生，不好了，燕王已将最初要剪除的齐泰、黄子澄等二人扩为29人，其中便有先生……

见方孝孺仍无所动，他更加惊恐：太常寺卿黄、黄子澄被处死，连同宗族老少65人命丧黄泉，妻族外亲380余人被谪戍边疆，齐泰也被阖家族诛。如今，前朝臣僚们已是逃的逃，归顺的归顺了，先生还是早作决断吧。

此时，方孝孺才合上书页，鼻腔里哼出几声不被人察觉的不屑后，朝众人扫视了一遍：诸位看……

未待他话音落地，众人便急不可耐地说：先生，要么就从了；要么就早些走吧！

方孝孺何尝不知这些旧日弟子臣僚的秉性、心性与各家之状况，岂能以一己之决断葬送他们的家小与前程？于是缓缓说道：如今已到生死关、荣辱地，各位还是自拿主张吧，至于老朽……他下颌抖动，五缕长髯也随之飘动起来，之后，长长一揖，转过身去。

一直紧闭双唇、满目肃然的夏原吉第一个转身朝外走去，其他人也陆续起身。

晨钟悠悠，小太监们稀稀落落洒扫着宫中的角角落落。皇宫东偏殿里，朱棣仍陷在沉思中，丘福、张信、张辅等昔日心腹及两位王子朱高炽、朱高煦和宁王朱权立于身旁只等他开口。

宁王耐不住这凝固的沉默，终于焦急地说：国不可一日无君，四哥还是早日登基吧。

此话犹如一根引线，立即引爆了二王子朱高煦的情绪：本王子就不信，我大明除了方孝孺，竟无能为父王起草诏天下书之人！

比之二王子，大王子朱高炽则更显成熟老到些：二弟，这何止是拟诏书一事？如今，方孝孺已成建文余党之旗帜，他若肯拟，就意味着已肯归顺，他若归顺，余者便会纷纷跟随而来。

大王子话音未落，马和垂首走来。众人一见他神色，便断定又是一次碰壁而归。此时，丘福已抑制不住自己的愤怒，大喊着：什么当代大儒，简直就是一头该杀的倔驴！此言一出，立即引来了一片喊杀声。

马和则立即走向朱棣：殿下，此人万不可杀呀！

朱高煦鄙夷地拨开他，怒瞪双目：马和，你身上没阳气也就罢了，本王子劝你别再说这些没阳气的话！

马和强忍受辱的心情，英气的面肌连续抽搐几下之后，挺直身子朗声说：奴才记得殿下常说：欲得天下者，必先得人心。此时正是收拢人心之时，若再杀人，必将招来众怒！

朱棣烦躁地挥挥手说：都闭嘴！这不是将本王架在火上烤吗！不杀，建文余党必将争相效仿；杀嘛，又……

他又一次挥挥手，命众人退下。待众人退去后，他走向敞开的窗子，只想让清凉的晨风吹去一夜的烦恼。

多年远离京都镇守北燕，他一是练兵守边抵御北元各部的侵扰，二是读史书谋经略。他深知，欲谋天下、驭万民，既要统驭民心，又要恩威并重，在夺天下之初，各方争夺，百流泛滥，除大兴杀伐之外，再无扬威树圣之法。可自攻陷南京、坐拥皇宫之后，杀的人实在太多了，以致每每想来，自己都惊出一身身冷汗，这就是江山政治，江山政治。

又一阵晨风吹来，他敞开闷热的衣襟，喃喃着：还是马和说得对，要顾得人心啊，何况，他乃当今大儒。

天禧寺，这块佛家圣地并非净土，虽然与往常一样，照样是晨曦撞钟、暮沉击鼓，小和尚们一样地诵经文、做法事。自燕王率部进京、宫廷莫名失火后，溥洽大师却是五天五夜盘腿禅堂闭目打坐，即便昨夜道衍远道前来膜拜，他也未曾睁眼。

今晨，悠悠钟声刚歇，小和尚又慌慌张张跑来，可当他一见师父仍是面容静穆、微闭双眼打坐的神态，虽是难以抑制自己的惊恐，还是双手合十，颤抖着双腿恭立一旁。见师父毫无所动，便上前续了三炷香，刚要跪于师父身旁念经，溥洽闭目问道：外面如何？

小和尚答道：纪纲正领着拱卫司追查建文余党，凡与建文帝有关联者一律不放过。他迟疑片刻说：师父是建文帝的主录僧，不知他们是否肯放过？

主录僧，是啊，或许这就是缘分，溥洽与其主人朱允炆不只是佛家师徒关系。允炆天性乖顺善悟，从几岁起，溥洽几乎成了他半个少师，无论佛理诗文，允炆都习惯于向他请教，待他登基为帝，更是须臾难离。可自几天前的宫廷大火后，允炆已成世间一谜，至于自己……

溥洽想到此，不觉眼皮跳了几跳，呼吸也似乎急促了些，轻念一声佛后，神情显得平和了许多。刚要闭眼，道衍走进禅堂施礼：道衍顶礼溥洽大师。

溥洽还礼说：阿弥陀佛。

溥洽，道衍，同为佛门高僧，论辈分论修为，溥洽要长道衍一辈，可他们一为建文的主录僧，已经生死难测，一为朱棣倚重的军师。如今，朱棣以胜者之师直捣建文龙墩，道衍将如何面对溥洽，溥洽又以何面目对待道衍？他们是以超然物外之心不问俗世之争，还是以俗世之心面对天下？只能看世间故事的演变了。

自从前天晚上劝走众弟子众僚属，又回绝马和劝其进宫后，方府院内，除偶尔传来几声绕树的鸟鸣外，已再无声息。书斋内的方孝孺或飞笔书写，或起而踱步，反而越来越沉静。辰时刚过，女儿诗君轻掀竹帘，端着一碗凉粉放至案上，她轻声叫一声父亲后说：这是母亲刚做好的凉粉，请父亲解解暑热。

方孝孺问：吴妈做的凉粉不是很好吗？你母亲身体不好，怎么还如此劳累？

诗君不觉低下了头，轻声说：下人们害怕受牵连，一个个都走了。

方孝孺惊得半晌无语，他怜惜地看了看女儿，良久说：让你母亲带你们兄妹几个去外婆家住些日子吧，父亲……

诗君依向父亲：母亲说了，我们要陪伴父亲，永不相离。

方孝孺木然呆立，两行热泪濡濡而出：父亲，父亲对不住你们啊。他爱怜地抚着女儿的柔发，帮她插牢发间的一朵白花：徐增寿是徐王妃的亲弟弟，是因私通燕王被建文帝所杀，朱棣应该不会为难你。

他会为难父亲吗？诗君急问。

方孝孺转移了话题：近来都读了些什么书？

诗君指指四壁书橱：从前是从这里抓一本读一本，近日就是读父亲指定的孔孟之书。

方孝孺：还是日日习字吗？

诗君：遵父亲嘱咐，每日临帖半个时辰。

方孝孺边点头边铺开一方宣纸：来，写两个字给父亲看看。

诗君一笑，提起一支湖笔自问：写哪两个字呢？

就写"风骨"二字吧。方孝孺捻须旁立，静待女儿运笔。

诗君气定神闲，之后蘸墨挥笔，"风骨"二字跃然纸上。

方孝孺仔细端详后说：不错，柔中带韧，秀中见骨，只是刚劲不足啊。记住，好字要"柔和则绰约呈姿，刚节则鉴艳执操"，字如其人，字若做人，无论写字做人都当神会于心。绰约呈姿须柔美，秉持刚节操守，方能见其卓尔不群……

诗君听之字字入心，频频颔首。

燕王驾到，请方先生接驾——

门外的高声叫喊打断了父女的谈话。

方孝孺定了定神，对女儿说：你去对燕王说，父亲明日定会去皇宫大殿拜见。

话音未落，老仆张牧跌跌撞撞跑来，方孝孺一惊：你为何未走？

张牧喘息了几声：回老爷话，奴才伺候老爷已经三十余载，老爷在哪里，奴才便在哪里。

看着父亲抖动的胡须，诗君转身说：张伯别怕，我去开门。

眼见站在方府门外的朱棣情状渐生焦躁，惴惴不安的马和正要抬手敲门，大门缓缓打开，随之，一身清纯的诗君莲步向前，跪拜接驾。朱棣见她清纯中见儒雅，变乱中见雍容，而且鬓发间插一枝显然是祭悼亲人的白花，不由得心中一震：姑娘是为谁戴孝？令尊大人可……

诗君闻言，不觉几分羞涩地低下头来，她继而答道：父亲身体欠佳，诗君代父接驾来迟，请殿下恕罪。

听到诗君的回答，朱棣大舒一口凉气，他这才想起了十多年前，方孝孺曾与他的岳丈徐达大将军为诗君与增寿订下的儿女亲事，如今增寿刚为他的争天下事尽忠牺牲，诗君守约守节，正为他的妻舅兼功臣戴孝祭奠，他怎能不感怀万千！于是语带亲情地问：诗君姑娘可是在为增寿戴孝？

诗君点了点头。

真是一个礼仪之家呀！诗君姑娘与增寿只有一纸婚约，并未成婚，就为他戴如此重孝，增寿若地下有知，也该知足了。说着，他扶起诗君：不请我们进府坐坐？

诗君轻声地说：父亲说了，他明日定去皇宫大殿拜见殿下。

朱棣虽有从未经受的冷落感，但一想到大事即成，也就快意地说：好，好，本王就知道，先生是识时务之人。

二

翌日辰时，当朱棣步入奉天殿时，大群建文旧臣已经忐忐忑忑站立于殿前。

朱棣淡定自若地与众人拱手招呼，之后走向解缙：你就是当世大才子解缙吧？未待惶悚中的解缙稳过神来，他朗笑说：先考称你有安邦济世之奇才，胸怀治国平天下之大略，好啊，好，我大明就需要你们这些忠心之臣、贤良之士啊……说罢，不禁朗声大笑。显然，今日的好心情已经一扫连日来的忧虑。可未待他的笑声落地，却传来一阵自远而近的哭声……众人听之不禁扭头望向宫院，细细辨识，却是方孝孺孝服素裹大哭而来。

朱高煦见状，大步奔向他问：大胆！你这是为谁哭丧？

方孝孺置若罔闻，边哭边奔殿前：……苍天啊，你睁眼看看，往日这神圣尊贵的奉天殿，今日都站了些什么人呐！这殿堂都被玷污被糟蹋尽了，被一帮篡位逆臣糟蹋尽了……

朱棣这才回过神来，他知道，对这种忠贞之士必须礼贤下士，只要让他话说足、气出尽，给他足够的尊严，他自会为我所用。于是他强压怒火，十分镇静地问道：先生所指何来？

方孝孺反被他的镇静惊呆，回过神来后，他盯着朱棣那近乎不耻下问的眼睛一阵狂笑：哈哈哈哈……老夫所指，燕王难道真的不知？

本王不过是效法周公，辅佐成王而已。

方孝孺一阵冷笑：成王今在哪里？

他已自焚而去。

既如此，为何不立成王之子？

其子尚幼。

为何不立其弟？

两人一番唇枪舌剑辩论后，朱棣强压恼怒，转过身去：此乃本王家事，先生无须多问。

方孝孺又是一阵瘆人的冷笑：家事，家事，哈哈哈……敢问足智多谋的燕王殿下，自古至今，皇家的家事何曾有过不是国事之例！何况此乃嗣帝位、立宗庙之大事！

……大胆狂徒，你竟敢如此信口雌黄！

将他轰出去，轰出去！

割断他的舌头！

……

一时间，怒吼之声充斥整个殿堂，朱高煦几步蹿到方孝孺面前，眼睛瞪得几乎出血。

面对满殿众怒，朱棣反而一反常态，他向众人摆摆手后，缓缓走向坐榻，直视方孝孺说：不管家事、国事，这诏天下书，却非先生草拟不可。

话音刚落，两名太监抬来一张文案，马和铺好纸张，将笔墨放于案上。

他记着道衍大师不能杀当代大儒的嘱咐，只想尽保护大儒之所能，于是走向方孝孺轻语：先生，大明是朱家的大明，燕王是朱家最有作为之……

万没想到，未待马和说完，方孝孺便朝他大啐一口：呸！没阳气的东西！你懂什么叫道统？什么又叫大丈夫的气节？

马和弦外有音地说：我虽为太监，可对气节还略懂一些，这要分大气节与小气节……

未待马和说完，方孝孺便抓起笔来奋笔写下“燕贼篡位”四个大字！之后他掷笔于地，且笑且哭且骂道：死即死耳，诏不可草——

朱棣看着那四个狰狞的大字，终于狰狞起自己的眼睛：你这种愚顽不化之人，死不足惜！

方孝孺仰天大笑：痛快，老夫就为你这句话而来！

朱棣大怒：你难道不怕本王灭你五族？

方孝孺笑声更高：你灭我十族又如何？

朱棣切齿道：好！本王成全了你！之后，他环视群臣大吼：既如此，本王就先杀逆贼方孝孺，再行登基大礼！

话音未落，几位老臣踉跄跪地：燕王，燕王且慢……之后，他们转向方孝孺，近乎哀求地劝道：方大人，你，你就从了吧……

此时，只见寒光一闪，一前朝武将抽出一把匕首直奔朱棣，马和眼疾手快，一个扫堂腿过去，那武将人随匕首一起仰翻在地。众卫士见状，闪电般将方孝孺和那武将绑缚出宫。

哈哈，哈哈哈……方孝孺那饱含鄙夷与不屑的笑声渐去渐远，经久不散……

朱棣轻轻喘了一口长气后镇静地说：看来，归附者未必心口一致，寡人再给你们半个时辰考虑。真心归附者，入朝为官，品阶从前，站于左列；不愿归附欲辞朝回乡者，朝廷出资送你们回乡，站于右列。

朱棣话音落地后，阶下文武先是一阵骚动，继而，你看我，我看你，终归，一个个全站立于左列。

子时已过，朱棣仍埋头于案上书籍中，马和为他换了一支新点燃的烛台。

此时，纪纲前来禀报：禀殿下，为臣已将方孝孺十族抄斩，那刺客也已被斩首示众，不知殿下……

……嗯，对那些前朝归附的老臣们要内紧外松，多派些人监视。说着，朱棣挥了挥手，纪纲随之退去。

马和看了看那不住跳动的烛光，趋前说：殿下操劳一天了，早些歇息吧，明日命人草拟一份诏天下书，殿下审阅一下发布天下也就是了。

朱棣似未听见他的话，抄起手边一部书朝墙壁狠狠甩去：本王就不信会被一纸诏书难倒，我朱棣既然走到今日这步，就要做出一些惊世之事来！

翌日晨，霞光初露，阵阵低回的哀乐惊得鸟雀纷飞，明孝陵坐落的山麓也翠绿中带哀戚，巍峨中见哀容，一身素白麻衣的朱棣在陵前扑地而跪，边哭诉边以额磕地：……父皇，母后，你们都看到了吧，允炆懦弱，奸佞当道，一次次削藩削得你们的儿子死的死，监的监，父皇打下的天下几近山河破碎、饿殍遍野、天地黯然，儿上秉天意、下承民心，为保父皇打下的天下，才不得不南来靖难，谁知允炆他……

他的一番哭诉终于倾尽了多日郁结于心的忧思愁苦和被人笑骂的顾忌，也引得一样满身麻衣跪于后面的众臣几近唏嘘，两王子高炽与高煦几欲起身相劝，却又不敢。

此时，马和巡视一番扑伏满地的众臣和王子、王爷们，忽然亮开洪钟般的喉咙，高声喊道：升鼓乐——

王子、王爷们随着庄严的鼓乐声，纷纷趋前将朱棣搀起。马和除去他身上的孝服，十分利索地从一个精致的包袱中抖出一套金光闪闪的天子衮冕。朱棣穿戴好衮冕，拭去腮边残泪。

此时，阳光亮丽，群山生辉，鼓乐也在庄穆中升出更多的喜庆之声。

褪去丧服的文武大臣重新扑地高呼：吾皇万岁，万万岁！

朱棣扫视众臣一番后，面对苍天，双臂高举：从即日起，开启永乐之世！

众臣再次跪地高呼：陛下万岁，永乐未央！

马和拉开厚重的窗幔，又轻轻开启窗子，乾清宫迎进一股清风。他刚要燃烛掌灯，两个小太监抬来一大筐奏折。马和启奏：陛下，这是奴才秉旨，刚叫他们抬来的前朝留下的奏折。

正在饮茶稍息的朱棣立即放下茶盏，凑近灯烛，将一本本奏折边看边批阅起来。这是他登基的第一天，也就是从这天始，便开启了他“睡一更，起四更”的作息时刻表。

经历过朱棣的登基大典、方孝孺被灭十族，道衍这位修行颇深的大师也有些难辨世间风云、心中滋味了。扪心自问，这其实正是他几十年来运筹帷幄、辅佐朱棣的所祈所愿，可面对今日现实，他真的不知孰为佛心孰为俗念了……

从朝廷回到天禧寺已是掌灯时分，听着阵阵晚祷声，他更加坐卧不宁。这几天他曾多次想与溥洽长谈，都被溥洽的几声“阿弥陀佛”尴尬地拦住，可今日，无论如何也要同他谈谈了。

终于等到晚课完毕，他以手顶额来见溥洽，彼此口颂“阿弥陀佛”后，道衍终于开口道：大师可知宫廷之变?

溥洽闻声，瞬间闭紧适才澄明的目光，口念：阿弥陀佛。

道衍决心一吐为快，以表衷心：皇宫着火，建文下落不明，一说他已葬身火海，那堆骸骨即是凭证；一说他早已化装成僧侣出逃。不管哪种说法占上风，作为建文主录僧的大师，其处境都十分堪忧……

道衍边说边观察着溥洽的反应，溥洽却是手捻佛珠，闭目静听，只是闭合的眼皮偶尔轻跳几下。

道衍接着说：世道轮回，难避血光之祸，晚僧奉劝大师，还是早些云游去吧……

溥洽一声“阿弥陀佛”尚未说完，一名小和尚匆匆跑来说，他与师兄去江边打水时，从江上救出一位姑娘，现在寺院之外，请示大师作何安排?

溥洽即刻命其抬入寺院。霎时，满身泥水、奄奄一息的姑娘被抬入院内。两位大师见状，又是控水，又是掐命门，待到姑娘一声长叹、睁开眼睛后，这才辨识得出，此女面目白皙、眸似清潭，虽是曾与死神相逢，也难脱清丽优雅之态。

溥洽问其姓名，她只声若游丝般说：小女子无名无姓，只求大师慈悲，赏小女子一死……说罢闭上疲惫的眼睛。

众人正无奈间，忽然哐啷一声，寺院大门被撞开，接着，冲入一群拱卫司兵丁，他们不由分说，直奔溥洽。溥洽也似乎早有准备，他只意味深长地看了道衍一眼，道衍也在“阿弥陀佛”声中回了被披枷推出的溥洽一眼。就在押解溥洽的人快出寺院大门时，拱卫司走在后面的人盯住了躺在地上的女子，他们上前细辨，不禁惊喜地喊叫起来：……这，这不正是我们找了一天一夜也找不到的方孝孺的女儿吗？这下好了，可以交差了！说着，他们便像沙场立功般将诗君抬了出去。

徐妃与朱棣婚后二十多年从来都是相濡以沫、琴瑟和弦，谁也没有比她更知道夫君的胸襟抱负，谁也没有比她更知道夫君的心性情怀。在他遭难、征战时，她日夜牵挂的只有他一人，他死她即死，他活她亦生。如今，夫君荣登大位，她也喜戴凤冠成了千岁娘娘。后宫中人人贺喜、个个朝拜时，她却没感到一丝喜悦，特别到了夜深人静时，她反而忧心忡忡，在心的另一角常有悲悯袭来。她最怕听到的是某逆臣已被祸灭几族，某将军已被举家抄斩……因为一听到这样的“报捷”，她眼前便会出现片片血泊，耳畔便会传来片片哭声，弟弟增寿那项上无头、遍身被割烂的尸体又不由得横在她的眼前。

正在她心乱神移之时，大皇子高炽挑帘进来拜见。她扶起儿子，看了看他疲惫的眼睛说：夜深如许，还不早些歇息？

儿臣见母后宫中烛光未熄，特意过来问安。

既是母亲的亲生骨肉，何必讲那么多礼数？

也不全为礼数，儿臣……是怕母后听到些事情后，心，心情……

徐皇后苦笑笑：母亲又不是纸糊的，跟着你父皇过了二十多年，能那么经不起事吗？

话虽如此，她还是禁不住想听听外面的消息，特别是方家的事：你可是担心母亲听了方家的事，会……

高炽一是性情仁厚，二是他比小舅舅增寿只小两岁，俩人辈分虽属甥舅，却又是幼时玩伴、少年挚友，或许因爱屋及乌之故，自他得知增寿与诗君指腹为婚后，就已将方家特别是诗君视作自己的至亲。他知道，在这件事上，他与母亲更是母子同心。踌躇再三，他还是耐不住了：……是，祸灭十族啊，太，太惨了……他不禁哽咽起来。

……诗君，诗君如何？

好像是投江自尽了……

徐皇后闻之，再未言语，她只感到胸中千刀绞咬，急忙捂住胸口。高炽见状，只感手足无措，立即为母亲捶背。徐皇后倏然想到，千万别因自己的心情影响到这仁厚的儿子，儿子再因不善掩饰而显露给如今已为皇帝的夫君……于是，她压下自己的失态，眼望滴漏，催儿子说：已近子时了，快回去歇息吧，母亲无碍。

高炽虽想多陪陪母亲，想到父皇已该回宫，只得恋恋离去。

随着儿子脚步声的远去，徐皇后再难控制，趴在枕上就淋淋漓漓哭了起来。

快入一更时，朱棣才步入寝宫，一见皇后眸罩水雾、腮余微红，以他们二十余载的相濡以沫，他自然知道她想了些什么，忧的是什么，可一是初临大位、朝务繁杂，二是他力戒后宫干政，朝中之事自不必与她多说，于是只温存地搂搂她的肩，又捋捋她的发后，便催她早睡。徐皇后则一边为他抓背，一边在枕边喁喁私语，劝他广求贤才，恩礼宗室，爱惜百姓，毋骄蓄外家……

朱棣翻了个身，眼望上方，喃喃着：我素来知道，我妻贤良通达，爱苍生，悯天下，为夫又何尝不想做个宽仁贤明之君、造福万民之主啊……

两人说着话，钟楼已敲二更。

三

这是永乐王朝开启后的第一个早朝。

此时，霞光初放，映得奉天殿一片辉煌。当一阵阵“陛下万岁，万万岁——”的朝拜声从跪于殿前的众臣口中海浪般呼出时，朱棣顿觉疲惫全消，一身清爽。他看了看跪伏殿前高低不平的脊背，朗声说：众臣平身。随着众臣的起立声，朱棣笑眯眯地说：永乐开元，千头万绪，众卿议议，本朝该以何为纲，以何为要？尽可直抒胸臆。

听着他的话语，看着他的神态，跟着他“靖难”南来的武将们个个神气活现，功臣之态溢于言表，却说不出什么治国之策；刚刚归顺的前朝臣子们却个个心无所属，不能不察言观色，谨慎小心。正在满朝文武你看我、我看你之际，几个拱卫司突然将披枷戴镣的夏原吉推入大殿。

自那晚从方孝孺的逊志书斋第一个退出后，夏原吉不知经历过多少撕心裂肺的思考和争斗。他自幼苦读，一为功名，更为救世，岂料本已险恶的仕途中又遭宫变，他偏偏又给前朝皇帝上了一纸于情本然、于理有据、力主“削藩”的奏折。以朱棣的本性，他料定自己无论归顺还是被抓捕，都是必死无疑。于是，藏匿好一家老小后，便化装成渔民，躲入江边一处茅棚。如今既已被掳，也只能追随黄子澄、方孝孺这些令他钦敬的前辈而去了。披枷戴镣地站在朝堂，他反而无惧无畏，只等朱棣的一句话了。

朱棣却久久无语，只示意马和命人抬出那筐奏折，之后走下龙墩，随手拣起一本奏折走向夏原吉：夏原吉，你奏请“削藩”的奏折真可谓句句在理，条条有据，写得不错呀。

……这样的贼子逆臣还留他何用！

斩了他，杀了他……

朝堂上传来一片喊杀声。

夏原吉仍是闭目敛神，不跪不求。

朱棣对朝堂动向也似充耳未闻，他看了夏原吉一眼，又拿起一本奏折朝解缙走去：解缙当真不是妄称当世大才子啊，竟将这治国安邦的宏图大略写得神采飞扬！

解缙偷觑一眼陛下，忐忑着未知的祸福。

朱棣又翻了几本奏折，就不再说话，只在众臣中走来走去。众臣猜测下面肯定是清算效忠过前朝的旧臣了。此时，偌大的奉天殿内，除了朱棣的脚步声外，悄然无声，这安静使得大殿更加庄严，庄严中似乎已露杀机。

一位前朝旧臣终于忍受不了这死一般的寂静，他颤颤巍巍地跪于地下：陛下圣明，微臣在前朝为臣十余年，从未提过任何谏言。朱棣眉峰顿耸：你说什么？

那人仰望圣上，大声重复了一遍刚才的话。

朱棣冷笑了一声：你如此庸碌无为，难道从未觉得领着朝廷俸禄，心中有愧？养着你这种庸官，朕还不如多供几个牌位！

众人正不知如何是好，朱棣大喝一声：将他拉出去！

那人至此还不知自己究竟犯了哪条朝律，直到已被拖出殿门，仍含冤大喊着：陛下，饶了微臣吧，微臣真的一次也没上过谏言，一次也没谏言削藩呐……

朱棣朝马和挥挥手：将关乎治国安邦的奏折留下，其余一律烧掉。

随着话音，他笑眯眯地为夏原吉松了枷说：朕虽有太祖律法可循，毕竟一人难以应对众多朝务，如今，翰林院官员甚缺，需速选一批“文学行宜才识之士”授官翰林院。

已经视死如归的夏原吉一时只觉天旋地转，他看着当今天子亲自为他卸下枷锁，只木呆呆地站在那里，不知是梦是真，半晌，才慌忙跪地谢恩。

再造大明的永乐大帝韬略在胸，登基伊始，便大开大合，选贤授能。在他的旨意下，翰林院第一批就选中了杨士奇、杨荣、解缙等七人入文渊阁。看着他们参拜谢恩时，朱棣更是龙颜大悦，个个赏赐一套五品冠戴说：朕看了你们的年庚，个个而立之年，正当年富力强之期，朕赐你们的官职虽然不高，却让你们掌握着朝廷的枢秘要务，日夜陪伴朕之左右，尔等可知朕之心、朕之意？

他们自幼苦读，虽经宫廷之变，却终能侍候明君，内阁七子谁不珍惜这建功立业、实现功名的天赐之福？他们齐齐跪拜谢恩：臣等定不负圣恩！

翌日晚上的御花园之宴却是另一种氛围，朱棣身着便装，以家宴的方式在园中赐宴道衍、马和、丘福、张信、张辅等与之燕京起兵、一路“靖难”，直至攻入南京、拱卫宫廷的股肱文武。席间，他一个个赐酒论功。他最钟爱的是能文能武、忠勇干练、自幼就进燕王府伺候他至今的马和。当他与马和干掉杯中酒后，竟乘兴赐其“郑”姓，自此，马和改称郑和。

朱棣最后举杯走向道衍，他未语先笑：第一杯酒本应先敬大师，所以最后才敬，是因为有重任相托，请大师海涵。

道衍双手合十，口念：阿弥陀佛。

朱棣正欲与道衍碰杯，道衍又一声“阿弥陀佛”后说：陛下忘了，出家人不荤不酒，还请陛下恕罪。

朱棣哈哈一笑说：朕就是想请大师喝下这杯酒后，还俗，还姓，还其大名姚广孝。朕还要赏你一处府邸，从此蓄发娶妻，闲时，在府中安享天伦之乐；闷时，进宫与朕下下棋，论论政……

道衍闻言，立即要屈膝下跪。朱棣上前一步，扶住他欲屈的身子，笑望着他：已得大师惠允？

道衍连连摇手：谢陛下恩赏。陛下若果真慈悲老衲，就请接受老衲之请：此后，对弈如常，论政如昔，破戒于酒，余者还请陛下收回。

朱棣听罢哈哈大笑：你这个老和尚啊，你就不怕朕加你个抗旨不遵之罪？

道衍闻言即欲下跪，朱棣忙扶住他道：就是说，朕的美意你一桩不受？其实，你那个酒戒早就破了，酒量虽不比丘福，却早已大过了朕，来，饮酒，饮酒！

御花园内，万花丛中，在酒香浓情里，姚广孝喝得酩酊大醉。遵照陛下的旨意，月影憧憧中，郑和将华盖大轿里的姚广孝送入“姚府”。当郑和搀扶着他走入府邸，在四处扑来阵阵花香、男仆女婢伺候不迭时，大师从酩酊中醒来，他站起身来，拭了拭湿润的眼睛，从书房门额“逊志书斋”四个大字认出，这原来是方孝孺的府邸。他一声惊叹，完全清醒了，他让郑和立即遣走众人，之后绕院徘徊，连厅堂也不肯进，只让郑和取了一方坐垫，盘腿院中，为方家诵了一夜经文。

郑和须臾不离，一夜陪伴于侧，或许只有他才能理解，这位促使朱棣“靖难”的始作俑者，是如何在入世之爱与出世之悟中，经受着灵魂的撕扯。

长夜终于逝去，伴着鸡鸣与晨光，姚广孝站起身来，活动着发麻的双腿。郑和见状，也随之站起，趋前为大师拍打着身子。大师慈爱地看了郑和一眼，便朝他的灵魂寄存处——天禧寺走去。

郑和追了几步，他只挥挥手叮咛着：好好保护这座宅院，这里的藏书将惠及后人。

被封往边远各州郡的朱氏王爷们历经削藩之苦、靖难之艰，终于跟着朱棣的胜利之师杀回京都，真可谓荣华在前、锦途在望了。

一天的暑热退去后，他们相约来到秦淮河上，一阵清风吹来，只见波光点点，灯影旖旎，花船上飘来的江南丝竹伴着婉转的歌吟，醉得人想笑，想哭，想大杯狂饮。

齐王朱榑禁不住拍拍周王朱橚的肩：五哥与四哥一母所生，这回，好日子来了！

众人听了，在连连敬酒声中夹杂着更多的阿谀：喝酒，喝酒，五爷腾达了，可别忘了我们呐……

周王连连摇手：各位贤弟要敬酒，可得先敬老十七。四哥靖难，若没有老十七带着他的“朵颜三卫”相助，哪有今日！老十七就等着四哥践行“他日若得江山，你我共主”吧！

宁王朱权举起酒杯：言重了，言重了，要说功劳，十九弟打开金川门，迎接四哥进京，那才叫盖世之功！

醉醺醺的谷王朱橞又干了一杯：哪里，哪里，不说这些了，就为咱们兄弟几个终于苦尽甘来，能在这秦淮河上游江饮酒，也该满满干了这杯！

对，干了这杯，干了这杯，说着，喝着，他们不禁畅怀大笑……

……另一条花船上，在琵琶女的弹唱声中，朱高煦正与丘福、张辅、薛禄等猜拳行令，纵酒之后，众人更加肆无忌惮。

一武将说：天下是陛下和汉王领着我们打下来的，治国是他们文臣的事，喝酒玩乐当然该轮到我们了。

朱高煦乘兴许诺着：若有一天能主天下，对你们这些跟着本王打天下的弟兄们，每人都封个王爷！

丘福酒醉大喊：陛下当年在江边早就说过，“世子体弱，你要多努力呀”！我当时就在你汉王身边，这不就是许诺吗！汉王放心，天下迟早是汉王的！

高煦又饮下一杯：本皇子从小跟着父皇征战，谁不说我极像父皇！

他们正说得陶陶然，却被邻船的喧闹声搅乱，高煦怒气冲冲喊道：孟可，你过去，将那嘈杂之船给我掀了！

汉王贴身侍卫孟可应声带着一群护卫，气势汹汹地跳到把酒狂欢的船上：你们是什么人？竟敢在这里狂喝胡闹？

谷王正说到兴头上，恼怒被人打断，不由得揪起一个卫士就将其抛入江中，之后甩甩手说：知道我等是何人了吧？

孟可一见，刷地拔出宝剑，指向谷王，随之，卫士们也个个以剑逼向船上其余人。

大胆，几个狗奴才竟敢翻天！王爷们齐声喝叫起来。此时，宁王扭脸瞥见邻船上的朱高煦，他又急又气地大喊：高煦，高煦——

朱高煦引颈细看，在邻船饮酒的竟是众皇叔，他立即跳过船来，怒对孟可等骂道：一群笨蛋，你们的眼睛喂狗了，连王爷们都不认识？滚！

孟可等闻声，诚惶诚恐地退去后，他又单腿下跪说：愚侄自罚一杯，向诸位皇叔谢罪。

随即，他又抄起一杯酒咕嘟嘟灌了下去，从地上爬起后，又命陪酒陪唱的歌女们：快给几位王爷敬酒，每人不劝动王爷们干尽三杯，本皇子就将你们扔进江中，给王八当新娘！

众歌女闻声，更加殷勤妩媚，嗲声劝酒，顿时，满船飞起乱哄哄的狂笑、醉笑和淫笑，笑声搅得满江清水浊浪翻飞。

朱棣深知，要坐稳江山，先要稳定宫廷，而最能左右朱家宫廷的就是现今余下的皇亲国戚。何况他夺得江山、坐上皇位的大旗就是“靖难”！高扬着这面旗子，他的众兄弟才兵马齐聚，帮着他披荆斩棘坐上今日龙墩。基于这种考虑，在朝堂上他以感激的姿态、怀柔的方法，笑呵呵地表彰着各位皇弟，在一番手足情、褒奖话之后，他大大方方恢复了他们每个人的爵位。众亲王重新拿回他们失而复得的爵位后，无不欢天喜地、连连谢恩，只有宁王站在一旁静默不语。

在这一片祥和欢庆的气氛中，丘福奏请早立太子。丘福所奏实出朱棣意料，他正踟蹰不语间，宁王却出列附和：臣弟附议。

朱棣离开龙墩，踱起步来。他知道，立储之事迟早要定，从心里说，二皇子高煦能征善战，不少方面更像自己，他是真心地爱他更多，可废长立幼总是不合常规，弄不好还要酿成大祸，于是说：永乐初立，百废待举，立储之事待后再议吧。几句话转移了话题：眼下当务之急，是体察民情，理政为民，宣诏：着朱高炽、张辅往江南，朱高煦、丘福往江北，郑和与夏原吉往福建！你们要轻装简从，谨慎细密，务以体察民生、民情、民怨和官吏理政方略为要。

两日后，朱高炽与张辅即遵旨出访。他们刚刚走出南京城，突然从城壕里跑来一个十七八岁的青年，他气喘吁吁地扑向张辅马前求救：大人，大人救救我吧……他边求边惊惶地朝后看。

后面果然凶煞地追来几个挺枪仗剑的拱卫司：别让他跑了，他是黄子澄的三儿子！

青年听后更加惊惶，他连连磕头：大人，我不是，他们认错人了……

张辅同情地说：不是就好。说着，他连连示意：长皇子殿下在此，他不会让你受冤枉！

此时，几个拱卫司已经凶神恶煞地跑到面前，其中头目一眼认出朱高炽，立即跪前说：参拜长皇子殿下，奴才们是在执行公务。

朱高炽本就厌恶拱卫司，更反感于纪纲整出的“瓜蔓抄”，他在马上居高临下地说：办公务就可以滥捕滥杀，祸害百姓？

拱卫司头目一脸忠诚地说：殿下，他真的是逆臣黄子澄的三儿子。

朱高炽：有何为证？

拱卫司头目指着青年结巴着：这，这，奴才看他就像。

朱高炽一阵冷笑：本皇子看你更像！无凭无据，滥抓无辜，你可知罪？

拱卫司头目越发瞠目：奴才……

朱高炽挥挥马鞭：拱卫司，拱卫司，皇粮喂饱了你们，是让你们保百姓平安，拱卫京城安宁，谁让你们到处抓人，草菅人命的？还不快滚！

几个拱卫司丧家犬般朝城门走去。青年感恩戴德地跪谢朱高炽、张辅。

朱高炽、张辅嘱咐他小心些后，继续上路南行。

二皇子朱高煦、丘福从苏北经山东到河北，只见沿途田园荒芜、人烟稀少，乐得打马疾行。走到山东、河北交界处才见一处稀稀拉拉的高粱地，他们下马寻人，喊了半天，才从地里钻出一位老者。他一见是官家兵马，掉头就跑。急得丘福大喊：老人家，别怕，我们是朝廷派来的，是来看望你们的。

老人这才停下，喃喃着：朝廷，朝廷，哪个朝廷？这打来打去的，不都是太祖爷的儿孙吗……

丘福压住性子：如今已是永乐爷，天下太平了。

老人木讷着，在战乱中家破人亡的他再也笑不起来：太平好，太平好，太平就不死人了，就可以种地吃饭了……

高煦早已听得不耐烦了。他记得，这都是他曾经征战过的地方，当时他挥戈杀伐、马踏碧野，曾经那样痛快，没想到，直到如今，这里还是到处荒草，几百里不见人烟，那就策马北去吧。

郑和与夏原吉挥汗策马，一路来到福建泉州。从过往客商口中得知，这里人们多以租用官船、打鱼经商为生，他们听后，心里颇为困惑：朝律规定，不是片帆寸板不得下海吗？怎么……郑和与夏原吉议定，暂不惊动官府，微服私访，从官船船厂和本地百姓处弄清真相再议。两人议定后，就以外来游商身份入住青龙客栈。

第二天，郑和到了官船船厂，他亮明游商身份后，就要求租用两条官船，说要买些海鱼运往邻省贩卖。

船厂管事笑笑说：此事在下可做不得主。

郑和问：谁可做主呢？

船厂管事指指头顶：梁知州。

郑和大咧咧一笑：这等小事，还要惊动知州大人？

船厂管事先自叹了口气：小事？客官是真不知，还是假不知，租船下海，这可是违反朝律的事啊!

郑和问:既违朝律,梁知州怎敢放行?难道他就不怕朝廷治罪?

船厂管事一拍大腿:这就是我们的梁知州!他说,既然为官一任,就要造福一方百姓,泉州除了山就是海,山上打不了多少粮,我再不准他们下海,难道能眼睁睁让他们活活饿死!可朝有朝律、国有国法,既然朝律有“片帆寸板不得下海”之规,百姓们千万不能自造私船,只租用些官船,在近海打些鱼虾为生便是了,朝廷若过问下来,由我一人担待便是。

夏原吉则以买鱼人身份上了渔船,他开口就要买十斤鱼,一老渔民笑呵呵说:按理,多卖多赚,少卖少赚,卖者哪有不愿多卖的!可我们这里就不能多卖,两斤为限。

夏原吉不解地问:为什么?

老渔民说:这也是托梁知州的福啊,他冒着丢乌纱、丢脑袋的危险,才自担罪名,准许我们租只官船,打鱼活命,我们只能少打少卖,不为赚钱,只为糊口。

……这梁知州还是胆小怕事,既然敢让我们租船,还不敢让我们下远海打大鱼!

也怪不得梁知州,要怪只能怪朝廷,古人都说“靠山吃山,靠水吃水”,难道我们靠在海边吃海也有罪?

老渔民见这些年轻人越说越放肆,不禁喊道:打住,知道你们鼻子底下都长着一张嘴!

郑和与夏原吉经过几天的私访,两人对泉州租船下海事分歧越来越大。夏原吉以为这是明目张胆违抗海禁,视朝律于不顾,应将梁知州就地免职收监;郑和认为,梁知州是为解民困、因地制宜,应奏请圣上嘉奖。两人谁也说服不了对方,最后郑和提议,船厂暂不查封,先将梁知州带回朝廷,听候圣上裁决,夏原吉只好同意。

朱高炽和张辅一踏入江西庐陵地界,就有种兵荒马乱之感,只见尚未熟透的稻田长一块割一块,收割了的田里也一片狼藉。他们刚要下马询问,农民们早已四处奔逃。好容易追到一个跛子，才明白原来这里正闹土匪，他们有人有马，刀枪剑戟各种兵器都有，专门袭官兵、砸府衙，粮草不足时见人就抢，这才吓得百姓抢割抢收，以保自己的口粮。

朱高炽听罢与张辅商量：百姓虽这么说，可并没说清事情的原委。

张辅心里更急：如此，我们需快马加鞭，赶到府衙，以便尽早平息匪患。

朱高炽跳下马，踱了几步：将军莫急，这几年江北战乱频仍，江南却风调雨顺，丰衣足食，民不贫不乱，官不逼不反，何况这股匪徒又专门袭官兵、砸府衙，难道这……

张辅豁然开朗：殿下说得对，如此说来，我们必须微服私访，弄清原委再进府衙。

于是他们化装成客商，入住沿途客栈，随行武士也扮成各样贩夫走卒，随访随行，日间访门串户，入夜宿店与各色人等闲聊……半月有余，总算弄清了匪患的来龙去脉。

当朱高炽、张辅带领护卫走进庐陵府衙时，已经到处张灯结彩，并伴有喜气洋洋的锣鼓笙歌，罗知府率众官员迎出大门外，边作揖边赔罪：下官不知长皇子殿下、张将军驾到，有失远迎，还望恕罪。他抬头看看太阳说：午时已过，让两位大人吃苦了，下官聊备薄酒，我们就边吃边听下官禀报可好？

说着，他已将朱高炽、张辅让入满桌酒肴的厅堂。朱高炽看了看桌上菜肴，烧驼峰、烤熊掌、酱乳猪、樟茶鸭、焖海参……各色名菜无所不有。

罗知府给每人斟满一杯酒后，谦卑举杯：不瞒两位大人说，近日鄙地悍匪出没，弄得官疲民困，备不上美酒佳肴，还望两位大人海涵。他见朱高炽、张辅不语，轻抚手中杯说：不过，这酒倒是闹匪前，下官托请京城朋友千难万难弄来的咱大明的宫廷酒，此酒乃东汉建安年间，曹丞相将其家乡的“九酝春酒”献于汉献帝的贡品，传至我大明宫廷后，又配以鹿茸、肉桂、金橘、茵陈等等，饮之，可提神养精，不过，这就不必下官多说了，想必大人天天可以饮之。

朱高炽端起酒杯：这酒既然如此神妙，张将军，我们可别辜负了罗知府的一片美意呀。

此时，琵琶女们已经轻捻琴弦，缓缓演奏起一首江南古曲。

朱高炽品着酒说：罗知府好雅趣呀！

罗知府杯酒下肚，满面泛红：下官还备有戏班，殿下若喜欢，可以让他们唱一折《牡丹亭》助兴。随着他的三下掌声，戏子们已经淡妆浓抹地来到厅堂。前奏刚起，外面突然嚷嚷起来。

罗知府闻声大怒：钦差大人在此，竟敢如此喧哗，成何体统？将他们一律上刑押监！

朱高炽站起来：不，请他们进来，听听他们要说什么。

话音刚落，呼啦啦拥进一帮百姓，一位文质彬彬的中年人扑地跪哭着：钦差大人啊，我一听这箫声就知道是我女儿吹的，我教她自幼吹箫，就是想让她不忘诗文，不辱门风，没想到却被这狗官抢来，成了他私家乐坊中人……说着，他已泣不成声：名为乐坊，还不是他的……

……秀才说不出口，我说。一青年汉子挤到前面：还有她，她。他指着一个个乐女：她们有的是良家女儿，有的本来就是风月场中人，如今都成了这狗官的玩物！

又一老者跌跌撞撞跪于地上：他抢人，更抢地，光我们橘香谷一个乡，他就霸占了五百多亩地……

老人话未说完，一个彪悍壮实、一脸短髭、满身绳索的汉子闯了进来：钦差大人，听说你们来了，我就拉着我的弟兄们、自缚为匪前来告状！我就是他说的悍匪头子吴彪。造反是他抢男霸女、贪占百姓土地逼的，今天，你们若为民除害，我和我的弟兄们就放下刀枪，回家种地；你们若姑息养奸、与他同流，我们就一起造反！

对，一起造反，造反！愤怒的喊声一浪浪从墙外涌来……

罗知府气急败坏地高喊：张总兵，张总兵，你的兵马都死光了？怎么会让这些悍匪乱民都……

朱高炽一阵冷笑：罗添寿啊罗添寿，你的罪行就不用本王说了吧？

罗知府几乎疑是一场噩梦，当他确定并非是梦时，蓦地一脸惨白扑伏跪地：殿下明鉴，这，这都是……

朱高炽将酒杯砰的一声掷于地上：大胆贪官，还敢狡辩！寡人与张将军来庐陵一月有余，是微服私访、先民后官，弄清你的罪行后，才喝你这顿酒。

说着，他与张辅走下桌案，先解下吴彪的绳索，又一一搀起跪地百姓，之后朗声说：乡亲们请放心，永乐开启，就要天朗气清！朝廷与你们一样，视贪官为痈疽，视贪腐为蝼蚁，贪官一日不除，大明之天空就一日难清朗；贪腐一日不灭，大明就时时有坝毁人亡之忧！说着，他转向正位厉声说：将贪官罗添寿拉出去正法！

随着贪官被正法，吴彪领着他的弟兄们各自回家耕耘，一场轰动江西的庐陵匪患化险为夷。

永乐开元，千头万绪，又是近一更天，朱棣才回到坤宁宫。卧于床上，照例是徐皇后为他轻轻抓着背才能入睡，可这一晚，他却辗转反侧，最后干脆坐了起来。徐皇后问其缘故，他叹息一声，说起当年允诺宁王一事，他担心倘不兑现，宁王或因不快而生事；倘兑现，大明岂不又将分疆裂土！通达贤淑的徐皇后听罢，浅浅一笑：兄弟间的事，是一生的事，还是从长计议的好，陛下何必为此焦虑得睡不着觉？还是早些歇息吧。

她虽安慰着夫君，却是在朱棣打起鼾时，倒越发清醒。作为贤妻良母，她懂得夫唱妇随的道理，如今，她更尝到了夫贵妻荣的滋味，可帝王家毕竟不同于百姓家，何况大明早有后宫不得干政的律令……她轻轻翻了个身：……作为妻子，我总不能让他日间忙国事，夜晚忧家事吧，对，家事，宁王之事属家事，我该为他分些忧……

翌日晨，睡眼惺忪中，她捏捏他的手说，她想亲自下厨，为宁王做一道他最爱吃的葱爆羊肉。

朱棣心领神会：好久不下厨了，还能把好火候吗？

徐皇后笑笑说：今晚早些回来就是。

夜幕降临的时候，坤宁宫中烛光温馨。长案上，朱棣与宁王正把酒话当年时，徐皇后端来一碟异香扑鼻的葱爆羊肉。

宁王伸头闻闻说：好久没吃到皇嫂做的葱爆羊肉了，它胜过宫廷里的所有山珍海味！

徐皇后笑盈盈地将一张大饼包好羊肉：你们兄弟二人共过患难，无论何时，都同享富贵才好。此话正中宁王下怀，他笑着连连点头。

徐皇后将包肉的大饼一撕两半，递给他们说：你看，四嫂为求公平，本想将包肉的大饼让你们兄弟共享，可一撕，就一半肉多、一半肉少了，这……

宁王已听出话外之音，他明白皇嫂影射的是饼不能撕，江山更不能撕裂，他下意识地斜睨朱棣，朱棣正观察着他的动向，他于是倏然跪地：四嫂言重了，愚弟岂敢与皇兄分享大饼！

正尴尬间，朱高炽五岁的儿子朱瞻基跑进门来，他见宁王跪在地上，自己也往地上一爬，疑惑地问：十七爷爷，饼掉地上了？瞻基帮您找。

他童稚的话语引得朱棣开怀大笑，他顺势扶起宁王：不是你四嫂言重，倒是十七弟你言重了，记住，只要四哥有饼吃，绝不让我十七弟挨饿。

宁王已听出朱棣的弦外之音，他揩去额上冷汗，怅怅地饮下一口酒，酒意醺醺地说：小时候，我们兄弟一起打闹，谁也不服谁，可皇命凭天意，自大宁至北平至南京，十七弟一路追随四哥，就因为十七弟认准神授皇权在四哥……

瞻基接言：嘻嘻，我皇爷爷就是神授天子。

朱棣高兴地一把将孙子抱于腿上，顺手拍了一下他的屁股：这孩子，吃饼。

随即一口一口地撕给他吃。之后，朱棣又举起杯来，问宁王想要什么封地。

宁王怵怵地答道：臣弟只想求皇兄给一个离京城近些的地方，也好常听陛下教诲。

朱棣笑笑说：南昌是个好地方，那里有山有水，适合十七弟养身读书，就去那里吧。

宁王默然谢恩。

一次温馨的家宴，除去了朱棣多日萦怀于心的安抚宁王之忧，直到翌日散朝，他还是一身轻松，于是命解缙陪同，走向文渊阁。他一时兴起，想考考这当世才子到底才高几斗，便顺手摘了一朵野花藏于袖筒，之后顺势指指路旁野花，命解缙就此赋诗。解缙意会到陛下是有意考他，便随口吟道：鸡冠本是胭脂染……此句刚刚出口，朱棣却笑吟吟地从袖中亮出一朵白色鸡冠花：爱卿且看，此花可是红色？

解缙赧然一笑，接着吟道：今日为何淡淡妆？只因五更贪报晓，至今戴却满头霜。

朱棣听了，由衷大笑：用语奇巧，对答如流，想象绝妙，果为大才子啊！

君臣正说得高兴，一太监来报：禀陛下，皇长子殿下急报。

朱棣看完奏折，又看看解缙：看来江西也不是尽出才子啊，如今就出了个造孽一方的贪腐之徒！

他沉吟着踱了几步说：颁诏，皇长子朱高炽和大将军张辅办庐陵案有功，然江西巡抚眼见庐陵知府罗添寿侵吞百姓土地、抢男霸女、荒淫无度，却长期放任纵容，着朱高炽、张辅继续访察，决不姑息！

连日闷热终于酿成了一场暴雨。开初，这雨滂沱如注，下了一天之后就淅淅沥沥，三天三夜未停，宫中的朱棣连连称好：好啊，这就叫好雨知时节，这下，江南旱情大解，可以有个好收成了……

可那个僻远的茅山村，却是乱石朽木被山水裹挟着，冲了个稀里哗啦。那位被拱卫司一路追捕，终被朱高炽解救了的青年再不敢在人烟稠密处落脚，他夜行日藏，直奔山野中来，未料，连日饥渴的他刚刚进山，就遇到了这场暴雨，慌急中只好躲在一间茅屋前。本想避避雨，讨些吃食，岂料，刚刚揽过一把干草暖暖湿透的身子，便昏睡过去：……罪犯黄子澄——灭五族……他是黄子澄的三儿子黄轩，抓住他，抓住他——他只觉得自己使出全身力气奔跑、奔跑……

雨停了，葛婆婆费力推那柴门，门却被什么东西挡住了，她再一用力，那门正好撞在黄轩头上。她蹲下身子一看，原来是一个奄奄一息、面色惨白的年轻人，于是，慌忙朝屋里喊叫：三狗子，三狗子，快出来，咱家门前躺着一个人……

三狗子闻声便抄起一根木棍，出来一看，却辨不清是死人还是活人，他用木棍拨了拨，发觉还在喘气，便对母亲说：还活着。

于是母子俩抬他进了茅屋，葛婆婆摸摸他的头，只觉烧得烫手，她忙喂了他几口锅里的热粥，喝下后他喃喃着：我，我不是……

婆婆高兴地说：醒了，醒了。

她又喂他几口粥后问道：你说你不是什么？

黄轩这才清醒：我……他苦笑一声：我说我不是坏人……

婆婆笑着说：我看你也不像坏人，这衣服虽然泥泥水水，撕得稀烂，却不是绫就是罗，人也长得细皮嫩肉，看着就是富人家的公子，你怎么会落到这步田地……

黄轩惨然一笑：唉，都是因家里着了一把天火，全家连人带房都烧光了。黄轩说着就爬起来跪拜老人：多谢婆婆、小哥救命之恩，若不嫌弃，就收晚生为奴吧。

婆婆慌忙搀他躺下：公子看看，我家已经几天揭不开锅了，实在熬不过去，才用缸底米糠熬了锅粥，哪有余力收奴啊！你先歇歇，再喝点粥，还是投奔有钱人家去吧……

黄轩看看这茅屋，确实家徒四壁，简陋得屋顶都已塌陷。

三狗子的眉心突然跳了跳说：娘，让他留下也好，里长传下话来，我过几天就得服兵役去，正不放心没人照顾娘呢。

黄轩灵机一动：晚生能不能顶上小哥的名字，代兄从军，若可以，小哥岂不可以安安心心在家照顾老娘？

葛家母子一听，不由得喜出望外：这倒是个好主意，反正里长住在山那边，从没见过三狗子。

百姓有百姓的苦乐，刚才愁愁戚戚的茅屋里，竟然传出一阵低低的笑声。

四

转瞬已至清秋，奉天殿里秋阳暖照，清风习习，朱棣派出的三路重臣回京奏报。第一个跪于殿前的皇长子朱高炽奏道：启奏父皇，儿臣与张将军一路南下，从江苏到江西……

朱棣道：尔等的奏折朕已看过了，做得好，既纾解了民怨，平复了民反事端，又拔除了贪官酷吏，还了庐陵一个清明，只是这江西巡抚为何如此姑息他治下的贪官？

朱高炽答道：儿臣已将江西巡抚事转往吏部，内中细节尚需察验。

朱棣正色道：众卿要牢记，欲使天下清明，务需朝廷清明在先；欲要百姓拥戴，务需官清吏善，这就是永乐之魂，永乐之律！此后，凡有违律者，无论官阶多高，背景多硬，一律严惩不贷！

众臣齐齐跪拜高呼：陛下圣明！

朱棣挥挥手：都起来吧。之后将眼神转向朱高煦。

高煦急忙跪地：启奏父皇，儿臣与丘将军一路北上，从山东到河北到山西，却是处处荒芜，百里不见人烟……

你可知何故？

儿臣问过，皆因连年争战，又大旱多年，水利失修。

朱棣支颐沉思，适才的高兴已减去一半：嗯，还有什么？

高煦兴奋地说：儿臣还在北平燕王府住了几天，带回刘厨子，儿臣记得父皇最爱他做的菜。

朱棣皱了皱眉：嗯，起来吧。

话音刚落，泉州知州被押进殿，朱棣看了看五花大绑跪于殿前的梁知州：你可知罪？

梁知州答道：罪臣知罪。

既然知罪，因何如此大胆？

臣允官府造船实属无奈。禁海数十年，不但地方赋税难以收缴，数万渔民更难以果腹，强悍者，伙同倭寇肆意劫掠，奉公守法者，已饿死近千人……

夏原吉出列：他纯属狡辩！臣已查实，这些租用渔船不只下海捕鱼，还走私番货。

前朝老臣们闻言，一个个以违背“海禁”祖制为名，纷纷奏请斩杀，以彰朝律。

在一片喊杀声中，郑和慷慨趋前跪奏：启禀陛下，微臣以为，梁知州不但不该治罪，反应大行表彰！

此言一出，举殿震惊。朱棣看着他，鼓励他说下去。

郑和不慌不忙地列举着：第一，自古圣贤以民为天，百姓无以生存，自应鼓励靠山吃山，靠海吃海，靠海百姓在海中讨些生活，自是天经地义，梁知州为无船渔民租借些官船，本是一为百姓解难，二为朝廷分忧，何罪之有！第二，一业兴，则百业举，臣观泉州，由于造船业兴，已带活诸多行业，由是，泉州才出现了市场繁荣、百姓安乐的状况；第三、祖制规定“片帆寸板不得下海”，规定的是渔民不得私自造船，并无官府不可造船租船之规……

众臣越听越怒向郑和，责其歪理邪说！

朱棣思之良久，哈哈大笑说：如此说来，梁知州非但无罪，反而有功喽？

众臣愕然地望向朱棣，他大手一挥：为梁知州松绑。

说罢，他走向梁知州：梁爱卿，先去驿馆歇息吧，养足了精神，朕还要你将如何想到造官船、共造多少，为民解了多少困、谋了多少利写一奏折，奏报于朕。

梁知州谢恩退去后，朱棣更加精神矍铄：看来，要振国兴邦，一要知民惠民，宽仁大度，这一点朱高炽、张辅做得卓有成效；二要报喜也报忧，喜者可弘扬光大，忧者可亡羊补牢，这一点朱高煦与丘福做得不错；三要遵规守制，更要灵活变通，肩有担当，这一点郑和已为众卿做出了表率，如果举朝上下都能如郑卿一样举一反三、竭诚尽力，则大明有望矣！再者，祺国公丘福上奏将北平改为顺天府正合朕意，自今日始，北平改称北京，北平行都司改称大宁都司，移至保定。今天的朝议时间太长了，众爱卿可先想一想、议一议，顺便也方便一下，稍后再议。

圣旨一下，满朝文武即刻全身放松，有的如厕，有的说说笑笑，嘈杂声中听得最多的是郑和、郑和……朱高煦则失落中见愤愤。

当朱棣重新坐回龙墩时，众臣又一身肃穆地列队殿前，朱棣兴味不减地说：泉州之事倒为朕开了一条思路，解缙你说说，大明疆土到底远至何处？

解缙脱口而出：普天之下，莫非王土，自然是凡能走得到、看得见的土地，皆为大明疆土。

朱棣哈哈大笑：看到了吧，若是沿着一条思路走下去，大才子解缙也走不出这片土地，那么大海呢，我们那片浩瀚的大海呢？他扫视一周众臣，大手一挥：那都是我们走不尽、用不完的流动国土！何况，海上还有我们那么多番国、邦国，还有更多我们想也想不清、问也问不明的新鲜事！像在陆地一样，我们也要派出几路人马出海宣诏，一表永乐开元，二与番国通息，三与友邦通好。

圣上此言一出，朝堂议论声一浪高过一浪。

朱棣朗声宣诏：着郑和出使日本，中官侯显前往乌斯藏寻僧人哈利嘛，周满使爪哇、苏门答腊，李兴使暹罗，尹庆使满剌加！

接诏者一一上前领旨。

最后一个秘派出去的是著名文学家、医学家胡濙，朱棣派他去完成一项特殊任务：明为寻找道教之祖张三丰、顺道采风及遍访民间神医，暗则寻找朱允炆下落。

未待使者出行，礼部来报，日本使者前来朝贺。这不禁弄得满朝文武心生不解：派往番国的使臣尚未启程，日本国怎么已经知道永乐开启，前来朝贺了？

就在满朝狐疑日本国的朝贺来历时，朱高煦来到专供各国使臣居住的会同馆。日使僧侣坚中圭密历来聪明狡黠，长汉学，善交际，一见大明皇子上门趋访，立即拜上座、奉茶道，极尽逢迎称颂之辞。高煦听得舒服，也不禁摒弃外交词令，以朋友相称起来。僧侣坚中圭密见状，即刻命下人摆酒上菜款待。他们把酒言欢，正推杯换盏之时，两拱卫司绑缚一日使随从入门跪拜：启禀殿下，奴才们在市场巡查，竟查出不少日本造刀剑，几番审问卖主，他竟是日使随从安男二郎，殿下看……

高煦故作不快地放下酒杯：这里是会同馆，你们难道不知道？按大明朝律，使馆人员犯罪，一律交各国使臣着惩，你们将人交给日本使馆，就下去吧。

待两拱卫司带安男二郎退下后，高煦拿起收缴的刀剑端详着：这日本刀剑果然与大明刀剑不同。

僧侣坚中立即投其所好，谄笑着：这刀剑本来就是想孝敬皇子殿下的，若蒙不弃，岂不正好美器归明主！

谈笑声中得此刀剑自使高煦满意，日使称他为“明主”更给他带来了由衷的喜悦。这日本人也许并不太懂得“明主”之意，可日夜惦记着由皇子至太子、再至“明主”即皇帝的朱高煦，却视此一称谓为天意，他喜在心里、笑在脸上地举起酒杯。

僧侣坚中与之碰了碰杯后，又讨好说：在我们日本国，历来讲究好剑配强将，强将配好剑，就如同中国说的“好马配好鞍”，外臣为皇子殿下舞上一阵，看看这剑到底如何？

高煦不禁拍手：好，那就让本王饱饱眼福。

说着，日使便舞起剑来，酒助剑威，剑助舞兴，舞到忘情处，一张贺表从他怀中掉了下来。高煦眼疾手快，捡起来一看，贺表抬头竟是“大明建文帝”！他顿时掷杯于地，怒视使臣：此为何物？

僧侣坚中战战兢兢地说：……出使前，外臣，不，敝国并不知当今陛下登基，到达大明之后，才知已是永乐圣帝当朝，惶急之下，外臣才重写一张贺表朝贺，没想到……

高煦大怒：僧侣呀，僧侣，你也太高估了你们的狡狯，低估了本王的谋略，你以为本王是找你喝酒谈心来的吗，本王此来就是要察验一下你们不等宣诏，就抢先朝贺的来历！你，一、包藏祸心，私运军械到大明；二、肆意贿赂，抹污本皇子；三、投机檄文，蒙骗当朝，你，你到底意欲何为？

僧侣坚中双腿一软，已跪于地下：皇子殿下，外臣我……

高煦指着他：是啊，你是外臣，本王就只能替贵国国王先收押了你。说罢，遂命随行武士带一干日使押往狱中。

第二天申时刚过，为了邀功得宠，朱高煦便来到朱棣书房，他尚未进门，就听得房内谈笑风生，还时有激辩。他命人传报后，只听朱棣说：他来得正好，也叫他进来听听。

朱高煦入门施礼后，遵命坐入靠窗一把椅上。朱棣更加兴奋地说：为将开禁大海之利弊辩个清楚，我们今日就不分君臣，各人畅所欲言。解缙你接着说，你为何只见黄土地，不见大海洋？

解缙捋须沉吟：既得圣上恩准，微臣就直抒胸臆了。

面对他的双眼，朱棣笑而点头，旁座的杨荣也做出洗耳恭听状。

解缙毕竟是才子型，一旦有人赏识，往往易于恃才傲物，侃侃而谈：想必圣上是读过李白的《梦游天姥吟留别》一诗。

见朱棣微笑颔首，他声音更响：诗中开篇就说，“海客谈瀛洲，烟涛微茫信难求”，连放浪形骸的诗人李白都说大海微茫难求，我们与其花大把银子造船、派大批人马到微茫难求的海上乱闯，还不如把银子用到陆地上修水利、整农田，让苍生丰衣足食，让国库粮丰银足。

朱棣听罢大笑：解缙啊，李白生于何年何月？哪朝哪代？

解缙答道：生于盛唐天宝年间。

朱棣点头：你果然熟读李白诗，记忆超群，你可知道大唐天宝与我大明永乐相距多少年？

解缙脱口而出：七百年许。

朱棣双手一拍：着哇，七百年前，大唐能造多大的船？可有我永乐的罗盘和指南针？据史书记载，唐天宝年间的确已有老祖宗留下的“司南”，但还没用到船上；我大明虽禁海多年，造船业却是天下之最，我们的罗盘、指南针已非常灵敏、准确，可用于陆地，也可用于大海，有了这些，还愁李白式的“微茫”与“难求”吗？

解缙追问：敢问陛下，大海茫茫，无尽无涯，我们去求什么？

朱棣一阵大笑：解缙啊解缙，你虽为才子，却也望不到海天风云啊！大海那边有那么多番国、邦国，难道我们就只能等着人家朝拜、示好，我们就不该访访人家、拜拜人家？人家是如何安邦治国、生民劳作的，我们就不该学学？我们有这么多好东西，人家也会有很多我们不知道的好东西，难道我们就不该互通有无、互相贸易？还有……他眯起双眼，遐思悠远地说：这日夜沉吟、日夜喧腾的大海里到底蕴藏着什么、饱含着什么，难道我们不该去访一访、问一问？

解缙冲动地说：陛下，治国安邦不是过家家，更不是吟诗赋词，那么祖制呢，太祖留下的祖制呢？

朱棣对解缙的口气十分不悦：你……他刚要动怒，立即想起他允诺的直抒胸臆，于是强压怒火说：朕与你议论的岂不就是安邦治国之策？至于祖制……

太监昌盛担心解缙又说出什么冒犯圣上的话，他望了望逐渐暗下来的四壁，趋步向前说：陛下，该用膳了。

朱棣转换了一下情绪：好啊，两位爱卿，我们边吃边议。

解缙、杨荣闻言急忙谢恩：谢陛下赐宴。

朱棣看着摆好的御膳笑呵呵说：呵呵，这几样菜都是朕爱吃的。

朱高煦立即凑过来：这都是北京燕王府刘老厨子做的。

朱棣看着儿子点点头：你也过来一起吃吧。

高煦刚在朱棣身旁拣了一些菜，就转弯抹角地告起朱高炽姑息建文余孽的事。他话未说完，刑部来报：启奏陛下，日使僧侣坚中圭密刚要在狱中切腹自杀，被奴才们拦住了，可以后……

朱棣放下筷子：这日使为何进了监狱？

高煦本为邀功而来，于是从头到尾道出了事情的经过。

朱棣听后大怒：与外国使节打交道有礼部，抓捕罪犯有刑部和拱卫司，擅自做主，乱抓外使，你可知罪？

高煦闻言，立即放下筷子跪地：儿，儿臣就是为了查清日本使节蒙骗我大明的事，才……

朱棣想了想：这日使也是太过狡狯，起来吧，先把人放了再说。

争论促进思考，平等的争论还往往能引人开阔思路、另辟蹊径。朱棣与解缙的那场争论使朱棣开启大海、驶向大海的思路更加清晰，解缙因此探近了圣上的思路，高煦也因此有所获益。那晚，他虽然险遭父皇责罚，却从旁看到了父皇对解缙的器重。

几日后，高煦在文渊阁前巧遇解缙，他近前寒暄几句后笑眯眯问：解大人，听说文人多好酒，大人也……

解缙本不善掩藏，他不由得一笑，脸也潮红起来：都说殿下能征善战，尚武偏武，如今看来，也知文爱文呢。

高煦听着更加高兴：不管是文是武，有酒大家喝，我那里有好酒，回头命人搬几坛来送到府上。

解缙平时与他并无来往，他堂堂二皇子也从来没把解缙看在眼里，今日的超常热情不能不使他受宠若惊并心生狐疑：皇子殿下，你这是……

高煦洒脱地笑笑：解大人为什么这样看着我？我不过是想，你日夜侍奉在父皇身边，辛苦了。

解缙呵呵一笑，正要举步，高煦又问：父皇这几日还好吗？

陛下龙体安康。

父皇他，你说，父皇眼下最关心什么？

陛下胸怀远方，心系万民。

胸怀远方？朱高煦反复琢磨着这四个字，连解缙已远远走去都未察觉。

朱棣越是迟迟不立太子，朱高煦越是心急如焚，因为他知道父皇偏爱于他，他又曾经不离父皇左右、屡立战功，父皇也因此暗示他要“努力”，如今既已虚位以待，他怎能不想方设法，早些坐上这太子位！从解缙处探知父皇所想后，他更日思夜想如何以自己的作为，为父皇所想尽力，以期邀功请赏。主人有主人的智慧，奴才也有奴才的伎俩，伎俩高超者，自可揣摩上意、步步高升，直至也成了层级不一的主子；毫无伎俩或伎俩低劣者，也只能做一辈子的奴才。

朱高煦身边的孟可就属于前者，朱高煦摸到朱棣的心思后，孟可也很快摸到了他的心思。

那天午后，他引着朱高煦来到淮扬酒楼，泉州“荣记”船厂少主荣光福已等在一座雅间了。经孟可引荐后，荣光福立即施大礼跪拜，他以如簧巧舌恭维了一番皇子后，朱高煦居高临下地说：你千里而来，急着要见本王，难道就是要让本王听你一堆恭维话？

荣光福立即十分惶悚地站起身来：草民不敢。草民拜见皇子殿下，着实是久闻殿下功业风采，以偿久慕之愿。其次，更想孝敬皇子爷些什么，可金银珠宝太俗，还不如献上一件无价的物件。说着，他送上一件红绫包裹的东西。

朱高煦打开一看，竟是一幅阔大的航海图！这正是朱高煦日思夜想的东西，可他盯着荣光福的眼睛却毫无表情。

荣光福谄笑着：天下人都知道陛下志在高远，而殿下是最懂陛下的人，此图应该……荣光福边说边上前将图卷了起来，朱高煦耳旁瞬间响起解缙的声音“陛下胸怀远方”。

朱高煦倏然接过海图，笑了笑：商人最讲实惠，你送我这张海图，是想从我这里得到些什么吧？

荣光福尴尬地笑了笑：在下只想孝敬殿下，不过，我荣氏几代造船，也不过只想多得些船引。

朱高煦不由得冷笑几声：船引？陛下已钦定你们泉州为“皇恩州”，官府的船已经都出自你们“荣记”，这难道还不够？

荣光福：够？怎么叫够？凭着陛下的魄力，用不了多久，得皇恩者怕就远不止泉州了，何况泉州人一见造船能得大利，也都会纷纷要办造船厂呢……

朱高煦哈哈大笑：你绕来绕去的，本王总算听明白了，原来你荣氏是要垄断我大明造船业，成为大明船王！

荣光福立即躬身站起：不敢，不敢称王，只是想托殿下的福，多造些船。

他看了看朱高煦的眼睛，又谄媚说：他日，“荣记”若能发达，岂不为殿下添个小王国！朱高煦回看他一眼，起身携图而去。这往日风流倜傥的“荣记”少主，在不可一世的皇子面前顿显猥琐起来。

朱高煦怀揣航海图，恨不得一步蹦入乾清宫。当太监昌盛禀报二皇子求见时，朱棣放下刚批好的一件奏折，看看走近的儿子问：这么晚了，有何事奏报？

朱高煦急急拜了一下，即凑向父皇，笑眯眯献上航海图。

朱棣展图端详，少顷问：从哪里弄来的？

朱高煦嘻嘻笑道：从民间挖来的。

朱棣：先别拿这些东西哄朕，那日使的事可料理好了？

朱高煦：儿臣已奉旨照办。

朱棣这才露出一丝笑容：你怎么想起给父皇送这幅海图来了？

朱高煦：儿臣知道，父皇志在远洋。

朱棣一惊：志在远洋？

朱高煦知道已经博获父皇欢心，于是得寸进尺地说：海图只画清了航海的路线，海船才是航海的翅膀，儿臣今夜为父皇献上了航海图，明日就命儿臣造船吧。

朱棣终于放声大笑了：高煦呀，不管你是真懂还是假懂父皇，父皇有你这份心足矣。

朱高煦抱着满满的欲望敬献航海图，并未得到他想要的东西，他只好怅怅地退出乾清宫。望着儿子远去的背影，朱棣也陷入了种种思虑：是啊，在他的两个儿子中，无人不知他从来都更偏爱老二高煦，这是因为无论相貌、脾性乃至行事风格，这老二都与他极为相似，后来，从燕地抗北元到南下“靖难”，老二更与他左右不离、屡立奇功，这才使他在满意中常对他有所夸奖。知子者莫若父，如今，他做什么，又想要什么，为父者岂能不知！可他要得太急了，而且越是心急，越露出他种种不堪重任的从心性到胸怀的弱点……如今是太子位，将来可是天下呀……他越想越心生忧虑，直至一更天，才走出乾清宫。

几个月后，派往各番国巡察的使臣陆续回朝。周满奏报南洋状况时说，那里的总体面貌就是乱，经常是群龙无首，你争我夺，谁的兵力强，谁就地盘大。

朱棣正要细问，泉州报来遭倭寇抢掠的急报。此时，一些老臣窃窃议论起来：……或许是报应？

这就是违反祖制遭来的报应……

朱棣听罢，不由得皱起双眉。

郑和见状高声说：泉州由出海盗到遭海盗抢掠，这就说明，他们已经由穷变富了！

朱棣则十分感慨：多年闭锁，荒疏海上，岂能不出乱子！

海外不宁的奏报纷纷呈来，他越看这样的奏折，越是心绪不宁。已到深夜，散朝后回到乾清宫的朱棣，还在批阅着一摞摞案上的奏折。他连续翻了几件沿海官员的奏章，章章都是“海境不宁，倭寇滋扰抢掠日甚一日”。

他不由得问询一旁陪侍的郑和：你刚从日本回来，可知道海上为何出了那么多倭寇，而且生性残暴，对我沿海百姓抢掠不止？

郑和沉吟片刻说：据微臣观察，日本国人虽外表谦恭，内心却十分强悍，又兼他国小地偏，很多武士、浪人亡命海上，他们与冒险商人勾结一起，便成了海上一害，加之我大明多年海禁，海上亦无官船官兵，沿海一带岂不就成了倭寇的领地，沿海百姓岂不也成了他们待宰的羔羊！更堪忧虑的是，多年海禁，我沿海渔民失去了赖以生存的捕鱼之业，也有不少人投奔了他们，成了倭寇的成员。

朱棣边听边踱起步来，之后，他转身取出航海图：你看看这图。

郑和接过海图，他越看越兴奋：陛下，这真是一张难得的航海图，比我见过的所有海图都细密辽远！有了这张航海图，再加上我大明的罗盘、牵星板，海上人日夜期盼的航海三宝已经齐备，这岂不是要行多远，就可行多远了！

朱棣也被他的兴奋感染了，笑眯眯地看着他：郑和，朕不明白，你这跟着朕在燕地长大的人为何对航海这般痴迷？

痴迷，对，是痴迷……

圣上的“痴迷”二字一下子将郑和拉入悠远的童年。他记得，还是三四岁时，父亲就每晚带着他背诵《古兰经》，之后便虔诚地跪在真主牌位前祈祷。有一晚，父亲悠悠讲起在他十二岁时，祖父带他漂洋过海去麦加朝觐的圣事，看着父亲虔诚圣洁的目光，听着他的讲述，在三宝幼小的心灵中就展现出了浩瀚的大海，大海那边的麦加，麦加城中那真主显现的圣灵圣事……从那时起，小三宝就立志要沿着马家先辈的路，成为一个真正令人景仰的穆斯林，成为真主的好儿子……

烛光闪烁中，当他将这个儿时情结讲给圣上听后，朱棣的眼睛也似乎闪出了一汪圣洁的光：那么，如果朕交给你一支人马远征，你是去征服草原，还是去远征大海？

郑和倏然起身肃立：征草原是为保家卫国，阻北元和蒙古永不来犯；征大海是为惠通海外万方，远布永世太平，微臣愿为后者勠力献身！

朱棣用力拍拍他的肩：明日你就去文渊阁查查，看看阁中所藏海图与这幅有何不同，还可不可以相互补足。

上有圣命指引，心有远方呼唤，郑和一连几天扎在文渊阁收藏的所有航海图中。他相互比照，勾画剪贴，终于绘制出一幅他认为最细密、最辽远的航海图。他兴奋地送往乾清宫，边展示边感慨：陛下请看，这大海真是浩瀚无边，沿着图上标示的海路，我们真可以走向想都想不到的海角天涯……陛下，一想到这些，微臣的心就像长出了无数双翅膀……

朱棣也被他的望海激情感染着，拍拍他的肩说：朕久坐宫中，也常觉天地促狭，来，我们一时去不了大海，就先骑骑马去！

说着，即命人备马。不多时，他们一前一后，纵马飞出沧波门，直上老山山脊，此时，只见峰峦起伏，苍山如黛。

他们拴马山脚，徒步攀爬，走在前面的朱棣忽然回头问道：郑和，你为何登山？

郑和略一迟疑后说：追随陛下。

朱棣追问：朕呢？

郑和脱口而出：会当凌绝顶，一览众山小。

朱棣远眺群山：知朕者，郑和也。他指指前方问：你可知天边在哪里？

郑和高声回答：天边就在宇宙洪荒中。

朱棣兴奋地说：着哇，朕就是要让洪荒变沃野，宇宙连大明！

这些近乎如诗如画的情境已经不像君臣间的对话，可这就是他们的所想所为，否则，朱棣就没有那么大的气魄作为，郑和也没有那么强的毅力和伟业，更难赢得朱棣那般信任。

远方自有远方的世界。

就在波滚浪涌、涛声震天的大海那边，一艘帆船上的人们正在甲板上忙碌着，几个皮肤黝黑的南洋土著在稳健地撑船把舵，一个年约五十岁华人模样的人正在甲板上悉心描图。此时，从船舱中走出一位须发渐白、颇具仙风的老者，他走近描图人，端详一下那正在描画的海图问：阿华，快到锡兰山了吧？

阿华抬起头惊喜地说：弘无公，你真成了当今诸葛先生了，人在舱中就知道船行哪里了。

弘无大笑：惭愧，老朽哪堪比诸葛？是我们的罗盘和牵星板越来越精准了，你的海图画得怎样了？

阿华站起身，活动了一下筋骨：差不多了，回去比照一下以前的图，再补充一些。

弘无以手遮阳，看看近旁隐在雾海中的岛屿：收拾停当，你就先回家，老朽还得办点私事。他哈哈笑着，又钻入了船舱。

少顷，他从帆船上站起身，阿华帮他解下拴在帆船上的皮筏，未待他起身，小狗“秀才”便汪汪地跳了上去。

弘无公抱起他的航海宝贝，笑骂秀才：知道老夫为什么叫你秀才吗？就是想教你文明些、礼貌些，你倒好，未等老夫起身，你就先上去了！欺负老夫老而无用吗？说着骂着，他回头向阿华告了别，上了自己的皮筏。

皮筏虽小，却身轻如燕，不多久，就划到离此不远的钓鱼岛。这岛荒无人烟，却遍岛苍翠，或许因野花遍地，总有不少蜜蜂飞来飞去。十来年前，当弘无登岛采药时见此现象，忽然想起爱吃甜食的女儿，于是，便着意在岛上多栽了些杂花、野果树，并花了些功夫养蜂，不久，那蜂群就酿出很多蜜来，每当他提着蜜罐去玫瑰岛见到女儿，女儿便缠着他不肯离开。此后，岛上也无人不盼着这蜂蜜。

将皮筏拴在岛礁的一棵老树下后，弘无吩咐秀才说：老夫就不下去了，你去看看小黑哥灌好蜂蜜了吗？灌足了蜂蜜，我们还得赶往玫瑰岛，去看塔莎郡主呢！

秀才心领神会，它汪汪叫了两声，就跳下皮筏，直奔岛上那棵百年棕榈老树。此时，一位十来岁的黝黑男孩正在往一支粗大的竹筒里灌蜂蜜，再将严封筒口的蜂蜜筒一支支装入竹筐。他一见秀才，就让它舔食滴在芭蕉叶上的蜂蜜，秀才舔完这片叶子舔那片，不时发出惬意的叫声。看着秀才高兴的样子，小黑哥也舔舔自己黏满蜂蜜的手指，跟着它一起笑着，露出一排格外整齐洁白的牙齿。之后，他呜呜呀呀像是说着什么，担起两筐蜂蜜筒朝岛下赶去。秀才先还磨蹭着不舍那黏蜜的芭蕉叶，一会儿就跑到小黑哥前面去了。

小至一场战役的战术，大至治国方略，总是由决策层及他们的幕僚们相互启发、相互补充完善形成的。自郑和侍从朱棣纵马登山的一场谈话后，朱棣开海禁、赴远洋的国策已大体成形。这日朝会，朱棣开宗明义说：今日朝会不谈其他，只议开海禁、设市舶司。

话音刚落，老臣们便发出一片激烈的议论声。

夏原吉一步跨前，连连摇手：陛下，使不得呀，使不得，记得洪武年间……

朱高煦没等他说下去，就大声叫好！

夏原吉也提高了声音，继续陈述反对的理由。

听完夏原吉的陈述，姚广孝双手合十，呵呵一笑：阿弥陀佛，夏大人虽然引经据典、反对的理由凿凿有据，可在老衲看来，大人还是看得太近了。满朝皆知，夏大人博学多闻，熟读经史子集，大人只要回想一下我华夏历史，岂不历来是盛世开疆拓海、广联四方，衰世才闭关锁国？说到此处，他朝天一揖：请宽宥老衲对天朝之不敬。

朱棣笑吟吟点头：但说无妨，大师且说下去。

姚广孝接着说：诚然，太祖是下过禁海令，但那也是因多年战乱频仍、天下初定的权宜之计。大人可记得，早在秦汉时，日本、高丽、安南、锡兰山等等海上诸国就与我们先祖来往频密，纳贡称臣；西汉武帝派张骞、东汉明帝派班超远航波斯湾直至罗马，开通丝绸之路，使得西方人遥望东方，惊呼东方有个文明之邦“丝国”；到了盛唐、北宋直至前元，我华夏从来都是寰宇仰望之邦，万国祈慕之地！如今，我永乐天下晏然，百业俱兴，难道不该远赴重洋、宣示天下、协和万邦吗？

朱棣连连称赞：说得好，说得好，众卿听旨：着即广州设怀远驿，泉州设来远驿，宁波设安远驿，此后，接待各国贡使及随员事皆由市舶司掌管。

众臣听之皆面面相觑，朝堂气氛似凝固起来。唯朱高煦兴奋异常：父皇，机构齐备了，就该多多造船吧？

朱棣微笑颔首：对，是要多多造船。之后，他转向郑和：郑和，朕委你任建造海船监使并组建海师。记住，朕意一为剿灭海寇，维护海境，二要远航大海。

听着父皇的圣旨，朱高煦蒙了，他费尽心机、讨好策应父皇“心怀远洋”之愿，本想取得总揽造船特权，没想到却为郑和做了嫁衣。

朱高煦愤愤得正要发难，浙江官吏紧急来报：吴淞江和黄浦下游壅塞，苏州、松江府一带已大水成灾！

朱棣听罢奏报，巡视一遍众臣说：天下财赋半在江南，天下之水半归吴会，浙西和苏淞诸郡可是我大明半个粮仓啊，这水患定得根治！众爱卿，你们谁当此任？

众臣皆知，根治水患任重祸险，是件费力难有功的差事，尽管圣上的眼光已扫过每一张脸，还是你看我、我看你地一片沉默。

此时，夏原吉跨前一步：臣愿前往浙西治水。

朱棣大舒一口长气，笑道：真是阻我者夏原吉，助我者夏原吉呀！

散朝了，众大臣一个个步出殿门，解缙紧走几步，朝夏原吉拱拱手：维喆兄可好？

夏原吉也拱手叹了口气说：无所谓好与不好了，按理，陛下欲大展宏图，我们做臣子的只管认真做事就是，可我们怎么总是与陛下想不到一起去呢？

解缙也长叹一声：是啊，陛下再有雄图大略，也该听听臣子们的想法吧？他迟疑片刻后说：我担心，我们尽管用尽心力，也不知会……唉，不说了，兄往江南，多多珍重吧。说罢相互一揖，各自登轿而去。

朱高煦却无心回府，他气急败坏地朝乾清宫走去，刚听到父皇一句“让他进来吧”，就急急跑到父皇面前，还来不及下跪便问：父皇，儿臣不明白，造船下海、筹建海师如此大事，父皇为何委派一个太监去做？

朱棣早已明白这个从小被他宠坏了的儿子的贪心，和凡事都要占上风的毛病，如今这个他觊觎已久的造船大事没让他做，他岂肯甘心？朱棣强忍火气踱了几步问：不该委派太监郑和，难道是该委派你二皇子去做？

高煦听来更加委屈：谢父皇还记得有个二皇子。

朱棣语重心长地说：皇子是朕的骨血，那是世世代代不能改变的。可造船远海、筹建海师是经国大业，不是私家私事，这就该举国遴选，举最堪担当者去担当。

高煦不服：父皇难道以为儿臣不如郑和忠诚？不如郑和多勇猛、善谋略？

朱棣深深叹了口气：你不是不知道，郑和十二岁就到了咱们燕王府，他虽是个奴才，却待你亲如兄弟，帮你接屎接尿，陪你习枪练剑。之后，他跟随朕从戍边到靖难，更是形影不离，多次代朕脱险。二十多年来，他的忠勇、智慧和胆魄朕是亲眼所见，难道这还不够！

高煦脖子一梗：那儿臣呢，难道儿臣还不如他，不如一个回回太监？

朱棣将手中茶盏重重放在桌上：又在胡搅蛮缠！你是二皇子，一旦朝廷有了大事，要人担当的时候，众臣都会服你。以后无论说话思考，不要口口声声回回。回回又如何？不要忘记：普天之下，莫非王土；王土之内，莫非朕之子民。北魏王朝乃鲜卑人建立，他不一样地光耀了华夏！以后有空要多读些书，少胡思乱想！

高煦虽觉委屈，声音还是小了许多：儿臣是不如别人会读书，却对父皇忠心耿耿，不像有人那样借父皇之力捞取仁德之名！

朱棣一惊：你是指你大哥朱高炽？他气得挥了挥手：出去！

朱高煦刚刚含怨走出大门，正遇郑和疾步走来，便大声喊道：郑和，站住！

郑和不由得愣在那里。

高煦冷笑几声：陛下给你几两染料，你就想开个染料店啊？本皇子给你一个警告：这差事不好干！

郑和朗声回答：陛下交代下来的事好不好做，郑和都要全力而为。

高煦调整了一下心情，凑向郑和：哎，本皇子想跟你达成一个协议：造船的事还是你管，只是要与本皇子选定的船厂合作。

郑和看着他一语不发。

高煦继续说：好处嘛，就是你若出了什么纰漏，本皇子出面替你担待，如何？

郑和一笑：陛下怎么说，郑和就怎么做，殿下还是先找陛下说去吧。

高煦气得高喊：郑和，你等着！

郑和挺直腰板，朝前走去。

五

郑和、周满等去往东亚、南亚宣示永乐新朝的使节返回不久，日本、朝鲜、暹罗、渤泥等国的使臣便进京朝贺。朱棣龙颜大悦，亲自宴请。

席间，丝竹管弦、霓裳羽衣、丽舞清歌再加袅袅昆腔，使得华夏特有的美食美酒更是活色生香，人们无不陶醉于这梦幻般的世界。举杯话友间，前来朝贺的安南使臣恭而敬之地献上贺表贡品，朱棣命其一旁落座，并与其举杯共饮。

立于朱棣身后的郑和看着贺表却有些疑惑：安南王本属陈氏，如今为何成了胡氏？

本已有些忐忑的安南使者立即低声说：因国王陈氏无后，如今暂由其外甥胡仓掌管国事，故奏请永乐大帝封赏王爵。

朱棣听罢立刻下旨，着礼部派员携诏往访安南，并嘱其一旦查核属实，即可正式封胡仓为王。

笙歌管弦、杯觥交错中，朝宴至夤夜方散。

久闻南京繁华热闹，人间物件无所不有，逍遥享乐处天下难寻，第二天午后，那些随使臣前来的各国富商们便不约而同地前往夫子庙、秦淮河畔，一群番商边走边看，不觉来到教坊街。在一处大门半掩的教坊厅堂，只见两位粉香鬓影的教坊女正陪几位达官贵人品茗闲话，透过翩翩拂动的竹影，从后院正传来一缕忧伤的琴声。其中的两位番商不觉跨入门来。老鸨一见，礼貌又高傲地说：这里是大明教坊。她将眼睛盯向这两个短裤麻鞋的番商：衣冠不整者，不得入内。两番商只得吐吐舌头，讪讪离去。

老鸨见他们离去后，款款来到后堂，见方诗君正敛容抚琴，沉浸在自己的悲吟。她冷笑着对一老坊女说：以后教她些喜庆些的曲子，总弹唱这些悲悲切切、哭丧似的东西，怎么接客呀！

诗君木然弹奏，置若罔闻。

内政繁杂，外务荒置，加之近几年的战争，的确使这位初登皇位的朱棣日夜奔忙。又是近一更天时，他才走进坤宁宫，徐皇后见他一身疲惫的神态，怜惜说：人人都称皇帝好，可谁见皇帝……唉，陛下自登基以来，就从来没有好好歇息过一日。

朱棣打了个哈欠说：要做个好皇帝不易呀，幸亏有了内阁七子从旁效力，还算好了些。

徐皇后笑了笑：内阁七子确实为陛下分忧不少，臣妾早就想会会那些内阁七子的内眷们，不知陛下……

朱棣会意地看看她：二十多年了，朕的皇后总是能想朕之所想，行朕之所行，朕……说着，将她搂入怀里。

徐皇后说：有陛下恩准，臣妾就心有所属了。

朱棣说：这就叫夫唱妇随，朕心甚欢呐。他放开她，思虑重重地说：只是这立储的事……

徐皇后知道此为社稷大事，不该后宫参与，可又不能沉默，只鼓励说：陛下不必心忧，圣心所属，宣诏便是。

朱棣又一次深情地将她揽入怀中：朕的皇后，贤德呀！

第二天，当他步入文渊阁时，解缙正与几位文士欣赏一幅《虎彪图》。众人见陛下驾到，慌忙欲跪地接驾，他只挥了挥手后，也站于图前欣赏。当他见画中数只幼虎围于大虎前，那种种亲昵之状时，沉吟良久后，便命解缙解画。

解缙低吟道：虎为百兽尊，谁敢当其怒？惟有父子情，一步一回顾。

朱棣听着，眼中不由得闪出泪光。他一直为立储之事苦恼着：虎毒不食子，老虎都有那么深的父子情，何况自己！他只有两个儿子，两个儿子他都爱，可太子只能立一个，立谁呢？一时，他陷于两难之中。于是摒退众人，将一本奏折递给解缙，解缙打开一看，是丘福催立太子。

朱棣看着恭立一侧的解缙：你读的书多，自能阅人，你如何看待两位皇子，尽可直言。

解缙思索良久后说：承蒙陛下圣恩，微臣，微臣就秉旨直言了。二皇子能征善战，颇得陛下真传，且懂得揣摩陛下之心，是位良将孝子；而大皇子忠厚仁慈，胸怀博大，是一位理想的储君。

他边说边审视陛下的反映，朱棣却静听不语。解缙已忘记忐忑，只顾直陈：依臣之见，早立太子，也可早安人心。

朱棣思索着解缙的话，自顾自找他最信赖的人去了。

僧录司院中，一头光亮、身着朝服的姚广孝正与下属商量分配度牒之事。一见陛下驾临，立即率众人接驾。

朱棣摆摆手，笑呵呵打趣道：这就是斯道先生，日间穿朝服，夜间换僧袍，你高官豪府可以不要，这头发蓄起来岂不可以？

姚广孝不解其意地望着他。

朱棣笑眯眯地看看天：已经秋凉了，朕是担心你光着脑袋着凉。

姚广孝也呵呵笑道：贫僧就是想图个凉爽。

朱棣说：大师想凉爽，朕也想凉爽，咱们就在这树下摆几盘棋如何？

姚广孝明白陛下是有大事相商，他挥手命众人退去后，就将棋盘棋子摆于树下，两人刚欲举子厮杀，纪纲气喘吁吁地跑来禀报：陛下，我拱卫司的人便装巡查，在江边山野，还有的在酒楼里，仍有不少文人谋反。

他们如何谋反？

有的三五成群议论朝政，有的饮酒赋诗讽刺朝廷，还有将反诗刻在山崖上的，今天更加嚣张。

姚广孝一笑：秀才造反，三年不成，纪大人何必如此惊慌！

朱棣追问：为什么今天更嚣张？

纪纲一脸激愤地说：今天是建文首恶方孝孺死去的百日，他们就写诗赋词地悼念他。

朱棣乘势将一颗白子封锁了姚广孝的一片黑子。

姚广孝见此：陛下可是想以这棋的阵势对那些人……

没待姚广孝说完，朱棣便说：放心，朕文治天下还用得着他们呢！当初，斯道先生说，杀了方孝孺，天下读书人的种子便绝了，朕就不信，你看，如今，这一伙伙读书人不是又都出来了吗？

姚广孝说：陛下是……

朱棣说：朕杀方孝孺并不是与读书人过不去，朕是恨他的迂腐，将读书人的理智、思辨都丢了，他的学问似乎只用来与朕为敌！他激动地望向天空：还是宋人张载说得好哇：为天地立心，为生民立命，为往圣继绝学，为万世开太平。这才是读书人的大胸怀、大气魄！朕欣赏这样的读书人，朕也将倚重这样的读书人！

纪纲听傻了，他迷茫地问：陛下，对那些人怎么办？要不，微臣先将他们抓起来？

朱棣瞪了他一眼：抓了他们，你当祖宗养着？让他们闹去，看看他们能闹出什么名堂来！

说着，他站了起来，思索着什么。此时，一个小和尚正在清理院中积水，姚广孝见状喊道：对水呀，宜疏不宜堵。

朱棣被他一语点醒：斯道先生说得对，宜疏不宜堵。人生在世，都想有所作为，武者，视运筹帷幄、开疆拓土为功业；文者，以著文铭志、匡扶天下为己任，他们满腹经纶，你不给他们大事去做，他们岂不就吟吟诗赋赋词！嗯，朕得给他们些可做的大事。

姚广孝笑望朱棣，朱棣意味深长地说：朕为燕王时，斯道先生送了朕一顶白帽子，你也得让朕的子孙戴稳这顶白帽子啊。他盯向姚广孝问：这顶白帽子……

姚广孝会意：陛下可是在两皇子间决定不下？

朱棣拱拱手：着，请先生直言。

姚广孝哈哈一笑：依贫僧看，陛下在议论张载的话时已经有了答案。

朱棣也哈哈大笑：你这个老和尚啊！朕今日找你还有大事相托，这僧录司的事你就选个人接手吧。

翌日早朝，在众臣子山呼万岁之后，朱棣即朗声宣诏：立皇长子朱高炽为太子，姚广孝为太子少师；赐朱高煦为汉王，封藩云南。

满朝大臣闻诏，齐刷刷跪地山呼：太子千岁！吾皇万岁，万万岁！

“靖难”派的武将如丘福等回过神后，也跟着高呼万岁！

朱高煦则如在猝不及防中着一闷棍，痴痴地辨不清是梦是真。

解缙更在自以为得宠中，向圣上深情仰望，只有姚广孝依旧若无其事地深埋双眼。

朱棣显然不希望众臣在立太子事上再生周折，于是说起另一件事：近日，朕在翻读典籍中常遇一些难解之题，想查出处，却又遍翻藏书一时不逮。朕想，若能将祖先留下的经、史、子、集，包括流传至今的农、商、医、艺、巫、幻等凡能找到的书汇集一体，按不同内容、不同体例，分类编纂成一套大书，再要翻查阅读，岂不如探囊取物？岂不也为后人留下一笔不菲财富！说到这里，他眼望解缙：解爱卿，你可愿领衔做这件功德无量的事？

解缙闻言，迅疾趋前跪拜：臣解缙谢陛下栽培。陛下所想，诚乃天下读书人所想，陛下所为，诚乃读书人所不能为。

朱棣听之遍体通泰，鼓励他再说下去。

解缙说：只是此书工程浩大，需天下才人学子鼎力而为才是。

朱棣走下龙墩，边挥动双臂，边来到众臣之间：自然，我大明物华天宝，人才济济，要编一套旷世大书，自然要举天下学人之力！若还不够，就开科取士！他缓缓神说：开科取士，对天下读书人来说可是一件盛事，何况现今已中断多年。

众臣齐齐伏地高呼：陛下圣明！

朱棣也被自己的构想和众臣的欢呼声感染着，他大手一挥，从黄袍中溜出一截破旧的袖子，于是便连忙把它塞了进去，可他手一抖，却又掉了出来。众臣见此掩嘴而笑，他也笑笑说：朕身为九鼎之尊，就是每日穿新衣也不为过，可朕每看到奢靡浪费之相，都会想起母后当年为父皇灯下补衣的情景。想起父皇、母后的教诲，朕恨不得使出浑身的劲儿来，让天下苍生早一天过上好日子，惟能如此，朕心中才能真正快乐！

他似乎被自己感动了，眼中闪着亮亮的泪光。众臣感动得一阵沉默后，在夏原吉、解缙、杨荣等带领下伏地唏嘘：吾皇圣明，吾皇万岁，万万岁！

茫茫大海中，一叶皮筏划向三佛齐海湾。皮筏刚入港口，一渔船上的人便盯向他们。

小黑哥闪动着眼睛靠向弘无，弘无拍拍他的肩：别怕，这是梁道明的地盘，他们不敢打咱们的主意。

话音未落，渔船靠了过来：这皮筏不错呀，借兄弟用一下吧。

弘无笑笑说：年轻人，老夫乃梁道明老友，请问他可在家？

船上几人相互挤挤眼答：他出门了。说着就跳上皮筏。

此时，嗖地划来一条舢板，舢板上的渔民一眼认出弘无，对着船上的人激愤地喊道：你们也太无法无天了，梁哥的朋友也敢欺负！

那个看似小头目的人得意洋洋地说：如今的三佛齐就要成义哥的地盘了，你还不知道吧？

德高望重的梁道明毕竟在此地经营多年，那青年渔民一声呐喊，附近捕鱼的渔民便纷纷赶来，驱走了那条欲抢皮筏的贼船。

弘无谢过众人，来到梁道明的宅邸。此宅虽建在岛上，却仍是前有廊檐、后有花园，一派中国府邸建筑之风。只是花树狼藉，庭院寥落，门房向后庭通报许久，也没见梁道明的踪影。

弘无不管这些，径自踱入后庭，刚入厅堂，面目憔悴的梁道明就趿拉着鞋蹒跚迎出。弘无急赶几步，扶住了他，看着他的满脸病容，未及寒暄，先自给他把了把脉，又看看他的舌苔，宽慰说：从脉象看，倒无大疾，只是忧思太重，导致气血凝阻，他停顿了一下问：弟妹可有消息？

这一声问候，牵起梁道明无限愁绪，十多年了，他走遍南洋、西洋寻找自己的爱妻，仍是杳无音讯。他长叹一声说：她是怀着身孕，被陈祖义劫走的，悠悠十年，怕是已不在人间了……

有人是为看望病中的梁道明，有人听说弘公上岛，不一会儿，厅中便呼啦啦来了五六个华人，他们相互问候后，感叹起海上状况。最令人忧心的，还是海上大盗陈祖义，他不光人多势众、船大兵精，而且狡诈多变、心狠手辣，连三佛齐的侨领梁道明之妻都敢劫持，他还有什么事做不出来！更可怕的是，每次抢劫，他都论功行赏，将所得钱财、物品论功分给那些小盗、水手，久之，一些找不到活路的人都投奔了他，他因此扬言，要扩大队伍、开拓海域，建立陈氏海上王国。

其他岛国也不太平，那狐儿国花脸首领，见苏门答腊富裕，先派人潜入苏门答腊，用毒箭射杀了国王，之后，就将苏门答腊城死死围住。年轻的王后和幼小的王子及殿前大臣们束手无策，王后只好令人贴出告示：谁能击退敌人，王后就下嫁于他，并与他共治王国。未料，一个渔夫竟率兵击退了狐儿国的城下兵，王后果不食言，下嫁渔夫，此后，人们都称苏门答腊王为“渔夫国王”……

人们边谈论边感叹，弘无插言问道：如此说来，陈祖义已成海上一霸，这一带就没有能与他抗衡的人？

梁道明沉声说：有倒是有，但我们不愿和他走得太近。

弘无：为什么？

梁道明说：此人名陆宽，其实是张士诚之子张子宽，他那一路人都是张士诚与方国珍的旧部和后人。他们虽也是海盗，却处处保护华人，算是侠盗吧。可他们恨透了大明，若与他们走近了，岂不得罪了天朝？说完，他又是一声长叹。

弘无也不再说什么，只给他开了一纸药方，嘱他认真吃药，心宽些，意静些，最后挥笔留下两句诗：心宽意静神方远，海阔天高舟自行。

自从失去势在必得的太子位后，朱高煦像是丢了魂灵，不是纵酒，就是无端暴打婢仆。那天傍晚，酒后的他只想大哭一场，于是跌跌撞撞来到坤宁宫，一见母后，他顾不得宫中礼仪，也不管旁边的婢女，还像儿时受了委屈一样，扎在徐皇后怀里便放声大哭。

徐皇后自然知道他是因失去太子位而心情郁闷，只能不断慈爱地抚着他的头安慰着。良久，他停下啼哭，哽咽地问：母后，孩儿知道，母后从来最爱煦儿，可这次，母后为何隐瞒孩儿、欺骗孩儿？

徐皇后苦笑着叹了口气：煦儿长大了，可还是那么任性。后宫不得过问朝事是太祖定下的规矩，你难道不懂？

那母后也可以提早告诉孩儿，免得孩儿在满朝文武面前出丑啊！

母后预先也不知道，而且即使知道了，也不能跟你说呀……

朱高煦刚要耍赖，朱棣走进宫来。朱高煦一见，立即神情激动地扑跪脚下：父皇忘记江边承诺也罢，可皇儿犯了什么罪，竟要罚去云南徙边？

朱棣懊恼地说：朕从没忘记江边之语：世子体弱，你要多努力。不对吗？

朱高煦知道自己从来不是父皇的对手，但他明白，他永远是父亲的爱子，从小就是，于是撒起赖来：孩儿无罪，不去云南，孩儿就想在父皇母后面前，随时听教诲，任打骂……

朱棣也感到未封他太子已是一个打击，再要他徙边云南，也有些不忍，于是对他的要求未置可否。

造大船，建水师，皇命在肩，郑和深感圣恩与他的梦想越来越近，他只恨白日太短、黑夜太长，巴不得日夜相连，埋头劳作。

这一天，晨光初露，他就赶到龙江船厂，船主听说内官监太监郑大人到，立即从床上爬起来，陪他奔往制图间。技师兴奋又恭敬地领他们来到一张长案前，揭开一袭红绸，一个精美的船只模型映在他们面前。技师说：郑大人请看，整个船型是首尾高翘，以达吃水深的效果；再看结构布局，这个楼船主甲板上设甲板室三层，尾部设尾楼；再看桅杆，共六根，首中段三根挂硬帆，尾段三根挂软帆，软帆可起可落，可树可倒……

郑和端详良久：船锚放在哪里？

技师指着船模：船首吊四个四爪锚。

船尾呢？

经反复测算，船尾不需锚。

最后一根桅杆中部需设一横梁，用以张挂旗帜，此梁一定要坚牢。

技师点头：小民明白。

郑和围着模型反复琢磨，喃喃着：……我要的是大明气派，大明风范……还是不够大气……

船主不解：大人是要造宫殿啊？

郑和笑笑：再想想吧。

是夜，郑和一夜未眠，反复构想着主船的造型、结构、坚固度。

第二天，当他想好一些主意后，便急急跑向造船厂，未料，刚进船厂，船主便哭诉起昨夜的经历。原来，遵照郑和的意思，直到丑时，船主还和技师商讨修改着大船模型。此时，一伙蒙面歹徒似是从天而降，他们一面手持刀剑捣毁制图间，一面抢劫大船模型，一阵打杀后，模型和主技师都不见了。他连夜派人四处寻找，还是毫无踪影。

郑和听后，久久呆坐地上。当他清醒过来后，急命船主找齐所有参与设计的制图人，重新制作模型。

转眼间，朱棣42岁诞辰就要到了，最善揣摩父皇心思的朱高煦笑嘻嘻拜见说：父皇的42岁华诞就要到了，今年不比往年，父皇登基，永乐开启，天下太平，儿臣可要抢先献一寿礼。

朱棣忍住笑容，故意板起脸问：又想出什么歪主意了？

朱高煦一笑，朝外招了招手，接着，几个用人抬入一件用红绸罩盖的物件，他们摆定之后，朱高煦揭开红绸，一个精美的宝船模型呈现于朱棣眼前。朱棣欣赏着，赞叹着，突然回身说：召郑和。

朱高煦急忙抢着说：父皇，模型就是泉州“荣记”船厂做的，看人家这工艺，没得说吧？郑和在龙江船厂鼓捣了这么久，也没拿出个像样的东西来。

“荣记”，不就是那个给泉州官府造船的船厂吗？

就是，依儿臣看，他们完全可以造出父皇所要的船来。

朱棣沉吟着：你怎么对“荣记”如此清楚？

朱高煦一愣，即刻笑嘻嘻地说：父皇忘了？儿臣既管市舶司，自然要清楚诸多与远洋有关联的事情，否则……

此时，郑和已默默走进宫来，朱高煦转过脸来，幸灾乐祸地看着他。

朱棣则喜滋滋地拉起他看宝船模型，郑和仔细看了看，完全明白了这模型的来历。

朱棣指着船模：你曾去过泉州“荣记”，从这模型看，他们确有实力呀。

郑和不便也不敢说出事情的真相，只掉转话头说：启禀陛下，为选好船厂，奴才对福建、浙江、湖广、江西、苏州等地船厂都做过详细比较，最后选定龙江船厂，不仅因它造船能力强，还考虑到诸多因素，比如，要造一艘巨大的宝船，船厂一要设备齐全，二要场地舒展，三要与河港海港相通。龙江船厂作塘呈东西向，与长江夹江相通，宝船一旦造好即可顺江入海。其次，建造这种巨型宝船，还必须保证其稳定性和抗沉性……

朱高煦早已听得烦躁起来：你忙忙碌碌跑了小半年，啰啰嗦嗦说了一大堆，却连个模型都拿不出，还有什么资格谈宝船？

郑和愣怔片刻说：郑和愿许下军令状，一年之内若造不出陛下所需宝船，便请汉王取下郑和项上人头，献给陛下祭海！

朱棣哈哈大笑：好，好，谁说太监没血性？朕就知道郑和是个好男儿！

郑和泪光闪闪地看着朱棣。

朱高煦眼睛喷火般地斜睨着郑和。

郑和躬身说：奴才曾考察过“荣记”，它的造船能力确非一般，可允其承造部分船只。

朱棣说：好哇，造船一事统归你去办理，无须请示他人。

朱高煦听后，黯然离去。

郑和走出乾清宫时，已经夜幕垂落，他回到府邸，换下朝服，抱起一坛老酒，就朝天禧寺走去。想着陛下的恩宠，想着陛下委以的造宝船、建水师的重任，他似乎感到自己正一步步朝着他多年的梦想突进。他只想走得快些再快些，他急欲向人倾述，急欲与他最亲近的人分享快乐。

当姚广孝在月影下的寺院见到怀抱酒坛的郑和时，不禁哭笑不得：郑和，你，你这是做什么？

郑和憨憨笑笑：想与大师饮酒。

姚广孝哑然失笑：我们一僧一宦，怎能在寺中纵酒？

郑和不予答话，他将酒坛放于院中树下，又将老酒倒入刚从寺内取出的两只粗碗，即边饮边述说起陛下令其全权领衔造宝船、建水师之事。虽看似面若止水，姚广孝这出家人也被青年太监的家国情怀感染了。他一面连连口称“善哉”，一面端起酒碗一饮而尽：当今圣上，功业虽不比唐宗汉武，其眼界胸襟却是稍胜一筹啊！说起造船下西洋，老衲却想起一人。

郑和忙问何人。

姚广孝又饮一口酒后连连发笑：此人可说是非僧非道，亦僧亦道，说深了，堪称博学多识，胸怀高远；说白了，就是个海疯子。他整天想的就是远渡重洋，为此，还在古人发明的罗盘、指南针的基础上不断琢磨，并且边行船，边测海象、绘海图……

郑和听得跃跃欲试，他又给俩人碗中续满酒，碰碰碗说：学生即将领船队下洋了，这正是学生所需之人，大师能否作一举荐，让学生也拜其为师？

姚广孝苍凉一笑：二十多年了，早不知他疯到何处去了……姚广孝举头望月：阿弥陀佛，但愿他得其所愿，将罗盘、指南针校正得出神入化，也可为海上众生指路畅行……

郑和咕嘟嘟饮下碗中酒，竟止不住倾情大笑，直笑得头上大树枝叶飘拂，一轮明月也凝眉相问。

姚广孝：不喝了，不喝了，你醉了。

郑和晃晃头：没醉，学生是高兴，啊，高兴……说着，他竟要拔剑起舞。

姚广孝制止说：放下宝剑，佛门重地，岂可手持凶器！

郑和放下宝剑，笑得更加忘形：哈哈哈，郑和得福啊！父母给予我生命，陛下与大师为我插上理想的翅膀，哈，哈哈……人生在世，还有比这更厚的福吗？造好船，练好兵，郑和就要率领船队浩浩荡荡走南洋，下西洋，朝天方，比父亲、祖父行得还远！

姚广孝也感慨着：令尊、令祖的确堪称哈只啊，海路迢迢，他们竟能为了朝拜信仰远赴天方，天下生灵都应有此等信仰才是啊……

郑和收住笑声，眼望月空：……大师，那是天，还是水？啊，是水，滇池的水……阿云，等着我，终有一天，我会带你去天方，去天方……

姚广孝轻念一声“阿弥陀佛”后，让郑和靠在自己怀里。

郑和止不住地说起儿时往事，原来这阿云是他家邻居的一个女孩。他们两小无猜，同住在云南昆阳滇池之畔。那里湖阔水清，他们很小时候就像两条无忧的鱼儿在湖水中上下戏耍，最快意的是他以双肩托起她甩入湖中，她又神不知、鬼不觉地钻入他身下，将他拱起翻入湖里，在笑得鱼儿惊惶、虾儿懵懂中，她听他讲述祖父带父亲去天方朝圣的盛况和大海的辽阔。不知多少次，每当听到这里，她就嚷叫着求他：三宝哥，你也要带我去天方，去天方……早在那时，他们幼小的心田里，已播下远行大海、朝拜天方的种子。可惜世事无常，在明军攻灭了云南梁国，郑和被俘入宫、被阉割为太监后，又辗转北平、南京……这尘封了二十多年的往事虽已如雾如烟，但每到夜深人静，郑和还了真性情时，耳畔还是常常传来阿云喊叫他“三宝哥，三宝哥——”那亲切又清脆的声音，眼前也经常出现她娇好的面容。

听着郑和的叙说，姚广孝只能不停地念着“阿弥陀佛，阿弥陀佛”，心中翻起的却不知是喜，是忧……

六

那一晚，郑和像一位多情的诗人那样叙说着自己多彩的童年和梦想，姚广孝如一位慈蔼的父亲般抚着他宽阔健美的背脊，倾听着他心底的诉说。一夜的诉说，郑和的梦想更加鲜活，奔向梦想的心声更加强烈。翌日晨，他告别天禧寺，告别如父如师的道衍大师，径直朝兵营操练场走去。操练场上，队列严整，操练火热，在一个翻墙腾跃落地匍匐的动作中，一个新兵落地后，就晕厥不动了。百夫长气冲冲走来，踢了他一脚：葛三狗子，是你呀！你他娘的一条贱命，还想装公子哥啊，起来！趴在地上的黄轩被他踢醒了，艰难地挣扎着。

百夫长一见有了动静，心也宽了，竟自叨叨起来：还葛三狗子，起了个什么名儿啊？太拗口，改个好叫的！

趴在地上的黄轩点头：是，百夫长，那以后就叫我葛三吧。

百夫长又踢了他一脚：这还像个人名儿，好叫，快起来！

圣上既然钦点郑和组建水师，他必须先知道些官兵训练的现状，这操练场练兵的一幕，确实为他水师的操练提供了不少可借鉴处。他计划着操练水师的程序、科目，又朝造船厂走去。

解缙自领旨带领众才人、学士编纂一套旷古大书之后，真是全身兴奋、五内感动，天下读书人有谁不希望建功名、成大业、传世永远，何况又是陛下亲授钦定的题目！经过一年又四个月的泣血奋战，大书终于定稿。那天凌晨，当文渊阁内盏盏油灯吹灭，装订好的一册册大书汇集到他的长案时，他终于站起身来，活动一下早已酸软的腰身，向众人抱抱拳说：诸位辛苦了，我们147人经过一年零四个月的艰难编选修订，终于完成了陛下的授命，鄙人这就呈给陛下。

众人也无不如释重负地活动着筋骨，提醒说：解大人不妨缓缓再说，天刚亮，可别打搅了圣上的早觉。

解缙哈哈一笑：这可就冤枉陛下了，诸位有所不知，陛下自登基起，从来都是睡一更、起四更，此刻已是卯时，早该洗漱完毕了。说着，他就命几个小厮抬起装箱的大书走出文渊阁。

乾清宫中，朱棣见一箱箱编纂好的大书抬进宫来，不禁高兴地站起身来赐座解缙，他看着解缙说：爱卿瘦了。

解缙得此厚宠，连忙站起身说：谢陛下宏恩，微臣，微臣能得此宏恩，乐此不疲。

朱棣边走近一箱箱大书，边兴奋地说：谁说我永乐绝了读书人的种子？仅仅一年多就成就了如此丰博的一部大书，只可说我永乐文脉滔滔，此书就叫《文献大成》吧！

解缙即刻躬身而拜：陛下圣明。

朱棣边按解缙落座，边一册册翻书，他越翻越快，解缙的心跳也随之越来越快。朱棣的眉头从微耸到微皱直至皱紧起来，他放下最后一册，重重地叹息一声：这是朕要的书吗？

解缙疾跳的心重重地沉落下来，他似乎感到脚下的地砖在下陷，下陷。良久，他擦擦额上的汗，问：陛下以为……

朱棣摇着手中的书说：看来是朕高兴得太早了，此书不够大，也不够全，这样的书如何流传千古？

解缙申诉般地说：……一年零四个月，孔孟之学微臣都搜齐了，集天下

147位儒学大家，这……

朱棣激动地说：解缙呐解缙，你虽才华横溢，还是格局太小啊！在你眼里只有孔孟，我华夏上下三千年，难道只有孔孟之学？佛呢？道呢？朕说过，包括经、史、子、集，还有历代先贤留下的农、商、医、巫、书、画、天文、植物……一应学问都要编纂进来。他激动地踱起大步：何止是编书，朕之国策也是，只要朕一提出，你们就大呼不可，这一切皆因你们眼里只有孔孟、程朱，眼界过窄，格局过小啊！

解缙被说得木呆呆站在那里，不知所措。

永乐王朝新风阵阵、日益强盛，周围邻国也自争相靠拢、纳贡、讨封、请求天朝皇帝撑腰评理，弄得大明应接不暇。先是哈密安克帖木尔派使者进贡五千匹良马，并请求赐封，朱棣想到他们上年也曾贡良马四千七百四十匹，念其年年进贡并年有所增，足见其忠顺向明，于是册封帖木尔为忠顺王，并赐金印。

接着，老挝宣尉使派人送来安南王陈日亘之孙陈天平。陈天平一见天朝圣主便哭诉说，安南黎氏篡位后，自己被一路追杀，逃往老挝，黎氏为掩人耳目，并谎称胡氏。之后，他涕泪横流地诉求朱棣：胡氏还侵上国思明府，夺其土地，驱赶百姓，究其本心，实欲抗衡上国，今陛下德配天地，享誉四海，恩披远夷，乃四海之望，外臣之大愿也……他的一番话说得朱棣既遍体通泰，也获知了一些南海诸国的现状。但最不安定处毕竟在北方，且安南毕竟是人家的内政，只要它们臣服于大明，也就无须多管。于是，命礼部暂赐陈天平一处府邸，月支俸禄，先住下来再说。

别国的事可以暂时放置不管，自家的事却不能久拖。近日，朝堂上屡报海盗滋事、海上不宁：一是张士诚、方国珍残部盘踞南洋诸岛，与陈祖义等海匪分分合合，抢劫滋扰海上渔民和客商；二是东南诸岛各番国战事连连，你抢我夺。朱棣听完各路奏报和朝议说：是啊，多年来，我们征讨漠北为多，却轻忽了大海，故此，朕才命郑和大举监造海船，组建训练水师，一旦我大明船队、海师形成阵势，就将浩浩荡荡驶向大海，荡平海寇，还大海一个辽阔的清平世界！

就在众臣为陛下的雄图大略长舒一口气的时候，礼部来报，日本将海盗头目吉野丘原及其余党数十人捉拿后，已一并送来朝廷待处。朱棣想了想说：既已捉拿归案，就令其自行处置吧。不知日使是为了赢得大明的信任和欢心，还是他们的法度使然，接到朱棣令其对日本数十名海盗自行处置圣旨后的几天，竟一律将他们蒸杀了，以致朱棣听后也久久不语。

朱高煦的心绪越来越失衡，先是失去了势在必得的太子位，继而，本该由他主管的市舶司分管的造船大业又被郑和夺走，他怎能不满腔愤懑！但他从不服输，也从没输过，他一定要闹出个动静来给父皇看看，夺回父皇从小到大给他的专宠。他千里奔驰来到泉州，第二天就唤来梁知州说：陛下得知泉州常遭倭寇骚扰，圣心不安，本王想出一个办法以解圣忧，梁大人可愿尽力？

梁知州闻言，立即趋前躬身：臣本圣上之臣，只要能以微臣之力稍解圣心之忧，虽肝脑涂地，自当在所不辞。何况汉王千里迢迢，为泉州苍生安定而来，此乃泉州百姓之幸，下官之幸，汉王只管吩咐。

朱高煦讳莫如深地说：事情虽好，本王却不想张扬，免得事尚未成，就闹得沸沸扬扬的。

梁知州身子躬得更低：下官明白。

本王只想用自己的护卫，在此地海上建立一支抗倭卫队，以还泉州一个安宁。

梁知州感动地望着他：那，汉王要下官做些什么？

朱高煦轻松一笑：不需你做什么，只要你不张扬。

梁知州朝高煦深深一揖：下官代泉州百姓谢过汉王。

第二天，朱高煦正在海边遥望大海，与孟可筹划着这支以抗倭卫队为名的水师的未来，“荣记”少东荣光福应招而来，他拜见过高煦就说，“荣记”已为汉王备齐了三十二条大船，还望汉王多为我们拨些船引，不然，“荣记”只喝些龙江船厂喝剩的汤，小民就要撑不下去了。

一提龙江船厂，就让他想起郑和以及他跌在这太监脚下的耻辱，他一下瞪起眼说：你可是想要挟本王？

荣光福立即讪笑着：小民不敢，小民……

安南终未平静，陈天平刚被安顿在南京钦赐的府邸居住下来，篡权得封王位的黎氏使者就千里迢迢，前来谢封位之恩。朱棣在尴尬中心生一计：设宫廷宴宴请。

宴席设在谨身殿。当华灯初上，几名太监引四位安南使者进殿、并大礼跪拜天朝天子后，不禁在辉煌肃穆中倍感殊荣。朱棣宽和地笑笑说：安南使臣自远方而来，朕心甚悦，今特设宴，款待远客。说着，他看了一眼太监昌盛，昌盛一个眼色，两名小太监就渐次引入裴伯耆和陈天平。

此时，刚刚跪地谢恩的安南使臣未及站起，就又趴于地下，不知如何是好。

朱棣哈哈一笑，举杯说：孔子云：有朋自远方来，不亦乐乎。你们都来自安南，朕就一并宴请，你们可相互认识？

一跪地使臣说：外臣是奉王命办差，外臣……

朱棣笑得更响：诸位都是客，朕今日只为宴客，都请站起就坐，饮酒，至于谁是真王，谁是假王，嗣后再说。说着，他先干了杯中酒，大手一挥：升乐！

先是弦管笛箫，偶插锣钹击鼓，本为琵琶演奏的《十面埋伏》在谨身殿的演奏中竟变成了器乐合奏。殿中人随着音乐的旋律，不仅身临其境，听出了两军对决时的声动天地、屋瓦旋飞，那金鼓与剑弩的交叠、人马与风雷的嘶叫也不绝于耳，朝中君臣听得心神振奋，深感到天朝的威武强盛，坚不可摧，安南使臣们则在钦慕中暗生忧惧；接着的一曲江南丝竹则悠扬婉转，使人徜徉于富贵温婉的春江月夜中。

正当座中人边赏乐曲边饮美酒时，方诗君被引上场，只见她轻捻琴弦，慢启朱唇，从低吟浅唱到声泪俱下，自弹自唱起《窦娥冤》。一曲未终，陈天平已泣不成声，朱棣紧贴嘴边的酒杯也颤抖起来……此时，有人悄声说：此女莫不是方孝孺之女……

纪纲闻言，看了一眼朱棣后，大喝一声：反贼，这不是为那些奸党鸣冤吗！

朱棣顿时兴致全无，看着纪纲将诗君拖走，一言未发。

一场朱棣精心设计的宫廷宴在五味杂陈中散席了。

朱高炽急匆匆来到坤宁宫，他又喜又急地告诉母后，方孝孺之女方诗君还活着，她先被发往教坊，方才又因唱了一曲《窦娥冤》，被纪纲打入死牢了。

徐皇后听着久久未语。当她听到方孝孺被诛十族后，就一直挂记着诗君。她曾见过儿时的她，她依稀记得，那年诗君才四岁，已能背《诗经》和几十首唐诗，她面目姣好，活泼知礼，母亲一见就舍不得撒手，才为她最爱的小儿子增寿求了亲……真是物是人非，如今母亲和小弟都已不在了，谁料得到，可怜的小诗君又遭此命运……

徐皇后虽然胸中波涛汹涌，在儿子面前却一语未发，只打发朱高炽早些回宫歇息。朱高炽尽管心急如焚，但一想到母亲的脾气，也只能乞求地望着母亲说：若是小舅地下有知，他会如何……

徐皇后边催儿子回宫，边擦拭自己的眼角。

第二天晚上，徐皇后亲手做了一桌朱棣父子爱吃的菜，摆了个温馨家宴。素知爱妻的朱棣明白她的良苦用心，搁下一摞待批的奏折，早早地回到坤宁宫。当两个儿子进宫欲行大礼时，朱棣放下平日威严，慈祥地拦住：从北平到南京，从王府到皇宫，你们的父亲从燕王到皇帝……其实，有的时候，父亲最怀念的还是北平燕王府，王府中咱们那个温馨的家呀。今晚你们母亲亲自下厨、摆宴，父亲猜想，她也是想重温那个家的味道，那咱们就不拘君臣，只问夫妻、父子、母子，可好？

朱高炽、朱高煦立即雀跃说好，徐皇后看着这父子三人，更是笑得泪光闪闪。

席间，朱棣站起身来，给每人发了一张纸条：我们先做个游戏吧，每人将自己最爱吃什么、另外三人又最爱吃什么写在纸上，之后公示，写对者吃菜，写错者罚酒。

母子三人高兴得连连叫好。未待多时，三人都将写好的纸条交到朱棣手里，他连同自己的纸条一一展开桌上。徐皇后准确地写明了父子三人的最爱，唯独没写自己爱吃什么；而父子三人只写准自己爱吃什么，却没一人写对别人的最爱。朱棣看着握在手里的四张纸条，心中一阵酸楚，说：我如今最对不起的是你们的母亲，夫妻二十多年，竟连她最爱吃的东西都不晓得……他久久看着两个儿子，长叹了一声：日子过得快呀，一转眼你们都成人了，娶了妻，生了子，太子的太子，王爷的王爷，却连辛辛苦苦二十多年的母亲爱吃什么都说不清，你们……他长叹一声，两个儿子连忙跪于地下：是孩儿不孝，孩儿一定牢记父皇的教诲、母后的深恩，天长地久，尽忠尽孝。

徐皇后眼涌泪花地扶起他们：不是说好了吗，吃顿快乐的家宴，怎么又……

朱棣对两个儿子说：母后让你们起来，就起来吧，父亲和你们都要记牢你们今天的话！他笑转徐皇后问：梓童，今日你必须说清想要什么赏赐！

徐皇后莞尔一笑：既然皇恩浩荡，臣妾就要一个大些的礼物。

朱棣笑着说：只要你说得出，朕就做得到。

徐皇后放下筷子：臣妾想写一部《劝善书》，需要一个人帮忙。

朱棣由衷大笑：好哇，梓童要著书立言，这是朕想也没想到的好事，别说要一个人，你要多少朕都能让你满意！他想了想问：将当今大才子解缙派给你如何？

徐皇后歉然一笑：臣妾岂敢夺陛下所重之臣！臣妾只想要一女才子，也好朝夕切磋。

朱棣搔搔头说：这，朕明日就着人四处寻访。

徐皇后说：不劳陛下费神，臣妾记得，方诗君自幼颖悟多才，饱读诗书，不知陛下可……

朱棣良久未语，两皇子相互对视。朱棣终于开口：此事就由炽儿为你母后张罗吧。

朱高炽看看父皇的脸色，亦喜亦忧。喜的是他终于可以为地下的小舅尽尽心，为父皇对方家以及对读书人的过度残忍做些补赎；忧的是，自己出手救诗君，等于为方孝孺翻案。

高煦则幸灾乐祸，心想，你太子也不是那么好当的！

这是一件事关成败以及自己未来的大事，他不能不请教少师姚广孝了。

少师听罢他的疑难，问：老衲只问太子，你的本心是想救她，还是不救？

太子说：她本无辜，况且父皇灭方家十族，本已太过……

姚广孝笑了：既如此，太子只遵本心去做便是。

太子又陷入犹豫：如果父皇真的同意，他当场就会答应母亲，何必将这烫手山芋扔给自己？父皇到底用意如何，他真的摸不准。

姚广孝捻了几粒佛珠说：太子可曾想过，众臣所以拥你为太子，原因何在？就是因为你天性仁德，能服天下。

朱高炽倏然领悟了少师所云，当日便领方诗君走出死牢，送往坤宁宫。

自那晚家宴父皇将方诗君事交太子处置后，朱高煦就时时盯着他的选择。当他得知哥哥果然将诗君救出死牢、交由母后后，就抓住朝堂议事之机，借此攻击朱高炽初为太子，就胆大妄为，私自放出罪臣之女方诗君，其袒护罪人事小，违逆圣意事大。

众臣皆知，此为两皇子的内斗，不便搅和。解缙却秉持书生意气，直言：依臣之见，太子绝无违背圣心之念，此举反而显出太子的宅心仁厚，体恤圣心。

纪纲跨前一步，紧盯解缙：微臣倒不知解大人是为谁说话了，为太子，还是为方孝孺？

朱棣自然知道高煦挑起此话的用心，他最顾忌的是，事情一旦闹大，会伤皇后的心，于是超然说：放就放了，一个小女子，还能翻天！

姚广孝不失时机地说：陛下胸襟宏阔，海纳百川，实乃天下大幸，万民大幸！

随之，众臣伏地高呼：陛下圣明，陛下万岁万万岁！

朱棣挥挥手说：都起来吧。接着，他将目光投向风尘仆仆、又黑又瘦的夏原吉：夏爱卿，你的奏折朕都看过了，还有浙西众臣的频频上书，说你在治水中布衣徒步，日夜筹划，盛暑不张盖，不辞辛劳、不分昼夜地指导施工，终于使太湖、淀山湖和浙西之水顺畅入海，不光解除了今年的水患，还构建了百年防水大堤！本朝最缺的就是这种不事言辞、为民解难、与民同戚的官员，朕封你为户部尚书！

夏原吉刚刚谢过圣主隆恩，从地上站起身，解缙便趋前奏报，说外面盛传，龙江船厂造的船越来越大，郑和简直不是造船，而是在造海上宫殿……

夏原吉即刻接言：那可得花多少银子？若是拿去修水利……他的话尚未说完，众臣就议论起来。

朱棣扫视他们一眼，抬手一指说：众爱卿先看看朕着人挂上的这两幅地图。众人虽不知何意，却一个个遵命挤向前去。

朱棣说：在这两幅地图中，自然可看出大明多大，海洋有多大。看懂了这两幅地图，也就懂得郑和为什么造那么大的海船了！

说着，他走下龙墩，激动得大幅踱步：身为大明臣子，目光就应该放得远些，再远些，眼睛看不到的地方，心一定要看到！

他转向夏原吉：朕知道你夏原吉头脑缜密，精于算账，又能尽忠国事，所以封你为户部尚书。你记清楚，你上任后的第一件事就是为郑和筹足银子，创建一支强有力的水师！

夏原吉自然只能领旨照办，可心里却仍是疑虑重重，朱高炽也一样困惑不解。他刚要力陈己见，杨荣为保护他不惹圣上不快，抢先说：既如此，微臣就陪太子看看郑和造的大船去吧。

未料，太子尚未反应，圣上却高兴地挥挥胳膊：杨爱卿提醒得好，早朝事已议毕，我们就一起去龙江船厂看看郑和监造的大船！

弘无好长一段时间没来三佛齐了，当他得知那周遭岛上、海上有那么多的争抢罪恶时，真惭愧自己这么多年来不问人间事，一心琢磨罗盘、指南针的偏颇。可世事烦嚣，皆为权与利，他正是厌恶于此，才躲入大海，一心琢磨悠游大海的器具，以求得与海为伴的自由和清净。没想到，这陆上的污浊也随着海水和波涛流向大海了。他只有躲避，除了大海，还有他的玫瑰岛。是的，玫瑰岛，一想起那岛上的鲜花和女人，他就周身温润，处处暖流，他也才意识到什么是生命……

早已不记得是什么年月，只记得那时他还不老，还能独自撑船徜徉于海浪之间。不料，一次雨夜海啸，几经颠簸撞击，小船破碎，他被狂啸的浪涛推向一个小岛。当他醒来时，伴着阵阵花香，两位半裸的少女正为他擦着满身泥沙。少顷，一位威严中透着温婉的女子端给他一碗水说：喝下去，喝了这水，你就活过来了。

他迷迷蒙蒙地只有听话，从缓缓啜饮到大口畅饮，那水竟入口生香，在沁香中化出入心入肺的甜。倏忽间，他想到了琼浆、甘露……他真的活过来了，他看清了坐在他床边的女人：威严中透着端庄，端庄中透着美艳，那黄褐色的皮肤，那深潭般的眼睛，那翘臀蜂腰、半裸的丰胸更喷薄出她掩不住的妖冶与狂放……他不知是梦还是现实，揉揉眼睛，问：请问小女子……

话刚出口，一位少女的巴掌扇来：无礼！这是我们酋长，阿里玛酋长！

阿里玛挥挥手：他活过来了，你们都下去吧。

三位少女应声退去。他想爬起来谢救命之恩，阿里玛摁住了他：海上人谁都会有灾有难，不必谢。

弘无说：请问，这是哪里？

玫瑰岛。

弘无说：多美的名字，岛上可有玫瑰？

阿里玛笑着说：今天太晚，你又刚活过来，明天你上岛看看就知道了。说着，她走出了房间。

第二天，当他伴着鸡鸣醒来时，只觉肚子饥饿。他一眼看到木墩上放着的饭团、椰子和说不出名字的野果，爬起身就大口咬嚼，填饱肚子后才想起昨晚的事，也只是影影绰绰像是一场虚幻的梦。

他活动了一下身子，走出房间，回头一看，这所谓的房间只是原木搭建、上面铺满树木枝叶的木棚。阵阵馨香扑来，果然是遍山玫瑰，还有不知长了有多少年的棕榈、椰树和蓬蓬野蕉。他正满腔新奇朝坡上走去，山那边却传来阵阵踢打拼搏的习武声，声音虽震动山岗，却是一样的尖厉清脆，待要引颈细看，习武者竟是一色的女性。他正不明就里，随着一声恫吓“别动！”，两柄雪亮的长枪对准了他。

你怎么跑到这里来了？阿里玛在几名女护卫簇拥下大步走来：他已经活过来了，赶他出岛！

昨晚那两汪深潭般的眼睛如两把利剑，声音里注入了更多的威严和肃煞。

……阿里玛酋长，不好了，阿蕉和鲁贝卡突然病倒了，满嘴吐黄水，身上像是着了火……一执刀女人慌慌张张跑来报告。

阿里玛尚未听完，就大步朝习武场奔去，弘无紧跟其后。他不顾女人们的驱赶，直奔病倒在地的女人，先翻她们的眼皮，后切脉息，之后站起身朝向阿里玛：酋长，她们得的是瘟疫，你要让全岛人与她们隔离，病人交给我。

阿里玛疑惑地问：你？

是，我能治好她们，这种病传染得极快，一定要严密隔离，否则，全岛传染，这岛就将变成一座死岛！

说着，他就爬上山去。大约一个时辰后，他抱了一堆有根有叶的草药回来，命人点火熬煮，之后给两位病人服下，不到子时，俩人就止了吐，退了烧。

未料，第二天又有多人发病，弘无就马不停蹄地采药、煎药，阿里玛不但不再赶他出岛，反而从怀疑到信任到欣赏。更想不到的是，就在病人们纷纷好转时，阿里玛却发起烧来。

弘无摸着她的脉象，却比其他病人更沉更缓，或许病毒有了变异。

弘无搜肠刮肚，在记忆中寻找往日读过的医书，之后登山，入谷，竟然挖出了一棵灵芝。他将灵芝掺入原先的草药煎煮，为阿里玛喂下，虽然略有好转，却是反反复复，病退得不快。为此，弘无只能日夜陪侍，切脉，采药，煎药，喂药……大约一个月后，她才完全康复。

那晚，她心情非常好，看着忙前忙后的弘无，她拉起他的手说：真是谢谢你呀，要不是你，我的命，不，是这玫瑰岛的命，怕早不在了。

弘无笑笑说：说到底，还是你救了自己和玫瑰岛的命。

她打了一下他的手：你终于有心胡说了。

弘无划了一下她的手心：不是胡说，你想想，若不是你救了我这条命，我怎么救你和你的岛啊？

阿里玛酋长说：叫我阿里玛。

阿里玛，我不明白，这玫瑰岛为什么全是女人，一个女人的世界？

她笑了笑，有苦涩，有慰藉：你如今看到的全是玫瑰和女人，这玫瑰是岛上自己长的，这是此岛的气韵和福气；可岛上的女人们却各有各的伤痛和泪水。原来这岛上的女人有的是渔家女，有的不是岛国公主，就是部落酋长的女儿。

那为何都来到这里？

是海盗，海盗们多年漂流海上，到处抢掠厮杀，抢财抢物更抢美丽女人，败者亡命，胜者又抢，一旦他们厮杀起来就只顾逃命，这些女人就落水的落水，泅海的泅海，我这岛上的女人都是幸存者……说着，她悲从中来，擦了擦眼角的泪水：所以我们要习武，要造兵器，要驱赶每一个上岛的男人！

男人若不走呢？他笑问。

那就让他死！她蓦然坐起，语调铿锵。

弘无良久不语，他不知这里是温柔乡还是葬身地。想到自己校正的罗盘、指南针刚有进展，他于是走向已经晾干的背囊：你的病已经治好，我再借宿一夜，明早一定离岛。

阿里玛那双深潭般的眼睛投向他，从吃惊到挽留到柔媚：我说的是这岛上的规矩。

我明白，我不会违规。

阿里玛嫣然一笑：你可以破这规矩，就你一个……她又发烧了，全身火辣辣地将他拥入怀里。久未沾女人身子的弘无几乎遗忘了情欲和男人的本能，可在她的怀里，在她忽而如春水流淌、忽而如海浪激荡的癫狂中，他享受了一夜从没有过的生命洗礼……

他再不提离岛，她更不提。她曾嫌恶男人，恨过男人，那是因为那个男人曾因为他的过分强悍和江湖气伤了她的心，辜负了她的热望，可弘无不，他体贴，细腻，温润，她在心里多次描摹，他或许就是书上说的华夏君子。

然而，大约半年后，弘无待不住了。这是大海季风期，也是测试调整罗盘、指南针的最佳季节，在这个季节调制好了，就可使这两件宝贝的准确度更加精细。

他跟阿里玛说了他的想法，说他一旦调整好就回来。阿里玛虽不舍，还是放他走了。不料，他一到海上就忘了时间，就这样来来去去，他已经老了，她也到了中年，而他们的女儿塔莎已经亭亭玉立了……

……到，到，到了……小黑哥指着前面的岛屿。

小黑哥，我知道快到玫瑰岛了，咱们是像往年一样放下蜂蜜就走，还是上岛看看呢？

弘无说着，又连连摇头：去不得，去不得，让阿里玛抓住就不好脱身了，可总不去，也对不住她们娘儿俩呀。他拍了拍秀才：秀才，要不，你拿个主意，咱们三个男人总不能坐困危城吧？

小黑哥呵呵笑着，秀才却哼哧哼哧地看着弘无。他横他们一眼，站起身说：老夫知道指不上你们，这事还得我自己做主，算了，等老夫在海上溜达一圈，再看她们去吧，罗盘和牵星板还等着我，再说，还约了阿华呢！

清晨的海滩，微风和煦，塔莎郡主带着一对巡逻的女孩发现了沙滩上摆放整齐的竹筒，她们欢天喜地地将竹筒搬回王宫。

塔莎高兴地告诉母亲，海疯子这次送来的蜂蜜又多又甜。

阿里玛却又气又笑：这个海疯子！只知道在海上快活，竟忘了咱们娘儿俩，看我不把他抓回来！

七

龙江船厂真可谓涛声疾，锯凿喧，远方，涛声隐隐；眼前，锯起凿落。宝船已在组装，上上下下的船工们在作塘忙碌。

郑和步步后退着观看已渐成形的宝船。

船主得意地说：难怪看过的人都说这宝船简直像一座宫殿，依在下看，还真像，这要行在海上，还不就是一座海上宫殿？我龙江能造出这样的宝船，全托郑大人的福啊！

郑和笑笑说：要说托福，也是托陛下的福，说不定啊，以后还要造更大的！

他边说边指挥船上人将高挂的“二十二”换成“二十一”，之后又倒背双手边退边看。

前面转过身来的船主急忙打起手势，郑和回头一看，前面御林军开道，众大臣已簇拥着陛下朝他走来，郑和连忙伏地接驾。

朱棣摆摆手：那船上挂的“二十一”当作何解？

难道陛下已不记得奴才立下的军令状？

军令状？啊，记得，记得，可它与二十一……

还有二十一天，就到军令状定下的一年之期了。

朱棣畅然大笑，对众臣说：当年，少师就曾指着他对朕说，“此子非同一般，定能助燕王成就大业”。他也似乎为了验证此语，从未让朕失望过，众卿看看，这才是大明臣子，言必信，行必果。如此，方能沙场不误军机，朝事不辱圣意，民事体恤众心！

众臣齐呼：微臣谨记在心。

郑和跪地谢恩：谢主隆恩。

朱棣挥挥手：起来吧，后续的事交给他人去做，从明日起，你即组建水师，估算一下，需多少银子就找户部尚书夏原吉去要。

夏原吉看了宝船看郑和，不知说什么好，心里不禁为更大的花销发起愁来。

遵照陛下的旨意，郑和每日所行路线有了改变，从府邸到船厂，改为从府邸到兵营。那日黄昏，他刚从兵营打马回府，路经一闹市时，却被从一酒楼慌忙跑出的周满拦住。郑和见状忙问：何事如此惊慌？

周满将他拉入一僻静处：郑大人，你可知道南洋三佛齐有一位梁道明？

这正问到了郑和的兴奋处：当然，久闻此公是三佛齐的侨领，我们很快就将驶往南洋、西洋，到时候，我们定当登门拜访。

周满垂头丧气地说：怕要无缘了。

郑和急问：此话怎讲？

周满指指酒楼：梁先生回乡祭祖后，听说朝廷开了海禁，他就兴奋地来到了南京城，说是想寻机奏报一下海情海事……

郑和高兴得连连拍手：这不正好是踏破铁鞋无觅处，得来全不费功夫吗？

他拉起周满就要上酒楼：他是不是正在酒楼用饭？我来请。

周满沮丧地说：刚才是在这里宴请乡亲故旧，他正高兴地给大家分赠番货礼品时，却被拱卫司抓走了，说是要交高额赎金才能赎人，否则，就按破坏海禁、勾结海盗之罪处死！

郑和料得纪纲又在瞒天过海，乘开放大海尚未公布之期敲诈勒索！开海下洋，正需海上侨民拥护，万一梁道明有个好歹，祸必大焉……他将周满一把拉上马背，两人共乘一匹马直奔乾清宫。

乾清宫内，昌盛正从廊道来到桌案，一支支点着灯烛，郑和拉着周满，扑地便跪奏事情原委。朱棣听罢，将御笔狠摔案上：这拱卫司真是胆大妄为！说着就写了一份圣旨：尔等即刻交予纪纲，命他放人。

郑和、周满刚欲出门，朱棣又嘱咐说：将梁道明领出后，先好生安顿到会同馆，明早再领他来见朕。

潮汐有信，不知是神的安排，还是大自然的鬼斧神工，从不紊乱。那天酉时初转，天上乌云翻滚，海上巨浪排空，久居海上的陈祖义看准天时海况，这正是他屡屡抢掠得手的好时机。甲板上，他扶栏挺立，俨如海上一帝，当他看到如山的海浪那边，一只张挂“泉州官府”旗帜的海船和几只渔船仓惶往大陆行驶时，不禁冷笑一声：这条船不错，既然船体不小，上面的东西应该不止是臭鱼烂虾，知会弟兄们干他一场，也让他们明白这是谁的地界！

话音刚落，他身旁的弟兄即打起旗语，接着，行驶在周围的小船就像从浪里钻出来一样，齐向目标包抄。

渔船头船见状，知道是遇到了海盗，船长大喊：转向，放信号——转向，放信号——船队闻声纷纷转向，并陆续放出烟花信号。陈祖义不知他们是向谁放的信号，继续紧追不舍。

此时，像是从天而降，斜刺里杀出一支船队。陈祖义尚未回过神来，孟可已指挥水军朝他们开起火炮。火炮打断了陈祖义船上的一支桅杆，他意识到是遇上了官兵，于是拖着半截桅杆掉头鼠窜。

弘无的罗盘和牵星板越来越精确，从他栖身的钓鱼岛往西南，直指苏门答腊。他划动皮筏往西往南，突然想起阿华的海图上曾有一条通向天竺的航线，倏忽间，眼前出现了天竺——他想象中的海天佛国。他要拉着阿华去那里走走，拜拜佛祖的故乡，读读原始的经文，等到有一天再和老友道衍和尚论佛谈道时，让他来个瞠目结舌。想到此处，他不禁笑了起来，笑得小黑哥停住篙，秀才朝他汪汪叫。快意想象中，已经来到苏门答腊，于是舍舟，登岸，直奔阿华家。可那里却寮门紧锁，杳无人迹。他正四顾茫然，不远处走来一位老妪：是找阿华吧？

弘无先自施礼，之后问：阿婆如何知道我是来找阿华？

老妪笑笑，她脸上黝黑的皱褶已透出多年海岛的沧桑：是你的胡须气韵。

弘无下意识地抚了抚自己长及胸腑的灰白长须。

老妪告诉他，海盗陈祖义知道阿华能画海图，前几天就派人找他画图。危急间，阿华将这盆花交给她，委托她交给弘无。

弘无端着那盆天竺兰：又是陈祖义，他已经盯上阿华？这，吉凶难测，吉凶难测呀……

那天早朝刚罢，郑和就陪同梁道明来乾清宫见驾。他一见气宇轩昂的朱棣，扑地便拜：草民梁道明拜见陛下。

朱棣立即趋前搀扶：梁先生请起，请起。

梁道明非但不肯起身，反而呜呜地恸哭失声，口中喃喃着：……这，这是几十年来，小民做梦都不敢梦到的幸事啊，陛下……小民无尽地漂泊，生死难测，终于回归故土，亲见圣上的慈颜，这……

朱棣也被他感动得话语凝噎：坐下说话，坐下说话。在朱棣的超常皇恩恩泽下，梁道明终于边擦泪边坐于陛下的下位。

朱棣看了看他：早就听说梁先生久居三佛齐，在那里乐善好施，扶助过不少流落海上的大明子民，并与倭寇、海盗巧为抗衡周旋，朕心甚慰。

他话未说完，梁道明便道：陛下过奖了，同根同源，同为华夏子孙，人人孤悬海外，怎能不互帮互助？小民先还能尽心去做，如今却连自家性命都难保住了。接着，他从怀孕妻子如何被横行海上的陈祖义抢走，说到只劫商船、不伤华族渔民的侠盗陆宽，最后又落脚到海疯子弘无……

朱棣越听越有兴趣：说得好，说得好啊，你已经将朕的眼睛带向了大海，让朕看到了一角海上世界。你告诉他们，凡是海外华族也都是朕的子民，大明永远是他们的家，愿回来的，我们有的是土地；愿待在那里的，朕会还他们一个平安；至于那些倭寇、海盗，朕一定要扫平他们，还海上一个清平世界！倒是弘无先生，朕曾听道衍说过，是个人才啊，朕正需要的人才，希望你代朕访访。他不是爱海如命吗？朕希望他和郑和一起实现下西洋的大梦！

梁道明连连称是，郑和听得两眼放光。

送走梁道明，郑和纵马兵营筹办水师，办完一天的军务已是夜幕垂临。他草草吃了些晚饭，就喜滋滋来到天禧寺。

姚广孝已经在蒲团上闭目打坐，他也匆忙拉过一个蒲团坐于一旁。良久，姚广孝睁开眼睛：打坐须默诵经文，诵经文须心静，你久久地气急心跳，如何入境诵经？

郑和笑笑：真是什么都瞒不过大师，学生夜访大师不是为诵经，而是报喜。

报喜？说说看。

郑和：我有了弘无先生的消息。接着，他就讲述了如何陪梁道明参拜陛下、梁道明所说的南洋状况、陛下如何喜悦，特别是弘无的下落以及陛下对弘无的寄望。之后说：这下好了，有了弘无先生的协助，学生岂不又多了一双翅膀？

姚广孝不动声色地说：他若真能如圣上和你想的那样助你驶向大海，自然是大有助益。他下意识地捻着佛珠：因为他不光有航海经验，几十年来，他还一直测算校正着罗盘和指南针。

老祖宗不是早就发明并且运用指南针和罗盘下海了吗，怎么还要测算？记得北宋朱彧在《萍洲可谈》中就记载了指南针可用于航海，书中说：“舟师识地理，夜则观星，昼则观日，阴晦则观指南针。”

姚广孝哈哈一笑：看来你是做了不少功课了。说起来，我们的老祖宗从战国时起，就发现了“司南”可指示方向。“司南”者，磁石吸铁也。到了东汉，我们的先祖就制成了“司南勺”，也就是指南针的前身，可为何东汉班超的副将甘英出使西域时本欲前往罗马，却行至波斯湾而返？原因之一就是指南针不精，以至方向不明。

郑和跃跃欲试地说：有了弘无先生的测算校正，又经过了这么久的勘测计算，如今的指南针应该精准得多了吧？

姚广孝点头：那是自然。他忧心忡忡地望望窗外：可就怕这一向天马行空的海疯子，未必肯为大明所用啊！

郑和一脸困惑：大师是……弘无先生如此博学多识，既有祖先的脉息，又有陛下的期许，再加大师与梁先生的……

姚广孝笑笑：孺子还是阅世不深、阅人不广啊，这弘公的确博学，他知佛知道更知儒，可却什么都不信，他信的只是自己和自己的感知、意向、情趣，这才叫天马行空，行空的天马……

郑和沮丧地说：这……

对他，你只能尽人事、知天命；对己，你还是要尽快组建精良的水师，待命启航。

第二天早晨，郑和伴着晨星就来到校场。校场官兵见总兵官到，立即要集合听训，他却摆摆手说：今日无话，照常训练，不必管我！他一一巡视着全场，从爬杆，到转风车，到倒立，再到拼杀、搏击……看得他热血沸腾。

梁道明也改变了初回故里祭祖会友的悠游，他问明郑和府邸，就赶着来府拜望并辞行，说他昨晚一夜未眠，一想起陛下的嘱托、寄望和对海外子民的关怀，就巴不得尽快飞回三佛齐，他还要去邻近各岛，带去陛下的关怀和嘱咐，更要专程去钓鱼岛，代圣上请弘无公出山，为就要到来的大明船队助力。

看着他与昨天迥若两人的神态，郑和也感受到他的兴奋、振作和对大明船队的殷殷期盼，他在恋恋惜别中托付梁先生尽力请弘无公出山。

乾清宫中，朱棣越看泉州梁知州的奏折越糊涂：……高煦是何时有了一支抗倭卫队？还救了几百名渔民，又秘而不宣？此子何时修得如此含而不露？……泉州渔民都呼他为救苦救难的救星……

他越想越觉蹊跷，于是命杨荣去兵部查问这支抗倭卫队是否在籍。杨荣很快回禀说，兵部遍查册籍，并无这支抗倭卫队。

杨荣刚刚退下，太子朱高炽急匆匆前来禀报灾情。他见父皇正倒背双手审视着壁上的两大地图，先是施了个礼，之后面对父皇的后背说：启禀父皇。朱棣并未回头：说。

太子于是凑向前去按图报灾：今年天时不利，到处闹灾，中州黄泛区洪水破堤，致几百村庄房倒屋塌，山东德州连年大旱……

当朱棣转过身来时，见他的心全挂在灾情上，至于海图，他看也没看。无论灾情，还是太子对航海一派漠然之态，都令朱棣十分不快，他挥挥手说：救灾的事你先与户部夏原吉拿出个议案再议。

太子只好领命退出。

刚刚从福建泉州纵马千里回来的朱高煦，一身兴奋地闯入坤宁宫。他先命仆从抬进两筐新鲜荔枝，接着就将自己剥好的荔枝举向母后：母后，趁着新鲜，快吃。

徐皇后看着满头大汗的小儿子：这是什么呀？这么急地叫母亲吃？

她为儿子擦了把汗：你先洗把脸，母亲再吃。

高煦任性地说：不，母后先吃，煦儿才洗脸。

徐皇后拗不过儿子，将儿子放入嘴中的荔枝轻轻嚼了几口：嗯，又鲜又甜，还满口生香，这水果叫……

高煦说：荔枝，是煦儿纵马千里从泉州带回的。

徐皇后为儿子的孝心感动得泪光闪闪，良久，才调侃道：母亲又不是杨贵妃，你，你何必跑这么远，费心费力的。

杨贵妃怎能和母后相比？她靠的是美貌、娇媚，母后是因为贤德慈爱，还有……

徐皇后顺手向儿子的嘴里塞了一枚荔枝：别再贫嘴了。以后啊，你要多听父皇的教诲，把心用在朝廷大事上，不要在这些小事上花心思。

朱高煦分辨：谁说我不想大事？冲锋陷阵煦儿哪次不是紧跟父皇身边！

母子正说笑着，太监进门传令，说陛下有请汉王。

朱高煦站起身，又一次嘱咐母亲：荔枝可要趁新鲜吃，别舍不得。

看着儿子远去的背影，徐皇后轻叹了一声。

见到朱高煦的身影，方诗君立即躲入隔壁书房。这对母子的亲昵、教诲、嘱咐，她听得清清楚楚，她又何尝没有过不似他们更似他们的父慈母爱？只是，一切都已远去，远到永不再来的天上人间……

高煦的脚步声消失后，她擦去腮边泪水，款款来到徐皇后面前问：皇后娘娘，《内训》一书打算作多少篇？

徐皇后从兴奋中转来，想想说：此书要浅显易懂，易记易行，我看二十篇足矣吧？

方诗君会意点头。

徐皇后看着她，慈祥地说：我先起草《劝善篇》，你帮我整理一下已摘编和续写的《内训》，可好？

方诗君边翻书稿边笑：……德性篇，修身篇，谨言篇……这题旨，这编目，如此明晰，如此深刻，再加之皇后娘娘的日常言行，稍加整理续写，这《内训》不就成为一部不朽的传世之作了吗？

徐皇后由衷笑道：看你说的，都让我脸红了。可反过来想想，也只有出自诗书之家的人才能有这种眼力，才能说出如此内行的话。

方诗君听着她的话，不觉悲从中来。可是，她只能默默地，眼角汪出点点泪花……

徐皇后顿觉失言，忙递过一枚荔枝：吃荔枝，吃荔枝……

朱高煦嬉笑着走进乾清宫，他先拜过父皇，之后就走向巨大的海图旁，邀功说：父皇，这海图不错吧？

朱棣指指两幅地图：看懂了什么？

高煦端看良久：单看大明地图，真可说皇天后土，地大无边，可要把它放在海图旁，又似只是汪洋一角了。

朱棣在儿子肩上拍了一掌说：这小子还算脑袋不笨，可……他并未忘记梁知州的奏折，于是定定地盯住他的眼睛：你这脑袋……

高煦最怕父皇那审讯般的盯视，从小就怕，他没等赐坐，就一屁股坐在凳子上，拉着哭腔问：煦儿来给父皇请安，这，这又怎么了？我承认不是做太子的料，可煦儿对父皇的忠心天地可鉴。

朱棣怒目而视：做太子，做太子，就因为没立你为太子，你就私募军旅，兵不入籍，你究竟居心何在？

朱高煦腾地跪于地下：父皇说的可是那抗倭卫队？儿，儿臣只是想为父皇分忧……

朱棣更怒：为朕分忧？朕看你是为了自己而不惜忤逆，不惜谋反！他大手一挥，刚要喊“来人”，朱高煦连连叩头哭喊：父皇，父皇，煦儿的脑袋是父皇、母后给的，犯了糊涂，父皇教训就是，煦儿真的不是想忤逆、想谋反……

看着他自小疼爱惯了的小儿子磕得满头鲜血，朱棣扔给他一方手帕：别磕了，擦擦你头上的血。

高煦擦着满头鲜血，两眼直直地看着父皇，可朱棣并未命他平身，只是长叹一声说：生在皇家的人，国就是家，家就是国，在皇家，不是什么事都可以教训一顿了事的，朕念你跟着朕出生入死立过战功，今又剿了倭寇，先留着你这颗脑袋，不执国法，先行家法。去太庙前跪两天两夜，追根溯源地反省你的忤逆之心！

朱高煦哭诉：父皇，儿臣真的没有忤逆之心呐……

朱棣怒目挥手，朱高煦只得离去。

朱棣朝他背影喝道：将那支卫队编入郑和的水师！

郑和果然不辱使命，宝船船队在他自立的军令状前两天提前竣工。

听了郑和的奏报，朱棣立即亲赴船厂视察观赏，他走走停停，询问着船队的功能组成，当他听到郑和细密周详的解说后，对其更是欣赏有加。

第二天朝会上，他神采奕奕地说：二十天前，朕带着你们去了龙江船厂，昨日，朕又与郑和视察了已全部竣工的宝船。那威武堂皇的旗舰，以及它后面的战船、兵船、马船、兵器船、粮船、水船、运载特产商货的货船……真是浩浩荡荡，二百多艘啊！

众臣跪地齐呼：大明昌隆永寿，陛下万寿无疆！

朱棣更加兴奋，他大手一挥：都起来吧。我们建船队、建水师干什么？当然是出使海外藩国、交谊远海邦国，并辅以扫海匪、倡贸易、扬国威、惠远民……

从陛下颁旨造船到随陛下去船厂参观，大臣们早已明白当今圣上要派船下海下洋，可当听到将要有如此大的举动后，他们不能不想到已延续了二十多年的祖制，于是，朝堂上一阵阵议论声起：

……那，太祖的禁海令呢？

不是“片帆寸板不得入海”吗？

这岂不是……

在一片窃窃私语声中，恃宠直言的解缙激情跪地：微臣斗胆，以为不可，切切不可呀，陛下！陛下且想，朝廷刚刚重修《太祖实录》，太祖话音未落，《太祖实录》墨迹未干，我们就违背“片帆寸板不得入海”之祖制，岂非……

众臣也重新跪地：臣等附议。

朱棣巡视一遍满地众臣后，笑笑说：都起来，都起来。朕明白众爱卿的忠心，可何为大忠？何为大孝？审时度势、因势利导，捍卫祖先基业是为大忠；不墨守成规、灵活变通、弘扬太祖之魂，方为大孝！太祖在世时，因重在苍生生计和北疆安宁，以致海上荒芜。可大海是什么？它是我大明的流动国土，今我大明有了举世无双的海船海师，岂能再容海匪海盗横行作乱！海外侨民望眼欲穿地盼我大明的呵护，我们岂能让他们再任他人欺凌！海外诸国急盼与大明联谊互惠、行海上贸易，我们岂能令他们失望，使唾手可得的财富流失？朕心已决，如今船队既已完善，水师既已整装待发，就应尽早择日驶向大海！

大臣们听着朱棣的慷慨之言，尽管困扰重重，也只好静立不语。朱棣命朱高炽总领六部九卿督办下西洋一应事务，命夏原吉协同户部、兵部、工部，会同南直隶、浙江、广东、福建、山东五地筹措专款，征集工料、民夫及一切物资。

最后，朱棣说：汉王朱高煦为了支持下西洋，已将自己的卫队训练成水师，以备后用。刚刚被罚跪两昼夜的朱高煦听着，不觉五味杂陈。

自陛下宣旨准备择日下西洋后，钦差总兵官郑和更是兴奋又忙碌，从船厂到兵营，从兵营到校场，不知有多少事要安排，要落定。那天，他刚走进校场，孟可就带着三千水师前来报到。郑和看看孟可掩不住的骄矜傲慢，又看看三千兵将的彪悍干练，将亦喜亦忧之情收进心里。

孟可见郑和笑而不语的神态，一时辨不出总兵官大人所想，禁不住标榜说：总兵官大人有了我这支水师，就可处处派上大用场了。

郑和不露声色：好啊，兵是兵，将是将，谁有什么用场，下洋后自会知道，入列！

这支水师刚刚走入练兵校场，风车那边便传来阵阵喧哗声，郑和走近看时，见是新来的水师在围观原先的兵士训练。一水兵见风车上旋转的兵士动作不入眼，一把将他拽下，自己蹿上去便全身紧贴风车飞快地旋转起来，此一来，赢得了满场喝彩。随之，又有几个水兵跃跃欲试，其中一个一把拉下一个正在练习爬杆的士兵，因为用力过猛，那被拉下的士兵摔倒在地上，竟折了腿骨。

这不能不引起郑和的思考：孟可带领的这支水师果然训练有素，可从将到兵，其骄矜跋扈之气无时不溢于言表，骄兵必败，此乃古来兵之大忌。他不想挫其锐气，可又不能不予以警策。于是快步走至骨折士兵跟前，悉心看视无大碍后，即命随军医官为其接骨。

之后，他起身对孟可说：孟将军，你的兵士功夫不错，可称训练有素，着你即刻选派精干兵士充当教头，力求在最短期内，训练出一支出色的水师来。

孟可得意地说：郑大人，兵士训练可不是说着玩儿的，让那些散兵游勇达到水师标准？这……他话锋一转：大人是不是要打散我的水师，跟他们混编？

郑和正色道：孟将军，你记住，水师也好，你说的散兵游勇也好，从来都不是哪个人的，他们永远都是朝廷的军队，大明的军队！他紧盯孟可闪烁的眼睛，换了种口气说：好好的一支水师，为什么要打乱？这支水师还是交你带，可若有任何差池，唯你是问！

疑虑消除，孟可得意之色扬上眉梢。

不远处那个刚闯了祸的士兵仍在得意地嚷嚷：来，我教你们爬杆，我可是从小爬树练就的功夫，他们都知道，咱家诨号灵猴！

郑和走过来笑笑：不用介绍，我也能看出你的功夫，来，你先做六百个俯卧撑，再教他们。

灵猴挤挤眼：六百？大人可是想要在下的小命？

郑和正色道：我们这支水师不是耍猴的、练杂耍的，它是为扬大明之威、立大明之名创建的，这里决不允许逞个人英雄，建个人势力，若有违规，军法论处！他转对副使说：将水师守则拿给孟将军，命他抄写一百遍！

郑和说罢，便转身远去。

孟可紧追说：郑大人，一百遍？少抄些行不？

郑和头也不回：你不记熟，如何教你的部下！

朱棣与郑和真可谓是一对心有灵犀的君臣，郑和重在奉旨操办，朱棣更在运筹帷幄，那些日子的朝会几乎日日谈下洋，朝朝议行程。

又是一日朝会，太子奏报，下洋的货物已筹备齐全，早已筹备就绪的夏原吉也只好不甘于后地奏报所需款项也已到位。朱棣连日来的焦灼终于换来一脸笑容，他期待的目光从朱高炽、夏原吉扫向丹墀下的众文武：如此看来，我大明船队下西洋的壮举就可谓是万事俱备，只欠东风了，这东风是什么？就是钦差正使的人选。众爱卿说说，谁堪当此大任？

大臣们先还你看看我、我看看你，接着就一一推荐，又一一否决，所以出现这种似是而非的尴尬场面，还是因为不少人仍未从“禁海”祖制中解脱出来。一阵沉寂后，郑和跨前自荐。

朱高煦一见，禁不住哈哈大笑说：别开玩笑了，我大明船队的钦差正使竟是一名太监，我们还要不要国威！

此言一出，朝堂大乱，几乎所有大臣都附和着他的说法。

一老臣几乎伏地泣奏：陛下，顾及一下我大明的颜面吧。

郑和憋得满脸通红，眸子闪着不甘屈辱的泪光。朱棣走下龙墩，来到郑和身旁，拍拍他健壮的双肩，轻声说：很久没听到你呐喊了，亮开你的喉咙，喊一嗓子吧。

郑和懵懂地说：喊？

朱棣微笑点头：朕知道你是一个顶天立地的男子汉，可他们不知道啊，喊！

郑和立即领会了圣上的意思，他挺起高大魁伟的身躯，昂首长啸：好男儿顶天立地——好男儿志在四方——喊声震撼了大殿，回音绕梁久久不散，将他憋在心里二十多年的屈辱喊了个痛快。满朝文武也被喊得莫名所以，面面相觑。

朱棣快意大笑：你们听听，这气势难道不足以扬国威？他又拍拍郑和高大健美的身躯：这气派难道不足以正国魂！没等众人缓过神来，他朗声宣诏：封郑和为我大明钦差正使！

郑和蓦地跪地接旨。

朱棣说：着你率大明船队出使西洋。

在众臣相顾错愕、朱高煦一脸煞白中，郑和叩地谢恩。

当郑和满怀喜悦跑到天禧寺，渴望从大师嘴里听到些祝福和教诲时，刚从南洋回来的梁道明也随后进寺。师徒俩一见风尘仆仆、远道而来的梁先生，自是嘘寒问暖热情相迎。梁道明说了些弘无近况后，一脸沮丧地说：这位弘无公啊，温和起来，真是如暖阳，如春水；倔犟起来，又如石如铁，刀枪不进。我带着圣上的厚望，还带了两坛老酒，远航而去，请他来朝领命，可他除了款待我自制的蜂蜜，就是一杯接一杯地品着老酒，始终笑而不应……

姚广孝哈哈大笑：这就是海疯子，一请就到，那才是天大的怪事！

郑、梁二人同时将寻求的目光投向姚广孝：这就只有请大师……

两位可知道“道可道，非常道”之意？

郑和迟疑回答：学生略知一二，但……

姚广孝略加思索后，握笔蘸墨，修书一封，交给郑和说：此公放荡不羁，却极念旧情，你拿着它试试吧。

郑和珍重地装好此信，这才稍显释然，于是转身问梁道明：请问梁先生，弘无公为什么住魔兽岛？那里真有妖魔吗？

梁道明一笑：此岛原名钓鱼岛，弘公是为了吓退别人，才谎称魔兽岛。此岛草丰树众，盛产治疗风湿的珍贵草药，他居住此岛，既可避开尘世烦嚣，又可与海为伴。为了避免他人来岛，他还利用岛上巨蟒和自己饲养的蜜蜂，吓跑了不少人，魔兽岛之名便因此传扬出去。

巨蟒不伤害他吗？

他用雄黄酒和一种奇怪的声音，可将巨蟒控制得服服帖帖，而他的蜜蜂又可采集岛上花蕊，酿出绝无仅有的蜂蜜。

姚广孝听之泰然：这就叫化腐朽为神奇，他有的是办法。

梁道明说道：我虽多年自称弘公老友，看来深知者，还是道衍大师啊！说着，他起身辞行：明日在下就启程回三佛齐了，我和三佛齐的父老将在那里迎候郑大人的船队。

朱高煦岂是一个肯服输之人？越是受挫，越憋着一口气，既然一时争不过郑和，只好早埋伏线，把握未来。这一晚，他特在府内设宴为孟可饯行，孟可自是受宠若惊。他高举酒杯过顶：汉王，小的就要下洋远行了，大人有何吩咐，小的定当万死不辞！

朱高煦与他撞了一下酒杯一饮而尽：记住，千万不要小看那太监，更不要在他面前耍任何花招，只要保住水师、稳住船队，就算你大功一件！

孟可又是举杯过顶慨然而干：小的记下了。之后他又借酒奉承，从南下靖难，到封王、建水师、打海盗，将朱高煦的功劳、智慧、胸怀、谋略，赞美得唯有天上有、绝对地下无。最后，孟可醉眼蒙眬说：小的就不明白……

朱高煦也口齿不清：你不明白什么？

孟可又喝了一杯，傻笑着：不明白……啊，不能说，不能说……

朱高煦又笑又狂：……你是不能说，你，你算个鸟，我？我汉王，算个鸟！那，那李世民才，才算没白活。我不要这汉王，要做就做李世民，当世李世民！

那是，汉王的功劳、能耐不知比太子高多少，陛下总有一天会明白……

朱高煦一脚踏在凳子上，将酒杯举到孟可眼前：他李世民算什么？他不就会围着长安，不，围着中国这片土地转吗？我，我朱世民眼睛看到的不仅是大明、中国……凡是马能跑到、船能行到的地方，都将成为本王的疆，啊，疆土……

孟可挥舞着手臂附和：殿，殿下的志向比陛下还高，还远啊……

永乐三年六月己卯（公历 1405 年 7 月 11 日），苏州刘家港万民欢腾，旌旗蔽日，鼓乐齐鸣。

朱棣亲临海港，宣诏曰：我大明船队今日远下西洋，其目的即：靖海为清，协和万邦，与邻为善，亲成惠容，启航！

朱棣话音刚落，船队立即呈雁字形排列，郑和站于宝船前甲板，威严大喊：各船队听令——

距他约十丈远的左右两传令官接续大喊：各船队听令——

继而，与前等距离的另一组四名传令官重复发令，以此下传，甲板前沿的一组十六名传令官重复发令，回声阵阵，声浪一波高过一波……

郑和高喊：马船听令！令行旗亮，马船唰地亮起红色“马”字旗——

战船听令！战船倏地亮起黄色“战”字旗——

待兵船、粮船、水船、货船依次遵令亮起自己的旗帜后，郑和喊道：报数！

副使王景泓答道：钦差正使太监七人到！

接着依次接报：钦差副使监丞十人到！

少监十人到！

内监五十三人到！

都指挥二人到！

指挥九十三人到！

……

报数完毕，郑和朗声发令：众将士谨记，昼行认旗帜，夜行认灯笼，务须前后相继，左右相挽，起航！

随后，郑和率二百多艘船只上的将士齐集各船甲板上跪拜朱棣，齐呼：

大明永盛，大明昌隆！陛下万岁，万万岁！

船队在齐鸣的礼炮和鼓乐声中驶向大海，大海掀起滔滔巨浪。

八

大海无垠，浪叠波涌，大明船队如南归雁队飞流南下。

行至泉州，郑和命抛锚靠岸，全体官兵肃穆虔诚地朝天妃庙走去。

天妃庙中，香烟缭绕，庄静肃然，妈祖神像慈祥的目光眷顾着每一位前来朝拜的信徒。郑和、王景泓净手焚香，在如天外之音的音乐声中，官兵们分列跪拜，之后，各自默念着自己的祈愿走出庙堂，登船就位。这座移动的海上小岛载满了妈祖的佑护，又一次在鞭炮、鼓乐齐鸣声中乘风破浪，驶向汪洋大海。

朱棣的确是一位文武兼备、内外兼修的皇帝，送走了下西洋的船队，他才得空静下心来翻阅解缙领衔主编的《文献大成》。他越看越不满意，于是降旨召姚广孝进宫。昌盛刚刚焚好香、烹好茶，姚广孝便秉旨到来，施礼后，他看了看燃得正旺的线香，问：陛下可是……

朱棣哈哈一笑，边赐座边奉茶说：今日不问佛不议政，只想给少师看看这部大书，听听你的高见。说着推过案上的《文献大成》。姚广孝边饮茶边翻阅，不时夸赞“好茶，好茶……”

朱棣终于忍不住了：朕的茶自然是好，有五夷山岩茶，有蒙顶山云雾茶，有杭州龙井，全是贡品，可你不能只赞茶，不谈书啊。

姚广孝微微一笑：老衲不好评说。

朱棣调侃着：何出此言？莫非尚未饮够朕的贡茶？

姚广孝双手合十：阿弥陀佛，解缙乃当今天下第一大才子，他读的皆为儒家经典，所编之书自然偏重经、史、子、集，贫僧揣度，陛下想要的是一部集天下学问之大成的旷世之典，除经、史、子、集之外，还包括佛藏、道经、戏曲、小说、工艺、绘画、医药、志乘、杂史、农桑等等。陛下所想与如今此书，自然是……

朱棣哈哈一笑：知朕者，少师也！解缙虽然学识匪浅、才气摄人，但还是格局太小啊！看样子，编书重任还是非少师莫属。

姚广孝又饮了一口茶说：请陛下给贫僧一些时日做做准备吧。

朱棣闻言，知他心中有数，于是放下心来：不急，朕给少师下一特诏，你尽可调集大明域内所有有用之人、有用之书。

这位入世僧人对现世天下的热情并不减于凡尘中人，得圣上亲旨后，他欣欣然回到天禧寺，提笔蘸墨，立即恭恭敬敬修书几封，并谆谆嘱咐几位弟子，送信时务须虚怀诚恳，恭敬谦逊，因为这些名僧、显道皆为造化深厚、学问渊博之人，不是轻易能一请就到的。

朱棣一面命姚广孝遍访隐于民间的贤士学人，一面令解缙广征天下藏书。时日未久，礼部呈上一份各地官员拟就的藏书大户名录。朱棣览之兴奋，挥笔在冒基的名字上划了一个圈，解缙一旁看了大惊：陛下，此人……

朱棣道：如何？

解缙指指冒基名上的圆圈，朱棣恍然醒悟，笑笑说：呵呵，朕忘了手中拿的是朱笔，爱卿是担心朕以朱笔圈了，要拖去着斩吧？

解缙拭汗点头。

朱棣笑笑：差矣，朕是想命人劝他来朝廷为官，不是要杀他。

解缙这才长舒了一口气。朱棣也笑着扔下手中朱笔，问：爱卿熟知此人？

解缙答：从未谋面，臣只听说冒家藏书过万卷。

朱棣沉吟片刻：冒基或许就是元末两淮盐运司司丞冒致中的后人。当年，张士诚起兵泰州，自立吴王，冒致中被挟至苏州，封为妥督丞相，后来他竟称病不仕，载书遁迹皋东。

陛下好记性，后来吴王溃败，冒致中友人刘亮载数舟藏书投奔于他，令天下读书人瞠目结舌呀！

君臣谈书议人竟忘了时辰，直至昌盛进殿掌灯。

江苏武进，一座陈旧破败的宅子里满是书籍，陈济长发披拂、两眼通红，正在奋笔疾书。一阵秋风刮来，满案满室书稿纷飞，他不得不站起身来四处追寻收拢。待到收拢好后，才气喘吁吁地重新坐于案前，感慨着：真是越忙越乱。

一旁帮忙收拾的妻子说：歇歇吧，我看你就是不吃不睡，也抄不完呐。

陈济叹了口气：唉，圣上征书不能不给，可书若悉数献出，我这“墨香斋”不就徒有虚名了吗？再说，我若身边无书，心寄何处啊！说着，他又握起笔，急急抄了起来，口中喃喃着：抄得一部是一部。

妻子一旁提醒：谁都知道你过目成诵，献了书，再慢慢回忆记下，岂不免得如此劳累！

陈济摇摇头：妇人之见，妇人之见。

正在此时，邻居在墙外喊道：陈先生，有几位官人走来，好像是你家客人吧？

陈济闻言，慌忙扒到院门后一望，当即跑回房来：不好，献书截止期还未到，就来催书了！他收拾完案上书籍就喊：快关门，快关门。

妻子闻言，立即死死拴上大门。

姚广孝带着两个随从来到陈府门外，因怕惊扰主人，先是轻叩门环，后又加重叩门，见几叩无回应，只好转对随从说：陈济先生博闻强记，读书过目能诵，口诵手抄，经史百家无不贯通，人称“两脚书橱”，今叩门不开，必有隐情。明日吧，明日你二人在驿站等候，我一人再来趋访便是。

第二天，姚广孝芒鞋僧衣，身背一个包袱，独自往访陈济。自驿站往陈府还有一段路程，眼看天已过午，肚子饿得咕咕直叫，便在凉亭歇脚，顺便吃些干粮。

他拿出干粮刚要入口，一群衙役簇拥着一台大轿，前面鸣锣开道，后面吆吆喝喝地走来。行人闻声连忙回避，姚广孝却自顾自照吃干粮。衙役一见，厉声喝道：哪里来的一个野和尚，长着眼睛喘气用的？见了曹大人都不知回避！

姚广孝视若未睹，照样嚼着干粮。

曹县丞见这和尚如此无礼，便命衙役先抽他二十马鞭！姚广孝被打得满身是伤，爬起身后又捡起滚落地上的干粮，边吹沾在上面的土屑边说：阿弥陀佛，罪孽，罪孽，糟蹋粮食可是……

这下可惹怒了曹县丞：大胆和尚，你竟敢咒骂朝廷命官！给我绑了，关入大牢！

姚广孝两位随从见他一夜未归，慌了，于是连夜四处打听，当得知县衙抓了一个和尚后，便气汹汹直闯县衙要人。

县丞听了两随从的叙说后，知道惹了大祸，于是连忙放出姚广孝，并跪地请罪。

姚广孝并不看他，只提笔写道：敕使南来坐画船，袈裟犹带御炉烟，无端撞着曹三尹，二十皮鞭了宿缘。写罢掷笔，绝袂而去。

到达陈府时已是申时时分。陈济见一僧人敲门，立即端出一碗米饭迎出，姚广孝笑笑说，贫僧化缘不为吃食，说着直奔书房。

陈济尚未明白，只得慌忙拦挡：这，这……

姚广孝哈哈笑道：前日来访，先生闭门不开，今日直闯书房，敦请见谅。接着才亮明身份，说明原委。

陈济听罢连忙打揖谢罪，奉上茶后，心有余悸说：这书，书……

姚广孝蹲了一夜大牢，好不口渴，他连饮两杯热茶后说：先生不必慌张，书不强征，愿献多少是多少，老衲只盼先生随我去京城，为朝廷共同编书。

陈济如堕五里雾中：在，在下乃一布衣之士，并无功名，怎敢入朝……

姚广孝笑道：学识为实，功名为虚，况乎功名者也各有来路……先生满腹诗书，却多年偏居一隅，无处施展，难道不心有戚戚！当今圣上重用饱学之才，此正乃其时也，望先生三思。

学人书生从来视功名为第一，视诗文为第二，如今天降良机，陈济岂能不喜出望外！

此时的坤宁宫中也是一派诗韵墨香，徐皇后站起身来活动着筋骨，见诗君还在悉心誊写，不免由衷地赞叹着：诗君不愧出自名儒大家，有了你的参与协助，我写起《劝善书》来轻松多了。

听到“名儒大家”四字，诗君心如针刺，手不由得一颤，纸上洇出一团墨迹。

这一幕岂能逃过徐皇后的眼睛，尽管满心同情方家，特别是诗君这位徐家未及迎娶又已是未亡人的弟媳，可朝中大事她是不能管、也管不了的，只能尽其全力保护诗君，并为她疗伤。见诗君并不回应，只顾抄写，她叹了口气说：我是想啊，人无善不立，心不宽不美，所以才要写这《劝善书》……

诗君早已明白并深深感激着徐皇后，在心里，她有时将她视作母亲，有时把她当成姐姐，只因地位悬殊，身份恰如天壤，总使她近不敢近，远不能远，只能乖乖地听话做事。

她咽下泪水，柔柔地说：其实，诗君每抄写一句，就走近皇后的善心一步，这心也就柔软一些……

徐皇后走近诗君，抚着她的一头秀发说：多么柔软丝滑的秀发，诗君，叫我姐姐吧。说着，情不自禁地将诗君的头揽入自己怀中：姐姐真希望你心更宽些，那样，世界也会更宽广些……

诗君听话地点头，一直忍着的眼泪终于畅快地流了下来。

派往各地的征书官员们回朝奏报：浙江征书两万三千册，江西征书两万一千册，湖南征一万五千册，河南征八千册，河北征六千七百册……朱棣听到此处感慨说：难怪江南出才子，从征书数量也可窥其一斑，江浙征得最多，光是冒家就献书上万卷！说到此处，他四处搜寻着：为何不请冒基来朝？

领旨往江苏征书的大臣趋前奏报：微臣曾向冒基转达了圣意，冒基谢恩后说，他已年迈，只愿以医药济世，了此余生。臣听说，乡人皆称他为“潜德先生”。

朱棣频频点头：此等贤德之人，朝廷理应重赏，念及诗书之家历来重誉轻财，朕就赐予御书吧。说罢，移步龙案，挥笔书写“万卷楼”三个大字。

众臣跪地齐呼：陛下圣明！

此时，又一征书官匆匆回朝禀奏：启奏陛下，山东征书一万二千册。

朱棣欣慰地说：虽无江南多，也不失为孔孟之乡啊！他正在兴奋中，征书官又递上一纸奏折：这是臣途经青州时，青州官吏李拱托微臣呈与陛下的奏折。昌盛接过后正欲转呈陛下，朱棣说：念。

昌盛清清喉咙，念道：齐王回封地后蓄养刺客，先是招徕异人术士作咒诅，后用自己的护卫军守卫青州城，又将城墙与苑邸围墙并筑，与外界严密隔离，不准守城官兵登城夜巡。

朱棣闻之大怒：真乃胆大妄为！说罢，他一把夺过奏折。尚未来得及细看，礼部奏报：安南快报，安南王孙陈天平被护送至安南境内后，遭黎氏杀害，嗣后我大明如何对待安南，请圣上示下。

震怒的朱棣走下龙墩，快捷踱步：真是内忧加外扰啊，众卿有何高见？

满朝文武自然心照不宣，虽齐王事大，却是皇家家政，涉足即可伤身，他们正可借安南之事义愤填膺，一个比一个激烈。

丘福出列：安南黎氏实在狡诈无信，看来他派人迎接陈天平是假，蓄意诱杀才是真。万万没料到的是，他竟敢伪装悔罪，蒙骗我大明朝廷！欺君之罪，罪不容诛！

新城侯张辅更说得凿凿有据：黎氏不止欺妄朝廷，他还南侵占城，北掠广西、云南，昭昭野心，着实难再姑息！

听着众臣的激烈陈词，朱棣反倒冷静下来：安南与其他藩国一样，虽然年年朝贡讨封，朕还是视他们为外邦，为友邻，他们自己的事，我们并不愿多管。可第一，黎氏篡夺陈氏王位并杀害了陈天平，实属不义；第二，黎氏竟为篡位之事两次欺骗朝廷；第三，黎氏胆大妄为，掠我国土、扰我百姓，实属再难容忍！话毕，他即封张辅为将军，率八十万大军进讨安南，命宦官周满出使老挝、占城，让这些邦国策应张辅之师，同时顺海路传旨郑和，着其从海上配合讨伐安南。

过了一月有余，张辅八十万大军齐聚龙江码头，朱棣亲自到江边举行“祃祭”。他声音洪亮，句句如金，告诫众将士：所到之处，一不能取人财物，二不能掠人妻女，三不准屠戮降附兵将，违者重处！众将士听罢，呼啦啦一片跪地领旨，其声浪山呼海啸，久久萦回龙江上空。

朱棣摆摆手，接着说：抓捕黎氏父子后，即择陈氏子孙中之贤者立之，以使抚治一方，事毕即还师，告成宗庙，以扬功名于无穷。朱棣降旨始毕，众文士即连连献诗，送将士们出征。

送走出征大军，朱棣回到乾清宫时已颇觉疲累，可又禁不住拿出青州李拱、曾名深等人的上书，这的确是让他颇感踌躇之事。乾坤砥定，百业方兴，青州齐王竟生异心，这的确是他不愿看到、更不愿出现的事。对外，他可以大刀阔斧，文攻武略；可对自己的手足兄弟，他却不能不考虑再三，何况"靖难"之伤尚未痊愈，他怎能不多些隐忍呢……可既有齐王异动，其他诸王又会如何？于是召来纪纲，命他派出拱卫司暗查诸王举止言论。安排好这一切后，他才闭目养神。

皇帝忙于开疆拓海，试图令天下人臣俱服，海盗也摩拳擦掌，希图霸海一方。汪洋大海中，陈祖义终于找到陆宽船队，他喜出望外地跳到陆宽船上，深深一揖说：陆爷久违了，陈某叨扰，讨杯茶喝。

陆宽哈哈一笑：陈老大今日怎会有这等闲心？说罢泡茶递上。

陈祖义谢过后说：咱们同为江湖爽快人，陈某有话便直说。我陈某人一向敬佩陆爷为人，如今海上生涯如履薄冰，听说大明船队又来到海上，以后的日子会更不好混了，我们不如拧成一股绳，一起……

陆宽打断他说：陈老大既然如此看重陆某，陆某也就实话实说。我虽也被人看作海盗，但做人做事宗旨与你不同。

陈祖义一笑：陈某岂能不知陆爷脾气？每次劫货三取其一且不伤人命，特别是决不祸害自己同胞。陆爷如此笼络人心，难道还想反明复吴？

陆宽凄然一笑：反明复吴那是上辈人的事了。我辈如今久居海上，只图一角安身立命之地，活着不被人骂，死了也不背祖忘义而已。

陈祖义饮了口茶：陈某似乎听明白了些，有个人，不知陆爷有无兴趣？他见陆宽没问，只好接着说：建文帝朱允炆至今下落不明，陆爷可听说过？

陆宽冷冷说道：那是他朱家的事。

陈某倒是无意间得知了此人下落。

陆宽一惊：噢？既然知道，不妨说来听听。

我手下人已探听到，近日有头大肥羊要经满剌加……

这又如何？

你我配合，劫下这头大肥羊，陈某就告诉你如何可见此人。

老规矩？

爽快，按老规矩成交！

原则，宗旨，在正常情况下的确十分坚硬，可为了目的和利益，又常常不能不打折扣。陆宽为了一见朱允炆，还是按他们过去合作的规矩，与陈祖义联手劫了那只“大肥羊”。陈祖义也按江湖规矩（或另有图谋），告诉了陆宽朱允炆的藏身之地。

陆宽按其指引，来到三佛齐一处小庙，那里果然香火旺盛，信众攘攘，善男信女们更是交头接耳神秘相告，说此庙住持便是流亡到此的建文帝，因此十分灵验。陆宽带了几箱供品进庙布施后，虔诚请求与住持一见。一位接待他的老和尚双手合十，歉意说：请施主见谅，住持正在闭关。

陆宽退而求其次：既然大师闭关，弟子能否与他的大弟子一见？

老和尚无以转圜，只好领陆宽来到禅堂，他先是敬座，后又敬茶，之后欠身说：老衲便是住持的大弟子，施主所求何事？

陆宽从他的行止气度看不出一丝佛徒痕迹，但还是虔诚一笑：弟子一不求发财，二不求避祸，只想请教，大师所扬佛法，大乘，还是小乘？

老和尚尴尬一笑：这，这，大乘，小乘，还，还不都是乘……

陆宽只得笑笑：承教，承教。之后起身告辞。他走出小庙后，冷笑着：海盗便是海盗，我陆宽又上了他一当……好啊，后会有期吧。

九

大明船队乘风破浪，一路向南。怀着自己的梦想，载着朝廷的使命，郑和知道任重道远。真是光荣与梦想交叠，激情与远航呼唤，越是激情荡漾，越想早些见到弘无，因为冥冥中他已将弘无当成他的导师与知音。手持梁道明给他画的去钓鱼岛的海图，日夜兼程，扬帆速进，一路朝岛上驶去。

朝阳正好，夜潮已经落去，这是一天中海面最平静的时候。弘无带着小黑哥与秀才正解下铁锚，准备下海，小黑哥忽见远方驶来一片如船如山的庞然大物，他惊呆了，又指又喊：……山，船，大，多的……随着他的喊叫，秀才也汪汪叫着去拽弘无。弘无正对着那盆阿华留给他的花发呆，听见他们的喊叫，急忙抬起头，擦了擦发花的眼睛，边问小黑哥边朝远方望去：你是让我认认正朝我们驶来的……啊，别怕，不是山，我再看看，它们在动，在朝岛上驶来，噢，是船，像宫殿一般的船，没见过，此生从没见过……

小黑哥跑过来急拉他的手：我们，怎么办？秀才也急得又叫起来。

弘无抚抚秀才毛绒绒的头：别急，等它们走近些再说。他断定，此船只能来自大明，是等，是躲？他心中一时难定。

正犹豫间，船山似乎停止了移动，只见一艘小艇飞快地朝岛上驶来。弘无连忙嘱咐小黑哥带着罗盘和牵星板，与秀才躲到藏在小岛另一面的皮筏上去，如有意外，赶紧划筏避开。弘无再三叮嘱小黑哥：记住，千万保住那两件宝贝。

小艇越来越近，船头有人朝岛上打旗语，弘无愈加判定这船来自大明。因为去国多年，虽听过梁道明的转述，还是不明那边真相，于是他躲入石洞，决意暗中观察一下再说。

约摸过了一个时辰，秀才见弘无还未过来，趁小黑哥不注意，便一支箭似的跑回来寻找主人。正在此时，小艇停泊魔兽岛岸边，秀才见一高大健硕、一身披挂的陌生人上岸，便狂叫着紧追过去，死死咬住他的袍子。

郑和听梁道明说过弘无终日与一狗、一小黑孩为伴，所以对这狗的撕扯，不但不恼，反而心中暗喜。他一边抚着秀才的毛发哄它，一边朝山洞施礼道：晚生郑和拜见弘无先生。

躲在洞中的弘无久离故土，不知明朝今日之事，更不知郑和何许人。偏偏老友梁道明自故都归来，上门请其出山时，谈得最多的便是太监郑和。他见郑和如此谦恭真诚，便从洞中走了出来。郑和一见，再次躬身：先生可是弘无公？

弘无闻之大笑：老夫乃一介荒岛野人，不知弘无何人？

郑和却更加谦恭：先生虽是短衣跣足，须发纷披，可气韵中透出的仙风道骨、学问才情，令晚生不能错过。

弘无面朝大海，感叹地说：气韵早已飘入大海，学问也早就喂了鱼虾……

郑和从他的神态话语中，更加判定他就是弘无，于是直抵主题：晚生是道衍大师的学生郑和。

弘无仔细端详了一下他，问：道衍，可是那个姚广孝？

郑和说：正是，是大师嘱托晚生远道前来，拜见先生。说着即恭恭敬敬递上道衍书信，弘无展开书信，信曰：阿弥陀佛，久违弘公，老衲隔海礼拜！贫僧素知，弘公一世，无意于天，唯心怀大海，今大明永乐皇帝胸怀天下，意欲拓海清风，岂不正是弘公大展驭海之器、拥海洋之情之良机！君子视世，从来以天为大，天子撑天，弘公驭海，若乎两相契合，岂不天高海阔，国幸，民幸，弘公亦幸！区区斯言，深浅莫知，祈弘公慧夺。

读罢此信，弘无遥望北方，沉吟良久说：二十多年了，这个非佛非俗、亦佛亦俗的姚广孝将尘世间的事情看得更透，管得更多了。他转向郑和：可老夫却大不同于他，老夫漂流海上二十余载，早已不想谁为建文谁是永乐了……

郑和却精神昂奋地从“靖难”到永乐初立，从兴水利、修大典到下西洋，纵谈新帝的胸襟抱负、图新求变……

弘无先还默听不语，后来竟也兴奋起来：谁登位、谁掌天下，是他们朱家的事，只要于国有利，与民造福，就是天下之大幸，众生之宏福。说着他拍拍秀才：没事儿了，快去叫黑哥回来！秀才似乎听得入神，不肯离去，弘无抬掌吓它，它却调皮地乱蹦乱跳，一不小心撞翻了花盆，一截竹筒顺势溜了出来。弘无即刻想到里面必有阿华要交他的东西，于是急忙捡起竹筒。

郑和见状，连忙说：晚生先去小艇吩咐水师做起航准备，先生收拾一下，请随晚生前去参观一下大明宝船可好？

弘无此时的注意力全在那竹筒内，只连连应付着：无妨，无妨。当他打开竹筒一端，拿出的竟是一幅海图，阿华辛苦半生绘出的航海路线图。看着它，他不禁百感交集、忧思缕缕。他不知阿华今在哪里、吉凶如何……当他收好海图藏入腰间时，郑和已来到身边，他只好在郑和的双手搀扶下登上小艇。

一入海，弘无便兴奋起来，滔滔不绝地给郑和讲述钓鱼岛周边海况。等到登上宝船，他却沉默了，这的确是一艘他从未见过的宫殿般的大船。当他在郑和搀扶下穿过一道道礼兵迎接的岗哨，进入宝船大厅时，更被它的肃穆辉煌震惊了。大厅最显要处是一幅张挂端正的航海图，走近细看，虽画功精到，点线清晰，但比他心上的海图特别是阿华绘制的海图差之千里。更令他心焦的是，有些海上暗礁图上并无标记，如此，若遇海啸夜航，岂不凶险重重？

郑和恭敬地陪伴身旁，详细介绍着宝船的规模设备，期待的眼神随时等待他的评判。他却面无表情不赞不评，只说：其长四十四丈，其宽十八丈，偌大的航船，前、后、中共设九根桅杆，加之风推涛涌，航船进发自不足忧虑，但大海行舟，更关键处在方向、地貌，但出差池，必将错之千里，弄不好，还要葬身海底……海疯子就是海疯子，他一见船上种种，就痴迷忘我了：看看你们的罗盘和牵星板吧。郑和于是引其进入机舱。弘无边看边校正方向，胡须不禁抖动起来，他让小黑哥拿出自己的宝贝：罗盘和牵星板，边将郑和拉入身边，边两相比较，越看，郑和的呼吸越急促。他抑制不住地惊呼：先生精准，还是先生的精准！

此时海空，已是月上中天。当郑和扶着弘无来到宝船餐厅时，桌上已摆满菜肴老酒。

郑和先斟满两杯绍兴老酒，躬身一拜说：头一杯是拜师酒，请先生受郑和一拜！他拜过之后才归座，搛过一菜说：此为南京板鸭，先生尝尝。

弘无一饮而尽说：二十年未饮家乡酒了，甘醇，柔韧……他又嚼了一口郑和布上的板鸭：好是好，只是劲道不足……

郑和又斟上一杯白酒，搛了一只鱼丸：晚生知道先生是想吃真正的福建泉州菜了，请尝尝鱼丸，再饮杯劲道十足的杜康。

弘无先吃鱼丸，后饮杜康，竟至一连三杯，之后面现潮红，眼生泪光：……老夫少小离家，四处漂泊，早已不知家归何处，今夕何年了，可今天喝上家乡酒，当年的事又恍如昨日了……他捋捋颏下长须：嗟乎，不觉已过甲子啊……

郑和为陪弘无，也已大开酒戒，他连饮三杯杜康说：学海无涯，贤人无老，敢问先生何为所愿？

弘无又饮一杯：说来惭愧，老夫礼过佛，访过道，还读过古兰经，邂逅过众多女子……路走多了才悟出，万般不如做件实事。这不，终归落得与海为伴，视这罗盘、牵星板为亲，而且乐此不疲……

郑和也连饮连干，不觉现出真性情：先生所谈极是。他又敬弘无一杯：晚生愿追随先生于后，做件实事，驭海下洋，以不辜负心之所许、圣上所期！

弘无已有些醉意：老夫没有不可做之事，没有不可出之力。可有时一觉醒来，感觉毕竟老了，真想有个家，回家……

郑和悲从中来：难道，先生也无家？

弘无苦笑：要说家，老夫与你可谓“同是天涯沦落人”。祖上的家，早在元末就沦落了，如今的家，说有则有，说无则无……唉唉，也有个不似妻胜似妻的女人，还有个可爱可心的女儿……

郑和听着，不觉已泪眼婆娑：先生总归是有，学生可永远不会有了……他又饮一杯，蒙眬间似乎又看到阿云笑盈盈朝他走来：三宝哥，你骗人，骗人……他只能口齿不清地申辩：我，不是成心的，我是无奈，无奈……我……他又哭起来：已经被阉，了……

见他如此伤心，弘无久已遗忘的慈父心苏醒了，他把郑和揽入怀里，让他畅快地一吐他与阿云两小无猜的情愫以及阉官独有的性苦闷……郑和边泣边诉：……别人骂我无阳气，可我一身力气不比常人差，别人叫我太监，不能近女人，可我心里又常常……

弘无把他抱得更紧：世间道理多为他人所设，骂人之话多出自小人之口，大可不去管他！阴阳相吸，男女相羡，此乃造化所赐，太监又有何不可！只要两情相许，就该畅所无忌，不能肉身相予，聊可情愫相融，这也才是“故恒无欲也，以观其眇，恒有欲也，以观其所噭”……

这是郑和此生第一次听到的真心话、贴心话，他久已干枯的心，也第一次洇润起来。如果说他与朱棣是“敬”，与道衍是“钦”，与弘无则是“亲”，如父亲般的亲近融通，心有所附。

“四更了，四——更——了——”叫更的铜锣声自近而远，从宝船到船队，递远，递远——

文渊阁内真可称群贤毕至，从各地招募来修书的学子们已陆续汇集于此。解缙正找不到安置方法，姚广孝携陈济走了进来。经姚广孝介绍后，陈济即刻要跪地拜见解缙，解缙慌忙屈身拉住：陈先生，久仰久仰，我们同为儒门子弟，区区岂敢受礼？说罢，他转向姚广孝：文渊阁内群贤毕至，此乃文坛一大幸事，可阁虽不小，却贤者众多，这，这……

姚广孝早已明白他之所虑：绅公莫愁，贫僧已经安排好了，将众学子安置在崇里坊，那里距文渊阁、光禄寺都不远，也便于光禄寺早晚供酒肴、茗果。解缙听罢连连称谢，之后问：少师可听说过瞿佑此人？

姚广孝说：可是写《剪灯新话》的瞿佑？

正是此人，他倒颇愿来此编书，可如今他在周王那里任长史，周王又不肯放。

姚广孝略一思索：那就罢了，免得招来皇室是非。

在文渊阁内一片忙碌中，朱棣笑呵呵走了进来。众人一见，惊喜过望，特别是刚从各地进京的学子们，竟几乎不知是梦是真了。他们急忙跪地朝拜，山呼万岁，朱棣却连连招手：起来，都起来吧，你们千里万里来到京城，都是朕的客人，是朕请来的座上宾。

众人听着他的话语，看着他的笑容，顿时放松下来，可还是感动得霎时跪了一地：谢主隆恩！

朱棣又一次叫他们起来后说：朕召你们来的目的，就是用你们的学问才情编一套大书，一套旷古未有的大书，将我们的祖先上至尧舜，下至当今的学问技艺，包括诗词典籍、宗教民俗、哲、医、商、农、巫……不分门派宗流，分部分编汇集起来，以使你们学有所用、学有所成，为天下、为后人留下一个、百个更大的文渊阁！

众学子感佩万分，甚至有人泗泪横流地跪地高呼：陛下圣明，陛下万岁、万万岁！

朱棣也感动得边踱步边宣诏：任胡俨、陈济为编书总裁，姚广孝、解缙共同监修。并且格外开恩：凡参与编书的官员均可免朝。

古来学人悬梁刺骨、苦读诗书，最大的抱负不过是金榜题名、功名有成，今得圣上亲自下旨、亲自领衔，并钦定监修编书修典，解缙岂能不日夜忙碌、志得意满！

这日，他应召前往乾清宫奏报编书进程。朱棣虽嫌他眼界不宽、格局不大，但对他的才情、执着却又不乏欣赏。听过奏报之后，他乘兴拿出一份官员名录，要他本着“进言者无所畏”之心，畅言自己所见。书生总归是书生，不管官居何等职务，一旦被欣赏、被信任、被重用，得志之心便会驱使他忘乎所以，放胆直言。说到吏部尚书蹇义，解缙说此人“其资重厚，中无定见”，论及户部尚书夏原吉，他的评价是“有德有量，不远小人”，谈及礼部尚书宋礼，他笑笑说，此人“憨直而苛”……听着他对诸臣的议论评价，朱棣久久思索未语。

此时，一直在旁静听的太子站起来说：依我体察，你对夏原吉的品评颇为切当，对其他各位还需看看，再做结论。

一直沉默的朱棣还是没说话，他只是觑目静思，看了看太子，又看解缙。

徐皇后虽出自将帅之家，却是一位贤达细密、诗心缕缕之人，她喜欢兰花，最喜君子兰。故此，一年到头，坤宁宫内的兰花总是蓬蓬翠翠，到了开花时节，宫里头就像过节过年，每个婢子都能笑盈盈地拿到一些赏赐，婢子们也就更精心地侍弄那些满阶兰花。又到花期，闹哄哄的婢子们拿到各自的赏赐退去后，徐皇后一只手搭在诗君肩上问：这么久了，姐姐真不知妹妹喜欢什么，说说，妹妹想要姐姐赏些什么？

诗君莞尔一笑：诗君就想要皇后的微笑。

徐皇后见诗君的脸色已经渐露嫩红，言行举止也渐渐开朗了些，真是从心底里高兴，她真希望用自己的关爱，早些洗去这可怜姑娘的悲哀和愁苦。她轻轻拍了一下诗君的头说：小蹄子，又拿姐姐取笑！

诗君说：奴婢不敢。说着，她自己也笑了：说实话，诗君最想要的，就是皇后赏一部这《劝善书》的勘印本。

徐皇后笑说：又调皮了，这《劝善书》若没有你的学问才情，和日夜辛劳，能这么快完稿吗？按说，这编著者理应是我们姐妹两个。

诗君诚惶诚恐地说：不，不，诗君可不敢贪天之功，这都是娘娘的心血和功劳。

我们不争了，徐皇后沉吟片刻说，对它的行文主旨我还是不放心，要是能请大才子解缙审阅一遍就好了。

诗君也兴奋起来：解大人我倒熟识，当年他……她突然意识到自己的失口，悲戚与忧虑顿时驱走了她的笑容，她匆匆转过身去，不再言语。

徐皇后何尝不知她的所想所虑，只装作大咧咧说：姐姐知道，解大人曾是令尊大人的门生，妹妹自然与他相熟，对此，也大可不必避讳，陛下比谁都清楚！要么，就请妹妹走一趟？

诗君来到文渊阁时，只见有人伏案写作，有人查阅典籍，处处墨香纸影，倏忽间，父亲飘飘逸逸游走书海的身影朝她走来……她正欲低唤，解缙辨认着，又有些吃惊地来到她的眼前：……你，可是诗君姑娘？

诗君正要开口，解缙百感交集地说：听说姑娘在帮娘娘编书？好，好，能有今日，不易呀……说着一腔热泪已经涌入眼眶……

此时，朱棣正脚步轻盈地迈入文渊阁，随行太监刚要通报，被朱棣举手拦住：哈，这么多才子学人聚在这里编书，快赶上朕出征漠北的兵马了，好哇，无论出征、治学，我大明就是要有这样的气派！就在这边走边说的兴奋中，他一眼瞥见正在说话的解缙与诗君，且俩人都眼挂泪痕。他警觉地盯视他们片刻，才走近说：朕不期而来，搅了两位才子谈心了吧？

两人闻言，十分惊悚，慌忙擦了一下眼泪，双双扑地跪拜：臣，不知陛下驾到……

朱棣即刻扶起他们：不是在朝上，无须大礼，起来吧。之后，他盯了一眼诗君，拿过她手里的《劝善书》，翻了几页后连连说：好，好，解爱卿先看看还有什么不足，如以为然，可拿去认真多勘印一些。之后转向诗君说：姑娘帮皇后编书，劳苦功高，皇后很满意呀，朕理应赏赐你，说说，想要朕赏你什么？

诗君不慌不惧，只低低说：能为皇后效劳是奴婢的福分，奴婢，什么都不要，只是想回家看看……

朱棣沉吟有顷，点头恩准。

诗君走出文渊阁，望着人烟稀落、肃穆威严、到处是御林军把守的皇宫大道，抬起的脚竟不知迈向何方了。她只朝着通向市井人声的方向走，因为无论什么街巷，在以往她是从没自己走过的，偶尔走出府邸，不是坐着轿子，就是背着父母，跟着几个婢子前呼后拥地逛逛街市，看看花灯。劫后余生，她只能独闯世界了……她东走西找，一个多时辰后，终于找到她熟悉的巷口，是，她家的方府就坐落于这个巷子中。

她沿着巷口西行，终于回到魂牵梦萦的家。推开虚掩的大门，没有了看门人，没有了笑呵呵的老仆李伯，也没有了众多的小厮和女婢，有的是秋风阵阵中旋起的满庭落叶……她迟疑着朝前走，来到父亲的书斋，那父亲亲笔提写的“逊志书斋”四个大字，依然峻冷又谦恭地挂在那里……

……君儿啊，你可知道，父亲为什么要将书斋命名为逊志二字？

她似乎又听到了父亲那浑厚又沉实的声音：……做人就要有人格，有尊严，志存高远；对学问，则应敬畏，谦恭，顶礼向前……这是父亲写就书斋匾额后告诉她的，那年，她刚满五岁……

她从回忆中醒来，推门入室，只见斋中书籍零乱，父亲最钟爱的文房四宝滚在地上，那桌椅书橱已经处处尘埃。她摸摸这里，抚抚那里，终于跪向父亲的书案，再也抑制不住地放声大哭起来……父亲，母亲，不孝女儿诗君回来看你们来了，女儿本想一心追随父母，可，天不收我，天……

此时，窗外噼啪一声，打断了她的哭诉。隔窗一看，原来是一阵狂风刮断了窗前梧桐树上的一根枯枝。父亲喜欢梧桐，说它枝干粗壮，叶绿且大，从不吝惜给世间带来阴凉，为此，他悉心栽下了这株梧桐。不知多少个夏夜，父亲带她坐在梧桐树下辨识天上星辰，找啊找，那如河的星辰，父亲都能叫出它们的名字。一次，她指着一颗爱眨眼的小星星问父亲，父亲一时说不出它的名称，笑笑说，就叫诗君星吧，喜得诗君咯咯地笑……

她回过神来问：父亲是不是在怪罪女儿不该帮娘娘修书？女儿不是阿谀，不为苟活，皇后娘娘是女儿的救命恩人，也是一位贤德才女，何况她修的是《劝善书》，父亲以为女儿不该吗？

……父亲没怪你，应该，凡劝善施真的事都是好事，该做的事……唉，如今想来，父亲生前也过分偏执，狭隘，以致那么多人，都是我的亲人、友人跟着我殒命……罪过，罪过呀！其实，无论建文还是永乐，都不过是朱家天下，我们一介书生，何必为他们舍身受命？错了，错了，自以为节、实则为愚呀……我们真正要为的应该是天下苍生，父亲来不及了，你在那边替父亲赎罪吧，多赎些，我相信我的女儿，一定会凭人格、凭良心去做……

父亲叹息着，辩析着，声音从渺远到真切，到回音朗朗，绕梁不绝。诗君面朝西方磕了三个响头，缓缓拣了些珍贵稀缺的图书，带门而出。

未料，门里门外，闪动出几个神秘的人影。

从文渊阁回到乾清宫后，朱棣满心欢喜，他刚翻开新送来的奏折，昌盛来报：特使胡濙信使求见。

朱棣立即命其进来。信使奏报：因张三丰踪影皆无，胡濙大人只好一路西去。

朱棣明白胡濙之意，他名为查访张三丰，实为暗查朱允炆。打发信使回朝禀报西行，很有可能发现了朱允炆某些行踪，因此一路追踪而去了。

刚打发信使退去，纪纲秉旨奏报各藩王动向：齐王已将李拱、曾名拘留藏匿，意欲灭口；岷王“擅收诸司印信，杀戮吏民”，其余各位王爷倒还安分。朱棣听得眉头紧皱，他又气又恼地令纪纲退去。纪纲边退边补充说：还有，方诗君回府后并无不轨之举，只是从这屋到那屋，大哭一场后，就从家里抱了一摞书，献给文渊阁了。

朱棣听着，久久凝眉不语。

从建文帝的“削藩”到自己领衔的“靖难”，为了争夺那顶皇冠，真是骨肉相残，累及了太多名臣、名相和天下苍生，死的人太多了。谁不想如古圣先贤所倡导的那样“父慈子孝，兄友弟恭”？可一到皇位归属，就无限重复起父（母）子相残、兄弟刀戈的悲剧……朱棣闭目沉思着，远的不说，无论隋唐、五代，哪朝哪代没有这样的血光之灾！武则天为了那顶皇冠，派人杀了亲生的长子李弘，而她的三子、大唐第四代皇帝李显又被他的妻子、女儿所害；北魏献文帝被养母冯太后派人毒死；宋太祖赵匡胤被亲弟弟赵光义谋杀……这血的教训、皇权下的刀斧太多了，他不能不引为警戒，不能再对他的兄弟们放任了。

翌日早朝时，朱棣未等众卿奏本，即下诏曰：各王府不得擅役军民，滥敛财物！之后，又特遣钦差前往青州，谕令齐王收敛行止，痛改前衍，并将其拘押的朝廷命官李拱、曾名交钦差带回朝廷。

自然，也不是所有王爷都那么权欲熏心，比如封地开封的周王，他就淡薄权力、醉心百草，每日带着一班门人学士在百草园中经营。

一位学士采了几粒茎上果实放于口中，边尝边感慨说：别的王爷府中，大多种些奇花异草，以供玩赏，唯独周王种了四百多种草木，却要么可充饥为食，要么是稀缺的药材……

另一人语带钦佩地说：百草园，百草园，若没有周王这四百多种百草，哪有即将问世的《救荒百草》一书啊！这才叫仁人为世，学为所用。

周王笑笑说：折煞本王，折煞本王，实话告诉诸公，本王所以醉心百草，一是兴趣使然，二是眼看黄河时有泛滥，年复一年不知有多少百姓饥荒而死，有了这《救荒百草》，百姓们或可于灾年充充饥、治治病……

正说到尽兴处，突闻圣旨到，周王慌忙接旨，看罢起身说：圣上急召本王进京，诸位还得加把劲儿编纂此书，本王想带上这《救荒百草》呈给圣上，说不定还能派上用场。

周王诚惶诚恐地来到乾清宫，朱棣一见这位久别的五弟，甚为高兴，不但拦住他行君臣大礼，还专门设宴，兄弟共饮。他翻看了一遍周王行前赶编的《救荒百草》后，举杯夸奖说：五弟辛苦了，这真是一部好书！从这部《救荒百草》就可想见你的所思所为。是啊，天下是朱家的天下，百姓是朱家的子民，身为朱家王爷，就应该心为民所系，力为国所用，朕要文渊阁将此书编入《永乐大典》。来，我们兄弟干完此杯！

周王听着甘之如饴，他刚要起身谢恩，即刻被朱棣拦下：我们今日只饮酒谈心，不拘皇家礼仪。说着，他又举起酒杯：四哥痛心啊，我们朱家的弟兄并不都像五弟这样为国为民为天下呀……接着，他就将几个弟弟罔顾王法、肆意胡为的事说了一遍。就在周王辨别着他的弦外之音时，朱棣总结说：四哥常说，大明是朱家的天下，要撑起这片天，朱家人就该各尽其力，能文者修文，能武者修武，除此，还要重农耕，系民生，就如五弟这样，潜心百草，心系救荒，这才无愧太祖功业！

周王受宠若惊，不自觉地跪于地下：四哥，不，谢陛下褒奖！

朱棣急忙拉他归座，又为彼此斟满酒杯说：开封黄泛频繁，五弟在那里已经辛苦了几年，四哥想，还是换往洛阳，也好闲逸些，多读读书，多经营些百草。

周王并未解其意，谦让着：四哥放心，臣弟年年加固黄河堤坝，已以此为乐，黄泛也不至于威胁开封了。

朱棣见他仍不明白，只好说得直接些：五弟，你是朕最看重的弟弟，你不会像其他人那样让四哥操心吧？

周王这才明白，君王就是君王，哪里有什么兄弟相契？朱棣也就这样绵里藏针地从最亲近、也最软弱的兄弟下手，轻者改换封地，以防他们经营过久、建立独立王国，重者先削藩，后处置，以免生内乱、兴权变。

十

浩瀚的大海，威武堂皇的宝船率领它的船队继续南行。

不同的是，宝船大厅亦即钦差正使、船队总兵官郑和的总指挥室正面悬挂的航海图已面目一新，比启航时悬挂的更大更细密更醒目。原来，自那夜酒后，郑和与弘无已情同父子。那几天，他们比较、校正好彼此的罗盘、牵星板，就比较、校正原海图和阿华所绘航海图，之后又取长补短、相互补充，由船队绘图人重新绘制了这幅全新航海图。

郑和看着这幅新图得意又神往，他指指占城的位置说：这就是我们要登岸的下一站。

弘无一面在图上标注标记，一面让郑和叮嘱船队官兵，上岸之后，千万不要摸占城人的头，因为他们将摸头视为杀头，谁触其头，他们就对谁怀杀头之恨。郑和深知入乡随俗的重要性，即命副使王景泓传令船队官兵，严格遵守各项军令，之后又招来船队各级将领，请弘无详细讲解当地民俗乡规。

弘无讲道：占城之城是用石头垒砌而成，城设四门。国王崇信佛教。此地无纸笔，连国书都是将羊皮捶薄或将树皮熏黑，以白粉书写于上。他们遇到大事争讼不明时，就由深潭中的鳄鱼评判处置。这里的稀有之物是：犀角、象牙、伽蓝香等等。

听着弘无这些闻所未闻的新奇讲述，众人不时发出阵阵笑声。郑和则非常严肃地听着，命所有听者一一记下，并传达到每一位官兵和水手。他谆谆嘱咐说：一地一国的民俗民风，往往象征着此地此国的尊严和文明，别人以为新奇不解，人家自己却视为神圣不可侵犯。我们身为大明官兵，出洋后每个人都代表大明，每个人都要带出大明的文明、正气与友善，为了与人沟通交好，今后无论到了何国何地，一定要尊重并遵从人家的风俗习惯和民俗民规，违者重处不贷！

弘无在一旁听着，不禁连连捋髯点头，口中喃喃：此子不凡，不凡……

秋夜，以四大火炉之一著称的南京城也迎来缕缕秋凉。乾清宫一片寂静，只有隐在宫墙下的蛐蛐们还在不知禁忌地吟唱着。

朱棣手执朱笔批阅着堆积满案的奏折，就在将要批完之时，昌盛又送来一纸奏书，他展开一看，原来是周王送来的《悔罪书》。内中不但有种种忏悔，还写道，如今四海升平，国泰民安，当年先皇赏赐的三护卫已不再需要，诚请陛下收回。

朱棣看罢，不禁站起身来，长舒一口气：响鼓不用重锤，老五就是老五……他踱了几步：……可这老七，却仍是不肯放出私自关押的官员……这，岂能姑息再三。说着，即命昌盛拟旨：召齐王进京。

不几日，齐王奉诏到京。他一进乾清宫，便故作高兴地喊着：四哥急召七弟，是……

他只行了个兄弟家常礼，便坐在就近一把椅上，朱棣不怒不笑，只将周王的悔罪书交与齐王。

齐王看后，哈哈一笑说：五哥就是被这些酸文假醋弄坏了，至于吗？还……

朱棣双眼直视他问：那么，你以为什么才至于？

齐王仍然有恃无恐地说：奸臣喋喋，难道四哥也想效仿建文，残害手足？

朱棣看着这位在他眼前走来走去的七弟，终于叹了口气说：难道朕爱手足，就该眼看着你们胡作非为、目无王法？就可以任你们践踏朝廷命官、欺压百姓而不问？

齐王冷笑一声：四哥，头上的天是咱朱家的天，脚下的地是咱朱家的地，子曰：君要臣死，臣不能不死。王爷虽不是君，也是王啊，难道王爷做些事情，还要看臣子的脸色？

朱棣越听越气，禁不住一阵冷笑：不错呀，你还记得圣人之言？你给朕说说，何谓"君君臣臣"，何谓"水可载舟，亦可覆舟"？

齐王仗着兄弟情耍浑说：七弟不如四哥有学问，我只知道若如此窝囊地做王，处处被人监管着，这个王还不如不做！

朱棣眼一瞪，指着他：此话可是你说的，记着今天的日子！

齐王见朱棣真的动了气，不禁有些后怕，他擦了擦额头渗出的冷汗：臣弟不是被那些臣子气糊涂了吗……

朱棣喘了口粗气，耐着性子说：七弟既然回到了京城，就多留些日子，暂不回封地吧。之后便大声说：送客。

从齐王走出大门的背影，朱棣看出了他的不满与不服。不满是仇恨的种子，即便手足，也难料后果。他当即命昌盛唤来薛禄，命其连夜领兵奔往齐国，既要严守秘密不事张扬，又要详细搜查齐王府，释放被其关押的官员。

薛禄刚刚领旨而去，夏原吉匆匆赶来求见，朱棣看着这位常是忧心忡忡的爱卿面有喜色，不由得玩笑道：难得见到夏爱卿的笑脸，这么晚还不睡觉，可有什么大事来报？

夏原吉见龙颜愉悦，不再拘谨，深施君臣大礼后说：微臣只是想让陛下睡个好觉，自己才不贪早睡。

朱棣笑笑说：快些说来，何等好事能让朕睡个好觉？

夏原吉躬身禀报：禀陛下，经过几日的查对核算，微臣已从淮扬仓廪调出一百五十七万六千余石粮草，不日即可运往北京。

朱棣果真大悦：着实可让朕睡个好觉啊！如此，燕地戍边守军就不愁一冬粮草了。朕早就说，爱卿是我大明一把铁算盘嘛！

几日后，早朝前，夏原吉正在殿前徘徊，解缙匆匆走来。因是同乡同科，两人素来交好，他上前一揖说：维喆兄早，你这么早到来，为何在此徘徊？

夏原吉抬头：呵，是大绅啊，你可听到江西、湖南蝗患猖獗，不少府县颗粒无收的消息？

解缙叹了口气：岂止是听说啊，愚弟家乡的县丞还派人送来一信，求我在陛下面前请求减免些赋税呢，我看陛下这几日心情不好，始终没敢上奏。

夏原吉面露难色：我家乡的县丞也差舍弟前来求情了，我也只能将家中的两石存粮全给了他。舍弟很不高兴，说我手握朝廷仓库钥匙，救济家乡一些粮食还不是手到擒来！他哪里知道，我这个户部尚书睁开眼就发愁筹款筹粮之事。这不，直到前几日才凑齐北疆戍边将士所需的过冬粮草，陛下才有了些笑容。我若为江西求情，陛下必以为我是挟爱乡之私，反而对江西不利。唉，臣子之苦，只有你知我知啊……

此时，文武大臣们已经陆续来上早朝，两人随着众人相继进殿。

自从北疆急需的粮草启运后，朱棣心里如同卸下一块巨石，他面带微笑地坐于龙墩，开口第一句话便是：蒙古各部最怕过冬，他们怕，我们也不能消停，因为他们一没粮草，就来北疆抢掠。这下可以放心了，北疆戍边将士粮草已在夏爱卿的筹谋下启运了。

众臣随着圣上的话语，不由得向夏原吉投来一股股或赞许或妒忌的目光，夏原吉也稍感轻松。

朱棣话锋一转，又盯向夏原吉问：夏爱卿，运走北疆所需粮草后，国库的粮食可还有盈余？

夏原吉出列：启禀陛下，国库粮仓之粮是以备不测之用，一般不能动用，藩王粮仓如今大多自保自管，地方粮仓只有江南略有剩余，可江西、湖南……

朱棣没等他说完便大手一挥说：好了，朕知道你将户籍、府库、税赋这些烦人的数字都藏在袖筒里，可随时备问，今日，朕就不细问了。

众臣发出一片笑声，夏原吉刚要开口为江西、湖南请求减免赋税的话，也只好咽了回去。正不知如何寻机再开口时，昌盛匆匆来报，都督佥事率舟师往北京运粮草船队行至渤海湾时，遇台风海难，人船俱覆……

这一噩耗顿时将原本一片轻松的早朝弄得鸦雀无声。一阵惊愕后，朱棣当即恢复常态：着户部立即划拨银两，抚恤海难者亲属，并重筹北疆戍边粮草，不得有误！

夏原吉自知事态紧急，刚刚轻松一刻的他，又习惯性地重振精神，趋前应诺：臣，遵旨。

朱棣欣慰地看了看夏原吉：朕知道夏爱卿袖筒里揣着银两，金钱暂且不愁，可粮草……

突然，一个念头闪过夏原吉脑海，他再次趋前：启禀陛下，臣打算去江西筹些粮草。

朱棣：好哇，卿本江西人，如今回去也算衣锦还乡，筹粮之余，还可看看故人。

夏原吉抬头看着圣上：臣想，陛下登基几年来，日夜忙于朝政，不得脱身，如今，船队已下西洋，《永乐大典》正按部就班编纂，陛下也该四处走走……

朱棣已听出话音：好你个夏原吉，你是想拉着朕与你一起去筹粮？

夏原吉躬身：微臣不敢。微臣只是想，陛下久居江北，也该去江南走走，也好体察一下那边的民情。

朱棣沉吟着：嗯，这倒是个不错的主意。

此事尚未说完，薛禄匆匆回朝禀报：启禀陛下，臣已遵旨削减了齐王官属护卫，并将被齐王关押之人放了出来，再者……

朱棣急问：再者什么？说。

薛禄答道：在齐王府中，搜出不少自制兵器。

众臣听罢，义愤填膺：此事万难姑息，齐王身边之人也应一并问罪！

朱棣听之怒而不语。

京城的齐王府真是宽敞阔绰，亭榭楼阁，雕梁画栋，一池池金魚悠游池中，一盆盆秋菊开得正艳，只是主人齐王一肚子委屈不平，在园中正借酒浇愁，以剑泄愤。他刚以一棵枯树为靶子，舞剑一个回合后端起酒杯，仆人匆匆来报：王爷，不好了，不……

仆人话未说完，齐王就将手中酒杯朝地砸去：报丧啊！本王有什么不好？不回封地就不回，在京城不也照样当王爷！

仆人带哭腔说：王爷有所不知，薛将军带人去青州，已将王府护卫削减，还搜出不少兵器。

齐王听罢，一屁股坐在地上，口中喃喃着：老四比允炆厉害多了，他先是把我拘禁京城，接着就派人抄我王府……还抄出了那些兵器，这，这会是什么结果呢？他难料未来，又咕嘟嘟喝了一碗酒，顺势将酒碗朝报信仆人砸去：你个丧门星，我让你报丧，我让你报丧！

秋夜，窗外落叶飘零，坤宁宫内，灯烛摇曳，诗君将日渐消瘦的徐皇后扶至床前，边伺候她卧床边说：娘娘是否不信诗君？

徐皇后笑了笑：妹妹言重了，姐姐怎能不信你？

诗君故意板着脸：既信我，就该听话，头晕得路都走不稳，还不肯歇息？躺下，再不听话，我就禀告陛下去。

徐皇后摇了摇头：这丫头越来越厉害了。

被齐王事弄得心烦意乱的朱棣走进坤宁宫，当他听到皇后与诗君的对话时，顿感一阵宁馨，因之，烦乱的心也暂被压了下来。他玩笑着：是得有个人替朕管着你，操劳几十年了，还没操够心啊？

诗君见圣上到来，慌忙施礼。

朱棣笑眯眯制止：在家里就不用多礼，你能照顾好皇后娘娘，朕就谢你了。

徐皇后宽慰地说：臣妾本无大碍，看你们一个个的，还真把我当成病人了。

诗君见朱棣坐于皇后娘娘床边，便悄悄退出。徐皇后见朱棣脸色凝重，体贴地问道：陛下莫非有什么不快活？

朱棣叹了一口气：唉，梓童常提醒朕要恩礼宗室，可朕的几个弟弟个个不守规矩，甚至视王法于不顾，如今齐王被我留置京城，他得知削减了他的护卫后，竟心生怨恨，不是指桑骂槐，就是暴打奴仆……说到此处，他停了停说：朕本不想走削藩之路，可却被他们逼得无路可走了……

徐皇后握住他的手：臣妾明白。她停了停说：既为天朝皇帝，只能一切以天下为重了。

朱棣紧攥皇后的手，频频点头。“夫唱妇随”，自是神仙伴侣的境界，若再加上“相夫教子”，就是神仙伴侣的最佳境界了。

朱棣虽是一位胸襟宏阔、视野高远的永乐大帝，但往往遇到难解之题都要听听徐皇后的意见，原因就是他深知她的宽仁贤德、睿智有度，她不仅能做到“夫唱妇随”，更能从她的角度为他提供一些更理性、更睿智的思路。经过与徐皇后的切磋，几天来一直困扰他的愁结解开了，第二天临朝的第一件事，便是召见齐王父子。

引而不发往往是最大的震慑。齐王虽然在王府中气急败坏了几日，见陛下一连几日不再理他，心下不免生出种种忐忑，当听说他的青州王府被查抄后，更加六神无主，今又接诏入朝，他的心跳更加快得无法抑制……他携其子上得朝堂就恭谨跪拜，万没想到，圣上的第一句话，就是将他们父子废为庶人！

齐王一听，急得跪爬几步，大喊着：四哥，不，陛下，臣弟可是四哥从朱允炆大牢中解救出来的呀，如今四哥真的要重新剥夺臣弟所有吗？

朱棣走下龙墩：忘了，你不是说这个王不当也罢吗？

齐王低头：那是臣弟的气话，四哥哪能当真！父皇若得知他的儿子们在朝中相煎，他老人家在地下也难心安呀……说着，他竟抽噎起来。

朱棣不由得怒喝：你也有脸说父皇？贪赃枉法，为害百姓，私设公堂，自造兵器，你是何居心？如果父皇得知这一切，难道会心安？如今看来，朕没管好你才是对父皇的不孝，对大明的不忠，拖下去！

齐王父子被拉了下去，齐王哭喊着：父皇啊，你看到了吧，看到儿子又被削藩了吧？

朱棣气得一屁股坐于龙墩，大口喘着粗气。

朱高煦趋前劝慰：皇叔的确太浑了，父皇别太生气……

朱棣瞪了他一眼：汉王最近没犯浑吧？

朱高煦一愣：儿臣，儿臣哪能犯浑呢……

朱棣呼出几口粗气说：好啊，朕就爱听这话。他缓了缓情绪问：夏爱卿，你还在为抚恤渤海海难将士家属事犯愁吧？

夏原吉趋前应道：陛下圣明。

朱棣指着朱高煦：别愁了，以后但凡需要抚恤金，你尽管向汉王要就是。

朱高煦趋前急喊：父皇，这不是为难儿臣吗？

朱棣双臂胸前一交：朕算过了，市舶司筹这点银子不算什么。

朱高煦还想争辩，朱棣脸一沉：汉王不是不犯浑吗？朕知道，市舶司养一支水师都不算什么，抽一些银子做抚恤金又有何难！

朱高煦被父皇捉住了短，一时无语。

张辅率八十万大军日夜进发，一月之后，便攻入安南地界。前锋来报，黎氏父子闻讯后，正调集全国兵马准备迎击。张辅听罢，传令全军将士：奉陛下旨意，本次平叛，只惩首恶，不伤无辜，对当地百姓，务使秋毫不犯！之后，即命人将黎氏父子罪状写成檄文，散发安南全境。可军情紧急，如何尽快布达全国？就在张辅百思不得一法之时，兵卒葛三自荐书写檄文，并说有尽快布达之法。张辅闻报大喜，立即召见葛三。

葛三一进中军帐内，便伏地叩首，且大呼“恩公”。张辅仔细端详后认出，原来这个兵卒葛三，就是他与太子南巡时所救的遇难青年。张辅扶起他后，即问安南全境传递檄文之计。

葛三朗声禀报：安南多水，到处是河流小溪，我们只要将征讨黎氏父子的檄文刻于木板，再将木板放入河溪上游，使它们顺流而下，不出几日，河溪两岸的人们即可看到，之后，岂不是一传十、十传百……

张辅听罢，拍着他的肩说：此法甚好！

葛三受命后，先写檄文，后刻木板。张辅见他文墨通达，做事干练，更喜他智慧超常，便收他做了帐下亲兵。

占城国虽不大，王宫却十分气派，气派之处更在佛堂，因为占城国国王虔诚信佛，每日晨昏必在佛堂前跪拜念经。那日早晨，国王正静心诵经，信使匆匆来报：大王，大王，不好了，大明八十万大军进剿安南黎氏，安南兵马对付不了人家，正向我占城方向迂回……

占城王闻报，面前香烛颤抖了一下，他立即双手合十：阿弥陀佛，我占城历经安南侵扰，百姓已民不聊生，他们若再打过来，这可……佛祖啊，赐弟子勇气与力量吧，让我们能保住这可怜的家园……

经过三天两夜的航行，郑和船队已靠近占城。此时，周满领圣命、驾快船，风驰电掣赶来。他先登宝船宣旨：奉天承运，皇帝诏曰：我张辅大军正以霹雳之势进剿安南黎氏，着郑和船队予以海上策应，以求四面夹击，尽歼叛逆。钦此。

郑和接旨后，即与弘无、王景泓来到海图前，边看图边商定路线，决定率船队先沿占城海岸线北上巡视一周，再登占城。如此，既可海上策应张辅，使黎氏兵马不敢入海，又不误登临占城。

就在船队掉头北上时，占城王派使者前来求助，说安南兵马已往占城退守，请求大明船队援助。郑和安抚占城使者说：请放心，有大明船队在，就有占城安全在。占城使者拜谢后，匆匆赶回占城禀报。

船队在郑和指挥下，沿占城海岸北上。此时，船队战旗如云，兵将待战，一支支重炮对着安南方向，蓄而不发。指挥使们个个摩拳擦掌，纷纷请求登岸开战。郑和笑笑说：张辅将军已挥兵安南，安南此时入侵占城，只是为了开出一条海上退路，我们堵其海上退路就是进攻，占城之危顷刻可解。

一指挥使不解地说：我们只兜圈子，不打仗，怎么立战功?

郑和不再解释，严肃地说：在战场，军人的使命只有服从二字，本总兵官只要你们服从指挥，做好准备。

此话一出，指挥使立即归位，全军也一派肃然。可求战之心如同细菌快速繁殖，未行多久，求战之声又自下而上地鼓噪起来。孟可见有机可乘，竟高声叫道：我们是血性男儿，不是软蛋，怎能总是驾着船兜圈圈！

随着他的叫声，议论之声也越来越高。

郑和见状，蓦地跳上指挥塔，厉声喊道：这里谁不是血性男儿？本官敢说，凡在我船队的官兵，无一不是血性男儿，但真血性者是顾大局，听将令，而不是蛊惑军心，乱我阵仗！

话音落地，全场立即鸦雀无声，孟可也低头侍立。郑和缓和一下口气说：善战者，不光要勇，更要有谋，“围魏救赵”之兵法连海匪都懂，为将者却全然不知，还在那里蛊惑军心，居心何在？此言一出，更是一片肃然。郑和扫视一周后，朗声发令：各指挥使，即刻带领自己的人马归队，严格执行将令，违令者，斩！

翌日凌晨时分，船队泊于占城北海岸，郑和命神机手朝安南方向连发排炮数十响。此时，涛声隐于炮声中，潮退浪平，不明白发生了什么的海鸥也躲入苍空。

郑和遥望远方片刻后，复命几十艘战船成阵势地海上巡逻，一旦发现可疑船只，即追剿务尽，但也务必分清敌友，一不扰民，二不轻敌！

对于孟可，郑和始终不能不倍加谨慎。他的有恃无恐、骄横狂妄自是因为背靠朱高煦，对此，郑和又不得不容忍几分，可对于他的貌似激进、实则蛊惑军心，郑和就不能听之任之，以防坏了圣上的战略。为此，当船队停泊占城北海岸后，他委任王景泓为临时总指挥，孟可为副总指挥，并嘱咐王景泓密切注意孟可的行为举止，之后就与弘无率领一支船队驶向占城新洲港。

入港前，他命礼兵先鸣放礼炮致意，待得到占城王允诺后，方才登岸。

占城王昔唆马哈剌札听完禀报，立即头戴金钑三山玲珑花冠，身披五色线细花番布长衣，下围色丝手巾，臂腿佩戴金镯，坐于由两头黄牛拖拉的车上，前面由鼓乐开道，后面由五百名或执刀枪、或舞皮鞭的兵士前呼后拥地迎接大明使者。昔唆马哈剌札一见郑和即刻下车，跪接诏书与赏赐。郑和上前扶起他后，他感激涕零地说：若不是大明水师来得及时，我占城早不知被糟蹋成什么样子了……说着，竟流起泪来。

讨伐黎氏父子的檄文沿江河而下，不出几日，安南朝野议论纷纷。黎氏父子见明军如摧枯拉朽般逼近，又闻海上已有郑和船队阻断退路，于是，慌忙调集全国军队准备殊死顽抗。

站立于中军帐中军事地图前的张辅说：知己知彼，方能百战百胜，我军初入安南，人地生疏，必须弄清敌军军力与战场方位地貌。

一前锋官上前禀报：黎氏宣称，他们已调兵百万，准备在多邦城下与我军决战。

多邦情况如何？

前锋官答道：多邦乃安南重镇，城坚而高峻，城下挖有深濠，濠内水深流急，并密置竹刺，濠外多掘坎地，守卫严密，若强行攻城，伤亡难免惨重。

张辅思索片刻后说：黎氏狡诈，历来长于虚张声势，一个小小的邦城岂能吓倒我大明神旅！说罢，即果断点将：都督佥事黄中，着你带五千大军做前锋……

张辅尚未说完，怠慢不经的都督佥事黄中走上前来说：安南气候湿热，我的兵已有一半得痢疾病倒……

张辅怒视发令：那就挑选未病者五千人控制深濠！

黄中为难地说：报告将军，五千也难挑选，下官实难从命……

张辅举拳怒击将军案：未战先怯，动摇军心，拉出去立斩！

就在黄中边被拖拽边喊“饶命”声中，张辅任命葛三顶替黄中其职，并命他率领三万大军，以闪电战攻城。葛三英气勃发，立即趋前领命。

黎氏兵将见明军来势汹涌，便驱大象出阵。大象力大皮厚，几百头大象排成大墙，明军几番冲杀皆难入城。此时，葛三妙策布阵：将雄狮图像画于布上，再将画布披于战马身上，旁侧以神机火器配合，边开炮火，边策马冲锋。大象见所未见，惊吓得连连后退，那些潜伏在大象身边的安南士兵被大象踩伤无数，明军趁机进攻，终于攻克了坚固的多邦城。

作为大明钦差总兵官，郑和及其船队的到来已显十分尊贵，如今，他们又以其军力军威一解占城之危，这就更成了占城举国上下的恩人。为此，从国王到庶民，郑和全军上下所到之处，无不迎来由衷的拥戴和感激。鉴于此，郑和通令全军：凡我将士务需谨记，我们是大明使者，每个人都代表着大明的胸襟、气度和礼仪，友邦越是友好相待，我们越要谦虚礼貌，切不可以功臣自居，更要做到秋毫无犯，违者军法处置！

这天，占城王亲自陪同郑和一行参观贸市，只见商贩云集，买卖以物易物，人人笑脸礼让。当听说国王正陪同天朝使者来临时，人们纷纷停止买卖，个个跪于街市迎候，直到郑和建议国王传旨“我等前来，不需礼仪，只照常贸易即可”时，贸市才重新人声鼎沸起来。郑和笑迎商贩，边走边看，看着那琳琅满目的土特产品，新奇又诱人，却不知此为何物，又有何用。国王见此，兴奋而自豪地一一介绍着犀角、象牙、伽蓝香等等的来历、用途和珍贵。郑和听着这些闻所未闻、见所未见的异国珍品，想着回到大明后的用途，当即与当地商贩商谈，愿用大明的青瓷、盘碗、纻丝、绫绢、烧珠等物与他们交换。商贩们看着郑和商船所带的五光十色的大明珍品，个个喜欢得爱不释手，于是双方优惠礼让，当场交易了大宗商品。

做完交易，郑和才有暇说起闲话。他问国王，那些商贩们边交易、边不停嚼着的是什么？国王顺手掏出两颗，一颗放入自己嘴里，一颗放入郑和嘴中，说：这叫槟榔，是我国特产，嚼着它，可提神，可治病。国王看着正嚼槟榔的郑和问：大人以为如何？

郑和龇牙咧嘴说：辣，涩，本官……说着吐了出来。

国王笑得前仰后合：没吃过的人感觉有股怪味，久吃会上瘾，大人吃不惯就不吃吧。我国盛产一种土种红米，可蒸饭，可煮粥，船队远行大海，倒是多带些好。

郑和问主管采买的官员：我们明日即将启航，船队所需物品筹备得怎样？

官员答道：已购足这里养殖的鸡鸭鱼肉蛋和新鲜蔬菜、水果。

郑和吩咐：还要多买些国王所说的土种红米，除供船上所吃，还要带些种子回去。

官员领命而去。

翌日晨，晴空一碧，海涛阵阵，新洲港上，仪仗在前，槌善鼓、吹椰笛壳筒的乐队在后，占城官兵、百姓簇拥着手牵手的占城王与郑和来到宝船停泊的港口。正在他们殷殷告别之时，忽然传来“救命呀，救命——”的呼救声。众人望去，只见两头野水牛正竖起犄角追杀几个身穿青色短衣的人，后面更有数十头野水牛跟进。

大明水兵见状，连忙以盾甲围拢众人护卫，占城王随侍喊道：点火，用烟熏！

可慌乱中一时无处去找可燃物，郑和即命亲兵施放信号烟花，随着一簇簇烟花升空，野水牛吓得掉头鼠窜……

占城王见危机解除，解释说：野水牛原本是一些农家耕牛，在一次海啸中避入山里，从此自生自长，年深成群。不知什么原因，后来它们走出山来，只要见到穿青色衣服的生人，就竖起犄角追杀，十分凶残，已成占城一害。

得想个办法，想个办法……占城王面露忧色。

尚未等他说完，那几个被救的青衣人前来感谢国王与大明救命之恩，原来他们都是来自异邦、不知当地风俗的商人。

国王感慨地说：要谢，你们就谢大明吧。他将郑和推向前来：谢这位大明钦差总兵官郑大人。

几个商人立即伏地跪拜：谢郑大人。

郑和趋前搀扶说：不敢当，不敢当。我大明有古语云：四海之内，皆兄弟也。我们降世为人，不分国族，不分地域，皆为兄弟，我们不过做了我们该做的事。

霎时，海滩上从国王到百姓感动得一片欢呼：好，太好了，大明是天朝，大明是兄弟！

郑和见占城王十分喜欢信号烟花，便送了他一些，并答应下次多运送些烟花来。之后，在欢呼与惜别声中，郑和船队离港远行。

在同一片大海上还行驶着另一艘船，这就是海盗陈祖义的船。陈祖义走进关押阿华的船舱，阿华面无表情地看了看他，又将脸扭向舷窗。

陈祖义笑笑说：阿华呀，阿华，你这是何苦呢！画张图对你来说还不是手到擒来，再说，咱们总算是朋友吧？

不难，对我阿华来说，画图是件乐事。他看了看身上绑着的绳子说：朋友，这就是你对朋友的情谊？

陈祖义笑着：我这不是不得已吗？只要你答应画图，马上……

阿华笑了笑：你以为哪里都可画图啊？要画，得放我回去画呀。

陈祖义冷笑道：你以为我傻呀？好容易抓住你，我要放你回去，你还不像泥鳅一样，不定会溜到哪里去呢！

正说着，手下来报：报告祖爷，郑和船队已离开占城，正向这边驶来。

陈祖义脸上肌肉跳了几下，他一面挥手，命手下退出，一面逼阿华说：你不画图也可以，只要你带我找到弘无。那老东西是个海上通，要是能得到他手上的指南针之类的航海宝贝，我们便如虎添翼。怎么样，我们一起干，保你吃香的，喝辣的。

阿华哈哈一笑：我上哪里找他去呀，再说，我也没有跟你干的福气！

陈祖义冷冷地说：那你就在这里坐着吧。说罢，他走出船舱。

十一

为了策应尚在安南平叛的张辅，郑和决定，自己与大队人马暂在占城、安南海域巡视，命副使王景泓率五十艘小型船队继续南下。

弘无听了这个安排后，提出要随王景泓船队南下，原因是自拿到阿华留下的海图后，一直担心阿华安危。从他留下海图的方式，弘无已明白他肯定是在凶险中巧留海图给自己。如今，他是否还在人世，或羁留于海盗船上仍未可知，他只有随王景泓的船队找到阿华下落，心才得安。郑和十分明白弘无的心情，他更珍惜阿华的才情与性命，于是，命王景泓一定照顾好弘无先生，并尽快找到阿华。

夜空月色朗朗，海上涛起涛落，陈祖义站在甲板上，望着苏门答腊想着心事。

手下阿虾急急走来邀功说：老大，我刚探听到，玫瑰岛郡主塔莎是弘无的女儿，没想到，这弘无老儿还……

陈祖义眉头一皱：什么，她不是陆宽的女儿吗？陆宽一直像守护神似的守护着玫瑰岛，难道……他突然一拍脑袋：嗯，这件事有干头，做好了能收一箭双雕之效！

阿虾嘻嘻笑着：我就知道，这消息一到老大手里准有大用场。

陈祖义望着一望无际的海洋，喜滋滋地说：你想啊，咱们一旦将塔莎抓到手，还愁他弘无不听话！如此一来，既可以拿塔莎要挟弘无，让他乖乖地拿出我们需要的一切，又可以用塔莎的失踪制造迷局，让迷恋塔莎的苏门答腊王子苏干剌与我们合作，攻打郑和船队。

阿虾有些担心：老大，可陆宽若知道我们绑架了塔莎，肯定要翻脸的，这是一。再者，咱们弟兄中有很多人不是在玫瑰岛有女人，就是打小从玫瑰岛抱出来的，他们……

陈祖义手一挥：咱弟兄中的事好办，挑几个与玫瑰岛无瓜葛的人不就是了？要防的是陆宽。

阿虾点头：小的知道，多难的事到老大手里都有办法，抓塔莎的事就由小的来办吧。

玫瑰岛果然名不虚传，这里四季长青，遍地树木鲜花，尤以玫瑰为最。

清晨，美貌绝伦的塔莎郡主头戴玫瑰花环，身穿玫瑰花串制而成的袒胸露背短裙，领着一群打扮一样美艳的岛上姑娘走出布满玫瑰的码头，边歌边舞地登上系于码头的大船，船上早已载满鲜艳的玫瑰和绿蓬蓬的薄荷。大船启动，姑娘们唱起《玫瑰之歌》：

玫瑰，玫瑰，
你的色彩像姑娘的芳唇，
你的芬芳如姑娘的香魂。
姑娘的唇比你更甜蜜，
姑娘的魂比你更妍丽。
啊，玫瑰，玫瑰……

她们一路载歌载舞，来到爪哇，刚进港口，就有人欢呼着：啊，玫瑰岛的塔莎郡主来了——

快看啊，郡主又给我们送玫瑰来了——

船一靠岸，塔莎吩咐姑娘们：还是老规矩，咱们分成两拨，一拨去东爪哇，一拨去西爪哇。

一姑娘凑趣说：郡主去东爪哇吧，东王子比西王子英俊潇洒。

笑眯眯的塔莎正要答话，一只疾速驶来的船上传来喊声。她站起身细看，原来是陆宽在喊她，她挥挥手高兴地叫着：陆叔，真高兴见到你！

陆宽将船靠近她说：陆叔更高兴见到你啊！他上下打量着塔莎：几月未见，我的塔莎更美了。之后，他嘱咐她：前几日，西爪哇打败了东爪哇，你们暂时别去东爪哇了，免得有什么意外。

塔莎乖巧地答应着，立即将分开的两拨姑娘合二为一。

陆宽笑望着听话的塔莎说：这些日子爪哇不太安宁，你们送完玫瑰早些回去吧。

说着，他便开船离去。船行远处，陆宽还朝塔莎喊着：记住，在海上，一要小心，二不要怕，有你陆叔呢。

大海的波涛并未遮住陆宽慈爱的目光，他站在甲板上，望着塔莎的目光一刻也不肯离开，一旁的阿坚搭话说：陆爷，你也别太……

本已心情烦乱的陆宽说：阿坚，有话就说，别吞吞吐吐的。

阿坚怵怵地说：我是怕陆爷心烦，才……唉，直说吧，我听人说，塔莎是弘无的女儿，所以，陆爷也不用在她身上用情太深，免得……

陆宽不悦地说：别听那些嚼舌人胡言乱语，塔莎就是我的女儿！

阿坚小声嘀咕：那为什么弘无老头频繁地给玫瑰岛送蜂蜜……

陆宽焦躁地打断他：记着，不管弘无老头怎么做，塔莎都是我陆宽的女儿，谁若敢冒犯她，别怪我陆宽不客气！

塔莎遵从陆宽的指引，率船驶入西爪哇。玫瑰岛是个闻名海上的女儿国，岛美，花美，人更美，向以自给自足、与人为善为立岛之本，每年都以玫瑰和薄荷与邻邦交易生活物品，各邦国也都与她们为善。

西爪哇国王以国宾礼在宫中迎接了塔莎，他高兴地说：你们的玫瑰从来都是敝国的福音。他拿起一束束鲜艳的玫瑰：塔莎郡主来得太及时了，就让这些和郡主一样美的玫瑰装点我的王宫吧，以庆祝本王力战东王的胜利！

西爪哇公主也出来迎接塔莎，她热情地说：塔莎郡主，你是我们岛国的女神，请今晚一定参加我们的“踏乐行月”。

塔莎笑笑：我哪儿敢，公主才是女神。

爪哇公主说：郡主不敢，我更不敢！我们不要相互恭维了，不如这样吧，你是女神姐姐，我为女神妹妹。

塔莎拥抱她说：妹妹，真的抱歉，我们还得去苏门答腊送玫瑰和薄荷呢。

公主拉起她的手，调皮地说：晚一天去嘛，那里又没人等你，这里的王子们可是盼你盼得望眼欲穿呢！

塔莎被她说得咯咯地笑，随行姑娘们嚷嚷着：留下吧，留下吧……

涛声阵阵，月圆如盘，火辣辣的热带音乐听得人血脉偾张。一群群头戴花环的美丽姑娘，在袒胸露背的花裙包裹下，更是性感惑人、风情万种。她们以塔莎和西爪哇公主为首，以臂膊递相联绾不断，于月下疾徐相间，在歌声的催动下，狂烈舞蹈。塔莎唱一句，众女齐声唱和一句，节奏越来越快，其舞姿舞步的风韵也越来越迷人……那些岛国王子先还绅士般击掌欣赏，后就忘记了斯文，呐喊、口哨，跟在后面疯狂地追逐、狂欢……直到东方已渐发白。塔莎看到那些疯狂的王子越来越无节制，为了不闹出事来，她边舞边对她玫瑰岛的姑娘们打着手势。倏忽间，她们便趁着月黑人乱，奔向她们的船只。没想到，这些爪哇男女，特别是那几位王子竟也跟到海边，直到塔莎和姑娘们一个个跳上船去，岸上人还频频招手歌唱。

塔莎站在离岸船只的甲板上挥手告别，口里喊着：再见了，爪哇！再见了，我的朋友们！再见了，我的女神妹妹！谢谢你们给了我这么美好的夜晚，我会想你们的。

岸上人也热情回应：塔莎郡主，欢迎你再来。

那几位王子却如泄气的皮球，只是木呆呆望着远去的船只……

塔莎和她率领的姑娘们怀着爪哇人赋予的友爱与钦慕，载着以玫瑰、薄荷换来的粮食、蔬菜和肉品，一路歌唱舞蹈，终于透过海雾，影影绰绰地望到苏门答腊的海岸……

在晓月的清光里，突然，前面不远的一艘船发出了求救信号。大海行舟，对遇到麻烦的船只施救，已是海上人约定俗成的共同情怀，何况塔莎这群善良的姑娘。于是，她们在塔莎的指挥下张帆疾驶，直奔那求助船只。未料，塔莎船队刚刚靠近那只求助的大船，大船上的水手们便发出一阵得意的狞笑。

猝不及防间，几只长钩将塔莎的船揽向他们的大船，并死死绑在一起。接着，他们又将塔莎和众姑娘押解到已备好的黝黑船舱。

塔莎愤怒地甩开他们：你们是什么人？竟敢这样下流无礼！

这时，陈祖义走出另一船舱，喝道：不得无礼！你们久在海上，哪怕没见过，也该听说过玫瑰岛上的塔莎郡主吧！之后，他对塔莎略施一礼道：塔莎郡主，别怕，本人没有恶意，只想与郡主交个朋友。你先到那个舱里歇歇，压压惊，别的事以后再说。他在转身回舱时又吩咐道：你们好好伺候郡主，不得无礼！

她们被关入一个伸手不见五指的船舱，一位年纪最小的姑娘害怕地说：我怕……她哆哆嗦嗦地问：塔莎郡主，他们为什么要关我们？

此时，从黑暗的角落里传来一个男人的声音：姑娘可是玫瑰岛上的塔莎郡主？

这突然传来的沙哑的男声吓了她们一跳，原来她们被关入了囚禁阿华的船舱。塔莎睁大眼睛，细细辨出这是一位虽然满脸沧桑，却慈眉善目的人。她问：你怎么会认出我？

阿华压低声音：小声些。他警觉地四下看看：他们知道你是弘无的女儿吗？

黑暗中，塔莎摇摇头。

阿华久待舱内，适应了黑暗。看到塔莎摇头，他小声说：他们正在四处寻找弘无，郡主千万别暴露你和弘无的关系。

塔莎看着阿华，似信非信地点点头。

天亮后，陈祖义的谋划已经成竹在胸，他一面命人看押好阿华和塔莎一行，一面乘小船驶向苏门答腊。他找到一向对塔莎一往情深的阿干剌王子，故作慌张又义气地说：阿干剌王子，本人所以连夜赶来，是为报告你一个可怕的消息！

阿干剌看了看他，不以为然地说：既无海啸，又无火山喷发，本王子除了读书打猎，就是玩赏我岛内的大好风光，有什么可怕消息？

陈祖义欲擒故纵地笑笑：既然王子的心比海大，就算陈某人杞人忧天了，不说了，不说了。他双手打揖：告辞。

阿干剌忙走向他：笑话，陈老大踏海来访，怎能说走就走，宫里新酿的果酒，无论如何，也得请你品尝品尝。说着便命人摆酒。酒过三巡，阿干剌正要举杯问询时，陈祖义故作闲谈说：王子可见过玫瑰岛的塔莎郡主？

提起塔莎，阿干剌顿时两眼放光：那还用说，她可是我们海上诸国的第一美女。他下意识地干尽杯中酒，眼前映出塔莎的美貌风情……正陶醉间，突然心头一惊，倏地拔出腰间佩剑，指向陈祖义问：你要干什么？

陈祖义哈哈大笑：王子啊王子，我陈某人再不济，也是海上一水侠，既知道王子对塔莎郡主钟情多年，怎能夺王子所爱呢？

阿干剌满脸疑惑：那你……

陈祖义独自干了一杯：就是为保护王子所爱，陈某人才跋涉大海，特来向王子报信。

阿干剌收回佩剑，焦急地问：什么消息？快说。

陈祖义斜睨王子一眼：塔莎郡主已经被大明船队劫持，那船上全是男人，他们劫了女人上船干什么，不说你也知道吧？

阿干剌听后心急如焚：这可如何是好？

陈祖义放下酒杯：这就是我来的目的。我知道王子对郡主一往情深，我陈某人自然要不顾一切地先帮你抢回郡主，之后参加你们的婚礼！

阿干剌对他深鞠一躬：先谢过老大，就按你说的办！

从齐王的胡作非为直至忤逆之举，朱棣一想起他的几位皇弟就心烦意乱，好在几经思考后，已将齐王贬为庶人，其他几位皇弟也安静了许多。他忽然想起几天前夏原吉奏请他去江南巡察之事，以为这倒是个体察民情、强根固本的好主意，于是下诏夏原吉：卿议可取，择日而行。

夏原吉接旨后大喜过望，只待圣上起驾之命。

启程这日，天朗气清，初夏的风虽已有些暑热，清风吹来，却有另一番舒朗。他们轻车简从，一路朝南进发。刚刚过江，马车突然停了下来，一身商人打扮的朱棣走下马车，紧随车后的夏原吉忙问：陛下是否要方便一下？

朱棣活动了一下筋骨：朕坐不惯车，还是骑马痛快。

随行的薛禄劝道：陛下还是坐车的好，骑马万一……

朱棣抖了抖身上长袍，笑道：朕是微服私访，出了京城谁也认不出朕，你们大可放心。再说，骑马还可透透气，将沿途庄稼、民情看得更清楚些。

薛禄只好牵过一匹快马，朱棣一跃而上。他看看夏原吉说：夏爱卿，咱们先说好，朕可是走到哪里算哪里，一旦朝廷有急事就得返回。

夏原吉连忙点头：自然是朝廷为大，陛下行止由陛下决定，微臣岂敢……

朱棣笑道：看来，你这个出了名的铁算盘，也不是没有虚数啊……

他们说笑着策马而行。

一路晓行夜宿，不觉已入安徽地界。薛禄知道朱棣儿时曾在凤阳老家住过一段时日，时隔多年，自该有所想念，于是怂恿陛下荣归故里，去凤阳看看父老乡亲。

夏原吉担心朱棣或许随时返朝，以致自己的精心谋划中途夭折，于是说：微臣以为，凤阳乃真龙落地之圣地，陛下莅临，岂能不广布恩泽！可陛下此行乃微服私访，布衣简行，两手空空，父老见了，岂不……去了，还不如不去的好。

薛禄看了他一眼：陛下过家门而不入，岂不更让人失望！

夏原吉说道：陛下以天下为重，以体恤万民疾苦为己任，岂能与俗人一般？

薛禄不快地回敬夏原吉：是，薛某怎能与夏大人相比！

夏原吉即刻解释：不不，我不是这个意思……

朱棣笑看着他们：别争了，不去也罢，朕还可以多看些地方。

他们边看边行，十几天后已到湖南、江西交界处。夏原吉兴奋地说：陛下，此地已是湖南、江西的交界了，我们紧走一程，就可尝到江西腊味了。

朱棣收回目光，忧心忡忡地说：别光顾着馋你那家乡菜了，朕从这沿途庄稼看，湖南、江西的蝗灾可是非常重啊，你看，那些稻秆已经不剩几片叶子了……

总算不负苦心，夏原吉终于将自己的忧心传到陛下的眼里、心里，他露出了难得的笑脸。还没等朱棣看懂他的笑意，湖南、江西两地的官员已拥来接驾。

朱棣看着这一个个前来接驾的地方官员，不禁大惊：朕本微服私访，众卿何以知晓朕来此地？

一官员上前奏道：臣等事先并不知晓陛下驾到，是那山坡上的大字，才引得臣等前来，来到此地才……

朱棣遥望对面山坡上那排墨黑大字，不由得念出声来：湖南免鱼课，江西免山税。

话音刚落，夏原吉扑通跪地。

两地官员见状，也跪地山呼：谢主隆恩，陛下万岁！

朱棣愣怔片刻，方知自己落入圈套，不禁大怒：山坡上的字是谁写的？谁如此大胆，以此逼朕？

官员们闻言，早已吓得魂不附体。此时，陆续赶来跪于一地的百姓杂言杂语地说：那不是人写的，是蚂蚁堆的……

朱棣大惊：蚂蚁？

未等朱棣吩咐，薛禄已几个箭步奔向对面山坡。他查看一阵后大喊：陛下，这些字果然是蚂蚁用自己的身体堆出的。

朱棣闻言，哈哈大笑：朕是金口玉言，既说免就免了吧。

话音一落，夏原吉带领两地官员及百姓再次山呼：谢主隆恩，陛下万岁！

朱棣沉吟少许说：朕沿途所见，这一带蝗灾着实让人焦虑，只是，谁来给朕解一下蚂蚁堆字之谜？

夏原吉深知朱棣不好糊弄，连忙跪地请罪：启禀陛下，微臣早已知晓湖南、江西两地蝗灾严重，更知道陛下一向体恤民间疾苦，于是借陛下南巡之机，命人在山坡上用蜂蜜写下这几个字……

朱棣指着夏原吉：夏原吉呀夏原吉，朕就纳闷，你如此卖力地拉着朕来江西是否内有文章？没想到，朕果然落入了你的圈套。

他忽然敛起笑容，双目怒视夏原吉：臣子欺君，你可知该当何罪？

夏原吉闻言，倏然手托乌纱帽跪于地下：臣罪该万死。

朱棣看着他的神态，又气又喜，缓和了一下口气：大明百姓都是朕的子民，哪方受灾都牵动着朕的心，可大明地大灾多，朕又该……夏原吉，戴上你的官帽子吧，税可免，至于灾如何去救，那就是你的事了。不过，有一点你必须记住，此后，再不准弄此伎俩！

夏原吉再一次叩头谢恩。

江西官员上前道：陛下一路辛苦，微臣已备下茶饭，先去打个尖吧。

他话未说完，自远而近飞来一匹快马，信使滚鞍下马，跪前呈上太子急报。朱棣看后说：好啊，吃了这顿鸿门宴，朕就得回京了。

太子所以报急，是因为北方蒙元蠢蠢欲动，甚至几次窜到长城脚下挑衅。朱棣返朝后问计于足智多谋的杨荣：爱卿以为大明最大的隐患在哪里？

杨荣走至地图前边指边说：云南、两广远在边陲，虽时有民间变乱，亦不足系心；东南海域虽倭寇时有出没，亦止零星劫掠，无碍大局；然北元势力虽散落漠北、忽起忽落，却万万不可轻忽。

朱棣深以为然：是啊，边患重在北方，得想个万全之策呀。

此时朱高煦走进宫来，听罢，立刻摩拳擦掌地请求挂帅出征，一定要教训一下那些蒙古人！

杨荣以为目下尚不宜动兵，倒是可以派人探探他们的底细。朱棣同意他之所见，于是派朱高煦前往。

夏原吉冒杀身之祸换来了湖南、江西百姓免除鱼课、山税，怎能不遵圣上临别之嘱，为这一带灾民尽心尽力地救灾呢！他命当地官员一户户借给灾民粮种，要灾民按下手印后，来年必须按期按量还给朝廷。灾民们领了粮种后，一个个谢恩而去。

夏原吉对地方官员说：如今朝廷也难啊，陛下免了咱们的山税，真是开了很大的恩。可作为朝廷命官，我们不能事事指望朝廷，一定要想出自救的办法，以图报效朝廷啊！

官员们感于圣上的宏恩，更感谢夏大人的以命相请，纷纷说：请夏大人放心，下官亲眼目睹了圣上和夏大人的爱民之心，来年一定如数归还向朝廷借来的两万五千石种子，如有违约，我等宁愿还乡为民！

夏原吉这才大松了一口气：有诸位此言，本官就放心了，我们勠力同心吧。

奉天殿内，分析漠北形势的朝议已议论有时。丘福趋前道：蒙古三部虽仍处分裂之中，却无一部肯归附朝廷，微臣愿请兵三十万，一路打将过去！

杨荣笑笑说：漠北地阔人稀，他们分分合合，出没不定，依臣之见，硬攻，不如取分化瓦解之策。

朱棣点头：尽管如此，他们还是会不时骚扰边界，窥视北京，为长远计，我们务须加固北疆防御。

兵部尚书张宪趋前道：欲强固北疆，必先兵强粮足，为此，朝廷必须筹足粮草。

朱棣凝眉不语。

户部奏报：启奏陛下，今岁大旱，横贯南北，至今已有多地上奏灾情，请求减免税赋，这筹集粮草之事……

已经困窘多时的朱棣紧盯户部官员说：夏原吉去江西筹粮之事有无消息？

正在此时，纪纲匆匆进殿禀报：启禀陛下，微臣刚接密报，夏原吉在江西筹粮六万五千石，却仅仅派人送回四万石。

众臣闻言顿起议论。

朱棣一惊：难道他？他想起此次南巡夏原吉的所为，不禁心中起火：他为何仍未回朝？

纪纲禀报：据传，他在江西名为赈灾，不知私下里干些什么。要不，微臣派人将他捉拿回来？

朱棣未置可否，邀功心切的纪纲，已急忙退出大殿。就在他将要迈出殿门时，朱棣吩咐：你奉旨接夏原吉回朝便是。

一脸狐疑的纪纲回过身来，一时难辨圣上所想。

数日后，夏原吉奉旨回朝。刚刚走进奉天殿，朱棣就盯紧他问：夏爱卿，此次江西筹粮功过几何？

夏原吉被问得有些莫名：微臣……

朱棣一脸肃然：说下去呀，为何不语？朕只问你，此去江西，到底筹粮多少？

共筹六万五千石。

朝廷缺粮正四处告急，你为何不奏不报，只运回四万石？你是何居心，眼里还有没有朝廷？那两万五千石粮食今在何处？

随着圣上的质问，众臣也议论起来。

夏原吉啪地跪于地下：陛下临别江西时，曾命臣先筹足朝廷所需之粮，救灾之事自想办法，臣于是多方筹措，将四万石粮运回朝廷。后又见江西、湖南各地丰歉不均，丰收之地年年有余，歉收之地越歉越多，以致寅吃卯粮，连粮种都已吃光。臣窃想，长此以往，朝廷只能年年救歉收地之灾，这又何时是了？与其如此，不如臣替灾区去丰收区借种粮，让灾区百姓及时播种，来年打下粮食再还，这就给他们调剂了两万五千石。

朱棣先是眉头紧锁，后来越听眉头越舒展，最后忍不住插话问：那灾区借的粮若是来年不还呢？

夏原吉说：臣已让借粮人一一在借据上按了手印，谁若不还便是犯法，违法不从者，罚其戍边。

朱棣转怒为笑：难怪人们都称你为铁算盘！他巡视一圈众臣说：都听到了吧，何为忠臣、能臣？何为庸官、懒官？若是众卿都能如夏爱卿一样举一反三、运筹变通，我大明何愁不兴盛昌隆！他看了看仍跪在地下的夏原吉，笑道：起来吧，莫非还憋着什么主意？

夏原吉站起身来：这些日子臣一直在想，大明如此之大，即使不出现南忧北患，也会西边干旱东边雨，总有闹灾之地，可赈灾之款不能总靠拆东墙补西墙啊！

朱棣颔首：此话说到朕心里去了，有何妙计，接着说下去。

夏原吉朗声陈述：臣以为，第一，可裁减冗员，平均赋役，严格执行盐法、钱钞等制度，以节约开支，以便生民；其二，可清理仓场，广加屯种，以富国库。

他刚说完，朝堂一片哗然，或赞同或反对的声音不绝于耳。

朱棣没理会众人，沉思片刻后，拍案而起：好，夏爱卿之策就先从朝廷做起，自今日始，朝廷费用削减三分之一，人员也尽量精减，此事就交由你户部督促各部实施。

朱棣虽按夏原吉的建议开源节流，粮食紧缺仍是困在他心中的一件关键大事。此时，前往漠北的朱高煦派快马送来一个奏折，说他俘虏了一批抢劫北京的蒙古人，想将这批俘虏交养马场去养马，不知此议可否？朱棣看完笑道：这小子还真有些名堂。继而，他问送来奏折的杨荣以为如何。

杨荣想了想说：若杀掉这批俘虏，无疑会给鞑靼找到滋事的借口，若轻易放回，他们又会反复前来骚扰，微臣以为，汉王此招甚高。

一旁的昌盛插言说：可惜他们不会种地，若能种地，就不用发愁无粮了。

他的话提醒了朱棣：召众臣上朝。

当朱棣走入奉天殿时，应召赶来的大臣们已经敛神屏息、齐刷刷站了一地。朱棣坐入龙墩，扫视一遍忐忑仰望他的众卿说：朕一直在想，我大明幅员辽阔，总不能靠南粮北运吧。今日急召众卿就是要听听你们的高见，想出个长远之计。众卿可畅所欲言，集思广益。

太子朱高炽跨前一步说：儿臣以为，夏大人提出的“广加屯种”不失为当今良策，北方屯田，既可充分利用日渐荒芜的土地，又可减少长途运输。

一大臣笑笑说：太子所想虽好，实行起来却难。试想，北方虽有大片土地，可人烟稀少，谁人去种呢？

众臣也七嘴八舌地议论说：是啊，难就难在南方人多地少，北方人少地广……

姚广孝笑了笑：土地不可移，人却是可以迁徙的……

此言一出，朝堂立即热闹起来，人们像是被醍醐灌顶，一下子开了窍，议论声越来越高。

朱棣也兴奋地当即下诏：着流罪以下之人徙迁北京公田，垦荒种地。众爱卿，谁愿去督促完成此任？

去偏远荒僻的北地与流罪之徒为伍，还要整日整夜地监督他们开荒种地，说起来是家国大计，待要自己去践行，那就要掂量掂量了。众人各自低头不语，朝堂一片沉寂。朱棣扫视着臣子们的表情，不禁有些心凉。正感慨间，丘福上前一步：臣愿前往！

朱棣哈哈大笑说：看来，说是一回事，行是一回事，冲锋陷阵的事，还是要看武将啊！丘福，朕封你为拓北大将军！

丘福跪拜：谢主隆恩！

十二

安南多邦城内一片狼藉，店铺关门，人烟稀少，街道中到处是被刀枪砍杀、被大象踩死的尸体。张辅下令大军攻破城门后直奔王宫，擒拿黎氏父子。

黎氏父子得悉城破后，仓皇逃跑前将王宫点起大火，之后，率亲兵骑快马逃出城去。大臣们见状，也纷纷四处奔逃……

火光冲天，王宫之火越烧越大。当张辅带兵来到王宫时，这里已是一片火海，黎氏父子已跑得无影无踪，只有一个人还在奋力救火。张辅走到他面前时，只见他浑身衣服已被烧得有一块无一块，须发蓬乱，满脸焦黑。张辅问他姓名，答曰“阮安”。问他为什么不逃不躲，却一个人在此救火。他竟号啕大哭起来，说这王宫是他一手设计，并亲自监造起来的，“我，我怎能忍心弃它而去呢……”

张辅感于他的学问、心性，想到朝廷正需这样的人才，于是一面以礼相待，一面劝慰安抚，邀他前往大明。

张辅派人安顿好阮安后，一面命将士在城内搜查黎氏父子，一面陈兵附近海岸线。是夜，士兵们持枪巡逻时，只见一行人气喘吁吁地爬上海岸，审讯之后得知，这些人正是黎氏父子与几个亲兵。原来，他们从王宫跑到海上，本想驾船从海上逃跑，却闻炮声隆隆，得知是郑和船队正在周围海域日夜巡逻，吓得他们只好弃船上岸，于是落入张辅手中。

奉天殿上，主动请缨管理徙北罪犯的丘福上前奏报：启禀陛下，微臣经过亲自问询核查，多数罪犯愿意去北方开荒垦田。

众臣闻之先自议论起来：此策最好，既减少了朝廷负担，还可开垦北方田地，为戍北兵将生产粮草。

朱棣当即下诏，除重刑犯人，凡愿去北方垦荒种田者均减免罪行，免去刑具，由朝廷派人分批送往垦荒地。

姚广孝趋前奏曰：陛下此举仅为充实北方实力走了第一步，至多多打些粮草而已，若能政治、经济、军事综合治理，岂不更好！

众臣又议论起来：边境有粮有兵还不够，难道还将京城搬过去不成？

朱棣早已听懂姚广孝之意，笑笑说：京城暂搬不动，难道不可以先迁去一些富户和读书人！如此一来，北平也就繁荣起来！

众臣闻言，面面相觑。一大臣趋前说：陛下，这可不是一件小事，久居鱼米之乡的江南人谁愿去那黄沙漫天、冰天雪地的北方？

此言一出，众臣呼应，力陈朱棣此策之难之弊。

朱棣顿时沉下脸来：北方又如何？朕一家在燕地住了二十余载，皇后至今还留恋那里，难道你们天生娇贵，朕一家就天生粗鄙！

殿内一片静寂，朱棣趁势点了几个喊得最响的大臣名字，颁旨命他们举家北迁。一被点名的大臣抢前几步摘下乌纱，跪地请求告老还乡。这无疑是对圣上叫阵。

朱棣连连呼出几口怒气后，喊道：将他赶出去，此人家族世代不得为官！

太子担心更多大臣受此牵连，忙趋前奏道：此策施行起来要比屯田艰难得多，不妨将屯田与迁徙富户、文人分两步走。

夏原吉第一个附议，接着，众臣纷纷附议。

朱棣悻悻地说：好吧，有事早奏，无事散朝。

太子请奏：据儿臣核查，不少地方官员上报下情并不属实，儿臣以为，朝廷宜派出一批官员到各州府巡查，以便及时掌握实情。

朱棣准奏，并说：巡查使要督促地方官吏将各地富户造册，不得疏漏造假。

大臣们深知，当今陛下历来言必信，行必果，如今迁徙一批江南富户、文人去北方既已成国之方略，谁知即将轮到的会不会就是自己或自己的三亲六眷？一旦轮到，且不说北方的穷困粗陋、冰雪风沙实在难熬，连祖祖辈辈苦心经营的田产、商铺、祖宅及至祖坟也将抛离几千里之外……他们越想越怕，于是想到了人人厌弃人人怕的纪纲，因为只有他最知陛下，又最能在陛下面前转圜腾挪。

这天，几位江南籍大臣联名邀请纪纲赴宴，宴席自然少不了笙歌燕舞、美酒佳酿。这对纪纲而言，已是家常便饭。如今，他更看重的一是金银珠宝，二是夸赞拥戴，因为他也需要自己的同党。几位大臣个个投其所好，杯盏交错间，赞颂阿谀之词不绝于耳，之后又各自送上些不菲的礼物。纪纲虽已醉眼蒙眬，却仍不失拱卫司本能地问：各位大人对本官如此厚爱，莫不是担心被北迁吧？

某大臣说：真是什么都逃不过纪大人慧眼，北迁既已成国策，谁能不担心轮到自己呢？

纪纲又干了一杯：我也是世代居住江南，明白，明白。有一段日子了，皇后身体欠佳，这几天后宫又裁了那么多老宫女。陛下总得有人伺候吧？与其害怕，不如从各位大人或亲戚家替陛下选些美姬，陛下也是男人，也爱听枕边风……

既然为官，谁听不懂官场上的弦外之音？那几位大臣不由得又举杯相谢：谢纪大人这贵似珠宝的点拨，哈……

纪纲得意又讳莫如深地说：本官可没说什么呀……

大约两个月后，一艘装饰豪华的画舫停泊于秦淮河码头。船舱中，十几位良家子表情各异，护送官刘升苦口婆心地叮嘱着：诸位可是千里挑、万里选、一步登天的贵人呐，进宫后，该说什么、做什么，下官想，各自的父母都该嘱咐过了。你们千万记着，可别自己进了宫，就忘了父母亲戚离乡背井之忧啊！

正说着，纪纲跨上船来。刘升一见，笑笑说：纪大人看看，这些良家子比起宫中佳丽如何？

纪纲眯缝着一双色眼审视一遍说：人说江南出美女，确非虚言，看看，个个都如出水芙蓉。说着，他走到一位掩不住美艳之风的良家子面前贪看着，女孩被他看得羞涩地低下头来。纪纲淫邪大笑说：这位留下，其余各位跟本官上岸吧。

移民北方、发展北方、强固北方，是国之大计，可各级官员隐瞒下情、虚报造假，借以邀功请赏之风更是祸国殃民之害。为此，朱棣近日经常食不甘味，睡不安寝。

一日，一位从浙江巡查回朝的官员兴冲冲来到乾清宫外。朱棣得报后十分欣悦，他非常想听到些各州府的实情，于是召他晋见。这位官员得召后更是受宠若惊，以为借此晋见之机，正可大展文才、大表忠心，为自己加官晋爵铺一条进阶之路，于是进得朝堂，先是三拜九叩，接着就呈上一篇《圣孝瑞应颂》。朱棣看后，久久盯着他问：那里百姓如何，官员是否勤勉？

巡查官员抬头答道：微臣所见都在那上面了。

朱棣龙颜大怒，啪地将那篇颂辞甩到他脸上：朕要的是真情、实话，不要听这些空话、套话、歌功颂德的无用话！

他气得起而踱步，突然，停下脚步喃喃着：……浙江，浙江，前朝不是有个叫陈真的浙江官员，办事从不弄虚作假吗？于是下旨：召陈真前来禀报浙江民情。

吏部尚书趋前奏道：陈真还在狱中。

朱棣一惊：还在狱中？速命纪纲将陈真领来，朕有话问他。之后，他看看仍跪在地上的那位官员说：你还是回家写那些没用的颂辞去吧。

庸官刚被赶出朝堂，陈真便披枷戴锁地被推了进来。他一见朱棣，啪地跪地说：罪臣陈真参见陛下。

朱棣看着蓬头垢面的陈真，不明就里：你因何罪入狱？

陈真叩头禀报：永乐初年，朝廷派微臣追查建文余党。在审一案件中，臣见名单上有一王姓兄长之名，并无其弟名字，臣即命人抓了其兄，未抓其弟。为此，臣被拱卫司定为包庇罪，因而被押入狱。

朱棣闻言瞪了一眼纪纲：纪纲，此案可是如陈真所言？

纪纲低头：……是，好像如此。

朱棣愠怒：纪纲你记住，拱卫司是朝廷的拱卫司，是为追查忤逆、维护朝廷而设，此后再不准随意网罗罪名、伤及无辜，更不准随意拘押朝廷命官！说罢，他亲自为陈真卸下刑具说：爱卿受苦了，朕命你官复原职，即回浙江上任，此后若有急事要奏，可在奏折上加一“急”字，以便朕及时看到。

刚卸下刑具的陈真感于陛下宏恩，立即伏地谢恩。朱棣扶起他后嘱咐道：朕想将一些浙江富户迁去北平，以使那里繁荣起来，爱卿有何良策？

陈真再次伏地：此乃振兴国力、惠及北方的英明决策。微臣自当奉旨先行，劝勉亲朋好友率先迁徙。

朱棣大喜：这才是朕的爱卿！

鹰犬自有鹰之耐力、犬之嗅觉，就在散朝之后，纪纲紧赶几步来到朱棣面前，奏道：启奏陛下，臣刚从江浙选来一批良家子进京，可以说个个美艳，通达诗礼……

朱棣瞪了他一眼：朕刚下旨裁减宫中冗员用度，你就……

纪纲媚笑着：微臣听说近日皇后贵体欠安，后宫又将不少老宫女遣散出宫。陛下日夜操劳，总得有人伺候吧，这才……

朱棣指指昌盛：交给他吧。

纪纲笑得更加媚了：臣，遵旨。

也许因为陈疴日重，近来徐皇后总要睡个较长的午觉。一觉醒来，便闻到一股浓浓的药香味。诗君听到动静，急急赶到床边。当徐皇后闻到从她身上溢出的更浓药味时，不禁感动地望望诗君问：又在试药了？

诗君一笑：文渊阁请来一位藏有不少民间秘方的奇医，诗君常去那里，与他熟识后，便请他为皇后调制药方。他起初不敢，担心若治不好反遭杀身之祸，我就将那些药方要了过来，再对照周王所编《救荒本草》里各种药物的习性慢慢琢磨。

徐皇后拉起她的手：姐姐知道你是一个有心的孩子，可千万不要随意试药，万一……

诗君笑笑：娘娘放心，奇医的那些偏方可灵了，宫中很多头疼脑热的人吃了都有奇效。

她们正说着话，外间通报说，新进宫的几位美人来向皇后娘娘请安。徐皇后请她们进来，几位美人进得宫来就怵怵地频频叩头。皇后见她们不少人眼睛通红，便问她们因何如此，是不是不习惯宫中生活。她们试探地说，听说陛下要将江浙富户迁往北平，因担心父母亲戚要远离她们，故而想起来就伤心流涕……

徐皇后笑笑说：我们女人呀，嫁鸡随鸡、嫁狗随狗，你们既已入宫，就要一心一意服侍好陛下，其余的就不要多想了。徐皇后见一王氏美人娴静文雅，坐在一旁笑而不语，于是问她：你担心吗？

王美人贤淑一笑：皇后教导得是，家再大，也大不过国。陛下的国策，哪轮得到我们去操心？

徐皇后赞许道：真是一个贤德的明白人。

陈祖义的阴谋果然奏效，阿干剌王子告别了陈祖义，就来到王宫向父王请兵。老国王看了看他急如星火的儿子：你这么海啸上房似的要兵做什么？

当王子将请兵的缘由说出后，国王正色说：我的孩子，你不是不知道大明有多强大吧？何况人家历来对我们友善，我们苏门答腊又是受过大明封赏的，一个受封国怎能与天朝为敌？

阿干剌着急了：既对我们友善，为什么抢我最爱的塔莎郡主？我若连自己心爱的女人都保护不了，还算什么王子？

渔夫国王也激动起来：可庆幸的是，你还知道自己是个王子。王子将来是要做国王的，女人重要，还是国家重要？何况天下美女多的是，难道你想为一个塔莎断送一个王国？

国王不由得对儿子怒目而视。

老国王知道阿干剌是个情种，不但没给他一兵一卒，因怕他惹祸，还将他关入一处高山上的房子里。他只好在那里饮酒舞剑，日日思念着塔莎。

陈祖义望眼欲穿，也始终未见到阿干剌的身影。他猜到定是老国王不肯出兵，只好另寻办法。

苏门答腊港是附近最大的港口，就在老国王囚禁阿干剌王子三天后，王景泓船队载着弘无等停靠在苏门答腊港。王景泓给每位指挥配齐一名千户、一千名士兵和各种赏赐及交易物品后，即命他们从这里出发，往访附近各邦国。待他指派的四支船队出发后，苏门答腊国王已亲自来码头迎接王景泓和弘无。

老国王深通世故，重礼仪，他以国宾仪式将大明使者接到王宫后，王景泓宣读完大明皇帝对苏门答腊国王的亲善嘉奖，继而颁赏瓷器、丝绸等丰厚赏赐。老国王感激涕零地谢恩后，便将陈祖义煽动王子之事说了出来。

王景泓听罢，不但意识到海盗的猖獗，更预料到他们不会就此终了。弘无听了，心中更是翻江倒海。一是就他的亲身体验，他不相信女儿是被大明船队掳去；再是他深知陈祖义的野心和恶毒，万一女儿落入他的手里，什么不测都会发生。于是商定将计就计，与国王联合对抗海盗陈祖义。为了尽快找到女儿的下落，弘无决定再去爪哇找找线索。王景泓不放心弘无的安危，便派出一支轻捷快速、最有战斗力的船队载他而去。

大明船队的到来，对麻衣邦来说，无异于一种巨大的危机来临。他们远海而来，除了宣耀国威、联谊邦国、开展海外贸易，对建文余党与张士诚、方国珍后人肯定也不会放过。即使不被他们俘获，等到岛上各邦国都归顺于大明，麻衣邦也就失去了赖以生存的活路。陆宽知道麻衣邦无力抗衡那支庞大的船队，但以自己多年的海上关系与经验，给船队制造些麻烦，让他们失信于邦国，或许可以做到。

午后，陆宽坐在爪哇岛上一棵棕榈树下饮酒，远远地便看到西爪哇的乌苏满将军正在两名卫兵跟随下朝这里走来。他热情地迎过去说：乌苏满将军，多日不见，听说你们已经灭了东王？祝贺你呀！

志得意满的乌苏满哈哈一笑：小小东王算什么，不过是我们国王的一碟下酒菜！

陆宽迎合着：都马板国王固然英明果敢，可要没有勇猛善战的乌苏满将军，东王也不至于败得那么惨。来，将军阁下，坐下喝一杯，我这可是刚从天朝运来的杜康酒。

乌苏满被恭维得高兴，于是笑眯眯地坐于陆宽身旁。

陆宽为两人各斟了一杯，举杯说：东西爪哇同时受封明朝，你们竟擅自灭了东王，难道就不怕明朝惩罚你们？

乌苏满干了那杯酒说：我们与东王之间的事纯属本土纠纷，与他明朝何干！

陆宽笑了笑：鄙人听说，东王部落有人死里逃生跑出去后，已经搬了救兵回来，扬言要血洗都马板王宫。

乌苏满望着他：此话当真？

陆宽不慌不忙地抿了一口酒：空口无凭，是真是假过几天总会明白的。

乌苏满刚要搭话，一兵卒快步跑来：将军，那边，一队不明身份的人马手持刀枪登岸了。

乌苏满大惊。

陆宽探头看了几眼：看样子，已经不用等几日了。

乌苏满已不顾陆宽说什么，他跳起来大喊：传令，带好刀枪集合，我们先杀过去再看他们是什么人！

明军将领孟可带着一队官兵刚登陆，疾跑过来的乌苏满见这支武装队伍人数不多，不由分说便挥兵杀了过去！明军虽有准备，却未料及会有如此变故，只能慌忙迎战。

两军杀得正酣，弘无带人赶到，他一见这个阵势，忙用当地话喊道：乌苏满将军，爪哇是大明的封赏国，你竟敢杀明军！

杀红了眼的乌苏满激愤地说：他们是来给东王报仇的。

弘无大喊：报什么仇？他们是来联谊邦国、开展海外贸易的，还不快住手！

乌苏满连忙命手下住手，这时，孟可所带水师已经死伤一片。

一群热带飞鸟飞来，它们绕树三匝后，又落在这棵棕榈树上。陆宽举头看看这些五颜六色的鸟儿，听着它们的鸣唱，心里颇为得意。没想到，他的三言两语，就挑起了他盼望着的那场战争，也不知如今打得如何。刚饮了一口酒，阿坚跑来报道：陆爷，他们真打起来了。

陆宽笑笑：打起来好啊，打得越大越好。明军挨了打，肯定派兵报复，如此一来，还有谁会相信他们是要与这些岛国共享和平的！

正说着，阿坚指着正往王宫跑去的弘无说：陆爷不是还没见过弘无吗？那老头就是。

陆宽一听，连忙起身追了过去，到了弘无面前，他深深一揖说：先生可是弘无？

正在心急如焚的弘无放慢了脚步，看看他问：尊下何人，有何见教？

陆宽恭敬地说：在下乃玫瑰岛郡主塔莎的父亲陆……

陆宽尚未说完，弘无已大光其火：你这人好生无礼，塔莎乃是我弘无之女，你怎能如此信口雌黄！他眼睛一转，突然想到女儿失踪的蹊跷：你，你姓陆？是不是名宽？是不是你伙同陈祖义劫持了我的女儿塔莎？

陆宽下意识地被弘无逼得步步后退。他一听塔莎被劫，顿觉五内俱焚：你说什么？塔莎被人劫持了？

弘无见他不像装假，便放过他说：我没空跟你闲扯！说罢，又朝王宫跑去。

陆宽比他更急，他拽起阿坚便跑：走，救塔莎要紧。

弘无虽已有些脚步蹒跚，但也并不比他跑得慢，因为他知道都马板对大明的敬畏之情，他更不愿郑和船队与海上诸邦出现不睦。

当他走进王宫，告诉都马板他的士兵打死打伤大明多名士兵之后，都马板又惊又吓，竟一时说不出话来。弘无大声说：国王大人，还是赶紧派医者去救人吧，少死一个，就少你一分罪责。

都马板这才清醒过来，并请求弘无先生多为他们说说好话。

奉天殿上，刚从北方风尘仆仆回到朝廷的朱高煦奏道：启奏父皇，儿臣已经探明，如今蒙古最强的势力共分三支，即：鞑靼、瓦剌、兀良哈三。瓦剌对自称“黄金家族”且以首领自居的鞑靼并不买账，两个部落经常打得你死我活，而与我朝示好的兀良哈三则在一旁看热闹。前些日子，跑去北平抢劫的正是鞑靼，他们已习惯了北元时的中原贵族生活，溃逃草原后，还是以穿锦衣、用青瓷为荣。

朱棣点头赞许：这很重要，古人云：知己知彼，方能百战不殆。

他看了看这位让他得意的儿子：你既然在北方跑了一圈，对北方屯田和迁徙北方有何想法？

高煦更加得意：儿臣见到北平周围的公田已在开垦，但毕竟零零碎碎不成规模。儿臣以为，若达成片开垦，变北国为江南，还须统一部署，列出具体条款。

朱棣十分满意地扫视一遍众臣说：汉王的提议不错，众卿可集思广益，列出一些条款。

众臣见陛下如此好心情，便纷纷敞开思路，力陈己见。

最终议决：每名拓北者可分得三十亩地，每年上缴朝廷十二石粮，余者归己。

散朝后，得到父皇当众赞许的高煦满心欢喜地跑到坤宁宫。在这个世界上，他最爱也最惦记的还是母亲，阔别数月，恨不得一步跑到母亲身边。可是，当看到目光暗淡、一脸憔悴的母亲卧病在床时，他愣住了，轻轻握起母亲的手，眼睛不由得泛出伤心的泪花。

徐皇后努力漾出笑颜说：你看，母亲不是很好吗？怎么又跟小时候一样，还流泪……

徐皇后话未说完，朱棣笑眯眯走了进来。他一见母子如此情深，儿子如此孝顺，感动地说：真是恍如昨日啊，朕一见你们母子刚才的情形，好像又回到了北平，回到了当年的燕王府。那时候，煦儿才这么高。他用手比划着：也这么爱哭……

回忆总能带来种种温馨，在回忆中，徐皇后的眼睛也亮了很多。她攥攥儿子的手说：谁能想到，这么快，我们的煦儿已经成了汉王，已经能为你父皇孝忠尽力了……说着，她又咳嗽起来。

高煦一面急忙为母后捶背，一面对父皇说：要不是母后提醒，儿臣还差点忘了，儿臣要时常去漠北巡视，父皇能不能将太祖创建的精锐亲兵十七卫中的天策卫拨给儿臣，如此，儿臣即可应付任何突发事件了。

朱棣思索良久说：念你此次北巡的功劳，就拨给你用用。但这支兵马只能用于守边，不得他用。

高煦刚要跪地谢恩，朱棣拍了一下儿子的头说：在你母后跟前，就不拘朝礼了，还是像在家里一样的好。

自幼习武、心怀野心的朱高煦视军力比什么都珍贵，如今他轻易就从父皇手里请得了祖父亲手缔造的精锐亲军天策卫的指挥权，他怎能不好好庆祝一番！

当晚，他就将自己的好友丘福请到府中饮酒。丘福见他笑口大开，一杯接一杯地豪饮，知道是有好事相告。丘福并不相问，只是陪他你一杯、我一杯地喝下去。高煦终于憋不住了，问：你就不问问我为什么请你喝酒？

丘福笑笑：我就知道，汉王如此高兴，我不问，你也会忍不了多久。

高煦先打了他一拳，之后又为他们彼此满满斟了一杯，一饮而尽后，说了事情的经过。

丘福端起一杯酒，先举头过顶说：这杯酒先祝陛下圣明，后祝殿下大喜！之后又举杯而尽说：看来，陛下虽未立汉王为太子，心里还是最喜欢汉王。

话虽这么说，可我就不明白，陛下又为什么不立我而偏偏立了他呢？

还不是因为解缙那群人力保，否则，说不定如今的太子就是汉王了。

高煦闷闷喝了一杯：解缙，你等着！

就在他们耳热酒酣之时，批阅完一天奏折的朱棣走进坤宁宫。他一见徐皇后尚未就寝，上前摸摸她的头说：朕说过多少回了，你身体不好，需要好好调养，好好歇息，以后就不要等朕了，可你还是……

徐皇后温馨一笑：今日一是因为高兴，二是有话与陛下说。

朱棣也笑了：那就说说。

徐皇后偎近他说：高兴是因为看到煦儿真的长大了，而且不论行止、个性越来越像年轻时的陛下，特别是看到你们父子的情形，真可说是“父慈子孝”。她停了停说：这样，就是有一天，我走了，也放心了……说着，她的腮边已经淌满泪水……

朱棣为她擦了擦腮边泪水：你看你，说着高兴的话，却想着丧气的事，以后不许胡想。朕既为一国之君，宫中有那么多御医良医，朕就不信保不住朕的皇后！

徐皇后摇摇头：陛下的心情臣妾明白，可自己的身子我更明白，如今的情形是臣妾不但侍候不了陛下，还要天天操劳的陛下夜夜照顾臣妾，长此以往，臣妾心何以安？所以我想，以后，陛下还是到别的宫院去歇息吧。

朱棣长叹一声：我们夫妻几十年，不止是肌肤之亲，更是心性相连啊！说实话，朕先为王，后为帝，日日夜夜，人累，心也累呀，朕只有来到坤宁宫，才能身心放松。

徐皇后轻轻笑笑：臣妾明白，可陛下若长久不宠幸其他妃子，她们是会生怨的。

借此话题，他们谈起新来的美人们担心迁徙富户的策略会连累自己的父母亲戚等等。

朱棣边听边想说：是啊，这些美人既已进宫，朕就得给她们封号呀。嗯，有了，朕就反其道而行，谁先说动父母亲戚迁徙，就给谁最高的封号，否则就终身不封！

徐皇后笑道：陛下的治国之策，已经治到后宫来了。

从做燕王到荣登龙位，徐皇后不但从不干政，而且总是与朱棣心心相通、夫唱妇随。江南富户迁北大计既得皇后的理解与协助，朱棣的步伐就迈得更快了。第二天一上早朝，就开宗明义，命众卿重议迁北之事。众臣知道圣上之大计已无可转圜，只有各自盘算自己的身家所归。朱棣见朝堂一片静默，他扫视一遍众臣说：朕心已决，徙直隶、苏州等十郡，浙江等九省富民充实北平，领旨奉行或弃官还乡，众卿可自做抉择，你们说话吧。

夏原吉趋前说：微臣愿领衔奉行此任。

朱棣沉吟片刻，笑笑说：夏爱卿能率先奉行，朕自是放心，可朝廷不可一日无你这把铁算盘呀，还是让其他人去吧。

薛禄大步趋前：臣愿前往。

朱棣哈哈大笑：谁说我大明没有忠臣良将！薛爱卿，你就领衔协助地方官员奉旨行事吧。但此事事关国策，一要谨慎稳妥，二要力办速成。

薛禄上前一揖：臣领旨。

十三

塔莎的被劫，孟可支队官兵与爪哇乌苏满部下的交战致使明军损伤惨重，搅得一向悠游海上的弘无陷入忙乱之中。他对王景泓说：我已看过受伤士兵的伤口，有的仍然流血不止，有的已经发炎，这里潮湿炎热，若不抓紧治疗，后果难料啊。

王景泓更加焦急：晚生也正为此着急呢，弘公有何指教？

弘无告诉他，玫瑰岛后山上有他栽种的大片草药，他要带几个人采些来，要王景泓与受伤将士在三佛齐等待郑和将军，他采好药材赶紧送来。

王景泓非常感动，他的女儿塔莎郡主至今下落不明，他却还一心想着救治官兵。

弘无宽慰他：放心，我自有安排。

王景泓说：弘公千万小心，待安置好受伤将士，我们会尽快救助塔莎郡主。

弘公点头：将士们的情绪要紧，船队与各岛国的关系更要紧，千万别出大乱子，请王将军谨记。

当弘无急急忙忙登上玫瑰岛时，焦急中的阿里玛正要出岛。她一见弘无上岛，身子立即软了下来，扑向他说：谢天谢地，你总算来了。陈祖义方才派人送来口信，说五日之内你若不去换回塔莎，他们就要撕票了！

弘无问：约定了地点吗？

说五日后，他们会在三佛齐的归隐寺等你。

放心，还有五日呢，我先去后山采些药。

阿里玛急了：都什么光景了，还有心采药！

弘无边朝后山跑去，边说：那些受伤将士的伤口已经溃烂，延误不得呀！

阿里玛追在后面大光其火：塔莎要紧，还是别人要紧？塔莎已经被海盗劫持好几天了，你就不怕延误？

弘无也有些着急：这是两码事，女儿是我们一家的事，那些将士们的情绪可是关乎周围诸岛万千官民的生命啊！再说，那期限不是还有五日吗，我先办完这件事，再去三佛齐也不迟啊！

阿里玛确实很失望，想到他一年到头不登岛、不回家，理由是怕耽误他那些罗盘、指南针的海上试验。如今女儿都被海盗劫走了，他匆匆忙忙回来不是为安慰她、陪伴她，想些搭救女儿的办法，却是为采药救别人。她越想越伤心，不禁眼露泪光说：刚才我还在犹豫，让你去换塔莎是否有危险。如今我不管了，你若是个真男人，自然会想尽办法救女儿；若是延误了救女儿的时间，你就不是个真男人！

弘无呵呵一笑：我当然是个真男人，就是不要自己，也要把我的女儿救回来！他停顿了片刻，问：陆宽说他才是塔莎的父亲，这可是真的？

阿里玛先还一愣，继而瞪起眼说：谁能救出塔莎，谁就是她父亲！只有亲生父亲，才会舍命救女儿。

弘无急了：这可不能含糊，一个海盗怎配做塔莎的父亲！

阿里玛咬牙说：陆宽虽是个海盗，却是个真男人，来人！

几名女侍卫应声来到。

阿里玛高声发令：陪本酋长找陆爷去！

弘无跺脚大喊起来：不是还有五天吗，我会将塔莎换回来的。

弘无眼看阿里玛在女侍卫陪同下朝海滩走去，急得满脸无奈。

三日后，郑和与弘无相继赶到了三佛齐。当郑和听说170多名弟兄被杀、伤者无数时，真如晴天霹雳。都指挥、指挥、千户、百户、总旗、小旗等各级武官纷纷请兵攻打爪哇，孟可更是两眼喷火，巴不得血洗爪哇。为大局计，郑和极力控制自己的情绪，安抚着几乎失控的众兵将。孟可却火上浇油说：我们还是不是大明官兵，是不是真男人？还有没有男儿血性？

众官兵的情绪总算找到了喷发口，喊着：我们是大明官兵，我们个个都是真男儿！

郑和想起孟可从初入水师在南京练兵，到海上一路的骄矜、跋扈、屡生异动的情形，他不得不防，他更深知覆水难收、大火难熄的道理，于是大喊一声：孟将军此话问得好，谁承认自己不是大明官兵、不是真男人、没有男儿血性的，站这边来！谁能说清自己对此次伤亡没有责任的，也站这边来！

他那洪钟般的喊声震得甲板颤动，官兵们目瞪口呆，孟可的气焰也荡然无存。他巡视一遭眼前的官兵，缓了缓口气说：因为事件的来龙去脉尚不清楚，战事决不能盲目开启，伤亡责任也可暂不追究，我们当下要谨记的就是沉着冷静，不忘使命。什么使命？和平净海，惠宜远人。谁都知道，我们有如此强大的船队，自然战之必胜，谁怕开战？可如果战事一开，打败爪哇的事传到西洋各国，人们就会怀疑我们的来意，陛下寄厚望于我们的使命就真的无法完成了。这样的结果只能是亲者痛、仇者快，使陛下寒心。我们能做这样的事吗？

众官兵齐答：不能，不能，不能！

郑和深情地看了看眼前众官兵，强忍着愤怒和屈辱，选派好使者去与都马板交涉。之后，他回到宝船上，将事情经过如实写成奏书，交信使快船呈送陛下。

众官兵各就各位后，甲板上只有时起时伏的海涛声陪伴着的岑寂。郑和仰头望月，思绪也如海涛般忽上忽下，心底里甚至几度呜咽……此时，弘无轻轻走来说：适才，老朽虽不便出来，可透过舷窗，还是听到了将军的话语气魄。老朽只能说，当今皇帝能选任将军担此船队重任，真是慧眼识珠啊！其实，老朽对皇家那些事本无意多想，可仅此一点，倒也看出朱棣的智慧与胸怀。

郑和长叹一声：多谢恩师谬奖，对当今陛下，学生更是感恩戴德。可往往每到关键时刻，就有人或以“是不是真男儿”、有无血性等话语与学生叫阵，或暗指学生的身份，学生每听到这些，就……他又长叹一声。

弘无呵呵一笑：将军大可不必以这些浅薄庸碌之人为意。男人之标志一不在性器与性能力，二不在身上的骨骼与肌腱，其本质是男人的襟胸抱负、修养作为和担当。他停了停，暗自笑道：其实，被质问是不是真男人者并非将军一人，就在三天前，老朽也被人质问过。

郑和诧异地：何人如此无礼？

弘无半尴尬半坦然地说：说来惭愧，是老朽那位似妻非妻、似友非友的女人。

郑和听后如堕五里雾中：这……

弘无接着叙说了他与阿里玛的前前后后，以及他们的女儿塔莎被海盗劫走，和要挟他去三佛齐调换女儿的事。

突闻的灾祸，瞬间赶走了积聚郑和心底的隐痛。他稍事沉吟后说：学生尝听人说，建文帝似乎已来海上，并已隐居“归隐寺”，正想一探虚实，先生尽可大胆前往，学生自会周密配合。若果是建文，我们自不能放过，也正好顺便剿灭陈祖义。

丘福、薛禄两员大将一去北方半年多，在他们各自领受的两大重任走上正轨后，相约回朝复旨。朱棣听后龙颜大悦，之后，问他们对开拓北方还有什么建言，两人同时上奏：随着垦田、迁徙两大国策的实施，以北京为中心的北方已经日渐繁荣，将来更会是地阔粮丰、繁荣兴旺。可越是如此，流落漠北的北元蒙古人越要觊觎他们的故都北京，并加紧滋扰。如此，强固北方、重建北京宫殿就应成为朝廷大计。

朱棣听着更加高兴，众大臣亦觉言之有理，于是朱棣当即准奏，诏明年五月重建北京宫殿。朱棣兴犹未尽，接着问及张辅的安南征战如何。当听完兵部所报“步步大捷”的捷报后，他即命班师回朝。

张辅接旨后，反而慌了手脚。一面是安南百姓感谢大明将士给他们带来的和平安定，纷纷上书要求将安南归附大明；一面是虽已抓捕了黎氏父子，却找不到陈氏后人的下落。于是，只得带着安南百姓的请求和黎氏父子班师回朝。

徐皇后的病日渐沉重，除了方诗君须臾不离地喂水喂药，朱棣和两个儿子也是日日探视陪伴。当朱棣走进坤宁宫时，见高煦正将刚剥好的橘子瓣放入母亲嘴里，他不由得欣然一笑：煦儿倒知道孝顺，炽儿没来过吗？

徐皇后努力欠起身说：我们这两个儿子啊，一个喂吃，一个喂喝，还真把臣妾当成病人了……一阵咳嗽打断了她的话，她喘息一下，接着说：炽儿刚才还在这里，又被夏原吉请去，说要商量筹建北京宫殿的事……

这正说到了朱棣的兴奋处。他走近床边，握起她青筋暴突的手，安慰说：你不是总想北京吗，好好养病，将那里的宫殿建起后，朕就带你去那里住些日子。

徐皇后不禁悲喜交集，笑笑说：……是啊，北京好，我们一家在北京时的时光更好。那里虽然风大天寒，可一家人在一起却是那么温暖……她又咳嗽起来，之后，惨然一笑说：可就怕，臣妾已经等不到……

高煦急忙捂住母亲的嘴：母后，不说……话音未落，他已泣不成声。

朱棣也柔声说：朕早说过，朕既为一国之君，就有办法让朕的皇后健康快乐，陪朕百年，此后，再不可多想这些。

徐皇后也笑着：都是臣妾不好，坏了你们的好心情，以后再不说这些了。

接着，他们从丘福、薛禄上奏建北京宫殿，说到夏原吉的忠诚勤勉和解缙的博学多才。高煦似是无心地议论说：真正博学多才的人大多懂得谦逊温雅，儿臣最看不惯的，是那些自恃博学而到处张扬之人！

徐皇后拍拍儿子的手：看人论事，要多看别人的长处，否则，怎称宽仁之人？

朱棣则听出了儿子的弦外之音：说说看，你指的那些自恃博学而到处张扬之人是谁？

这还用问？解缙就是一个。他仗恃父皇的赏识，到处夸耀，他才是父皇选立太子的第一功臣。

这实出朱棣意料，他深知，直到如今，高煦仍对失去太子位耿耿于怀，总想找个机缘发泄。可冷静想想，解缙也的确爱出风头，常会口无遮拦，于是应付说：果有此事？

高煦道：父皇问问就知道了。

朱棣听了朱高煦的话，非但并未追究此事，反而照常去文渊阁察看编纂大典的情形。因为他喜欢那卷帙浩瀚的书山，喜欢那纸墨的气息，并且每次视察，都对陪侍一旁的解缙夸奖有加。这次看到浩浩大典已渐付梓，朱棣更是喜之不尽。解缙趁陛下的好心情，书生意气更其澎湃：近日，朝廷内外议论最盛之事，陛下可有所耳闻？

朱棣看看他问：卿指何事？

解缙犹豫片刻说：既蒙陛下垂问，微臣便如实禀报，祈陛下莫怪。

朱棣颔首：爱卿但说无妨。

解缙道：朝廷内外盛传，汉王不但久待京城不赴封地，还要这要那，甚至要到了太祖缔造的亲兵护卫！不仅如此，还自比唐太宗，在朝中结党营私，胡作非为，大有夺嫡之态……

他边说边看圣上的反应，见朱棣仍在静听，又接着说：有人议论说，陛下给汉王特殊待遇的确欠妥，长此以往，只能助长他争夺储君之心……

这番话，冲走了朱棣的大半好心情，他问：还有吗？

解缙似乎颇想一浇胸中块垒：没了，臣听到的都已如实奏报。

这位学富五车的才子虽然已入官场多年，还是难褪书生本色。他忘了，天下哪个君王不喜欢歌功颂德？哪个君王不讨厌揭丑揭短？朱高煦不是唐太宗，朱棣同样不是，他解缙更不是魏征。

朱棣回看他一眼：解爱卿，你是有学问的人，嗣后听到什么、看到什么，都要追溯来源、判明是非，切勿传递于朝廷有害的流言蜚语才是。

解缙看着陛下远去的背影，陷入一片追悔莫及之中。

为救塔莎，陆宽急如星火地来到三佛齐归隐寺。他怀抱一坛老酒直奔后殿。一个年轻和尚见状拦阻道：施主何故直闯后殿？

陆宽微微一笑：因为久仰归隐大师佛法，只想与之借酒谈佛。

和尚双手合十：阿弥陀佛，师父正在闭关。

陆宽哈哈大笑：你那师父不会念经，倒喜欢闭关？好，那你正好领我去与他对酒。

和尚又一次合十：佛门圣地，不荤不酒，请施主切莫打妄语。

陆宽将酒坛重重地置于案上：佛门面前不说假话，你这秃驴满口虚言，有何脸面教训本爷！爷好心请你师父饮酒，你却推推挡挡，莫不是想不吃敬酒吃罚酒！

那和尚一看来者不善，突然抄起香炉向陆宽头上砸去。陆宽早有防备，头一偏，躲过飞来的香炉，顺手拔起燃烧正旺的香甩向大殿布幔。瞬间，布幔起火，大殿浓烟滚滚，正在拜佛的信众尖叫着逃出大殿。

此时，侧门一响，一身袈裟的陈祖义口念阿弥陀佛走了出来，并未看清来者何人的陆宽甩出一把飞刀直击布幔。陈祖义看着应声落地的布幔，笑道：陆爷好大的火气呀！

陆宽上下打量了一番陈祖义，调侃着：不用火烧烧，能把一心向佛的陈老大引出来吗？

陈祖义哈哈一笑：陆爷真是神通广大，小弟想找个地方清静清静都不行。说着，就将陆宽让进后面的"禅堂"。两人刚刚坐定，陆宽便打开酒坛，请陈祖义闻闻酒香，之后说他这坛"女儿红"已经封存了十六年，还是女儿塔莎出生那年酿制的。

陈祖义笑着摇头：咱们明人不说暗话，我就知道，陆爷又动刀又动火地来找陈某人，是为塔莎而来。可我就不明白，如此足智多谋的陆爷，怎么会让阿里玛迷得这般晕乎？那塔莎明明是弘无的女儿，陆爷怎么会揣着明白装糊涂，不辞劳苦地来与小弟动刀动火？

陆宽为陈祖义斟上一杯酒，边饮边说：你陈老大也太低估我了，塔莎是不是我女儿，我还不清楚！阿里玛说她是弘无的女儿，是为气我，因为玫瑰岛的女人生了男孩就被海盗抱走。她心里恨海盗，就把气撒到我身上，这才让那老家伙钻了个空子。

陈祖义与陆宽碰碰酒杯说：其实，小弟劫塔莎并无他意，只是想用她钓出弘无。

陆宽说：老弟呀，说起弘无这老头，我比你更讨厌他。可你知道吗，如今他与大明船队搭上了，你若劫了他，岂不是引火烧身，大明船队能饶过你？

陈祖义听着，半晌不语。

陆宽拍拍他的肩：我知道你想要他那些航海宝贝，你说咱们这些在海上混的，谁不想要？

那么你陆爷说，该怎么办？只有在陆宽面前，陈祖义才会有这种姿态。

陆宽笑笑：你在海上闯荡了多年，难道不知道除了豪夺，还可巧取？两人会心大笑一阵后，陆宽接着说：这几天，假若那个太监郑和发兵打爪哇，他们这个船队航行不了多久，就会招来各岛国的抵御和骚扰；他若不打爪哇，这海上各岛国仍是一片拥戴大明之声，咱们的日子也便很不好过。故此，我们万万不可与各岛国伤和气。

陈祖义深深颔首：陆爷高见，可我已经派人给玫瑰岛送信去了，让弘无来换塔莎。

陆宽愠怒起来：你这就不对了，为什么去吓阿里玛，难道有事就不能先与我陆某打个招呼？

陈祖义以退为进地说：陆爷不是看不上小弟，不愿与我合作吗？我哪敢和陆爷提这些事！他嘿嘿一笑说：想想也真是，你陆爷一出手就让爪哇上了道，迷迷糊糊地就给了明军一个教训，我他妈在苏门答腊蹲了好几日，也没捞到明军一根毫毛，哪有资格高攀陆爷！

陆宽干掉杯中酒后，冷脸面对陈祖义：你陈老大就别给我灌米汤了，我只问你，放不放我女儿？

若早知是陆爷的女儿，小弟只能恭而敬之，哪敢不放！

陆宽手一挥：这就好，事不宜迟，我们马上登船。

就在陆宽和陈祖义交杯换盏的时候，弘无也来到了三佛齐，准备以一己之身换回女儿。他围着寺庙转了又转，只见善男信女们匆匆逃出寺庙，却不见陈祖义派人来接头。

他灵机一动：这群海盗会不会藏入寺中？然而，任他如何敲门，除了从庙内传出一股焦煳味外，还是杳无人声。

眼看已近黄昏，大海深处又升起一股不平静的浪潮，他只好往来路走去。

未久，混杂在香客中的郑和部将又将他接回船上。

天已擦黑，陆宽领陈祖义登上他来时的那艘轻便快船。陆宽心急如焚，恨不得一步飞到女儿身边。他一遍遍催促张帆把舵的弟兄，弟兄们也自毫不怠慢地直奔拘押塔莎的大船而去。

刚过子时，从海底到海面掀起一股突发的海啸，像是山崩地裂，竟然海涛倒流。船在浪下，刚刚还在谋划未来的陆宽与陈祖义不知何时，已各自抱着一块船板，呼叫着，卷入不知今在何处的海涛里。夜深浪急，他们被海浪裹挟着东突西撞，竟相继撞在一艘大船上。

那大船虽也正在海啸中颠簸，或许因这里已是海啸的末梢，阿虾还是从呼叫声中听出了陈祖义的声音。他急喊：听，好像是老大在喊！当他们七手八脚地将陈祖义、陆宽和他的几个弟兄救上船时，从海啸中闯过来的他们已经精疲力竭。陆宽却顾不得那么多，他一登上大船，就嘶哑地大喊：塔莎，我的塔莎在哪里？

满身血污、正被几个大汉按在甲板上的塔莎闻声哭喊着：……我，我在这……

陆宽循着声音，一个箭步蹿了过去。他一阵拳打脚踢，将几个大汉打倒在地后，便紧紧抱起了浑身颤抖的塔莎：孩子，他们把你怎样了？

塔莎哭得一时说不出话来，刚从满身疲惫中缓过劲儿来的陈祖义一见此情此景，深怕得罪了陆宽，他语带杀气地问：怎么回事，是谁让你们这样对待塔莎郡主的？

阿虾深知陈老大杀人不眨眼的脾气，哆哆嗦嗦说：是，是阿华想趁祖爷不在船上的时候，带她们逃跑，被我们发现后就……

塔莎这才大声哭喊出来：他们把华叔活活打死，将尸体扔进大海了……

陈祖义一脚踢倒阿虾：我刚离开两天，你就给爷惹了这么多的祸，你可知罪？他转而对塔莎讨好说：塔莎郡主，都怪这些不懂人事的狗东西冒犯了你。随之，他又踢了一脚跪在地上的阿虾说：还不快给郡主道歉？

阿虾闻言，不住地给塔莎叩头。

陈祖义见塔莎将头深深埋入陆宽怀中，陆宽又不住地抚着她的头和肩，不禁问道：塔莎郡主，难道陆爷真的是你父亲？

塔莎想起阿华的提醒，毫不犹豫地仰起头说：难道父亲还有假的吗？他不是我父亲，谁是？

陆宽听之敞怀大笑，笑得满眼是泪：我陆宽有这样的女儿，夫复何求！陈老大，只要放我女儿回玫瑰岛，你要我陆某的什么，随时可取。

陈祖义拱手：岂敢，岂敢，只要陆爷不怪罪小弟，小弟就念佛了。说着，他对仍然跪在甲板上的阿虾说：还跪着干什么，快些准备一艘快船，天一亮，就将陆爷和塔莎郡主送回玫瑰岛，不得有任何闪失！

落日时分，站在海边的阿里玛终于盼来了塔莎和带她回来的陆宽。母女相抱着，喜极而泣。之后，阿里玛望着大海，忧心忡忡：他们不会把老鬼怎样吧……

陆宽颇不高兴地说：那就请酋长去问大海吧。

塔莎立即从陆宽的口气中听出他的不快，赶忙说：什么老鬼？我可没见到他，是陆叔救我出来的。

阿里玛歉疚地转向陆宽：那就谢陆爷了，此后凡有用得着玫瑰岛的地方，陆爷尽管开口。

陆宽转嗔为笑地眏眏眼睛：岂能一家人说起两家话来？我这个做父亲的救下自己的亲生女儿，难道还要你这个亲生母亲感谢？

阿里玛闻言，疑惑地望向塔莎，塔莎调皮一笑，跑了。

阿里玛见女儿已经跑远，对陆宽嫣然一笑：我是说过，谁救了塔莎，谁就是她父亲，可这……

陆宽急了：难道我不是她父亲？难道我们从前的事，你真的忘了？

阿里玛猜想，至今不知生父是谁的塔莎，肯定是在情急之下，承认了陆宽就是她的父亲……从身体说，她虽然一样给过弘无，也给过陆宽，可从情感说，她的心早已给了弘无。何况陆宽毕竟是海盗，对玫瑰岛他已觊觎多时，若真的承认了他是塔莎的父亲，陆宽岂不因此成了玫瑰岛一半主人……尽管如此，她还是不愿让陆宽失望，只是笑望着他说：我的记性从来不比别人差……

张辅率胜利之师和黎氏父子返京的第二天午时，午门门前彩旗招展，锣鼓喧天，刀斧手押解着黎氏父子跪于广场示众有顷，朱棣在旌旗与刀剑簇拥下乘辇而来。在一片“陛下万岁，万万岁——”的高呼声中，他走上高台，端坐雕龙高背椅，只一声：宣黎氏父子罪状。

吏部尚书接旨上前，朗声宣读：查黎氏父子欺君矫诏，篡夺王位，擅将安南陈氏王朝偷换为黎氏，我大明天朝得报后，不得不派兵宣诏，然，黎氏非但置皇命于不闻，反而起兵暴乱，几使我大批兵将殒命受损，其罪昭昭，其恶彰彰……

宣读未完，场上即发出阵阵喊杀声：

杀了他——

剐了他们！

曝尸午门——

人们更加激愤，有人往他们身上吐口水、扔砖头、砸石块……

朱棣想到安南毕竟是附属国，不属大明版图，教训一下自不可少，干涉太多也会失当，于是高喊：拿下！

此言一出，“拿下——”的声音如环环回音，在午门广场到处回荡……

曾经不可一世的黎氏父子吓得魂飞魄散，脚下早湿了一片。然而，朱棣并未杀他们，只是拿其下了狱。

朱棣深知，安南大捷，生擒了矫诏篡权的黎氏父子，必将从海内到海外邦国声振国威，再次塑造大明天朝的神圣形象。当他迈着兴奋的脚步回到乾清宫时，却见一封标有大大“急”字的奏折放于案上。打开细看，却是陈真禀奏地方官吏钻天高皇帝远的缝隙，借筹办建造北京宫殿材料之机，与当地豪绅勾结，搜刮民财、中饱私囊的恶行。朱棣看后大怒，即命太子召各地府、县官员来京。

府、县官员接旨后，个个急如星火，来朝面圣。当他们齐聚奉天殿、激情跪地山呼万岁后，朱棣面带笑容说：众卿千里迢迢，来朝议事，此乃我大明澄明隆盛之象，也是朕亲听下情民情之机，众卿尽可畅所欲言，但一定要说实情、报真相。

府、县官员们开始还为面见圣上而荣幸、而兴奋，接着就为说不说、说什么而犯起难来。此时，朱棣的眼睛正扫到一山东县令，此县令只好跪地奏报。他虽口若悬河、文采飞扬，除了对圣上极尽歌功颂德外，却是满嘴空话，毫无下情民情。其余人等见陛下目不转睛地盯着他，以为中了圣上下怀，也一个个鹦鹉学舌，一个比一个调门高，一个比一个空话响，一个比一个词采飞扬地唱颂歌……

朱棣终于再难忍受，他啪的一声击案而起：这些歌功颂德的话，朕在朝廷里已经听够了，你们若说不出一点实情真相，和解民困、重民生的办法来，都回乡种田去吧！

在朱棣的威慑下，才有几名县令战战兢兢地如实禀报了些下情。

朱棣扫视一周说：朕给了你们官职俸禄，要的就是你们的忠心和政绩。此后，不管什么人以何种名目，或巧取豪夺、中饱私囊，或敷衍塞责、倦怠政事，定要严惩不贷！浙江诸暨县令陈潭、四川郫县县令刘达仁！

两人应声跪地：臣在。

朱棣指着他们：你们二人胆大包天，借朝廷收购原木梁、檩之机，串通奸商，搜刮民财，中饱私囊，你们可知罪？

此二人早已浑身颤抖、面色如土：……臣……

朱棣命刑部先将他们关入大牢，审后定罪！

两人被拖下后，朱棣换了一种口气说：如今，地方与朝廷已日渐脱节，政令难出奉天殿，朕拟制定巡抚制，委派朝廷大臣为巡抚，到全国各州、府、县巡视实情，以达朝廷知情、纾解民心之效。

州府官员多为建文旧臣，新帝登基后，他们先是战战兢兢，不知何时噩运袭来，或株连，或贬谪，如今虽仍为官为吏，却也不知还能再混几天，于是有人怠政不为、敷衍塞责，有人想今日为官，不知哪天即丢乌纱，不如趁机捞些银两，这才出现上下不通、不知民情的弊端。朱棣急欲改变这种状况，才设定了行巡抚制之策，既已设定，就要一个个实施。那日朝会，首议的就是设交趾布政司。

朱棣说了一番设立此司的重要性后，便问谁愿出使。众臣皆知，此处边远贫困、瘴气横行，沉闷中无人请行。朱棣一是见编纂大典的事已近尾声，二是每想起解缙的先知先觉、又口无遮拦，深觉不快，于是走向解缙问：解爱卿，朕若遇上难解之事，你可愿鼎力效忠？

解缙尚不解其意，立即慷慨答道：臣万死不辞。

朱棣当即派他往边陲交趾任职，一代才子解缙半晌辨不过味来。

几天后，一度风华朝野的才子解缙，在一辆马车、两个随从的伴随下走出城门。车上拉着的是他挑选再三的书籍，两个随从中一个是书童，一个是保镖。他们一路前行，来到城南一处长亭。夏原吉已等候多时，还在那里摆下了简易的酒菜。

一见解缙走来，夏原吉即上前拉起他的手，上下打量一下说：大绅呐，为兄力薄人微，无可尽力，只能与贤弟长亭一别了。

说着，他给两人各斟上一杯酒：此去山高路远，交趾又湿热多瘴气，你可要多多珍重啊！

解缙端起酒杯一饮而尽，他看看秋风吹动的满地落红，眼含泪光说：从我们同科赶考，到携手入朝为官，匆匆已近十几年矣，想想这些年的风华热闹，再看看如今的落寞清孤，岂不与这脚下的落红一般？说着，他又自干了一杯：唉，不说了，有维喆兄此心此酒，小弟已心满意足。昨夜辗转不能入睡，写了这首七言，留给仁兄为念吧。

夏原吉展纸默读：

君王喜怒石头城，
落英惶惶哭流莺。
此去瘴乡荒蛮路，
书生自古是飘萍。

夏原吉吟哦再三：诗虽悲沉了些，却是入木三分，不光写尽了贤弟的此心此况，更悟透了读书人在天地间的角色，难怪人称大绅为当今第一才子！为兄不揣浅陋，也写了一诗赠别。解缙迫不及待地接在手里，其诗曰：

宦海浮沉乃常情，
堪比大江醉东风。
愿君此去融融日，
来年把酒在金陵。

解缙读罢，更其感慨：但愿如兄所愿，我们要沐融融日，还要醉东风。小弟走后，仁兄也要多多珍重啊！说罢，两人又干一杯，相互长揖而别。

十四

弘无在三佛齐等了两天两夜，也不见陈祖义带塔莎来换自己，眼看五日期限已过，他更加挂念女儿的下落。于是登上郑和为他备好的快船，带着小黑和秀才风驰电掣地赶往玫瑰岛。

正心急如焚地往王宫赶，却见塔莎一身青春地跨出宫门。他擦了擦昏花的双眼，朝他走来的正是朝思暮想的女儿。他不由得紧走几步，将女儿紧紧拥入怀里，久积在心的父爱不由得涌聚眼中，老泪纵流……

塔莎为他擦干眼泪，吻吻他的面颊，笑笑，抱起秀才就朝一丛蕉林走去。

此时，正好阿里玛走来。弘无刚要过来为女儿安然无恙庆幸时，她却柳眉一竖，对身旁一女侍卫说：本酋长曾对你们说过多次，以后不准此人登岛，难道你们都聋了！

弘无见阿里玛如此无情，只好收起笑容，说：我，这就走，这就走，只要你和女儿平安，我就……

他望望正跟秀才玩耍的塔莎，领着小黑怅然登舟而去。

一见快船到来，郑和立即走下舷梯扶弘无登上宝船大厅。当他得知塔莎已安然返岛后，先将弘无让于一座靠背椅，之后打开一罐老酒，一为压惊，二为祝贺。当郑和发觉弘无虽爱女脱险、却又不像往日心境朗朗时，不禁把酒问其原因。弘无略有伤感地说：女儿脱险本该是一家和乐的日子，可老太婆却大光其火。他又饮一口酒，笑笑：倒也罢了，她本就是这样的脾气，呵呵，何况我这些年经常惹她不高兴呢……可到底是谁救出塔莎的呢？

会不会是塔莎自己挣脱了海匪？郑和插话问。

弘无摇头：不会，她有如此的胆量，却无如此的本领……

如此看来，只有一个人了……

谁？

陆宽。

接着，他向郑和道出了陆宽的来龙去脉，以及陆宽与玫瑰岛及自己的关系。郑和从他的叙述中，更清楚了南海的各种政治势力，又一次修正了他此次下西洋行程中的日程和任务。

第二天清晨，郑和下令兵船、马船、炮船和一众将士停泊三佛齐港湾。先是鼓乐齐奏，焚香燃烛，后是礼炮齐鸣，众将士立于船头，为客死他乡的官兵送行。

阵阵炮声传入王宫，惊起了床上的都马板。他吓得连声呼喊：快去看看，大明船队是不是要攻打王宫？

起床后，他坐立不宁：这个老弘无，我照你的话做了，又派医生又送药，你怎么就不帮忙……

正叨叨着，被派去打探消息的侍卫来报：禀大王，大明船队打了一阵炮，烧了一阵纸就开走了，说是为祭奠他们死难将士的亡灵。

都马板这才放下心来，喃喃着：……人家有情有义，我们也不能对不起人家呀，再说，我们也惹不起，我得派大臣去请罪，请罪……

坤宁宫中终于传出喜悦的笑声，这笑声虽然微弱，却是真实的，灿烂的，因为在徐皇后和诗君的合力辛勤笔耕中，《劝善书》《内训》和《列女传》终于全部完稿了，已经形销骨立的徐皇后翻着这些书稿说：你说怪不怪，书写完了，这身子也感觉好多了，都是因为妹妹的医术好哇！

诗君摸了摸她的脉，脸上的笑容即刻僵硬起来。

此时此刻，朱棣也正在为他朝思暮想的大书的完成而兴奋着。在文渊阁，当姚广孝指着大堆完成稿，禀报说全书共两万两千九百三十七卷，一万一千零九十五册，共约三亿七千万字时，朱棣顿时眉宇舒展、血脉涌流。他沉静了一下，才拿起一册细细翻阅。他越看越兴奋，终于高举书卷，回环踱步说：这才是朕所要之书，这才是我永乐王朝的辉煌书卷，赫赫两万多卷，洋洋三亿多言，囊括了自盘古开天辟地以来，我炎黄子孙的历代文明，此书就叫《永乐大典》！

文渊阁内众文士闻言齐呼：陛下圣明！

朱棣兴犹未尽：有了这《永乐大典》，朕可以向祖先交代，向后人交代了！众爱卿，你们劳苦功高，你们无愧先祖和后人了。今晚，朕赐宴文渊阁，咱们君臣共贺《永乐大典》成书问世！

人们由衷地激动着，兴奋着，那位曾为此书的成功辛劳奠基的大才子解缙似乎早已走出了他们的记忆。

翌日早朝，坐于龙墩上的朱棣仍为《永乐大典》的告成兴奋着。他正笑眯眯地巡视众朝臣时，礼部尚书刘观启奏道：启奏陛下，渤泥国来使启奏，说他们国王麻那惹加那乃拟亲率王妃、子女、亲戚及近臣一百五十余人来朝朝贺，恭请陛下示下。

朱棣大喜：好哇，欢迎。他巡视一周说：众爱卿，这就是我大明友善邦邻的第一个回音，接着，还会有更多友邦来我朝朝贺纳贡！

众臣山呼：陛下圣明，大明昌隆！

朱棣挥了挥手，命刘观说：我大明就要有大明的气派，着你部速速派员前往泉州迎接，渤泥国王所经州县，均由当地官员设宴款待。

夏原吉闻言趋前奏道：启奏陛下，随着大明的开放昌隆，嗣后往来国宾自会越来越多，故，此后使团人数及迁延期限似应有个朝规，否则，接待费用及其他开销将是个很大的数目啊！

众臣附和：臣等附议，是该有个朝规，否则……

朱棣哈哈一笑说：一个夏原吉还不够，如今又来了这么多铁算盘！你们谁来帮朕算算，往大里说，一个国家的形象声誉值多少银子？打开国门，拓展视野，将有多少前所未有的商机可带动百业、可创造财富？往小里说，招待他们吃住行确实要花费不少银两，可他们带来的商团贸易，又可为我朝带来多少税收和利润！

众臣被朱棣说得两眼直愣愣的。

一老臣却旧话重提：可如此下去，岂不与祖制走得越来越远！

朱棣手一挥：此话差矣，先时国弱世乱，那时制定的祖制是为保护那时的大明子民；如今，我大明强盛昌隆，朕要做的不仅是为今世子民，更是为后世子孙谋福。大国之臣就要有大胸怀、宽眼界，不要只算饭碗里那几颗米粒，我们要拓展胸襟，面向世界！

天有不测风云，就在朱棣展开双臂欲拥抱世界的时候，徐皇后已经病入膏肓。她自知寿数已尽，决绝地不再吃包括御医和诗君为她煎好的任何药物。诗君尽管早已从脉象上诊得了她已灯枯油尽，却仍幻想着能有个峰回路转。徐皇后何尝不知道诗君的心意！她还是无奈地笑笑：我知道妹妹的心，更知道自己的病，既然天不假人，吃药已经没用了，还不如不吃，免得陛下怪罪你们……

听着她的话，诗君背过脸去偷偷饮泣。她也常觉奇怪，自父母连同所有亲人走后，在这茫茫天地间，她怎么会一步步将这位杀她所有亲人之人的妻子，救她于不死、又将她待为姐妹的徐皇后视为唯一亲人？然而，命运弄人，如今，这仇人之妻、又是唯一的亲人，也将不久于人世了……

徐皇后却在一件件料理着后事，她将王贵人召于床前，说她经过仔细观察，看出她是后宫最明事理的人，叮嘱她要好好照顾陛下、皇子、公主，还有诗君，要友善众嫔妃。王贵人一一含泪答应着。说到动情处，徐皇后拉起王贵人的手，语重心长地说：我走后，后宫之事，妹妹就要多担待些了……

王贵人泪光闪闪地说：姐姐是后宫之主，大明不可一日无主，后宫也不可一日无主啊，姐姐你不能……

徐皇后笑笑：人不能与命争啊，在命运面前我们都得听话……她剧烈地咳嗽起来，之后，喘了口气说：不说这些了，后天，陛下要在奉天殿赐宴渤泥国王，姐姐已有心无力了，到时候，妹妹就带着礼部尚书夫人往会同馆，代本宫宴请渤泥国王妃吧。

王贵人颔首领命。

两天后，王贵人携礼部尚书夫人和一众侍女，在会同馆宴请渤泥国王妃。宴会厅里，灯光曼妙，丝竹缕缕，王贵人赐渤泥王妃金箔凤冠，自王妃以下各赐冠带、袭衣，礼部尚书夫人则赠送王妃一套精美瓷器；王妃在一片惊喜和答谢声中，也回赠王贵人一些精心制作的降香和用渤泥花布做成的披肩。王贵人为表谢意，当即展开披肩披于肩上，秀美的双肩披上极富热带色彩的烂漫披肩，使王贵人顿生一股异样的端庄与美艳。

渤泥王妃与众人惊呼着：怎么这披肩一披到娘娘身上，竟生出这般奇妙的风致……

王贵人连连称谢。礼部尚书夫人请众人落座后，一面介绍各色菜肴，一面教国宾们如何使用筷子。此时，笑声与乐声交互传递出会同馆窗外，感染得花也芬芳，竹也摇颤……

与此同时，朱棣也正在盛世音乐与舞蹈的演奏声中大宴渤泥国王。正当朱棣沉浸在纵论天下的兴奋中时，昌盛眼挂泪珠从外面进来，附在朱棣耳边轻声说了些什么。朱棣霎时煞住正要出口的话语，默默地干尽杯中酒，吩咐侍宴太监：后面的菜一齐上吧。

话毕，他再也控制不了自己的感情，急急朝坤宁宫奔去。

昏暗的坤宁宫中，徐皇后挣扎着从昏迷中醒来。她看看两个站在床前的儿子，又定定地将目光投向门首。高炽两眼含泪说：母后，父皇正在赐宴渤泥王，炽儿已经派人去催了。

徐皇后断断续续说：……不可，你……父皇……应以，朝廷，为重……话毕，她用尽所有力气将两个儿子的手拉到一起，望着他们，干涩的泪一颗颗滚落下来。两个儿子互看了一眼，各自低下了头。

诗君已忘记自己的身份，哭着说：皇后最大的心愿便是两位皇子手足相待……

她话音刚落，高炽“啪”地跪于床前，哽咽着：母后放心，炽儿一定会善待弟弟。

徐皇后将目光转向高煦，高煦“哇”的一声大哭起来：母后，娘，您不能走，煦儿，煦儿不能没有娘……

徐皇后还想将两个儿子拉近些，颤抖的手却再用不出一点力，她只得将万千叮咛凝结在无力与无奈的眼神中……

此时，朱棣匆匆赶来。他坐于床边，紧紧攥起爱妻的手，凝视着风雨同舟、伴随自己三十余载的皇后，却是无语凝咽……

徐皇后见人人泪痕、个个悲戚，于是用力挤出最后一丝笑，说她最爱听诗君的弹唱。诗君强忍悲痛，拨弦低吟，两皇子听得已泣不成声。朱棣一手握着爱妻的手，一手轻舒为他操劳了一生的她的眉间褶皱……徐皇后在乐声中悄然离世。

徐皇后走后，朱棣没给她下葬，他命人在宫中精心设置了一个灵堂，亲自燃着三炷香后，站在爱妻遗像前说：你一直念叨着北京，朕知道你喜欢那里，并答应过陪你回去看看、住住，可自登基以来，朕每日睡一更、起四更，一日没能得闲……你，等不及朕践诺，便……走了……朕知道，你有怨，也不怒不语。朕，朕不为你落葬，朕要择一个吉日，择一方吉壤，让你安眠在那里，朕要让你在那里等着朕来陪你，偿还今生欠你的所有的债……

香燃尽了，朱棣无力地坐在爱妻遗像前，口中还在念念有词……

封赏联谊附近岛国、配合张辅平叛安南的皇命既已完成，按计划，郑和船队本该继续远行西洋，偏偏此时又出现了陈祖义绑架塔莎的意外。虽然塔莎已安全回到玫瑰岛，船队都指挥中还是有不少人主张灭掉海盗陈祖义再远航。

梁道明带来消息，最近三佛齐有个传言，大家越传越神，说当年的宫廷大火本是建文帝有意布下的假象，他从大火中逃出后，就亡命海上，终归在三佛齐“归隐寺”出了家，而且那里香火非常旺，每日里善男信女都云集朝拜。偏偏陈祖义要挟弘无去换塔莎，就在“归隐寺”。为保护弘无并捉拿陈祖义，郑和选派了一批将士，接连几日化装成香客去寺里烧香，却既没看到出了家的建文，也没发现海盗陈祖义。看来，关于建文帝出家“归隐寺”的传闻也未必是真。

孟可说：“归隐寺”前几天突然起了大火，人们纷纷跑着去看。我派人打探过，谁也没见到长得像建文的和尚出来。

一直听着众人议论的王景泓说：郑大人，陈祖义那么狡猾，你说，这关于建文出家“归隐寺”的传言，会不会是他编出来的？

郑和点头：嗯，不无道理，可他劫持塔莎既然是为了引出弘公，为什么又不在约定地点露面呢？难道是发现了我们已经潜伏在香客里？

说到这里，都指挥们求战的情绪更高：一个小小的海盗，我们怎么能让他如此兴风作浪！

……我们如果连一个小小海盗都对付不了，岂不伤了大明的面子……

郑和笑了笑说：各位的心情本官完全理解，可陛下命我们下西洋的宗旨是“联谊万邦，惠及远人”，皇命尚未完成，如果被几名海匪绊住手脚，岂不因小失大！此其一；其二，陈祖义也好，陆宽也好，都已在海上混了多年，他们海况熟悉，神出鬼没，而且敌暗我明，要除掉他们，不知将耗费多少时日；其三，按弘公介绍，陆宽与陈祖义并不是一样的海盗，经过这次劫持塔莎的事件，他们间的猜疑、记恨愈深，他们既不能联手，就要互相牵制，闹不起大乱子。有鉴于此，我们还是先下西洋完成皇命，回航时再寻时机为好。

众人听之有理，船队继续向远方驶去。

望着远航的船队，汪洋中的一条小船箭出弦般朝一条海雾迷蒙中的大船飞去。靠近大船时，小船上的阿虾喊着：老大，老大——

陈祖义从船舱探出头来。阿虾将小船绑定大船后，跳上大船说：老大，大明船队朝西走了。

陈祖义问：他们还是没对爪哇动手？

阿虾摇摇头：没有，听说那都马板吓坏了，派人向郑和认罪求情还不算，又派使者到大明去了。

陈祖义看着周遭的迷雾：还是陆宽看得准，看来，这个郑和不一般啊！

阿虾阿谀说：我看也未必，说不定郑和是没那胆子得罪祖爷呢！

对于他的奉承，陈祖义未置可否。

在南海的另一角，倭寇的快船正猛虎扑食般追击几条渔船。船上渔民正焦急无奈时，忽见远处一支船队劈浪驶来，甲板上还晃动着几个身穿白色麻衣的身影。他们得救般地大喊：陆爷，陆爷——快救我们——然而，大海茫茫，他们的喊声早已被大海吞没。一个渔民忙乱间扯起一块红布，站在甲板上拼命地又摇又喊。

倭船见状，更加快船速追赶。

站在船头的陆宽一眼看到，几条渔船正拼命向发出了求救信号的渔船靠拢。

一旁的阿坚急切地说：是华人渔民，有只船正追赶他们！

陆宽冷静地说：嗯，是渔船遇到了海盗。他仔细观察片刻后说：看架势，那是倭船，弟兄们，追上去，活捉倭寇！

他们本来是为一商家押运货物，押船货主极力阻止。

陆宽正色道：海上华人皆我同胞，同胞有难，我岂可袖手不管！你老板若不愿意，大可自行其道，镖费我一文不取！

那老板只好坐在一旁不语。

郑和率领船队继续西行，弘无遥指远方的海岛说：前面便是锡兰山了，此岛不仅是重要的商业贸易集散地与远洋航行中转站，更因此处是佛教圣地，佛寺也因珍藏佛牙和舍利子而闻名于世。

郑和说：如此说来，我们须去礼佛布施一下才好。

弘无沉吟片刻：回程再去吧。

郑和不解。

弘无笑道：这就叫世界之大，无奇不有。同是佛家子弟，有主善者，也有主恶、主贪者。锡兰山国王阿列苦奈尔就属后者。虽是海天佛国国王，却不睦邦邻，屡劫往来商旅，我们船上载着这么多珍奇货物，他岂能轻易放过！

郑和仰望着弘无：弘公见多识广，所虑自当周全，我们虽然不怕他，也是少生差池为好，嗣后，还望先生不吝垂教。

船队继续西行，数日后来到古里。酋长沙米得到通报后，立即派两名部落官员率众往码头迎接大明船队。当众人将郑和等迎入王宫后，郑和先是执礼如仪，拜见酋长，接着又向沙米酋长宣读了大明皇帝敕书，赐其诰命银印，对其官员们也各赠丰厚礼品。面对如此友善交谊，酋长大悦，随之，摆宴厅堂，歌舞相伴，宾主尽欢。

第二天，主管贸易的官员陪同郑和等游逛贸易市场，见这里市场繁荣，贸易火热，人们交易成功后多喜击掌。郑和问其故，原来古里风俗，信诺为尚，击掌便是承诺，不可反悔，郑和连连称赞。

郑和接着就命人将船上丝绸、茶叶、瓷器等货品卸往市场。古里内外商人个个瞪着新奇又欣赏的目光，听完介绍，又亲自尝试，之后就大量购买。郑和船队也交易了许多当地盛产的胡椒、香料等稀有产品。正在交易结束时，一位名叫拉兹的商人找上门来，说他想批量购进一批中国货。郑和遗憾地告诉他，这次分往古里交易的货物都已交易。拉兹便与郑和击掌约定，下次货到，一定优先于他，郑和爽快答应。

爪哇国王都马板派来的特使，终于漂洋过海来到了大明奉天殿。他诚惶诚恐地对朱棣施着外臣礼，朱棣瞪着他教训说：我大明历来主张协和万邦，故此，与大明属国也从来友好相处、互惠互利。没想到，你们竟同宗同族自相残杀，以强凌弱！这还不算，还竟敢杀我大明船队 170 多名官兵。在你们眼里，还有没有王法？

那使者又连忙跪地磕头：那，那实在是误会呀……

朱棣厉声地说：此等行为只能有一，不容有二，罚你们黄金六万两！

大臣们有的仍不解气，有的乘机诋毁下西洋之策，要求撤回船队，并对郑和大吐怨言。

朱棣看着群情激昂的大臣们，久久不语。正在此时，昌盛匆匆送来刚接到的一纸郑和奏折。朱棣连忙打开，阅毕，长长舒了一口气问：你们知道朕方才为何不语？众臣屏息静听。他接着说：从方才众卿所言，朕看得出，出使西洋非郑和莫属！丢了一百多名将士的性命，朕比你们更加愤怒和痛惜。可朕更担心的是郑和处置不当，毁了我大明下西洋的宗旨和形象。如今朕放心了，郑和胸有大局，处置得当。

大臣们齐齐跪地：陛下圣明，大明昌隆！

十五

茫茫大海，陆宽见几条倭船正朝华人渔船兜去。他先命船队散开包抄倭船，包围圈收拢后，并不急于动手，直到对方忍耐不住向他进攻时，他才命神箭手对准最先发难的船只发射火箭。此船中箭着火，其余船只望而大乱。陆宽一声大喊，命自己的坚船猛烈撞击、围攻倭船！倭船不敌，仓皇逃窜……

获救渔民纷纷走出船舱，跪在甲板上口称恩公、隔水拜谢，还许愿说一定要在琉球岛上为他建庙，此后日日朝拜。

陆宽站在甲板上喊话：华夏子孙是一家，都是同胞，不言谢，不言谢……之后，陆宽船队与几只渔船挥手道别。

徐皇后的离去虽然给朱棣带来极大的悲伤，可一到殿前议事，他仍是精神奕奕。

兵部尚书金忠上前奏道：启禀陛下，北疆来报，阿鲁台以鬼赤力废了元朝国号为名，将鬼赤力杀死后，今已迎“大元后裔”本雅失里为可汗。

朱棣说：这就叫人既在，心难死。北元残余势力绝不会甘于龟缩漠北，总要寻机反扑，我们必须严阵以待，加强北疆防卫。

夏原吉奏道：陛下，鉴于北方屯田数量日增，明年粮食已大可自保了。

朱棣笑笑说：好哇，只要守边将士粮草充足，我大明就北疆无忧了。

他起而踱步说：如今北京也已商贸勃兴，初见繁荣了。北京宫殿的建造要加快进行啊！

夏原吉料到又要大笔筹钱了，不禁低头盘算着。

朱棣看着他笑了笑：夏爱卿，朕不管你怎么盘算，可不能耽误工期！

转眼已到徐皇后的七七之日，太子朱高炽一脸悲伤地朝坤宁宫走去。

一筹集北京宫殿建筑木材的大臣在后面急喊：殿下，殿下，请留步。

太子停下脚步：李大人，回朝了？筹集的木材可……

李大人摇头叹息：微臣就是要向殿下禀报此事的，广西那批木材走海运往北京，途经泉州时，被人截下了。

太子惊问：何人如此大胆？

李大人吞吞吐吐地说：那人说是奉、奉汉王之命，要拿去造船。

太子瞪大眼睛看着李大人：这批木材可是要运往北京造宫殿的，汉王有何权力截下？

李大人擦擦额头的汗：微臣，微臣不敢抗汉王命……

太子也无言地转身离去。母后离世，余悲未消，兄弟为仇，又屡生事端。些微小事，为兄者自可谦让，如今他惹出这么大的乱子，可怎么向父皇交代？他只想跪在母后面前，诉诉这一腔委屈。

可当他走入坤宁宫、跪于母后灵位前时，见早已跪于身旁的弟弟已哭得涕泪横流。他真想与弟弟相拥大哭一场，可想起他惹的祸，那伸出的双臂又缩了回来。他对母后恭恭敬敬磕了三个头后，低声说：泉州劫下的木材，可是运往北京造宫殿用的，手下人办事糊涂，二弟可不能糊涂。此事若被父皇得知，可是杀头之罪呀……

高煦抹了抹泪，瞥了太子一眼：我当然知道是杀头之罪。

太子说：既然知道，为何还做？

高煦带着哭声说：我这项上人头迟早要被太子割下，与其朝不保夕，不如早些送上门来，让太子在母后七七这天进献母后。如此，我还可追随母后，陪侍在她老人家身旁，免得她日夜牵挂，魂灵不安……说着，他又放声大哭起来。

太子被憋屈得满眼是泪，也不禁哽咽说：二弟……

此时朱棣走进，他见兄弟俩泪痕满面地跪于母后灵前哭灵，轻叹一声说：你们的母后去了，她生前最大的希望就是你们兄弟能和睦相处，手足相亲啊。

太子哽咽说：父皇放心，炽儿曾面对母后发誓：善待二弟，炽儿绝不食言！

朱棣点头：你是兄长，又是太子，是得多些担当。日后，煦儿若是胡闹，朕就拿你是问。

太子瞥了高煦一眼，见他一脸得意，他重重地磕了三个头，伤心地哭了起来。

这场祸虽然暂时被遮挡过去，可既没瞒住太子，高煦心里还是七上八下。屋漏偏逢连夜雨，第二天早朝，领命建造北京宫殿的官员就派来信使催要木材。朱棣一听，立即竖起眉毛：难道那些从南方调运的木材还未运到？是谁如此延误？

负责此事的李大人低着头，两手已经颤抖起来。朱高煦更是额上冒汗，不知将遭来什么横祸。

太子趋前答道：前一批木材海运时突遇风浪，已经丢失，儿臣又派人去征集了。

朱棣沉声说：此事万不可再生意外。

朱高煦这才放下心来。

此时，郑和信使回朝禀报：船队所到之处，人人崇仰大明皇帝，个个艳羡华夏的富足和文明。大明的瓷器、丝绸、茶叶极受欢迎，所带货物供不应求，恳请下次出洋尽量多筹办些货物。

朱棣听罢龙颜大悦：好哇，我大明物品能被天下人所爱，真是令人安慰的好事！郑和下西洋的船队也将返航了。宣诏，命太子和户部尚书夏原吉抓紧筹办二下西洋的资金和货物。

太子听得又出一身冷汗。

夏原吉不禁趋前奏报：陛下，建造北京宫殿所需银两还在东拼西凑，如今又要筹办二下西洋的货物，如此下去，朝廷的府库怕要被掏空了。

朱棣笑吟吟望着他：你的算盘不要光算银子，也要算算大明的千秋功业价值几何。何况，带出去的货物不是白扔，它们是要换回大把银子的。

接着，他又哈哈一笑：记住，此事若办不好，朕只拿你们俩是问。

太子深知父皇的话一言九鼎，虽是笑吟吟说的，此事若办不好，是要问罪的。他思虑重重地走回东宫，只见太师姚广孝与儿子朱瞻基，这一老一小正在下棋。

姚广孝指着棋盘，对朱瞻基说：记住，你是下棋人，那些大臣们便是你的棋子，车、马、炮，乃至将与相能否尽职孝忠，完全取决于下棋人的智慧……

太子听着他们的你言我语，暗暗感叹道：太师真有高见，细想起来，我这太子，何尝不是父皇棋盘里的一匹马！

姚广孝听到他的感叹，并未起身相迎，只笑笑说：太子若站在下棋人的位置想想，或许不用下棋人动手，你这匹马便知如何去走了。

太子苦笑：大师可知，下西洋所需银两有多少？光瓷器一项，就是把官窑所制都收拢来也不够！他叹了口气：哎，巧妇难为无米之炊呀！

姚广孝站了起来：依老衲看，找米不如种粮啊。圣上既然将下西洋定为长远国策，与其每次拆西墙补东墙，不如开荒种粮！

太子茅塞顿开：大师可是指官窑、民窑一起开，以官办带民办？可这得需多少银两啊，连铁算盘夏原吉都快愁哭了。

姚广孝没再接话，他摆了一个残局给朱瞻基：小皇孙看看，哪个棋子可盘活满盘僵局？

朱瞻基看了看：车。

姚广孝笑道：对，车。

太子听着，又看了看棋局，若有所悟。

姚广孝站起身：老衲愿做太子盘中车。

太子面露喜色。

郑和对古里的联谊、贸易圆满结束。他非常欣赏这里朴实的民风和重诺守信的商道，临别时对酋长说，他很想在这里建一处贸易中心集散站。酋长满心欢喜道：谢郑大人，如此一来，我古里就可成为连接海上与陆地、大明与海上诸国的商贸中心，这将为我们带来多少财富啊！为了感谢郑和的美意，大明船队启航前，酋长特命当地匠人在海滨刻碑留念，并亲自带领官民往港口欢送。

陈祖义回到三佛齐“归隐寺”后，重又披上袈裟坐于禅室。他见阿虾匆匆走进，忙问：联络了多少人船？

阿虾喜形于色地说：加上我们自己的弟兄，已有五千多人，三十多条船。

陆宽还是不肯合作？

陆爷说，咱们这点人船要与郑和作对，那是以卵击石，因此他……

陈祖义鄙夷一笑：这样的人还配称爷儿们？告诉弟兄们，别被那个在马上打过几仗的太监吓着，这里是大海，靠的是海情、水性和驶船的本事！他们虽然人比咱们多，船比咱们大，却人地生疏，且多是旱鸭子。咱们呢，闯荡海上十几年，劫过上万艘过往船只，攻陷过五十多座海上城镇。我们暗暗迂回狙击，打个郑和还不是探囊取物！他换了一种口气说：最主要的是，劫了这头肥羊，够咱们吃喝一辈子，虽然冒点险，值！

众海匪也跃跃欲试：我们听老大的！

陈祖义所以能在海上闯荡十几年，的确有一套能人能鬼的伎俩。

郑和船队从古里返航，行至南海时，忽遇几艘渔船呼救。郑和见状，急忙命人施救。这些死里逃生的渔民上船后，一面喊渴，一面亮出伤口让郑和与他的官兵们看，并绘声绘色地叙说着被陆宽劫持的情形，最后又恳求郑和说，船毁了，人伤了，他们已无法生存，只求能在船队混口饭吃。郑和命人查看了一下他们的船只，确实已不能再航行，只好留他们在船上。

弘无听了郑和的转述却十分纳闷，说：多少年来，陆宽从来只劫商船，对渔船秋毫无犯，如今怎么会又劫又打？这些渔民到底是……

郑和沉思片刻说：弘公所言极是，听着他们的叙说，想到弘公曾说过的陆宽的行事宗旨，确实觉得十分蹊跷。学生已命人盯紧他们，尽请弘公放心。

弘无点点头后，也十分认真地叮嘱小黑哥看紧那些航海宝贝，切不可让外人随意窥视、触碰。

已近二更，海上残月朦胧，灵猴引着这些遇难渔民来到兵船一个舱室。他们一时难以入睡，阿虾似是好奇地打听着郑和的起居习惯。

灵猴佯作无心地说：你一个海上渔夫，为何对我们统帅如此上心？

阿虾嘻嘻笑着：大难得救，还上了大统帅的船队，谁不好奇！

说着，一股大浪袭来，船舱剧烈地颠簸起来。颠簸中，一把匕首从阿虾的腰间“当”的一声落在地上，阿虾瞬时脸上变了色。

一士兵惊问：这是谁的匕首？

灵猴笑嘻嘻捡起，递给阿虾说：掖好你的刀。

阿虾脸色由白变红：谢官爷，这……

灵猴一脸和气：什么官爷，就叫我灵猴吧，他们都这么叫。之后，他扒在阿虾耳根说：还灵呢，成年累月在大海上漂，连个女人的毛都沾不上，都快……

阿虾笑了：灵，呵，官爷想女人呐？这还不容易，等上了岸，这事包在兄弟身上了。

灵猴急迫地说：那就……

阿虾挤了挤眼。

船队到达三佛齐港，郑和下令船队呈U型停泊。

孟可对郑和说：果不出总兵官所料，有两个士兵已认出获救渔民里有几个是海盗，他们曾经打过交道。

郑和吩咐他：他们十有八九是陈祖义派来的。既如此，先不要打草惊蛇，看看他们后面要做什么。

孟可颔首：末将明白，灵猴已与他们打得火热了。

老友重逢，早已返回三佛齐的梁道明得知郑和船队来到他的属地后，一大早就去码头迎接，一定要尽地主之谊，将郑和、弘无与钦差正、副使以上官员一律请进府邸宴请。因船上官兵人数太多，他只能差人送来一些当地瓜果吃食，以表心意。

梁府宴席上，梁道明举杯致毕欢迎词后说：再过几日，便是地藏菩萨诞辰日了，那一天，“归隐寺”的住持将开坛讲经，郑大人既已来此，何不去听听。

郑和举杯回敬：弘公曾在“归隐寺”前面盘桓半日之久，也未见住持一面，道公可曾见过这位住持？

梁道明摇摇头：这倒奇了，时至今日，三佛齐就没有谁见到过这位住持。人们都在传，他其实是跑到海上的建文皇帝。

弘无边饮边笑：哈哈，佛中有帝，帝中有佛，谁能说清帝、佛之间没有更多的怪异！

郑和问：依弘公之见，那住持究竟为何人？

弘无哈哈一笑：有酒且饮，有话且说，到时自会揭晓。

转眼到了地藏菩萨诞辰日，一大早，阿虾就带着灵猴来到“归隐寺”。他叫灵猴先等在大殿，自己直入经堂。身披袈裟的陈祖义一见他就问：你给我带来了什么礼物，郑和他……

阿虾急急解释：祖爷，我倒是带了家伙，可就是没法近身，你没见那宝船，宫殿一般……

陈祖义大怒：就这么空手回来见我？

阿虾眼一瞪：哪能呢，我带回了一个大礼物。

什么大礼物？

一个人，一个有用的人。

既然来了，就让他进来吧。

在阿虾的引领下，灵猴走进经堂。阿虾介绍着：这是我们老大，祖爷。

陈祖义打量着灵猴说：按照我们的行规，新人入伙都要……

本来就是黑道上混出来的灵猴哪能不懂规矩，他弯腰恭敬搭话：明白。话音刚落，一转身，便将身旁一个渔民扭住，正要拔刀割下他的脑袋。众人见状，一齐扑向灵猴！

陈祖义大笑：好，好，我就喜欢这种冷酷无情的人！见面礼先免了，说吧，既要入伙，总想图点什么，我可以满足你两个心愿。

灵猴脱口而出：第一是女人，第二还是女人！

陈祖义大笑：就这么点心愿？

灵猴如饥似渴地说：在船队待了快一年了，最受不了的就是没有女人。他叹了口气：祖爷别笑，其实不止是我，大伙都快憋出病来了，一群活蹦乱跳的爷儿们，被一个被阉过的太监管着，不信你试试。

陈祖义笑得更响了：看来，你不仅心狠，还很懂江湖规矩。

灵猴嘻嘻地笑了：其实，咱们是同道人，祖爷擅长豪夺，我却也会点巧取。

说说看，你会怎么个巧取法？

我的上司孟可将军手下的三千水师，都是二皇子的部属，他们没几个没犯过事的，因此，在郑和船队都不受待见。

阿虾频频点头：确实如此，他们没有不骂那太监的。

陈祖义盯着灵猴看了几眼：那，你打算……我直说吧，你回去告诉他们，只要你们配合我杀了郑和，以后金钱、美女都敞开你们用。

灵猴退后几步：我只求祖爷别让我回去，打死我也不想回船队了！

你不回船队，谁去联络他们？

在船队叛变？谁敢？可你若让他们上了岸，尝到了女人，没有他们不敢干的事。

陈祖义想了想：也好，那就让他们找个借口上岸吧。

已近午时，前来"归隐寺"听住持讲经的人越来越多，郑和也带着上百名水师夹在其中。在路旁等了很久的梁道明乘人不注意时，走近他说：还是弘公说得对，这帝、佛之间有怪异，不知为什么，那些和尚们竟运了很多硫磺进了寺庙。

郑和一笑：这或许就是专为我船队准备的供品，道公小心，会有好戏看。这里人太多，还得烦劳您派人疏散一下那些善男信女们，免得横遭意外。

梁道明会意：难道真是……说着，急急走去。

阿虾匆匆走进禅室，对陈祖义说：祖爷，听讲经的人已经越来越多，我跟灵猴的长官孟可说好了，由他引诱郑和与大明船队的人也进寺听听经文，郑和既为下西洋通好，岂能不来？

陈祖义志在必得：郑和怎么也不会想到，他纵横海上几万里，竟会葬身在这小小的寺庙里。他嘿嘿一笑，指着屋里堆放的硫磺和木柴：告诉弟兄们，引爆硫磺后，要尽快撤往后山，我将带人去攻打船队！

“归隐寺”前，一和尚大喊着：请施主们往这边走，师父就要讲经了。善男信女们闻言，纷纷跟着他往前走去。

郑和见人群疏散得差不多了，便与站在大殿前的孟可交换了一个眼神。孟可会意，大声招呼道：郑大人，机缘难得，快进大殿烧炷香吧！

郑和也大声应答着：弟兄们，机缘难得，都去上上香吧！

水师们闻言，纷纷拥进大殿。

阿虾见郑和带人进了大殿，即刻溜入禅室。他刚要点火引爆硫磺，灵猴便跃身朝他扑去。顿时，大殿内外展开了一场你死我活的搏斗。

此时，陈祖义已经撤到他的指挥船上。他万万没有想到，王景泓指挥的船队已将 U 型急速收拢成 O 型。正当陈祖义盼着大殿火起时，大明船队的火炮已如闪电般向他的船队轰来。

海匪就是海匪，尽管他凭借谙熟海况、驶船如梭、心狠手辣，已经横行海上十几年，终不敌郑和的战略和大炮。在精干智慧的水师们追剿下，陈祖义虽然已经乔装打扮成一个落难的渔民，还是没能逃脱。

第二天，当郑和满载着下西洋的胜利、友谊和海外特产准备回返大明时，他非常殷切地邀请弘无一起回朝觐见圣上。

弘无凝思良久，终于哈哈一笑，郑和很久也没辨清，这笑中含的是悲怆还是豁达：老夫虽一刻也没忘记母国母土，然，自来海上始，已视他乡为故乡了。老夫的故乡便是大海，我离不开她，她也离不开我……等着吧，等你下次再来时，我会用海上的美酒欢迎你，用我揣摩试验得更好的航海宝贝伴你远航。说着，他将一包草药交给郑和说：那老和尚道衍事事想着老夫，老夫也不能来而不往啊，就以这份区区薄礼相送吧。

郑和逗趣地说：敢问是何礼物？

弘无正色道：此为机密，你可不能偷吃哟。郑和一脸困惑地看着他。

奉天殿里的朝议已进行多时，众臣见陛下日渐清瘦，眉宇间也偶有忧戚，于是纷纷奏请续立皇后。

朱棣沉吟良久，深情地说：朕深明众卿之心之意，仁孝皇后母仪天下，倾力编写《内训》《列女传》与《劝善书》，自是为倡导修德劝善，又何尝不是为告诫朕要德行天下！朕心已决，余年不再立后，只按品德高下、为人贤愚，给那些新进宫的美人封赏封号：王美人贤德恭谨，入宫不几日就体察朕意，劝其家人、亲戚迁徙北京，朕心甚慰，着封贵妃；陆美人淑静勤勉，也已不露声色地劝其全家迁往北京，着封淑妃；谢美人剔透贞朗，其双亲已走在迁往北京的路上，着封贤妃。余者就令其出宫还乡吧。

众臣不由得扑地高呼：陛下圣明，陛下万岁，万万岁！

他们尚未爬起，朱棣怒击龙案：带拱卫司刘升！话音未落，战战兢兢的刘升已跪于殿前。

朱棣怒喝：逆臣刘升，你可知罪？

刘升战战兢兢：臣，臣……

朱棣脸一沉：你胆大妄为，竟敢蛊惑众美人阻朕迁徙北京之策，是何居心？

臣，实难……

拱卫司本为效忠朕、效忠朝廷而设，谁也没给你们胡作非为的尚方宝剑。纪纲，朕着你亲斩刘升之头，还不快去！

纪纲即刻押刘升出宫。

朱棣见他们双双退去后，缓了口气说：众爱卿起来吧。

众臣从地上爬起后，皆舒了一口长气。

自坤宁宫奉旨辟作徐皇后灵堂后，诗君便陪同王贵妃搬入承乾宫。她原本为陪伴徐皇后而来，及后，更与之如母如姊，视其为世上唯一亲人。如今徐皇后既去，她又成了一个与宫廷无任何瓜葛的孤儿。于是，向王贵妃提出了辞宫之愿。入宫未久的王贵妃不敢、也不肯答应。不敢，是因为诗君本是徐皇后的人，她怎敢擅自做主此人的去留？不肯，是因为她不光喜欢这姑娘，而且从心里仰慕她的学问才情、举止风致。怎奈诗君去意已决，而且再三申说，王贵妃只好忍痛答应了。

走出宫墙的诗君回头望望，只觉那高墙的高峻冷漠，还有那么多的肃煞凶险，她万万没有想到，自己竟能在里面度过那么多日日夜夜。所以能栖身墙内，皆因得到徐皇后那颗慈爱之心的护卫。如今，那颗心不再跳了，她也再无任何理由牵系墙内的一切了。可走出高墙，茫然四顾，她却不知抬起的脚该迈向何处。她踟蹰良久，脚步却鬼使神差地朝自家旧居走去，走去……

她又站在那曾经给过她多少美好时光的旧居门前，看着那更加残旧的门楣，她推了推门。大门吱的一声开了，走出的却是一位面容木讷的老人，他并不说话，只挥手让她离开。

她无处可去，只好信步走出城门，朝荒郊野外走去。她很想去父母墓前一拜，跟他们说说这些年攒在心里的那么多的话，可她不知道他们葬在哪里。

突然想起朱高煦曾说过，他小舅舅徐增寿的墓在东郊。鬼使神差地，她又朝东郊走去。此时，她实在感到孤苦无依，哪怕抓到一个虚幻、孤寂的灵魂，也可暂时靠靠。

她来到东郊，可东郊茫茫，徐增寿的墓又在何处？一阵秋风刮来，她悲声喃喃：告诉我，你们都在哪里？

徐皇后死后，朱棣后宫虽然不乏佳丽，内心却时感孤独。每当此时，他便去徐皇后曾住过的坤宁宫走走，对着徐皇后的画像诉诉心里的苦……这日，从坤宁宫到王贵妃居住的承乾宫，却不见了诗君，于是急问王贵妃，才知诗君已经出宫。朱棣得知此讯后，眉峰顿时耸了起来。王贵妃并未多作解释，只是连忙跪地请罪。

朱棣叹了一声说：一个弱女子，走出宫去怎么活呀？让高煦快些派人将她找回来。

朱棣比谁都清楚，诗君的今日都是他给的，面对这样一个弱女子、贤女子的遭遇，他的内心怎能不翻腾？他将给予她怎样的未来？

十六

在一个曙光初现的早晨，郑和船队的将士们拥向甲板。他们遥望着隐约可见的海岸线狂喊着：大明，我们回来了——

王景泓走近郑和说：日子过得真快呀，一晃，我们已在海上漂了两年多。

郑和也深有感触：是啊，此番下西洋虽然只走了十几个国家，却看到了大海的广阔与丰饶。

两人的谈话被一阵惊呼打断：看，太阳出来了！

他们不由得朝东方望去，只见火球似的太阳，正从海平线上冉冉升起，绚丽的光芒染遍了东方。

船泊太仓刘家港。郑和对王景泓交代完料理船队归国事后，就带上几名亲兵纵马奔往京城。他一路快马加鞭，只为第二天朝会时能面见圣上，禀奏下洋两年多的功过，与所闻所见所为所想。

企盼已久的朝会终于到了，郑和理正冠冕，在他眼望圣上慈颜时，眼眸不觉盈满泪水。他虔敬跪地朝拜后，朗声说：启禀陛下，微臣郑和自前年领命下西洋始，倏忽已两载有余。其间，臣率船队已遍访了占城、暹罗、爪哇、苏门答腊、旧港、满剌加、锡兰山、古里等邦国……微臣谨遵圣命，每到一地，必先颁陛下敕谕、封赏，与众邦国重修邦交。如今，所到之处，已与我大明邦交亲善，贸易畅达。除此，还剿灭了横行海上十几年的海盗陈祖义帮伙，将匪首陈祖义捉拿归案。

朱棣龙颜大悦，欣然大笑后，兴奋接言道：不要忘了另一大功，你们还从海上阻遏了安南黎氏父子的逃路，策应英国公张辅顺利平叛。接着，朱棣乘兴封赏了出洋水师。孟可因捉拿海盗陈祖义有功，由原来的指挥升为都指挥，其余立功者也一一获得封赏。孟可等获封者领旨谢恩。

朱棣与郑和，这一君一臣两眼目光交汇时，几乎迸出了父子相亲之光。朱棣先笑了笑，问：郑和功勋卓著，你就不想对朕有什么请求?

郑和跨前一步：微臣只有一个请求，海上经常风云骤起，战事突发，臣只需几位善于应变的将领。

朱棣笑笑说：此事好说，你只去张辅帐下挑选即可，他那里有的是能征善战的猛将。可你要记住，此次你剿灭了海盗陈祖义，陆宽的麻衣邦还逍遥法外，下次一定要严惩陆宽。

当郑和啪的一声跪地口称“遵旨”后，朱棣大手一挥，笑眯眯说：散朝！众爱卿这就随朕去看看郑爱卿给咱们带回来什么好东西。

随着他的朗朗笑声，众臣来到专门陈列域外珍稀宝物的别殿。在那里，郑和带回的五光十色的异域特产和各类珍宝已摆放得一片琳琅。

朱棣和众文武边欣赏、边赞叹、边问其名称用途。朱棣看得龙颜大悦，说：郑和此番下西洋，一是宣示了大明的和平昌盛、圣心远怀、亲邻睦邻之心，二是修好各邦国、惠及各邦之民，三是清除了海上之污垢陈祖义，迎来了海上之清净。这虽然仅仅是开端，郑和也功莫大焉！

说着，他抓起一把把花椒、胡椒、乌木，看看众臣说：四是还带回这么多好东西。看看，这可是好东西啊，它比黄金还珍贵！之后，将一些珍奇异宝分别赏赐给众大臣。

午时刚过，随船前来的番国使臣和巨商们即齐聚午门外，等待着天朝君王的接见。及至申时，朱棣率文武大臣们踏着鼓声到来。众人一见，即刻扑地跪拜，齐呼：大明陛下万岁，万万岁！

朱棣微笑回答：诸位平身。之后，他剑眉高耸，怒喝道：带海匪陈祖义！

话音未落，两刀斧手已将陈祖义押解跪地。陈祖义环视着午门内外，已经明白了一切。他毕竟久在江湖，脸色从震惊、惧怕到哈哈大笑，说：那就是皇帝老儿吧？还有众文武大臣？你们都给祖爷送行来了？哈哈哈……我陈祖义今日能死在这里，值了！

郑和厉声喊道：陈贼祖义，你可知罪?

陈祖义睥睨一笑：你祖爷就懒得回答你。古人云，胜者王侯败者贼。什么是功？什么是罪？我要是胜了，也和你们的皇帝老儿一样，处处金光，到处神圣，你们喊我万岁比刚才还响；我最大的罪恶就是败在你的手下，没在海上掐死你这没阳气的太监！

郑和的声音早已盖过陈祖义：真是强盗也有强盗的歪理邪说！你残害百姓，背祖忘宗，横行海上十几年，有上千人的性命死于你的刀下，上万人的财富被你抢劫一空。你不光成了大海一害，也将祖宗的颜面丢往海外。

朱棣听罢，厉声降旨：斩！

随着一个“斩”字，刀斧手手起刀落，陈祖义那喷血的头颅骨碌碌滚了半个圆圈……

看着那血污头颅上仍然大瞪着的两眼，众人纷纷后退……

众文武和各国使臣则抢步向前，山呼万岁。

朱棣转过身来：诸位使臣，你们不辞辛苦来到大明，朕请你们观斩海匪，就是想请诸位看看，我大明不光有辉煌荣耀、富强仁德，也同样有邪恶痈疽。但我们不怕不忧，因为我有郑和这样专挖痈疽的大将！他环顾一周后，换了种口气说：朝廷御厨已在奉天殿备好薄酒，宫中官坊也已调好弦、备好舞。今晚，朕要与你们一醉同欢。

郑和一面为下西洋得到圣上的破格肯定而鼓舞，一面又积极为再下西洋做着周密的准备。他深感大洋沿岸和诸多岛屿国族繁多，语种五花八门，语言不通，就成了沟通交流、联谊贸易的最大障碍。于是，在一次朝会上，他上了一个建立四夷馆、着力培养番国语言通事的奏折。

朱棣阅后深为赞赏，并立即派人延揽人才、加速筹建。接着，即问询再下西洋物资筹备的进度。

太子兴奋地禀报了少师姚广孝南下，将一些小型民窑并成大窑，瓷器数量、质量都得到大幅提升的情形。

夏原吉也趋前补充道：少师南下，将各省资源相互置换了一下，竟把一些捧着金饭碗到处讨饭吃的地方经济盘活了，真乃是佛通四海，奇迹迭出啊！

朱棣大喜：莫不是朕的铁算盘夏爱卿也想剃度为僧吧？

夏原吉低头而笑。

朱棣说：这就叫凡事变则可通，通则可畅，心中有了大格局，没有做不成的大事！

一大臣趋前奏报：臣闻，吏部尹大人的家奴，曾拿陛下赏赐的物品在贸易市场交易。微臣以为，此乃大伤我朝风化之举……

众臣听之连连摇头：世风日下，世风日下呀，若不尽早制止，不知会闹出什么乱子来。

尹大人瑟瑟跪地：臣罪该万死。

朱棣指着他：你既知罪，为何明知故犯？

尹大人连连叩头：臣，臣实在难以启齿……

朱棣脸色放缓：有何难言之隐，不妨说说。

尹大人唯唯诺诺地讲述着：臣一家十几口人，仅靠每月 26 石粮的俸禄，已经难以为继。偏偏今年家乡大旱，一拨拨亲戚家人告急求助。臣，臣想，臣既无能力享受陛下赐予的那些奢侈品，还不如用它们换些银子，周济些受灾的亲戚家人，就……

满殿文武中，清贫者低头同情，富有者嗤之以鼻。

朱棣沉吟片刻：众卿在朝为官，总应不受饥馁，方可为国孝忠、为民效力……如今朝廷内外，贫富如此悬殊，久之，必将民怨国伤。等等吧，朕不会长此不管。接着他说：朕赏赐你们的物品已归你们自己所有，是自用，还是交易，或是送人，当可自行做主，朝廷不予干涉。

尹大人伏地谢恩。众臣高呼：陛下英明！

总算忙完了一个段落，直到深夜，郑和才想起尚未探视师父，尚未完成弘无所托，于是急忙赶往天禧寺。

到得寺前，只见月光如水，寺门紧闭。他重重地敲了几声门后，才有一位小和尚前来开门。当他走入姚广孝禅室时，正在打坐的大师睁开眼睛，问：何以深夜入寺？

郑和歉疚一笑：请大师恕学生无礼。自返朝后，修船、卸货、禀奏、练兵……每日忙得不亦乐乎，也就今夜得空，拜见大师，敬请师父宽谅……

姚广孝闭目一笑：阿弥陀佛，佛家既倡超脱，何必拘其俗礼！知你下洋初告大捷，又为再下西洋筹作，老衲已为你念了几天佛。他之后笑笑：下洋种种我已知晓，唯不知我那老友海疯子如何？

郑和闻言，立刻恭敬地递上那包草药：这是弘公特意嘱托学生带给师父的礼物，并一再叮咛学生不准偷吃。

姚广孝喃喃着：这海疯子还如此惦记老衲，真是……可当他认真打开纸包细看后，立即扔在一边。

郑和细问其故，姚广孝也抑制不住地大笑起来：这个浪子，明知老衲是个和尚，他竟煞费苦心地为我配了这包补肾壮阳的草药，他这不是……

郑和也大笑起来：难怪他一再叮嘱我别偷吃。

顿时，禅堂净土里，这一个和尚、一个太监竟被弘无搞得一片笑声。

尽管远隔重洋，陈祖义被午门枭首的消息却很快传到海外。渔民、商人听了，拍手称快。

陆宽得悉后，则忧思重重。阿坚见他几天来总是沉默不语，问道：陆爷，自大明船队灭了陈祖义，并那么快就拉到午门斩首后，你怎么反倒什么话也不说，总是一个人低头不语？他们帮咱们除掉一个对手，难道不是件好事？

陆宽看着他苦笑：你明白什么叫兔死狐悲吗？陈祖义被大明剿灭了，难道能放过我们吗？我们若不能尽快找到一条生路，怕是陈祖义的下场离我们也就不远了。

阿坚惊慌起来：陆爷，您别吓我，快说说，我们该怎么办吧。

陆宽看着远方自语：是得想想出路啊，否则，这么多弟兄，可就……

陆宽来到玫瑰岛。阿里玛与他久别重逢，虽心里有怨，还是不忘旧情地将他让进王宫。她不能不怨，前些时，当陆宽救回塔莎并亲自送回玫瑰岛，相比弘无，阿里玛的感情天平的确在两人之间有过倾斜。可自那天别后，陆宽又如泥牛入海，再无消息。

陆宽自然意识到阿里玛的不满，解释说：那天分别之后，本想再给你一个惊喜，于是去找陈祖义，向他要十多年前他从玫瑰岛抱走的那些男孩。可几经交涉，他还是左推右挡、不肯交还，因为心里有愧，也就没脸登岛。

阿里玛冷然一笑：十几年了，那些孩子都该长大了。人生一世，各有各命，不提了……她一双深不见底的大眼睛紧盯他问：我不明白的是，今天，陆爷这脸是怎么捡回来的？

陆宽被噎住了，他尴尬一笑：既然酋长大人非问不可，我就直说吧。玫瑰岛是个女儿国，我麻衣邦是个男人邦，此事我已想了多年，我们何不合二为一？

阿里玛咯咯一笑：你是来投奔我，还是想霸占玫瑰岛？或是想将我玫瑰岛变成你麻衣邦男人们的逍遥宫，将玫瑰岛的女人变成你们传宗接代的生殖机器？

陆宽被她说得哭笑不得：我陆宽毕竟是个七尺男儿，虽然落海为寇，也不是他陈祖义，你就将我看得如此不堪？

阿里玛逼视着他：难道我冤枉了你？你倒说说你的全部想法。

陆宽并不回避阿里玛的眼神：说也简单，我只想找一条对我们彼此都有利的生存之路。

阿里玛胸有成竹：我对你的承诺永远不变，但玫瑰岛历来以母系为制，我不想打破这个祖制。若是为了生存，你们可以开发附近荒岛，你我两岛可以互通有无，但要各自为政。

对这个女人，陆宽不能不再一次刮目相看了。作为个人，她有恩必报，决不爽约；作为一邦之主，她寸土必保，决不放弃主权。兴奋之下，他真想拥抱这个让他又爱又敬的女人。

阿里玛却笑着退了一步，陆宽立即明白了这位女酋长公事、私情绝不交叉的原则。他更加钦佩地说：真是汗颜呐，我一个堂堂男儿，还不如你这个女人目光长远，难怪玫瑰岛上没有男人也能如此生气勃勃！方案虽好，但一个现实问题立即出现在眼前，凡是适合居住的岛屿都已有部落占领，凡是没人占领的岛屿基本无法生存。

阿里玛指着玫瑰岛东面一个岛说：此岛面积大，但无淡水，这不怕，我玫瑰岛泉水湖中的淡水足以供你们生存。只是，你们享用我们淡水的条件是，必须担当起玫瑰岛的护卫之责。另外，如玫瑰岛有了女人干不了的重活，你们得无偿来做。

陆宽听得喜出望外，他分别斟了两碗酒，以与阿里玛干酒为盟。

第二天，陆宽就遵照与阿里玛的协约，要麻衣邦的人脱下麻衣，开发荒岛，并命名那岛为“重生岛”。他还严格规定，除玫瑰岛人外，任何人不可登岛一步，否则格杀勿论。

既有圣旨在手，郑和离开天禧寺的第二天，就直奔张辅营帐。他刚施礼如仪地拜见过张辅，张辅就冷冷开腔道：总兵官亲来鄙营，不用问，本帅也知道明为秉旨公干，实为挖我墙角来了。

郑和谦恭一笑：英国公玩笑了，末将岂敢？末将此来，实乃求英国公割爱一二，以补末将之需。

张辅不悦地说：这就怪了，你海上需要良将，我陆上就不需要？精锐之将都给你挑走了，本帅这杆旗还举得起来吗？

郑和谦和说道：英国公所言极是，能否如此，英国公让麾下千户以上将领一律换上兵卒之服，让末将挑选五人，所选之人无论高下，末将都永远领英国公割爱之情。

张辅叹道：看在郑总兵海上策应讨伐安南叛贼的分上，就依你吧。说罢，他大声命令千户以上将领换成兵卒之服，速往校场集合！

令行禁止，当张辅陪同郑和来到校场时，几十名身着士兵服装的将领已列队站在那里，张辅沉默又爱惜地一一检视着他们。

郑和行完注目礼后，微笑说：船队下西洋乃陛下的英明战略，怎奈海况复杂，船队庞大，任重道远，急需精锐善谋、能战能胜的将领。承蒙陛下允准、英国公慷慨相助，允我从你们之中挑选。此乃圣上宏恩，国之所需，万望选中者欣然，未选者欣然。

不少将领听说远下西洋，脸上顿露畏惧之色。当郑和从葛三面前走过时，却见他面呈微笑、眼露精光，郑和拍拍他的肩：请出列。

葛三随之出列。

张辅急了：郑总兵可真会选啊，葛指挥使可是本帅的左膀右臂呀，能不能另选他人？

郑和微笑抱拳：英国公，末将明白你的心情，但我们可是有言在先的，请割爱吧。接着，他又选了四位将领。

张辅痛惜：你的眼睛太精、太毒了！

郑和再次抱拳致谢。

郑和为再下西洋做着紧锣密鼓的准备，选好将领后，经朝廷允准，又处处张贴告示，大举招募水军。告示写明：朝廷以仁爱为怀，凡列入水军者，特予家属优厚抚恤，每名水军家属每年可领粟三石、绢半匹。穷人家的男丁见此，皆争相投军。三狗子看看这个，瞅瞅那个，还是犹豫不决。

一兵士看了看他：这位兄弟，你会水吗？

旁边人说：他是我们村水性最好的，只要跳入水里，他能上下翻滚，捉鳖抓蟹。

兵士又问：那你为何不报名？

三狗子哭丧着脸说：别人当了水军，家里人都可以领到粮食和布匹，可我……

兵士说：你也可以呀！

三狗子鼻子一酸，哭了起来：我娘死了，还有谁来领啊？他哭着起身离开。

此时，从远处走来的葛三正好看到这一幕，刚要发问，兵士便向他报告了刚才的过程。他命兵士叫回三狗子。

当刚擦完眼泪的三狗子站在他面前时，葛三一眼便认出了他。可三狗子怎么也不敢相信，眼前这位威武的将领便是当年他和他娘搭救出来的那个弱不禁风的乞丐。

葛三带着三狗子来到江边，他们边走边谈，回忆着当年搭救葛三的往事，以及老娘于一年前饥饿而死的情形。说到凄惨处，三狗子又哭了起来。

葛三含泪搂着他的肩说：从今以后，你就是我的亲兄弟。但是无论在军中还是到船队，都不要说出我们从前的事情。你就是我的亲兵，要处处听我指挥。他想了想说：也别再叫三狗子了，你的大名叫葛轩。

老娘死后的三狗子重新得到这亲情，全身都觉温暖。从此，他心甘情愿地视葛三为兄长，事事听葛三的安排。

他们看看天色，已是暮色苍茫。在江风浩荡中，葛三拉着葛轩走近长江，对着东流的江水，简朴、深情地祭奠了一番死去的老娘。

被朱高煦派往船队的孟可因抓捕陈祖义立功受封，这不仅达到了高煦介入船队、刺探船队、欲变船队为自己势力的目的，也为自己争了光。朱高煦在他的汉王府为他摆酒庆功。

喝到酒酣意浓处，高煦忽然问他，船队出洋中最重要的东西是什么？孟可从桅杆到轮机手，一连说了好几种，高煦一一摇头。当他不在意地提到航海图时，高煦与他重重地碰了一杯说：看来，你还不算太笨，这东西可是难得的宝贝！你想啊，指南针、牵星板已经用了这么多年，没有了，可以找人做，无非是准确度高低而已。航海图就不同了，即使多年下洋的人，也未必画得又全又准确。有了它，不光可以不触礁、不出险地远行几万里，海外诸国的位置、距离也能一目了然，我的意思你可明白？

孟可举杯而尽：末将明白。

大约在郑和船队返国一个月后，弘无带着小黑哥登上了玫瑰岛。他刚上码头，便见一群群男人上上下下地往船上运水。他十分诧异地拦住一人问：你们这是？

那人警觉地说：你是何人，为何上此岛？

弘无哭笑不得：此话怎讲，难道老夫是客，你倒是主人了？

此时，陆宽正从船上下来。他笑呵呵走到近前说：久违了弘公，你可是向我女儿讨还你那“秀才”来了？

弘无不怒不急，上下打量了他片刻说：我说陆爷，老夫素知你劫富济贫，且还行之有道、不伤良民，如今轮到我女儿，你可就露出另一副面孔了。还是在爪哇时，老夫就看出你想抢我女儿，难道就因为你救了我女儿一命，她如今就真成了你女儿？

就在他们为谁是塔莎的父亲而争吵时，阿里玛正笑眯眯地从远处走来。她看了看他们，调侃着：欢迎二位光临鄙岛，看样子，二位有话要说。别着急，本酋长命人给你们烫两壶酒来。说着，她一拍手，即刻跑来两名女侍卫。

弘无与陆宽被阿里玛请进寮棚，当侍女遵命端来酒后，阿里玛斜睨了他们一眼说：你们边喝边聊吧，本酋长就不陪了。说着，她笑眯眯离去。

或许是闻到了主人的体味，不知什么时候，“秀才”已经跑到小黑哥身旁，他们在不远处正亲热地玩闹。

弘无面对陆宽为他斟满的酒：塔莎到底是谁的女儿，老夫不与你争，由阿里玛说了算。

刚说到这里，塔莎款款走来。她走到陆宽面前摸摸他的头，笑盈盈举起酒杯，饮尽杯中酒后，又来到弘无身边，捋捋他的胡须，将他杯中的酒一饮而尽，之后招招手：你们喝吧，我走了。

塔莎的去来犹如一股春风，将两人急躁的心都酸酸地抚平了。陆宽抿了一口酒：这孩子的举动已经说明了一切，在她心中，我们彼此彼此，不争了。弘公，我只想问问，除此之外，我们还有没有别的话题？

弘无虽心有不甘，也只好抿了口酒，望望高天，又望望大海说：天是天，海是海，从根本说，你我本不是一类人，可玫瑰岛却牵着你我的心。故此，老夫奉劝你，此后别再上岛。

陆宽冷眼以对：为什么，难道我成了玫瑰岛的克星？

弘无哈哈大笑：你总算还有些自知之明，你对玫瑰岛比克星还克！

陆宽猛灌一杯酒后，也大笑起来：弘公啊弘公，我虽与你不熟，也曾刮目相看，没想到，为了一个塔莎，当然还有阿里玛，你的心胸竟小到出言不逊的地步！他猛地掷杯于地：你，你有什么资格不让我上玫瑰岛？

弘无为他捡起酒杯，重新斟满酒，竟自碰碰他的杯问：你挑唆爪哇杀害大明船队水师，用心何在？

陆宽坦然相告：你弘公自然应该明白，大明下洋之举如再继续下去，我麻衣邦就再无安身立命之地。我挑起一些矛盾，让大明失信于众岛国，他们以后也就不便再来这里。应该说，我这也是出于无奈的自保之举。

弘无哂笑：你可听说过“道可道，非常道”这句老子之言？

陆宽颔首：听过，还读过，只是解不透。

弘无说：先贤之语，岂是常人能轻易悟透的！老夫只告诉你，你的此举比常道还蠢！如今你看到了吧，郑和就那么好对付？他之道才是非常道！

陆宽独自干了一杯：是啊，这个太监确实有过人之处，他不但不上我的套，还以他的隐忍加怀柔，赢得了爪哇的敬畏和忠心。

弘无笑了：郑和的过人之处，你才领略到十之一二啊。

陆宽也笑了：弘公可是想拿郑和来吓陆某？

弘无捋捋胡须：老夫还没那么多闲工夫。老夫只是想提醒你，你已闯下大祸！大明绝不会饶过你麻衣邦！

他抿了一口酒，双眼觑着陆宽：你仔细想想，当今天下，谁与大明作对不是以卵击石。当初比你人多船多、嚣张跋扈的陈祖义岂不就是一例？就连篡位为王、一时荣登一国之君的安南黎氏父子，不也被押往南京收了监！老夫再提醒陆邦主一次，你若不想害塔莎母女，当真对她们还有一份情，就千万别再登此岛。

弘无说罢，起身招呼小黑哥说：黑哥，过去跟塔莎打声招呼，咱们走啰。

陆宽托着空空的酒杯，痴痴地望着他们远去的背影。

那天在南京东郊茫然四顾的诗君，终于找到了一处暂栖之所。这是一座位于半山上的小道观，观中清静简陋，只有一位老道士晨昏不计地在那里研修炼丹术。诗君也正好捡起她记忆中的医书、医药知识。于是，一老一少，一个炼丹，一个上山采药，为穷人治病。因为耐心、细心，又不收一文钱，有些小病小灾还能治治就好，日子不多，东山有个女菩萨的消息便传扬出去了。久了，山里山外的穷人都来找她治病。人们也不问她的来历和真姓名，只知她人好、心好、医术好，于是都称她为“仙姑”。

安定下来的仙姑，常常望着山中残月，听着松涛清风，竟淡漠了从前，忘却了山外世界。

十七

朱棣的下西洋战略不光改写了明朝历史，也将人类文明史大大推进了一步。

永乐年间，百姓再也不只是“两亩地，一头牛，老婆孩子热炕头”的农耕日子，为了给下西洋筹备货物，他们要烧窑，要纺纱，要制茶……生活给了他们新内容，他们从生计到思考，就不能不从单纯的务农添加进务工从商；从朝廷到社会，更已不满足于农耕文明，而是以皇帝为主导，自上而下地令工商业勃兴，主动打开大门，以文化、以贸易融入海外大千世界。

周围那些仍处于部落制、酋长制的半文明邦国，一旦看到华夏文明，得益于大明的礼遇和商品的享用，便由衷地与大明亲近靠拢，以致挨了别国的欺负，还要请大明评断并给予庇护。

就在郑和船队下西洋返回不久，占城为感谢大明帮助他们打退侵略者安南黎氏父子，特派使者前来朝贡。接着，苏门答腊和满剌加使者又来告暹罗抢夺大明皇帝赐予的诰印之状……就在朱棣慈怀召见之时，会同馆太监匆匆来报，几个月前携家来访、一直住在会同馆的渤泥国王病危。

朱棣闻言十分沉重，他沉吟着：前日派去的御医呢？

御医一直在旁守护，无奈渤泥国王病情日益转重。

朱棣只好告别众使者：抱歉，渤泥王沉疴在身，我们只好改日再谈了。

众使者感动地说：陛下宅心仁厚，实令外臣感动啊。

当朱棣站到渤泥王麻那惹加那乃床前时，他已奄奄一息。朱棣凑到近前，嘱他好好养息，说万一他走入天国，他一定派人送年仅四岁的小王子遐旺返渤泥登位。

麻那惹加那乃听完朱棣的话，宽慰地闭上了眼睛。

《永乐大典》编纂完成后，文渊阁内再没有往日的秉烛夜读、激情写作，显得冷清多了。解缙早已贬往云南，姚广孝被委以少师，除几位曾参与编书的进士、榜眼被委为州府官员外，大多数人每日来阁中翻书、闲坐或清谈。

这日，一位程姓进士似乎心有所感，正伏在案上边饮茶、边挥笔写着什么，杜姓榜眼走到他身边，边看边议论说：都说程兄好书法，的确非同一般，其书之优雅倜傥、柔中见刚，颇有赵孟频的风致啊！

程进士边谦逊边书写：杜兄谬奖，谬奖，程某不过闲着无事，消遣而已。

杜榜眼仍在欣赏：啊，字好，诗更好：

万族各有托，孤云独无依。

暧暧空中灭，何时见余晖。

这不是彭泽令陶渊明的诗吗？好，的确好，真可谓平淡中见奇绝！

程进士接着又写了四句：

日以云相托，云飞堪依谁？

日灼云太息，丝丝尽成灰。

杜榜眼卡住了，他踱了几步说：愚弟记得，此诗的下一句是，对，是“云霞开宿雾”啊。

程进士大笑道：杜兄好学问。

杜榜眼恍然大悟：噢，这后四句，可是程兄步陶韵所作？

程进士拱手：献丑，献丑。

杜榜眼摇摇手：不不，依小弟看，不但大可与陶诗乱真，更可贵的是有感而发，直抒胸臆，抒了我们这些被晾起来的托日之云的意。

这个头一开，每日聚在文渊阁的文人们便人人作诗，互相唱和，激动处还又喊又叫，甚至不可一世，指点起江山来。

拱卫司的人大多不懂诗词，又位显权重，最看不惯这些文人的旁若无人之态，于是搜罗不少他们的诗词交给纪纲。纪纲一见，如获至宝。他连夜跑到乾清宫，呈上他挑选的反诗说：启禀陛下，臣以为，方孝孺的阴魂并未散去，请陛下看看这些反诗，对这些文人不捕不杀，天下岂能不乱！

随着国家繁荣、天下澄明，特别是下西洋的成功、《永乐大典》的修成，朱棣每想到方诗君、每想起灭方孝孺十族的过往，都不能不升起种种追悔。可时过境迁，当初迫于情势所为，此后怎能重蹈覆辙！

看完那些诗稿，他沉吟片刻，即付之一炬。之后，看着纪纲说：你那脑袋是做什么用的？不光是为抓人、杀人，还要动脑筋，想事情。文士们赋词吟诗，多数是抒怀明志，可有时，也是感时生情甚至是唱和调侃，有什么大惊小怪！你嫌文人多了，朕还嫌太少了。以郑和下西洋为例，他那里不光需要武将，还需要秀才们为他做通译、做记录呢！

纪纲想借“反诗”生事、镇压文人的主意反而提醒了朱棣用文人于海上的思路。郑和接得陛下的钦命后，更是喜不自胜。他礼贤下士，探访文渊阁，并一位位征询文士的意愿。之后，一下选中了二百多位学人登船下洋，特别是通晓多国语言的费信，更与郑和一拍即合，说他这才学有所用。果然，在后来的下西洋征程中，他做出了不少鲜为人知的贡献，至今遗存的典籍中，仍留有不少他的文字。

再下西洋的日子越来越近，郑和日以继夜地做着各种准备。已近子时，他仍带着几名宫廷画师，将下西洋时弘无测准的种种数据，包括海域经纬、方向、方位、海况、海貌一一标明在阿华绘制多年的海图上，再将此图与他原有的海图一一比照、更正、取舍，最终绘制出一幅巨大而准确的新海图。当他将这幅海图悬挂于宝船指挥大厅后，仍是流连再三，恨不能明天就沿着这新图的航线驶向大海。

朝中参与配合下西洋的群臣们也在紧锣密鼓地做着各项准备。一天，负责赶制瓷器的薛禄来到东郊窑厂，催促窑工们再加快些进度。一监窑官吏为难地说：薛大人，烧窑是个细活，催得太紧，要是出了次品，就更交不了差了。

薛禄瞪了他一眼：这么简单的道理，你以为本官还不懂？可朝廷催得紧，能让你悠着来吗？

那官吏叹息一声：唉，黑夜白日地赶工，不少人都病倒了。

薛禄听着，也愁得语塞了。

此时，一工头过来，指指山上道观说：听说那道观有个道姑，会治病，人们都叫她“仙姑”呢！

薛禄眼睛一亮：好哇，那就请她给这些窑工治治。

此时，一太监匆匆跑来：大人，太子请薛大人快些去码头。薛禄闻言，立即朝码头跑去。

薛禄赶到码头时，太子正巡查码头上货的情形。他见薛禄赶来，着急地说：下次出洋日期已越来越近，茶叶、丝绸都筹集得差不多了，唯独瓷器还相差甚远，薛大人得抓紧督办呐。

薛禄解释说，这一年多来，官窑、民窑都在不停地烧制，只是出洋所需实在太多。他们话未说完，一箱瓷器装卸时摔了下来。太子立即赶上前来，他心疼地捡着碎裂的瓷片，见它们有些奇异，便打开木箱仔细查看，只见有些完整的瓷器已经烧得变形，还有的瓷片薄厚不均，色泽粗糙。他立即命民工停止装运，打开木箱检查。开了几箱后，发现每箱都有变了形的次品。太子见此，十分不快，即令薛禄查清原因，追查责任。

那送货的小吏闻言，立即跪地求饶说：太子殿下恕罪，都是因为催货太急了，如果都要精品，哪里能出这么多货？

太子厉声地说：这可是运往外洋的货物，关乎我大明的声誉和信用，我们宁可凑不齐，也不能以次充好！

正焦急间，朱高煦从那边走来。他先还一副与己无关的潇洒模样，一见太子正在焦急地发着脾气，他反而热情地走近太子说：兄长近日实在太忙了，这些小事就交臣弟代做吧。

太子诧异地看了看他，笑笑说：谢煦弟，事情虽小，却关乎父皇的大计，千万别乱扔，要集中销毁呀。

朱高煦对他一笑：放心，做这等事，臣弟有的是办法。

几天后，朱高煦带着一帮藩国商人来市舶司参观选购瓷器。他拿起一个歪头水壶：诸位看看，此壶与日常用壶极不一般，为什么？因为它是工艺品，它斜中有正，正中有斜，从不同的角度看，就有不同的感觉。它不是用来盛水的，而是这样，放在多宝阁里，供人欣赏的艺术品。

一番商饶有兴趣地欣赏着：汉王说得有理，这壶越看越不一般，它有一种朴拙美，不，准确说，是有一种残缺美，价值多少？

朱高煦讳莫如深：这就要看你懂不懂了。随着他的话音，番商们竟然抢购起来。

因为急赶要货，东郊窑场的窑工中虽然已有不少人病倒，没病的窑工们还是在夏日酷暑中日夜烧窑。按照窑工的提示，窑场小吏命人请来了“仙姑”方诗君。

诗君为病倒的窑工们一一诊脉后，对窑场小吏说：从脉象和病情看，都无疑难病症，不过是劳累过度，又加天热中暑所致，大人只需派几人随小女子上山采些草药，回来大锅慢煮，让他们喝下，之后睡足了觉，身体便会复原。

之后几日，每日按诗君所说，白天派人随她上山采药，夜晚为病人煮药喝下。没过几天，果然不少人康复上工了，瓷器也大量出窑。

薛禄见此情景，非常高兴。没想到，一处小观的道姑竟有如此高明的医术。当诗君再来为窑工诊脉时，他一见这山野道姑竟如此雅致清丽，不由得心动，于是上前搭讪着伸出手：道姑如此妙的医术，也给本官诊诊脉吧。

诗君后退一步说：大人不必诊脉，小女子只看面相即可。

薛禄虽讨了个无趣，还是自找台阶说：仙姑还会面诊？

诗君看了看他说：大人体魄健壮，本一武将。

薛禄得意地说：嗯，的确有眼力。那，本官的病？

诗君埋头理药：只是酒色过度，两味药吃下就好。

薛禄凑前问：哪两味？

收敛，自重。诗君说罢，即朝山上走去。

薛禄琢磨再三，才辨明道姑是在骂他。望着那远去的背影，他又恨又恼又不甘，喃喃着：骂我？你等着。

玫瑰岛的花事季季好，年年好，因为它身处亚热带，总是阳光灿烂，雨水丰沛；因为它是女儿国，人人爱花，花爱人人。

酋长阿里玛正在花木葱茏中向岛民代表训话：记住，无事不登重生岛，对外不提重生岛，决不单独与男人交往，免得他们认领自己的孩子，记住了？

众人答应着，她接着有些黯然说：我们玫瑰岛人丁越来越不旺，长此下去，必然衰败，因此，一定要保住孩子。

这时，一女人摸着自己的肚子说：酋长，重生岛那男人已经知道我怀孕了，怎么办？

阿里玛斩钉截铁：不再理他，换个男人！她接着问：还有人怀孕吗？

话音刚落，呼啦啦好几个女人举起手说自己怀孕了。阿里玛兴奋地说：好事，玫瑰岛人丁又要旺了，给怀孕的人分发蜂蜜泡柠檬！

随着她的吩咐，女侍们立即打开蜂蜜分发起来。阿里玛笑望着接到赏赐的女人们：这是本酋长的赏赐，蜂蜜泡柠檬是最养生的，它养你们，更养你们肚子里的胎儿。但你们一定要听话，保住孩子，不要再与他们的父亲来往。实在寂寞，就找别的男人。接着，她的声音严厉起来：如有不从，岛法处治，决不轻饶！

两天后的一个夜晚，虫鸣唧唧，稀疏的灯光与月光相映，照得满岛花叶难耐地蹿动，风动花动，更增添了夜的诱惑。重生岛的几个年轻人经不起诱惑，划船驶向玫瑰岛岸边，看着岛上明灭的灯光和扶疏的花木，每个人眼前，都出现了自己所爱姑娘的面庞。他们再也忍不住身上的热血奔涌，就一个个以曾经约定的口哨声呼唤自己的姑娘。口哨声传到岛上，传到姑娘的耳畔，她们害怕、担忧，又抑制不住那蹿动的情感和欲望。于是，偷偷朝海边走去，一个，两个……最后竟有好几对男女来到各自心上人的船上相抱。一位姑娘颤声说：酋长不准我们跟你们私相约会的。

那男人用力吻着她的芳唇，以至堵住了她后面的话，然后才抬起头来，笑笑说：我们陆爷也不准我们私自登玫瑰岛，可我想你想得实在是，你摸摸这心……

姑娘娇笑着：那你还敢来？

男人说：这又不是登岛，不是在船上吗？两人偷笑着，又抱在一起。

岛上花荫处，一怀孕女子摸着肚子，朝重生岛眺望着……

月色溶溶，海潮渐起，阵阵涛声中，突然传来一曲热辣辣的情歌。原来不知什么时候，苏门答腊王子苏干剌已经泊船上岸，正站在沙滩上以情歌邀请塔莎赏他见面。

他左等不来，右等不来，久不见塔莎，便扯起喉咙再唱。此时，从王宫跑来一个女孩，对王子先是一个鞠躬说：郡主说，她今日不舒服，王子请回吧。

苏干剌十分沮丧，他并不说话，只踮起脚来朝王宫翘望。此时，呼啦啦跑来一群姑娘，她们放下猎箭，围着他边歌边舞，以浪漫热辣的歌舞将王子一步步逼退。王子无可奈何，被逼得步步后退，直到站在潮水拍击的沙滩上，才放声高喊：塔莎，我爱你，爱你——

苏干剌每喊一句，姑娘们便以高昂悠长的“噢——”回应一声。她们见他仍不愿离开，便撩起海水泼向他。苏干剌全身湿透，却没办法对付这群嬉闹的姑娘。那传话的女孩终于开口说：王子等着吧，郡主说，她会邀约你来赴玫瑰之夜的。王子无奈，只好唱着情歌，登船远去。

苏干剌的突然出现，却给那些偷情的姑娘当了保护伞。在岛上的浪漫热闹中，她们又在船上安度了一个良宵。

装足了货物，再一次领了圣上的圣旨，郑和以更大的信心，沿着更有把握的航线，再次启航。

那些从文渊阁选来的、以费信为首的文士站在甲板上，有的眼望辽阔的大海心怀激荡，有的回望远去的故土黯然神伤。船上的人们恰似船外的海浪，没有平静，只有激荡，于是一个个吟诗作赋，尽抒情怀。然而，未行多久，便被波涛颠得七歪八倒，晕的晕，吐的吐。郑和只好唤来随船医官，陪在他们身边。

这边刚刚安顿好，郑和又担心随船回国的外国使臣们会有什么不适。当他来到使臣们的客舱时，见一使臣正在颠簸中，手托一件青花瓷器，边乐呵呵地欣赏，边问正在一边忙碌着的葛轩他这件宝贝好看不好看。

葛轩瞄了一眼，不屑地说：一件次品，还当宝贝呢！

使臣不高兴地说：年轻人，你怎么能把我的艺术品叫作次品？他摇摇头：这就叫，什么来着？呵呵，阳春白雪，和者必寡。

葛轩不知他所言所指，正自发愣，郑和走了过来，那使臣匆匆施过礼后，便请郑大人辨识。

郑和问他从哪里买的，他答有人找他换了很多。郑和料得必有内情，于是说：在中国，这确实不能算上品，如果先生不喜欢，尽可从货舱挑选同样的瓷品补换。但如果你将它当作艺术品，就不一样了，因为对艺术品的品鉴本无固定标准，喜欢便为好物。再如古董，似乎越老越珍贵。那么，难道两千多年前的原料、工艺会比今日更好？

使臣听着频频点头：郑大人真是学问渊博，见解独到，更是公道大度。他又爱不释手地摩挲着那件瓷器说：中国真是太富庶、太神秘了，我就喜欢这几件。他指指身边的箱子：不换了，不换了。

正在奉天殿议事的热潮中，兵部尚书金忠奏报：启禀陛下，连续几年未添战马，如今，现有战马已逐渐老迈，新的马源也日显不足了。

朱棣不解：不是有茶马市吗？茶引逐年增加，换来的马匹哪里去了？

刚从西北巡察归来的杨荣趋前禀报：游牧民族常年缺少蔬菜，故已依赖茶叶成癖，茶的需求量也就与日俱增，陛下以外番远人为念，几度下诏增加茶叶斤两，于是以马换茶者暴增，茶叶也就供不应求。周而复始，为利所驱，私茶之禁，日益松动，私茶急剧外流，马价自然应声陡涨，以致碉门茶马司竟出现了以茶八万余斤，才换得七十余匹瘦马的惨状。

朱棣听之心急：难怪先皇要严茶禁，以致驸马都尉欧阳伦，竟因行私茶而连坐致死罪。

说罢，他即命大臣们议一议如何才能破解这一难题。

大臣们一致认为：必须严禁私茶出境。

于是，朱棣当即下诏：严茶禁，设洮州、甘肃茶马司。

过午之后，朱棣才回到乾清宫。昌盛正要侍候他午膳，外间传话说，有边关急报。朱棣示意昌盛接折奏读，奏折匆忙，只写了“蒙古围攻宁夏”六字。朱棣不明详情，立即召集内阁商讨。

杨荣看了看那六字急报，心有底数说：请陛下安心用膳，等等第二份边报再做决策不迟。

朱棣诧异地看着他。他笑笑说：微臣曾多次视察过宁夏，那里城池坚固且常有战事，将士们警觉又善战，适才急报已是十多天前的事，至今再无报告，应该已经退敌。

众臣谓之有理。于是朱棣命众臣退去，只留杨荣一人在侧。

转眼夜幕降临，朱棣仍在等待边关消息，杨荣奏请陛下回宫歇息，说快报到来后，他会即速送去。朱棣不肯，说：得不到宁夏消息，朕寝食难安呀。

于是，杨荣陪陛下度了个不眠之夜。天刚放明时，宁夏特使果然送来了退敌快报，朱棣这才放下心来，夸赞杨荣说：爱卿真乃善谋善断，朕有此卿，幸也。

十八

由于连日劳累，又加前几日忽报蒙古人袭扰宁夏、忽报宁夏守军已击退侵扰，朱棣一夜未眠，第二天反而更睡不着了，只是一阵清醒一阵昏沉地躺在榻上无力起来。

朱高煦得讯后，立即带着御医来到榻前。御医诊过脉后说：从脉象看，陛下只是劳累过度，吃几剂安神养心的汤药，也就无碍了。

朱棣挥挥手，命御医退去后叫过高煦：朕于蒙眬中，又梦见你的母后，她拿着刚写完的诗稿，到处寻找诗君，可左喊不应，右喊不见，你母后急得走出宫去，走向一片黑糊糊的不知什么去处。说着，他又咳嗽起来。

高煦边急着过来为他捶背，边擦眼泪说：父皇是想母后了，煦儿也是。

朱棣喘了口气问：诗君还没下落？

高煦垂头答道：煦儿已派出好几拨人打听，还是没有结果。

她也是你母后最牵挂的人，你一定要找到她。

高煦答应着：父皇放心。

高煦离开后，朱棣的头脑更加清晰，他一幕幕审视着这几年的家事、国事：旷古未有的大书《永乐大典》已经修成，远自汉武、近自北元，驶向大洋的路加起来，也不如郑和初下西洋走得远、走得长。更令人欣喜的是，联谊了友邦，惠及了远民，开启了海上丝绸之路，通畅了海内外贸易。如今，最令人忧虑的还是退守草原的北元呐，不能长此下去，不能！

两天后，朱棣就来到奉天殿。众臣仰望略带憔悴的龙颜，齐齐伏地高呼：陛下圣体安康，陛下万岁，万万岁！

朱棣步入龙墩，摆摆手说：各位爱卿请起。这几日，朕于榻上想得最多的便是北疆。宁夏战事虽已平息，可北方草原始终像一口烧热的油锅，表面看似平静，只要扔一点东西进去，便会炸开呀。

兵部尚书金忠道：陛下所见极是。

朱棣点头：故此，朕拟择日北巡。

丘福啪地跪地泣拜：不能啊陛下，还是等龙体大安再去吧！臣只求陛下恩准，由臣先行打探。

朱棣朝他笑笑：朕素知丘爱卿的忠心，可朕的身子自己知道，无大碍。他将目光投向太子：朕北巡期间，由太子监国。

太子趋前领旨。

翌日早朝后，太子应诏来到乾清宫。朱棣赐其座后问：尔打算如何监国？

太子略加思索后答：一切照父皇宗旨办。

朱棣笑笑：朝事千变万化，宗旨实难处处关照，遇上特殊事情，你将如何处理？

太子一时无语，之后转向朱棣：愿听父皇教诲。

你将如何区别君子与小人？

孔子曰：君子怀德，小人怀土；君子怀刑，小人怀惠；君子求诸己，小人求诸人；君子群而不党，小人党而不群。

何以君子难进易退，小人易进难退？

小人逞才而无耻，君子守道而无欲，是故也。

何以小人之势常胜？

此系上之人好恶而定。如明主在上，必君子胜矣。

朱棣对其所答十分满意，却嘲弄地问：明主在上，皆不用小人乎？

太子犹豫片刻：小人果有才，不可弃者，须常警饬之，不使有过可也。

朱棣对儿子的答问、见解十分满意，说：朕北巡无忧了。

他吩咐昌盛上菜上酒说：朕心甚慰，就让太子陪朕小饮几杯吧。

朱棣今日确实高兴，自己先是长年征战，后又忙于治国之事，此番对谈之前，他并不知道生性内敛谦恭的太子有如此识人处世的眼力、胸襟。今日一谈，他可以放心地留太子监国，自己北巡视事了。

几日后，由朱高煦、杨荣、夏原吉等一众文武大臣伴驾，彩旗、仪仗簇拥着皇辇走出皇宫，太子送至朝北去的神策门。

行至神策门外，朱棣命皇辇停下。他再次叮嘱太子，除了四夷朝贡、边境调发的事情须上呈北京，其余事务一律不必启奏，自行处置即可。

太子躬身应答，直到望不到远去的皇辇、仪仗，方返回皇宫。

那日清晨，诗君刚要出门采药，一官家打扮的人神气活现地推开观门踏了进来。他上下打量着诗君问：你就是那个能医病的仙姑吧？

出于自身的遭遇，诗君对拱卫司的人敏感又痛恨，从来人的行为举止，她一眼就认出此人的身份。于是不卑不亢地说：此乃小小道观，只有道姑，何来仙姑？

来人色迷迷地说：听说那仙姑长得不错，看起来就是你了？我家纪大人听说你医术很高明，特命你去府上为老夫人诊病。

诗君对此人本已十分嫌恶，又听说是纪纲派来的，更是嫌恶加仇恨，于是冷笑一声说：大人认错人了，小女子不会医病，那能医病的道姑下山为窑工们送药去了。

说罢，便朝山上走去。那人只得进入道观搜寻仙姑，可找遍简陋道观，仍是不见踪影，只得悻悻然回纪府回报。

纪纲听了他添油加醋的回报，瞪了他一眼说：笨蛋！带了你这么多年，还是一个榆木脑袋，一个小小道观，能有几个道姑！之后，他恨恨地说：真是不识抬举，我这南京城里人人仰望的纪大人派人请她，她竟如此无礼！

那奴才愤愤附和：我看她是敬酒不吃吃罚酒，大人，我这就去找她。

纪纲双手叉腰：对，去将她绑来见我！

直到中午时分，诗君才采药归来。她刚要在院中晾晒药材，薛禄进门施礼：仙姑辛苦，本官特意前来，谢仙姑救窑民之恩。

诗君回头见是薛禄，怕他再来纠缠，正想如何答话，纪纲的几个家奴在那拱卫司带领下冲进道观。他们不容分说，便将诗君绑了起来。

薛禄见此，喝令他们立即为诗君松绑。奴才历来狗仗人势，岂将薛禄放在眼里！他们不但拉起诗君就走，还将薛禄推倒一旁。

薛禄本是跟随朱棣"靖难"的功臣，岂肯受此之辱，何况是在他垂涎的诗君面前，于是当即拔剑，以刺伤一个奴才之举，赶走了这群恶奴。之后，他解开诗君身上的绳索说：这群恶奴是不会罢休的，仙姑还是随本官躲避一时才好，免得他们再来纠缠。

诗君深深施礼说：谢大人搭救之恩，更谢大人的一片好意，不过，小女子既已住入道观，就不担心恶人了，大人请回吧。

薛禄虽是武人，毕竟还有一定的操守。此时，他对诗君，已经从曾有过的轻薄之心转为欣赏仰慕，他只得遵意照行，退出道观。下到半山后，还频频回望，他担心着她的安危。

郑和船队的来了又去，还是搅乱了弘无那半原始状态的生活。原本，他带着小黑、秀才悠游海上，试验着他的航海宝贝，为其试验精进而喜，为其试验失败而忧，再加同道朋友阿华、似妻非妻的阿里玛和女儿塔莎，也自成了一个完整"世界"。自郑和船队来了之后，他才感到自己还可有更大的作为，世界还有更大的天地。可船队走了，阿华走了，阿里玛也不冷不热了，他不是寂寞地下海，就是站在钓鱼岛沙滩上凝望远方。

一天，小黑哥见一条快艇朝这边驶来，他激动地用不连贯的汉语喊着：

郑和，郑……来了！

弘无闻声跑到他的身边，他手搭凉棚望向远方：是，是郑和，小黑，我们又可以远航了！

郑和将弘无和他的宝贝、小黑、秀才一起接上宝船。弘无走进大厅，一眼就看到悬挂大厅正中的那幅新绘制的航海图，宏大、细密、清晰、翔实，还散发着油墨的清香。他驻足欣赏良久，不禁赞声连连：有了此图，何患不能穷尽远洋大海！

郑和深施一礼：大明能有此图，全赖弘公、华叔几十年海上探险研磨呀！

弘无感慨着：陆上本无路，海上本无图，要说图与路，全仗代代先贤、渔人以生命劳苦之铺陈啊！言语间，他的神情有些落寞。郑和问其故，他欲言又止：可惜，辛苦几十年、为这张图出过大力的阿华，却没见到今日之图啊。

郑和受其感染，低头悲悼说：更可惜的是，晚生至今还没见过华叔。他沉默良久，问：真是人生多憾事，敢问弘公有憾吗？

这一问问得弘无久久不语。他啜了一口茶，才说出憋了很久的心里话：憾与不憾，与时变迁。年轻时，畅意漂泊，以海为家，似乎只要不离大海，让我能尽情尽意地试验我这些宝贝，便再无憾事。可随着年龄的增长，这憾便从心里每天往外钻。

郑和盯着他：弘公何憾？

弘无呵呵一笑：俗人一憾，俗人一憾，如今常常想的竟是膝下无子，如有，也可让他接续我遨游大海。

郑和深施一礼：晚生早有此意，如蒙弘公不弃，郑和愿做弘公之子。

弘无从头到脚地望着郑和，突然抱住他说：嗨嗨，老天待老夫不薄呀！没给我个儿子，却给我送来一个胜似儿子的儿子，老夫心愿足矣！

一个终生漂泊、老来无子，一个少小离家、双亲皆无，两个大男人在汪洋中相抱痛哭。

船队继续远行。郑和、王景泓、葛三、孟可在宝船上议事，弘无仍在一旁标示着海图。郑和宣示陛下圣旨后说，陆宽的部属大多是张士诚与方国珍的残部与后人。当年，黄子澄便曾想出海搬兵，阻挡燕王进京，并打算与陆宽联合，从海上攻入陆地，只是陛下进军神速，很快打入京都，这帮逆贼才未得逞。他们是大明的宿敌，只有将他们一网打尽，大明才能江山永固！郑和说到这里，打住了下面的话。心想，王景泓是副使，自不便派其担此一事，对孟可，又不敢信任。他见葛三机警善战又忠诚，于是，便委派葛三担起追剿陆宽的使命。

弘无从来不愿玫瑰岛和陆宽搅到一起，听到郑和要剿灭陆宽后，更是心乱如麻，他只得在一旁装作充耳未闻。

郑和船队在一路议事中已经来到占城。占城王以最高礼仪将郑和一行接入王宫：宴会厅中央置一大瓮，瓮中插入一支三四尺长的竹管，宾主围坐后，依人数入酒。之后，轮次咂饮，吸干后再往瓮中入酒，直至无味方止。

此种别具风格的宴饮添了不少情趣，占城王与弘无也乘酒兴，介绍了不少闻所未闻的当地风情。最后占城王愤愤说，上次去天朝进贡的使者返航时突遇风浪，其所乘船只漂至彭亨，暹罗国竟不问青红皂白扣留了我使者，至今羁留未归，这岂不是明目张胆地以强凌弱！

郑和笑笑说：大王勿忧，这里或许会有误会。本船队下一站就去暹罗，鄙人会与暹罗王说清缘由，帮大王将使者要回。占城王十分感谢，又一次添酒尽欢。

薛禄万万不会想到，他不但没能救出诗君，他自己这名当朝武将也因一番正义之举，竟遭遇飞来横祸。

那天清晨，他跨马上朝，走至一个僻静处时，便被拱卫司以贪污罪抓捕入狱。其妻一连几天不见夫君归家，派人四出打听后，才得知是被拱卫司抓往大牢了。她百思莫辨，于是去午门前击鼓鸣冤。

正在朝堂议事的太子听到鼓声后，即命人问其缘由。得知是薛禄之妻击鼓鸣冤后，方知当朝大臣薛禄已被以贪污罪关押。他何时贪的污、贪污多少？为什么在监国太子毫不知情中，拱卫司便抓捕了朝中重臣？这实在是违反朝规，也违反常情。从太子到六部重臣，听后莫不震惊，并深感蹊跷！

众臣于是纷纷提议朝审薛禄，可左等不见，右等不来。倒是纪纲不紧不慢地来到朝堂，他慢腾腾向太子施了一礼说：薛禄已于今晨畏罪自杀。

纵使宅心仁厚的太子也再难忍耐，他啪的一声怒击龙案：佞臣纪纲，你眼里还有朝廷吗！薛禄乃屡立战功之朝廷重臣，即使有罪，也应禀报朝廷，依法裁断，岂是你拱卫司擅抓擅捕之人！更其甚者，为何关押多日，不但不报不审，反而严密封锁消息，内中有何隐情，你又是何居心？足见你罔顾朝规，用心刻毒，已无臣子之道！

纪纲仍不跪不求，仗恃陛下信任、汉王羽翼之身，一味自辩：臣忠于大明，忠于圣上，天地可鉴！

太子早已厌恶了这个无恶不作的鹰犬，真想即刻杀了这无耻小人。可一想到父皇不知何时又会需要他，只好忍了忍说：拿下！

一别数年，朱棣重返北京巡视，真是思绪万千。那日黄昏，当他在夕阳中望见北京城门时，便走下辇来。他要一步一步踏着这久违的土地，走进城去。

他又住回了当年的燕王府。那一夜，虽然筋骨劳乏，却是思绪绵绵，直到雄鸡高叫，才打了个盹。未料，就在早膳时分，却接到太子派快马送来的奏折。

朱棣命正在身边的朱高煦读给他听。高煦越读越慢，因为此奏折是关于纪纲罔顾国法、害死薛禄，请旨如何处置之事。

朱棣听后，久久未语。高煦边看父皇的神情，边试探地说：此事有些蹊跷，薛禄为什么为了一个道姑，便刺伤纪纲家奴？纪纲只为一个家奴，便关押了薛禄并害他致死？纪纲虽平时有些跋扈，也不至于此吧？

他见父皇仍无反应，于是说：会不会是有人暗中生事，为剪父皇之翼，以壮自己之威？

朱棣最忧虑的事情之一，便是两个儿子的互相猜忌、互相倾轧，可从高煦的言行举止中他却屡有察觉。他定定看着高煦，久久未语，终于问道：你还记得曹子建的七步诗吗？

高煦说：记得，这是父皇从小就教我们的。

朱棣看着他：背背。

高煦看着父皇严肃的神情，猜到父皇是朝着他刚才的话而来，只得乖乖背诵道：

煮豆燃豆萁，豆在釜中泣。
本是同根生，相煎何太急。

他背毕问道：父皇为何让儿臣背此诗？

朱棣说：看来，这诗你没忘，父皇的心你却忘了。

他站起身，走到儿子面前说：朕只告诉你一句话，作为你们的父皇，朕只希望你别忘记，你和你的兄长本是同根生，别走曹氏兄弟的路，也别走我们上辈人的路！

高煦满脸冤枉地说：此话父皇已经教过我多次了，煦儿不解的是，怎么从纪纲的事，又说到煦儿身上来了？

朱棣一笑：做君王也难呐，朕不能不处处留心。他似自语似教子地说：朕知道纪纲是个小人，朕也知道你和他过从甚密。

听到此话，高煦一惊：煦儿不过是与他多喝了几回酒而已。

朱棣并未听他解释：可拱卫司乃防大堤崩于蝼蚁之机构，远非良善之辈可为。

高煦连忙附和：是啊，若是杀了纪纲，谁来接任呢？

朱棣踱了几步说：道姑？妖姑也，因她而损我一员大将，论罪该死。他又想了想：先将她打入大牢吧。

高煦见事有转机，当即传旨：将那妖姑打入大牢。

朱棣北巡，意在弄清漠北宿敌的状况和动向，以期制订战略，安定北方。第二天，他便召集杨荣、夏原吉等北巡大臣于一幅漠北地图前，边指图边说：你们看，这散布于漠北的鞑靼、瓦剌、兀良哈三大部落，便是不断骚扰我朝的劲敌，可他们之间也是又联合又争斗。杨爱卿你说说，他们这三股势力中，哪个人最难对付？

杨荣指着地图：依微臣看，阿鲁台最不能小觑。此人虽只是鞑靼部落的一个知院，即军师，却是有勇有谋，堪称草原孔明。他杀了鬼力赤，扶本雅失里为可汗，结盟兀良哈，抗衡瓦剌，奇招、险招迭出。如今，鞑靼与瓦剌正打得不亦乐乎。

朱棣判断说：依当下情势看，我们应扶持一下略显弱势的瓦剌，以便他们鹬蚌相争，求得我朝北疆安稳之利。至于兀良哈嘛，也让他在一旁看看热闹，他当然会乐得如此。

朱棣正说到得意处，瓦剌马哈木所派遣使前来，向大明皇帝贡马请封。朱棣乘兴之下封其首领马哈木、太平、把秃孛罗分别为顺宁王、贤义王、安乐王，三王中马哈木位高权显。

十九

朱棣刚封瓦剌三大头目为王，鞑靼就派了小股兵马夜袭北疆。正在皇帝北巡期间，一小股兵马自然逃不脱枕戈待旦的大明边军。未用一个时辰，便俘获了来犯者三十多人，余者如鸟兽般逃往漠北。

当北疆边军快马来报时，朱高煦不以为然地说：才掳到三十多人呀，送往养马场，先饿他们三天三夜再说！

朱棣将眼睛转向杨荣，杨荣意识到陛下想听听他的主意，沉吟片刻说：陛下刚封了瓦剌三大头目为王，鞑靼就派来小股兵马来袭，其中用意非浅。我朝对其是打是拉，皆可以此三十余人做文章。

朱棣又将眼睛转向众臣：众爱卿都说说你们的想法。随着他的话音，众臣纷纷力陈己见，大体是武将喊打，文臣说拉。朱棣又转问杨荣：杨爱卿，依你之见呢？

杨荣道：依臣之见，最好派一使者携书信、礼物与俘虏前往鞑靼修好。

朱高煦大笑：杨大人喝多了吧？我们打了胜仗，还要带着俘虏加礼物上门求和，岂不是自古未有之事！再说，这些俘虏可都是前方将士用生命、鲜血换来的，我们忍心吗？

杨荣不看朱高煦，对着朱棣说：只要有战事，前方将士就要流血。故此，主动修好，才是避免战争、避免流血之上策。

朱高煦蓦地站于杨荣面前：杨大人可知鞑靼人？他们可未必如你想象的那般通情达理。

杨荣始终不面对他：他们若拒绝和好，我们再出兵。如此，既可表明我大明先礼后兵之风度，还可让他们从中学些道理。

朱棣一直听着他们的争论，至此才下结论：不用争了，杨爱卿都将道理讲明白了，就按他说的办。

边塞之事既定，众臣一时轻松了许多。一礼部官员奏报：我礼部奉旨寻找“吉壤”已近一年，如今已在北京北郊寻到一处，经众多风水术士观察测辨，此地可堪“吉壤”，请陛下拨冗移驾巡视。朱棣闻奏甚喜，即命明日备马前往。

朱棣率众臣出北城门纵马疾驰，不到半日工夫，已经来到燕山以南、昌平县北 20 余里的一处所在。

那时已近黄昏，落霞残照中，只见此地三面环山，山明水秀，景色宜人，且山间沃土壤壤、阔大生辉，群山若封似闭，山势如屏，易守难攻，如若驻军把守，既可守卫陵寝，又便于拱卫京师，所随术士连连从风水角度推崇赞叹。

朱棣巡视有顷，喜之于心，吟道：此正乃朕梦中所属之地。

于是降旨：圈地 80 里为陵区禁地，择日动工，修建长陵。兴奋之下，并命名此地为天寿山。

郑和率船队自占城向西南方向夜航，行进中，宝船突然一震，乃至前厅的茶壶壶倒水流，弘无趔趄着奔至舷窗外望。

少顷，弘无转向郑和：立即传话，左转舵 30。

郑和一见他果敢的目光，知道情形危急，当即发令：左转舵 30！

接着，传令声一声声接续扩散开来，片刻后，行船渐趋平稳。

弘无拉着郑和走向巨幅航海图，指着暹罗海域说：刚才十分危险，此处暗礁密布，高低不平，一不小心，即遭船毁人亡之祸。此前，已不知出过多少海难了！

郑和擦擦额头汗水：多亏弘公，多谢弘公啊，此后行船还望弘公多加指点。说完，便在海图上画下标志。

弘无说：我们已行七昼夜，快到新门台海口了。这暹罗港周围，山岭错杂，内陆潮湿，入港时务必小心。

郑和传令之后，吩咐费信做好记录。

清晨时分，船队旗帜飘扬，士兵们齐刷刷持械立于甲板，船队在宝船带领下停泊于暹罗港。少顷，十七响震动天海的礼炮，震醒了清晨的寂静。

礼炮声声，传入暹罗王宫。正在早膳的国王惊慌地问道：这是什么声音？

卫兵匆匆来报：启禀国王，大明船队到港，正在开炮。

国王闻报，立即推开盘盏：不好，抓我来了，抓我来了，就为那诰印。快，把紧宫门，千万给我把紧宫门！

正在国王不知躲到哪里更安全时，卫兵来报：大明船队不是来打我们，说是放的礼炮，向我们施礼呢，问我们允许不允许他们上岸？

国王稍为镇定后，问身边大臣：你们说该怎么办？

一大臣说：既是这样，大王理该前往迎接。

国王还是有些心慌：他们不会趁机抓我吧？犹豫片刻后，他挺直身子说：就这么办，备象！

大约一个时辰后，暹罗王以白布缠头，上不穿衣，下围丝嵌手巾，加以锦绮压腰，稳坐大象，一近卫执金柄茭蕈叶伞为其遮阳，身后拥簇大小头目五百余人的最高阵仗，前来港口迎接。当他仰望小岛般的船队和站立甲板上的威武将士时，心中不禁有些慌乱。

郑和见他以国礼相迎，便带一千将士下船。之后，面带微笑、庄严前行，行至暹罗王面前时，又肃然恭立，代大明皇帝宣诏赐赏。

仍在忐忑中的暹罗王见状，立即下象，跪拜接赏。至此，他悬着的心才平静下来。郑和的肃穆也换作一种亲切的微笑，并热情礼貌地邀他上船参观。

未料，郑和的友好举止又引来他的恐惧，他怕将他关入船上，再难回返，于是连连后退说：船就不上了，郑大人既然来了暹罗，还是由本王陪同，参观一下敝国上水吧。

这倒正遂郑和之意：那就遵大王之意。

于是宾主一行人浩浩荡荡来到上水，只见那里市场繁荣，到处是琳琅满目的番货，到处是交易人群。

国王有些得意：正使大人看鄙国的市场如何？

郑和一边看货物，一边言外有音：贵国市场真如贵国的天气啊！

正使大人是说？国王不解地问。

郑和说：繁荣，火热，只是不知这商品是贵国所产，还是从他国抢来的？

国王尴尬地说：大人玩笑了，商品嘛，有自产，有交易，岂能去抢？

郑和转身看着他：大王既知道连商品都不能去抢，大明皇帝封给别人的诰印就更不该去抢了吧？

国王一愣，随即低头拭汗。

不管大人物说的是什么大事，小人物却被异国他乡的新鲜事所吸引。初来海外的葛轩捅捅身旁的伙伴说：你看这里的男人，走路都是一拐一拐的，还总发出一种“叮叮当当”的声音。他一边说，还一边东张西望。

那伙伴正好来过暹罗，扒在他耳根说：你知道为什么吗？他们男根里嵌了几十颗珠子，就像一串葡萄，因此，走起路来外人看着别扭。

葛轩闻言，不禁捂着嘴笑了起来。

葛三一见他俩的失态，立即教训他们说：你们知道吗，能嵌珠子的都是富人，嵌的珠子越多越显示富有，所以人家不以为丑，反以为美，这就是异地风俗。记住，到了异国他乡，一定要尊重人家的风俗，不得左顾右盼、大惊小怪。葛轩和那士兵再不敢东张西望了。

国王听到郑和的那些话后，心又紧缩起来。他陪郑和走了一段后，看看周围臣民说：此地不是说话之处，请正使大人进了王宫再说吧。

王宫是代表绝对权力的殿堂，暹罗王宫前同样警戒森严、肃穆庄严。郑和前有国王陪同，后有仗剑侍卫，缓缓地步入王宫。国王请郑和上座，他坚辞不肯，而在旁侧落座。

郑和刚一落座，国王即深施一礼说：请正使大人赐教。

郑和欠欠身笑道：您就称我郑和为好，这样会更亲切些。

国王笑着点头。

郑和似无意地说：国王以为郑和此名可好？

国王连说：好，好！

郑和说：此名乃大明皇帝所赐，“郑”与正当的“正”在汉语中谐音，“和”的意思是协调、和平。既然国王喜欢，就将此名借给国王用几日吧。

国王不解其意，只困惑地望着郑和。

郑和站起身笑笑：国王似乎不解郑和之意，我只想说，别国的“诰印”与别人的名字一样，即使借给阁下，阁下拿在手里也没什么用处，何况是抢来的！

国王尴尬又羞愧：本王明白了，请正使大人转奏大明陛下，本王一定将诰印还其主人。

郑和哈哈大笑：还是要拆开来念念我的名字，要正，要和。

国王也笑说：要正，要和。接着，他大声吩咐说：摆宴睡莲厅，我们要在这女神殿中盛宴款待正使大人与一切随行官员，让他们日日朝气满满。随着他的话音，他礼让着郑和一行走入睡莲厅。

真是名不虚传，步入此厅，只见那里处处莲花，满桌亚热带水果与溢满咖喱味的鸡、虾、鱼等。那异国音乐伴奏下的柔媚性感、如丝如缕、挑逗着各处感官的舞蹈，看得随行官员如醉如痴。郑和却浑身不自在，他强忍着种种不适，在国王唯恐招待不周的小心中结束了宴会，回到他的宝船上。

次日，暹罗王即派人携其亲笔信，将被他们劫持的占城使者和诰印送往郑和宝船。信上仍是诚惶诚恐，检讨自己不正不和的行为，并保证永不再犯。郑和请来人带上他对国王的问候与谢忱。

暹罗使臣刚刚退去，占城使者即对郑和大礼谢恩。郑和答谢后，即命葛三领兵五千，先将占城使者送回国去，之后即搜寻陆宽的麻衣邦。

孟可一听陆宽其名，蓦地上前请战：陆宽害了末将170多名弟兄，末将巴不得扒了他的皮，还是让末将追剿陆宽的麻衣邦吧。

郑和斩钉截铁：正因为此，本帅才不能派你前往！

未等孟可申辩，郑和即发令说：葛三听令，即刻出发，追剿麻衣邦！葛三领命而去。

大厅内刚刚沉寂下来，随船而来的渤泥王妃带着众臣与王子，一脸忧容地求见，郑和立即整冠迎接。

王妃说：从南京到南洋，多亏大明皇帝与郑大人多方关照，我们总算快要回到渤泥了。

郑和望望外面海域：郑和明白，请王妃放心。过了这片海，便是渤泥，郑和一定遵照陛下旨意，扶助太子登位。

船队起航，经过两天三夜的航程，顺利抵达渤泥国。

那一天，朝暾初启，缕缕金光将渤泥王宫照得肃穆辉煌。在恭立满地的渤泥大臣面前，郑和朗声宣读完大明皇帝敕谕后，将王冠庄严地戴在王子遐旺头上。之后，鼓乐齐鸣，众人欢呼雀跃。

太子朱高炽为人处事历来仁德谨慎，父皇北巡，秉命监国后更是小心翼翼、勤勉不怠，往往下朝后还召集一些重臣议事。为培养其子朱瞻基，也经常命他一旁听议。那天，杨士奇等刚要退去，信使送来圣旨，太子看后半晌不语。杨士奇试探地问：殿下是否？

太子叹道：陛下旨意，拱卫司一日不能懈怠，更不能群龙无首，若无合适人选，可先命纪纲复位。

杨士奇踌躇有顷：微臣明白殿下心情，纪纲这等奸诈小人委实害人不浅，可如今……

见两位大人都欲言又止，瞻基插话说：少师说，臣子便是皇帝手中的棋子，既如此，棋子便不能以好坏论之了。

太子笑望着他：那么以何论之？

瞻基眼睛骨碌碌一转：那还不明白，以棋盘上的输赢论之啊！

众臣听了，面面相觑。杨士奇说：世子所言极是，既然圣上已下旨，照办就是了。

众臣也附和道：还是遵从圣意为好。何况，此间随时有人虎视眈眈，殿下还是小心为是。

朱高炽只好罚其两年俸禄，违心地放出纪纲。纪纲跪在太子面前重重谢恩，心里却对其更加记恨。

一个多月的牢狱之中，纪纲的确想过等待他的不知是死是活。因为他知道薛禄在朝中的分量，他也知道自己作恶多端，不知有多少人恨其入骨。他更知道，太子已看出薛禄之死是他所为。他转而又想，即使如此，朝廷还不得不放他出狱并官复原职，足见朝廷不能没有他，陛下不能没有他。于是，他像凯旋而归的胜者般回到纪府，并于当晚大摆筵席。

筵席中，他的心腹极尽阿谀奉承，纪纲更在酒兴与欢呼声中不可一世。他翻出抄没已故吴王藏匿的冠冕，当众穿戴在身，学着朱棣的样子高坐椅上。奴才们为讨其欢心，竟一个个敬酒放歌，山呼万岁，直至东方破晓。

他睡醒一觉后，来到关押方诗君的大牢。见已经骨瘦如柴的诗君静静地坐在地上，见到他来，依旧神情不改，视若未见。他恨恨地转向狱卒：饿她几日，看她求不求饶！

安南再次告急，太子不好做主，只好派快马禀报父皇。

朱棣读罢告急奏折即刻下旨：着张辅再度挂帅，领兵二十万与沐晟协同作战，尽快平定安南变乱。

二十

北京燕王府中，朱棣恩准跟随北巡的众臣同桌用膳。他拣了一样小菜放入口中说：这样真好，我们君臣围桌共膳，就如家人一般。

说着，他的目光从斑驳的四壁又投向窗前的陈年古槐：从前的燕王府就是如此，往往一家人围桌用膳了，却找不到高煦，左喊不应，右喊不语。抬头一看，他竟躲在那棵老槐树上，跟你藏猫猫呢。如今，这槐树更老了，朕的皇后也那么早就走了。

言语间，现出种种凄怆。众臣正不知如何是好，随着一声“阿弥陀佛”，姚广孝翩然而至。

朱棣北巡，自然要带他同来。可他一到北京，就住进了庆寿寺。他右手加额，双目传神地说：依我佛之说，皇后是往生净土了，善哉，幸哉！

朱棣听了他的话，心情回转来，说：少师一起用膳吧。

姚广孝上前一揖：贫僧已在寺中用过斋饭。

朱棣点头：好，早膳后，都随少师去庆寿寺净净心。

在朱棣的带领下，君臣一行各自一身袈裟，来到庆寿寺。姚广孝手握一把檀香，每人分发三支，余者放回供案。

朱高煦笑笑说：少师，还剩那么多香呢，就给众佛多进些嘛。

朱棣横了他一眼：佛门净地，不得胡言乱语！

姚广孝解释说：上香不在多少，贵在心诚，正所谓“烧三支文明香，敬一片真诚心”。

一位大臣问道：请问少师，为何敬佛只上三支香呢？

姚广孝说：三支香表示“戒、定、慧”三无漏学，也表示供养“佛、法、僧”常住三宝。

此时，心急者已经燃香跪拜了。朱棣见此，告诫诸臣说：大师在此，尔等听明白了再拜不迟。

姚广孝边说边做示范。他将三支香点燃后，一边将第一支香插入香炉中间，一边口中轻念：供养佛，觉而不迷；之后，将第二支香插入香炉右边，口念：供养法，正而不邪；将第三支香插入香炉左边，口念：供养僧，净而不染。

上完香后，他敬对佛像，合掌肃立，恭敬礼佛。众臣在这虔敬肃穆的氛围中跟着他一一学礼拜佛。之后，竟人人心静神清。

焚香拜佛完毕，朱棣命众臣散去，独自与姚广孝留禅室品尝禅茶。

朱棣啜了一口香茶后感慨道：少师啊，转眼间，我们从北京到南京已经七八年光景了。

姚广孝颔首：是啊，时光如逝水长流，有时如溪水潺潺，有时又如大江东去，这七八年间，陛下做了多少大事啊！

朱棣又啜了一口：这仅仅是开始，永乐之世若做不到鼎故革新，何能远迈汉唐？

姚广孝又续了一遍茶：以老衲所见，陛下此番北巡，不只是为旧地重游、料理北疆吧？

朱棣笑望着他：以我们几十年之相处相知，朕之所想，是逃不过大师慧眼呐！说说看，朕都为何而来？

姚广孝手蘸茶水，在桌面画了一幅大明简图：陛下站在哪里，方可高瞻远瞩、目穷大明？

朱棣会意一指：北京。

姚广孝与之一拍即合说：是啊，就大明版图看，南有中原、江南，西南有云、贵、川，北有蒙古大漠，西北有大宁、东胜、哈密，东有黑龙江、女真……以此观之，中国之中在北京，只有坐镇北京，才能镇南拓北、平西服东，君主华夷。

朱棣大笑：哈哈，好个君主华夷！朕要的就是君主华夷、和乐天下，而若达此愿，必先砥定北方版图，方可各族共处，迎来永乐盛世！

正说到激动处，昌盛跑来禀报：启禀陛下，派往鞑靼的使者回来了。

朱棣站了起来：好，回府。

爪哇士兵见一片汪洋中又有一片小岛向这边驶来，正狐疑中，一位将领走来。当他听了士兵的报告，又仔细观察一阵后，确定是大明船队，于是紧急禀报国王。国王都马板听后，在宫中急得来回踱步：大明船队是讨伐，还是来催债？这黄金六万两，我，我去哪里凑哇！不，不……

他灵机一动，只好披戴冠冕，执好仪仗，以国宾之礼去码头迎接郑和。当郑和走下宝船，来到他面前时，他深深施礼说：小王都马板拜见郑大人。

郑和连忙还礼：郑和不敢。

前次误杀大明官兵，天子罚我六万金，实为罪有应得，可我国小贫穷，实难凑齐，如今倾全国之力也只凑够一万,万望大明宽谅。

大王误会了，郑和此来，一为拜会大王，二为上次订好的生意。至于罚金一事，请大王勿忧，郑和将派出信使，回朝禀报爪哇实情。

都马板闻言，感动得不知如何是好，随即命仪仗奏乐，非要请郑和往王宫赴宴不可。

正当此时，一快船流星般驶入港湾。信使登岸后，直奔郑和交上圣旨。郑和跪拜展读：郑和听旨，安南又生变乱，张辅已率兵前往清剿，着尔如前次一样自海上策应，不胜不归。钦此。

郑和读罢起身，谢过都马板后，只说因要务在身，不便延留，于是指挥船队朝南海驶去。

张辅率20万大军星夜急驰到了安南，基于前次追剿黎氏父子的经验，他对安南的地貌、气候及至民心都已熟悉。于是，大军开入安南后并不急于进兵，却是一面伐木造舟，以便水陆两战；一面张贴告示安定民心，亮明明军此来只为清剿贼逆，使百姓安享和平，昭告躲避战乱的百姓回家复业。

清剿黎氏父子的战乱未远，百姓知道明军仁义待民，一见告示，纷纷回到家园。出于对明军的感激，他们中的不少人还自告奋勇，帮明军造船。

叛军头目简定深知明军善陆战、不善水战，当得知明军来剿时，就全军逃入湄公河上，试图以己之长战对方之短。张辅识破他的战略后，即刻派出信使联络郑和，与之两相配合。只要郑和船队严密封锁湄公河在南海的出海口，他即可控制湄公河。

郑和接旨后，立即完成了封锁湄公河出海口的战略，张辅却沿江步步追击叛军。快到出海口时，即下令停止追击，将船搭成一座浮桥横在河中，船上堆满干柴，命兵将们埋伏在河之两岸。

一部将不解：将军为什么不乘胜追击？

张辅笑笑：有郑和船队封锁出海口，你想，他们能逃出去吗？对这些逆匪，只有要要他们，再来个厉害的，他们才知道天高地厚，不敢随便造反。

果然，不出半天，叛军便退了回来。张辅见他们已退至“浮桥”边，便立即下令发射火炮。炮弹在干柴上爆炸，“浮桥”顿成一片火海。此时，两岸喊杀声起，叛军在慌乱惊恐之中相互撞船。明军乘胜追击，在火光与激流的交汇中，活捉了叛军头目简定。

郑和完成了配合张辅堵截安南叛军简定的重任后，又穿梭海上，成了大明海上外交的特使。他率船离开涓公河口后，又风驰电掣地驶向满剌加，先归还满剌加被暹罗王抢走的诰印，再以大明皇帝特使的身份，持诏敕赐满剌加国王双台银印、冠带袍服，协助他们建碑封城，重立满剌加国。

满剌加国民举国欢腾，国王穿戴好国王冠冕后，面北朝拜，山呼大明皇帝万岁，万万岁！接着就挽留船队官兵长驻。

郑和谦谢过说：大明从不要别人的东西，更不占领别国土地，我们只求正义立世，万邦和谐，友爱相处，互通有无。

他深深谢过后，又挥船爪哇。因为就在赴满剌加途中，圣旨又到，命郑和宣示大明皇帝体恤爪哇之困，只收一万两罚金即是。

当郑和面对爪哇国王宣读皇帝圣旨后，都马板感激涕零，再三宣誓，保证嗣后一定效忠天朝，世代友好！

葛三领命，先将占城使者送往占城，之后，就将所带船兵分作三个支队在海上搜寻陆宽，他严令各船指挥：但有陆宽消息，不得私自动手，必须先来指挥船报告，违令者重处不贷！

亲兵葛轩自然带在葛三身边，可指挥船航行的第三天，葛轩便全身酸软，冷起来全身哆嗦，热起来身如火烧。葛三摸摸他发烧的头说：别怕，我已派人去请医官，吃些药就会好。

躺在一边的葛轩感动地说：谢大人。

葛三捅了他一下说：没外人在时，就不必拘礼，咱俩还不是亲如兄弟！

葛轩拽住葛三的手，两眼不由得流出眼泪。葛三为他擦着，又摸了摸他滚烫的头。

葛轩舒服了些，突然记起一件事儿：那天，灵猴对我说，你不姓葛，姓黄……

葛三一惊：你怎么说的？

葛轩憨厚一笑：我说你瞎说！他就姓葛，我们一起长大的，他是我本家大哥！

葛三拍拍他的背：对，咱俩就是一起长大的，我是你大哥。谁问，也要这样回答。

此时医官前来看病，他诊过葛轩的脉，转对葛三低声说：大人，他害的是疟疾，此病无良方，还会传染给别人，大人得想办法隔离他。

葛三为难地看了葛轩一眼，拉医官走出船舱问：能否再想想办法？

医官摇头：只能尽力了，此病十有九死，我担心的不是能否将他治好，而是会不会传染给更多的人……

世上没有不透风的墙，众人得知葛轩的病况后，因担心传染到自己身上，纷纷抱起被子睡到甲板上。葛三见状，力劝他们搬回舱内，说外面蚊子多，葛轩的病就是被蚊虫叮咬所致，水师们怎么也不肯进舱。

正说服中，忽然有人大喊：葛大人，不好了，葛轩要投海。

葛三闻声，急忙奔向葛轩舱内，见一年长水手正死死抱着正要投海的葛轩。

葛轩见葛三奔来，边擦通红的双眼，边说：大人，你让他放开我吧，葛轩命贱，我再不想连累大伙了！

那年长水手说：与其投海，还不如找一小岛存身，万一病好了呢。

葛三想想说：这倒是个没办法的办法。说着就命船继续前行，寻找一个较为适宜的小岛靠岸。

次日午后，他们从海上瞥见一处绿漾漾的小岛，于是急转舵轮，靠岸，登岛。

葛三第一个冲到岛上，他带着两名侍卫向岛的深处搜寻，只见处处老树，片片绿草，除不断传入耳畔的鸟鸣，再无别的动静。正犹豫间，回身见一山洞，他命侍卫持械入洞观察，随之自己也进了洞。只见洞虽不大，却严实干爽，足可容一人安身，于是命人将葛轩抬入，又命人抱来被褥、吃食和药物。一一安顿后，他摸了摸葛轩发烫的头，有些凄然地说：兄弟，此后就靠你自己照顾自己了。大哥军务在身，对不住你了。他有些哽咽地望着他。

葛轩倒笑了笑：大哥放心，这样，我更安心，省得连累弟兄们……

葛三更加感动：我会将你的话转告弟兄们的。他不由得想起自己的遭际，说：嗐，人活一世，全看个人造化，好好活着，日后，我会来看你。

葛轩又开始发冷，他裹紧被子，催葛三等快走。葛三只得一步三回头地离去。

一个灰头土脸的人，踉踉跄跄闯入北京行宫。当众臣仔细辨认时，却是出使鞑靼使臣的随从。他扑地跪拜后即连声哭诉，原来，使臣已被鞑靼杀害，他是在瓦剌人的帮助下才逃回报信的。

朱棣大惊：看来，鞑靼是存心与我大明为敌了。

众臣异口同声地说：鞑靼如此无礼，我们岂能不讨！

朱高煦上前请战：儿臣愿带兵前往，不胜不还！接着，武将们也个个请战。

朱棣沉吟片刻说：此次征讨不只为眼前一战，而是事关全局的前战。命丘福为帅，明日出征！

丘福跪前领旨：遵旨！

朱高煦眼见丘福的威武得意劲儿，心中更加不平。

当晚，朱棣赐宴即将出征的丘福，他把酒叮嘱说：此次征讨不为一战胜负，而是为日后将他们追到天边而练兵。可草原苍茫地远，鞑靼兵马出没无常，故此，爱卿一要小心用兵，二要积累与鞑靼打仗的经验。你是朕的爱将，朕等你凯旋归来。

丘福仰头饮尽杯中酒，啪地跪地说：陛下放心，微臣定将鞑靼打得再也不敢窥伺咱大明一寸土地！

丘福虽豪气冲天，壮心慑人，可一想起那如烟大漠、诡异的鞑靼，朱棣还是心神不宁。他对身边的杨荣说：丘福已经走了一天多了，不知为什么，朕每想起他，总是心神不宁。

杨荣宽慰说：淇国公勇猛善战，陛下不必忧心。

朱棣说：朕从不怀疑他的勇猛与忠心，只是忧虑他太过忠直而少谋略，怕难识破鞑靼的狡诈与多变啊。不行，朕得派人再叮嘱他几句。

他转身召来朱高煦：煦儿，你速速追赶丘福，告诉他，此番征讨切勿图一时之快，要心怀大明宏图。

高煦嘟囔着：难道在父皇眼里，煦儿就只配充当信使，而不能率兵出征？

朱棣看了他一眼：汉王连顾全大局都不懂，何谈带兵出征！

高煦怏怏而去。

夜色潜入行宫，昌盛点亮烛台，朱棣在烛光下看着北方地图，当目光移向东北时，他停住了，喃喃着：此地土黑地沃，濒临东海，虽人烟稀少，却是难得的富庶之地呀，何况东邻朝鲜，西接北漠，疏忽了，疏忽了。

杨荣顺着他的指引看过去：陛下莫非想在那儿设……

二十一

不知为什么，一想起丘福征讨鞑靼，朱棣便心神不宁。他不觉踏入行宫花园，可北京早春的花园依旧一片光秃，毫无颜色。正失望间，高煦征尘未洗地跑来：父皇，父皇。

朱棣见他如此神色，忙问：为何如此慌张，难道？

高煦蹲在地上，止不住地哭了起来。

朱棣蓦然意识到是丘福出战不利：是丘福吗？

高煦抹了一把眼泪：他已全军覆没，他的头也滚在荒草上，眼睛一直瞪着。

朱棣稳了稳神：难道他没记住朕再三叮嘱他的话？

高煦失声痛哭，朱棣抚着他的肩：父皇知道你与丘福亲如兄弟，父皇心里也疼啊。朱能英年早逝，张辅远战安南，如今，丘福又血洒沙场，难道我大明……

他无力地靠在一棵枯树上，父子相对无言。此时昌盛疾步走来：陛下，陛下，张辅快报，安南大捷！

朱棣这才缓过神来，他沉吟片刻：传旨，召文武大臣议事。

当朱棣宣告丘福全军覆没的消息后，殿内先是一片静默，继而便群情激愤，一片喊打鞑靼之声。

朱棣挥挥手说：召张辅回朝，命朱瞻基来北京，朕要亲征漠北！

此言一出，殿堂静默。夏原吉刚要趋前说话，便被朱棣止住：兵部听令。

兵部尚书金忠趋前侍立。

朱棣沉声下令：速调五十万兵马于北京待命！

金忠答：遵旨。

接着，朱棣命户部调三万车粮草，命礼部出使瓦剌与兀良哈三卫，宣示大明天子即将亲征鞑靼，要他们只管静观，无需动作。

一个商队要将大宗商货运往阿拉伯，又怕途经锡兰山时被劫，他们慕名找到陆宽的麻衣邦。陆宽为维持重生岛生计，不能不冒险远行。

他在向阿里玛告别时，阿里玛问，能否让玫瑰岛运玫瑰的船跟他们一程？陆宽笑笑说：何必那么麻烦？我们帮你办了就是。

阿里玛摇摇头：还是我们自己办，跟着你们只为更安全些。

陆宽反问：难道交给我们，你不放心？

阿里玛仰头望天：这么多年了，你的为人，我还不清楚！只是你们为我们多做一点，我们的本事就会减退一点。

陆宽只能按她的主意办，望着这个坚毅的女人，心里五味杂陈。他爱过她，敬佩她，可惜没有好好珍惜。他知道自己的过去和现在，却不知自己的未来，又怎能将她绑在自己这无篷的船上？

船行一程又一程，将玫瑰岛运玫瑰的船护送到目的地后，陆宽的船队已经向锡兰山靠近。

锡兰山的侍卫匆匆跑入王宫：大王，海哨来报，一队商船正朝码头驶来。

正在欣赏歌舞的国王阿列苦奈尔立即挥退歌舞：好啊，总算等来一群肥羊。

王子西蒙更加兴奋：父王，让王儿去猎这群肥羊吧！

阿列苦奈尔说：好啊，扛起你的猎枪，赶上你的猎犬，赶紧去吧。

西蒙领命而去。国王看着他的背影，得意地想：所有王子里，他虽然随王妃长了一副中国面孔，可脾气却最像我。

西蒙刚刚走出正殿，就遇到正在偏殿花园散心的母亲素芳。已经多日不见儿子的素芳叫西蒙进了偏殿，高兴得不知怎么表达才好。她不顾儿子已经长大，还是摩挲着他的头说：儿啊，一定要记住，你的祖先在大明，你的父亲叫梁道明，千万不要做对不起大明的事，更不要抢他们的船。不管母亲怎样，你一定要想办法回到大明去……

西蒙则一心想着尽快抢劫就要到来的船队，以博取父王欢心，进而得到父王头上的王冠，哪里听得进母亲的唠叨？他看了看形容憔悴的母亲：母亲说梦话也不会说个吉祥话，什么祖先，什么梁道明？我是锡兰山王子，我的父王是阿列苦奈尔！

素芳听着他的话，心如刀绞，她一把抓住儿子的胳膊，正要说什么，却被西蒙一甩，便倒在地上。她费力地抬起头，望着远去的儿子，发出一阵痛彻肺腑的呜咽。

所谓隔代亲者，不独在寻常百姓的茅屋下，也在玉宇琼楼的帝王家。朱瞻基接到皇爷爷召他北上的圣旨后，即一腔兴奋、马不停蹄地赶到北京。

他在行宫门外下马后，一路高喊着“皇爷爷，皇爷爷——”就奔到朱棣面前。正在与杨荣面对地图研究战略的朱棣听到孙子的喊声，立即转过身来，边给他擦着满头汗水，边说：几个月不见，又长高了，长高了。

瞻基也端详着爷爷：可皇爷爷却瘦了，孙儿，孙儿……他哽咽得说不下去了。

朱棣哈哈大笑着搂过他来：皇爷爷不是瘦，是结实了，你摸摸这胳膊。

瞻基攥住爷爷的胳膊，笑着：真的，这么硬，全是肌肉。

几位大臣看着祖孙俩的亲热劲儿，不住地笑。

朱棣转过身来：瞻基到了就好了，如今兵马粮草已大体齐备，朕将于五日后率朱高煦、杨荣、金忠等众臣出征鞑靼。留夏原吉辅佐朱瞻基坐镇北京，除调配后续兵马粮草外，并打理北京的一应事务。

瞻基与众臣一起打揖应道：遵旨。

五日后的清晨，五十万将士齐聚北京德胜门外，旌旗招展，战鼓齐鸣，朱棣在隆重的亲征仪式后率军北进。

大军出长城，跨阡陌，入漠野。早春的漠上仍是冰天雪地，除了偶尔瞥见一些觅食的黄羊、野驼外，几乎听不到鸟鸣，更不见人烟。他们只好每十里建一座小小的城堡，储存些回师备用的粮秣。

终于来到丘福阵亡的胪朐河畔。眼见大明死难将士的尸体还冰封在荒僻的河谷中，朱棣命全军将士隆重祭奠，鸣礼炮十二响，之后将他们妥为掩埋，以求其入土归安。

朱棣听着这撕心裂肺的炮声，看着饮水的战马，不禁心潮起伏，口中吟道：

> 饮水河畔尸骨寒，忠魂夜夜天地旋。
> 铁骑踏破冰与雪，大漠不归心不还。

吟罢此诗，朱棣大手一挥：此河就叫“饮水河”！话毕，纵身跨马，如一股巨浪挥军北去。

正行军间，前锋抓住一批鞑靼人，经审问，得知本雅失里就在附近。朱棣命大部人马就地安营扎寨，他则亲率精锐、带足粮秣，闪电追击。

将近兴安岭时，前锋来报：前面发现胡军营帐。朱棣看看天已大黑，诏命：即速埋锅造饭，兵马吃饱后，连夜袭击敌帐！

这天兵天将般的袭击十分奏效，一举俘虏胡军无数，却未见本雅失里。朱棣亲审俘虏，原来这个营帐是阿鲁台及其部属的，朱棣急命朱高煦带人清查俘虏，抓住阿鲁台。

朱高煦审毕来报：阿鲁台与本雅失里本在一起，听到大明皇帝亲征后，为向哪个方向逃跑出现了分歧，他俩争执不下，于是各奔东西。高煦边奏边请战：煦儿这就带人去追！

朱棣稍稍沉吟后说：穷寇莫追了。他们在草原上如鱼得水，你去哪里追他！之后，他命杨荣着人警告并安抚草原牧民：安心放牧过日子，只要不与大明为敌，大明便不会为难他们。

是夜，朱棣不顾朔风飞雪，走出营帐，望着满天星斗，不知是该为自己马踏草原之战果而高兴，还是为未能追获穷寇而败兴，只是大声喃喃着：我广漠的草原啊，朕还要回来，一定回来还你个安定和平的天地……

次日，朱棣即率军凯旋而归。

葛三安排好葛轩后，继续搜寻陆宽的下落。正行驶间，一支分队急急赶来报告，说从当地土著处得知，陆宽的麻衣邦已落脚重生岛。葛三收拢船队，直向郑和的宝船驶去。

当他详细报告了一切后，郑和当机立断，决定先剿灭麻衣邦，然后再远行。

此时弘无走来，郑和正在图上寻找重生岛的位置，久寻不见，于是问道：敢问弘公，如此详尽的海图，怎么找不到重生岛？

弘无笑笑：此岛本无名，是陆宽私下这么叫的，图上怎会有什么标识？

郑和也笑了：难怪，本该早些请教，免得白费力气。

弘无沉吟着：可从“重生”此名看，岛主还是有所悔悟。依老夫看，陆宽与陈祖义本来也不是一类人。

郑和点头：晚生也听梁道明说过，南洋不少华人都拥戴他，可对大明来说，他的威胁远大过陈祖义，何况他还欠着船队 170 多条人命！

弘无自知已无法再说下去，刚要转身，郑和说：对麻衣邦，晚生也想了许多，决定首恶必除，余党从宽，弘公以为如何？

弘无本想少些杀伐，容陆宽一众寄身海上，可又深谙郑和皇命在身，做不得主，只能飘然一笑：老朽本一世外人，大人何需相问！

郑和意识到他的不快，可官身不由己，只得上前一揖：先生可要折煞晚生？之后又谦恭地说：先生请看，玫瑰岛右前方那岛可是重生岛？

弘无点点头：老夫不谙杀伐，就不陪你们了，我带小黑和秀才去玫瑰岛看看塔莎母女。

郑和知道他之所想，只好连连答应着：也好，也好。之后为他们安排了护卫和船只。

弘无带着小黑、秀才登上玫瑰岛的时候，阿里玛正站在海滩上遥望重生岛。她一见久违的弘无，便笑盈盈朝他走来说：来者可是走错了路？

弘无知道她又在刺他久不登岛，便故作不解地左右看看：不错，我知道此处有笑脸相迎，故此登岛。

阿里玛抬头望向太阳：总不能天空飘过一朵乌云，便埋怨阳光不灿烂。

弘无看着笑容不减的阿里玛，轻轻拉起她的手：但愿乌云不再来，但愿阳光永远灿烂。他又悄悄说：可在灿烂的阳光下，最好不要站在海滩上，免得晒伤皮肤。

阿里玛朗然一笑：你见过玫瑰岛上有怕晒伤的女人吗？

弘无看着她，忧郁地说：我真的希望玫瑰岛平平安安，永不受伤。

阿里玛甩掉他的手：谢弘无先生，我玫瑰岛从不做伤天害理的事情，老天爷会保佑我们平安的。

弘无忧心地说：说点现实的吧，大明船队已经开往重生岛，我也不知将出现什么情形，你可切切不要卷进去呀。

阿里玛又是哈哈一笑：你们来迟了，陆宽早已带着麻衣邦走了，如今的重生岛归我玫瑰岛了。

弘无长长舒了一口气：这就好，这就好。其实，我也不愿陆宽落得陈祖义的下场。

阿里玛久久瞪着他：我信，又不信。从你的为人看，你的话是真的，可你毕竟是大明人，又给他们船队效忠。不想了，我只麻烦你告诉大明人一声，别伤我玫瑰岛人。

弘无说：放心，郑和绝不会滥伤无辜。

他本想跟着阿里玛去王宫歇歇，更想看看无时不想的女儿塔莎，可今天的阿里玛总在礼貌中透着一股冷峻，话语中透出一种讥刺，他只好止步。

谢谢弘无先生，请回吧。说着，她竟头也不回地走向王宫。

弘无尴尬地僵在那里。秀才看看弘无，又望望阿里玛远去的背影，叫出一串困惑不解的汪汪声。

郑和命战船严密封锁了重生岛后，先派冲锋队轻装登岛侦察。未久，他们回来禀报说，岛上并无麻衣邦踪迹，不过是一些当地劳作的女人而已。

为了探明真相，郑和带一些侍卫亲自上岛察看究竟。他先还十分警觉地四处观察，当他朝岛屿深处走了一段后，果见不是当地女人们在海滩晒盐，就是她们哼着小调采制燕窝。当她们回头见到大明官兵到来时，不但毫不惊慌，还在一旁指指点点地艳羡、欣赏，接着，就围着他们歌舞起来。

这些久不见女人的水手和士兵，先还记着军纪，目不斜视，片刻后，便被那火辣的歌舞、风情万种的异域女人的撩拨，弄得手足无措起来。

郑和见状，不断要中、下级军官命令士兵：此地危险，谨防落入女人的圈套！

未久，从远处走来的塔莎一眼盯上了威武英挺的郑和。她款款走到他的面前，微笑着伸出玉手，郑和虽知道这是海外高贵女人给他的最高礼遇，可还是尴尬地连连后退说：对不起，对不起！

塔莎咯咯一笑：我是玫瑰岛郡主塔莎，很高兴认识你。之后，便搂起他的肩，轻轻吻了一下他的脸颊。

这一吻，招来了士兵们心底的羡慕，招来女人们快意的欢笑。郑和的心被搅乱了，他不知这女人是真塔莎还是假塔莎，是弘无日夜不忘的女儿，还是陆宽布下的女探子。他依旧前行，不放过任何一株树、任何一个小山包，判断着岛上的情状和陆宽的去向。

当郑和回到宝船上时，弘无正坐在厅堂上饮茶。郑和一见，立即奔过去述说了他率兵登上重生岛的详细情形。之后，他判断说：如果重生岛确实是陆宽的地盘，他们很可能与玫瑰岛串通，来了个男女对调，麻衣邦的人或许已经藏入玫瑰岛。

弘无啜了口茶：就老夫所知，玫瑰岛上并未藏匿麻衣邦。他自知失口，啜了口茶后又说：不过，这是你们的事，老朽无心参与。

两人沉默了一会儿，郑和还是说出了他巧遇塔莎的事。一提自己的女儿，弘无比什么都兴奋，他让郑和说得详细些。

郑和一一备述后，弘无一把拽住他：你说的那姑娘就是我女儿，我女儿塔莎。他笑得合不拢嘴说：你想多了，什么女探子。

郑和趁弘无笑得开心，说：晚生还是想查个清楚，我打算对玫瑰岛发出访问请求，先生以为如何？

弘无收住笑容：老朽说过，你们军务的事，老朽不懂，也不想懂。

郑和虽看出弘无的不快，还是按自己的计划，派人送去对玫瑰岛访问的请求。阿里玛也回答得不卑不亢：三日之后，正是月圆之夜的好日子，欢迎总兵官大人来访。因是狂欢之夜，按我们的规矩，凡登岛之人一律不带兵器。随之，还请郑和的信使正式带回邀请他赴岛的玫瑰请柬。

三日后的夜晚，月光如洗，花香缕缕，玫瑰岛上的女人们身穿各式草裙，头戴玫瑰花环，穿梭在来自各岛国王子及大明船队的官兵之间。

王子们如蟋蟀比唱般，还未开场，便以一浪高过一浪的情歌争相邀春。阿里玛雍容热情地一一欢迎着来自各方的嘉宾。当走到郑和面前时，一面说“欢迎郑大人来岛狂欢”，一面礼貌地伸出自己的右手。郑和虽十分不适，还是按她们的礼俗，轻轻吻了一下。阿里玛笑眯眯地对郑和说了句“希望郑大人度过一个快活之夜”后，就去寻找她的爱女、玫瑰“皇后”塔莎去了。

阿里玛众里寻找，仍不见塔莎踪影，便问身边侍女：塔莎呢？

侍女掩嘴而笑：郡主正对着大明赏赐的丝绸发愁呢。

阿里玛说：这么好的月色，发什么愁？

侍女笑着说：那么多那么好看的丝绸，月亮都嫉妒了，她就更不知穿哪件好了。

阿里玛笑笑：告诉她，我的塔莎穿哪件都美过玫瑰，美过月亮。之后，她嫣然一笑：快去催她，不然，这些王子都要疯了。

阿里玛话未说完，苏干剌就唱着歌朝这边走来：

你是我的月亮，赶走了我心底的忧伤……

他的歌声未落，从玫瑰谷飘来一阵清亮的对歌：

月亮告诉太阳，你的歌太不欢畅……

伴着这歌声，塔莎身披玫瑰红的丝绸款款走来，犹如霞光初绽，令月亮失色，令花香失魂。王子们潮水般涌向塔莎邀她跳舞，她的笑颜却甜美中见高贵，雍容中现火炽。她拂过众王子的渴望，直奔郑和而去。

猝不及防的郑和虽用尽浑身解数，使自己稳健而不失风度，还是不免心生慌乱。他不露痕迹地挤向葛三，示意他迎向塔莎。塔莎看出了郑和的有意回避，不禁心生恼怒，她正想以出其不意的举动发泄，阿里玛宣布拉启狂欢之夜的大幕。她一派雍容，第一支舞就以女王之姿邀弘无共舞。弘无也一改往日的放浪，绅士般与阿里玛共舞。塔莎一见，拉起葛三便狂舞起来。

孟可看着葛三拥着塔莎先还蹩脚、后便翩翩神气起来，妒忌与不平火样地燃烧着他。他走近郑和，撇撇嘴说：看葛指挥那副得意样儿！有人说，他就是黄子澄的儿子……

郑和闻言一惊，继而问：可有证据？

孟可语塞，又岔开话题说：我四处转转，查看一下麻衣邦是不是藏在这岛上。

郑和叮嘱他：别冒失，阿里玛邀我们来，就是为了洗脱窝藏麻衣邦的嫌疑。

孟可答应着走后，郑和便走过去一一同那些情场失意的王子们饮酒。

第一支舞蹈结束，阿里玛礼貌地邀郑和跳第二支舞。孟可正艳羡地看着葛三与塔莎跳第二支舞，一女孩也过来请他共舞。

孟可与女孩边舞边问：你们玫瑰岛的人都来跳舞了吗？

女孩笑笑：女人都来了，男人在后山守洞呢。

孟可一惊：守洞？他僵住了。

女孩拉他：跳呀！

孟可歉意地笑笑：对不起，我想方便一下。

女孩扫兴地瞪了他一眼，找别人去了。

孟可立功心切地朝后山走去。正行走间，突然从树上跳下一个壮汉，拦住了他的去路：什么人？

孟可定了定神：大明船队指挥使。

你不去跳舞，跑来后山干什么？

找茅厕方便。

壮汉一笑：漫山遍野都可方便，找什么茅厕！

孟可反问：人人都在跳舞，你为什么不去？

我们有我们的规矩，少问！

莫不是这山洞里藏了什么秘密？

山洞里有什么是我们的事，与你何干？

孟可更加怀疑，他甩开壮汉，便大步朝前走去。

壮汉一声口哨，绳子一拉，几个跑过来的汉子便将他扭住。孟可双臂一挥，与他们打了起来。两个回合后，他被人用绳索套住脖子。又是一阵忙活，他们便将五花大绑着的孟可推向狂欢着的人群，人们顿时停下舞乐。

阿里玛看了看，沉声问：你们为什么如此对待客人？

壮汉上前一步：禀告酋长，他不听劝阻，硬闯后山山洞。

郑和盯住孟可：孟指挥，果有此事？

孟可拧着脖子说：郑大人，他们的后山有个山洞，还派人把守，麻衣邦的人肯定藏在那里。

弘无看了阿里玛一眼，他见郑和也正将目光盯向她，心里更加着急。阿里玛哈哈一笑后，拔起一根火把，沉起脸说：这可真是客从天外来呀，想搜查我玫瑰岛吗？本酋长领你们去！

于是，呼啦啦的人群举着火把随阿里玛朝后山走去。

弘无对郑和悄声说：后山山洞是玫瑰岛禁地，从不准外人去。一旦外人误入，格杀勿论。

郑和未语，只回了弘无一个严峻的眼神。

阿里玛命人将洞口打开：我玫瑰岛的家当全在这里，你们拣着拿吧。说着，露出一股鄙夷。

郑和的目光从阿里玛移向孟可。一脸疑惑的孟可提出将粮食搬出洞外搜查，因为他怀疑麻衣邦就藏在洞内。郑和沉声喝道：休得无礼！还嫌大明的脸没被你丢尽吗！

之后，他对阿里玛深深抱拳：阿里玛酋长，皆因本使对部下管教无方，敬请原谅。

孟可这才意识到自己犯了朝廷严厉制定的与邦国交谊之规，他一把拔出玫瑰岛壮汉腰间的佩剑，朝着自己胸口便刺！

阿里玛手疾眼快，火把一挥，烫得孟可一失手，佩剑落地，郑和一脚便将它踢开。

弘无连忙解围：误会，误会。

朱棣率军回到北京行宫后，召集众臣商讨如何强固北方。他分析说：大漠空阔，人烟稀少，蒙古各部落又马快刀锋，出没无常。我们大兵征讨，他打得赢就打，打不赢就跑；你去追他，他快如闪电，一眨眼就跑到阴山以北去了；你撤兵而返，他又如黄鼠狼般又偷又抢。

众臣听之一阵哄笑：陛下所言极是，极是。

朱棣说：鉴于此，最好的办法就是在最前沿设一固定防线，派重兵把守。

众臣高呼：陛下圣明！

朱棣扫视一周说：既无异议，宣诏，设建州左卫，命猛哥帖木儿为指挥使。

钦差持诏出宫后，朱棣兴犹未尽：朕此番亲征漠北，更见大明之大，远在天边；臣民之广，众在华夷。华夏历代王朝皆以中原之都为中心，依朕所见，他们未免闭目塞听，目障心狭了。何谓中华？汉、蒙、蛮、夷共为一家，方属中华。依此度之，北京才是中土之中心，君主华夷，方为朕之所瞩！为此，定要加快北京城的建设！

众臣高呼：陛下万岁，万万岁！

陆宽率麻衣邦押运的货船日以继夜向南航行，终于到了可以补充给养的锡兰山港口。他们正要靠岸，手持弓箭刀枪的锡兰山兵将，在西蒙的带领下高声喊话：先交钱，后靠岸。

陆宽闻声来到甲板上：请问要交多少？

西蒙贪婪地望着船队：连船带货，留下两只船就可靠岸！

陆宽笑笑说：将军，我只是押船的，做不了东家的主，最多只能从我镖费的份子钱里抽出一半给你们，可好？

西蒙傲然一笑：你知道我是谁吗？

众兵将齐呼：王子西蒙！

西蒙更加骄矜：听到了吧？我说多少是多少！

陆宽不快地说：你王子也不能不讲海上的规矩吧？

西蒙大为光火：在锡兰山，我的话就是规矩！说着，他便挥手指挥兵士要冲上船去：让他认识一下我西蒙王子，登船！

陆宽不愿无端生事，于是指挥船队快速离港。

货主忧心说：口粮和淡水已所剩不多，能熬到古里吗？

陆宽一笑：我们这些跑海的，风吹雨打、忍饥挨饿是常有的事。说着，他命水手们张帆挥橹，加速航行。

二十二

郑和率领船队下西洋，从来不敢忘却朱棣“以和为贵，以善为高，协和万邦，亲诚惠容”的钦定宗旨，孟可擅闯玫瑰岛后山，以致阿里玛酋长颜面大变、险些毁掉陛下钦定的“协和万邦”之策，岂容郑和轻轻放过！

回到宝船议事厅后，他又一次庄严宣示了陛下的下洋宗旨，接着，就将孟可从都指挥降回原先的指挥职务。之后说：陆宽不同于陈祖义，此人大有来历，谋略在心，在海上，威望、人望非浅，不同于一般的海盗，与他较量，既要稳健、耐心，做持久战准备；又要派一位谋略、智慧与他旗鼓相当的将领，领兵前去死守重生岛。当听到这样的部署后，将领们各个跃跃欲试，郑和却点将葛三。

葛三激动地上前领命，当即率一支船队驶往重生岛。

太监郑和毕竟没经过男女之事，也弄不清男女之情的奥秘。他不明白，平日，阿里玛越不希望弘无离开玫瑰岛，他越往海上跑，在那个玫瑰岛之夜，尽管事情闹得那么大、那么不愉快，弘无老却留岛不归，阿里玛也不再生他的气了。想不明白就不想了，他自语着。

葛三率船队出发后，郑和带足礼品，轻舟驶往玫瑰岛。他必须前往，他要真诚谦逊地代孟可致歉，还要接弘无回宝船，这是他与弘无说好的。

阿里玛礼貌又大度地接待了郑和：郑大人客气了，事情已经过去，接受教训最重要。贵国是享誉天下的文明大国，文明就要懂得尊重他邦他人。她笑望郑和：郑大人以为可有道理？

郑和被这异域女人说得无地自容，连说：承教，承教，本使一定严格管束船队官兵。他又换了一种口气说：本使此次登临贵岛，深感岛上民风淳朴，酋长教化有方，下次回朝，一定奏明陛下，为玫瑰岛颁赏封号。

阿里玛笑笑：我们玫瑰岛从未归属过任何一国，我们喜欢自由，崇尚女人当家，何况，也没有多余的财力进贡。

郑和虽感到碰了一个软钉子，但还是不肯放过宣示大明外交方略的机会：我大明愿与天下人共享太平之乐，从不干涉他国之事，至于贡品，从来都是厚往薄来，心意而已。

阿里玛又是一笑：这等好事，等将来留给塔莎享用吧。

郑和说：请阿里玛酋长记住，大明会永远视玫瑰岛为友善邻邦。

此时，弘无已收拾好他的种种宝贝，交由小黑背好后，又连连嘱咐阿里玛注意身体。阿里玛用手指为他梳理了一下胡须，笑笑说：都这把年纪了，还疯着往外跑。

弘无也笑笑：这是和郑和说好了的，陪他跑一圈西洋，就回来陪你，君子一言，奈何！

阿里玛笑着揪了一下他的胡子：践诺重要，实现你的大海梦更重要，就是我不重要。

弘无用力拥抱着她，之后随郑和登船远去。

孟可为降级的事一直郁郁寡欢。他正跌跌撞撞地在船舱踱步，却被装酒的竹桶绊了个趔趄，顿时，竹桶碎裂，酒水淌了一地。他气急败坏地揪起管酒的太监，就是一顿暴打，且边打边骂：我让你个没阳器的东西乱摆东西！

郑和听了阿里玛一身正气、绵里藏针的抗议，本已满心窝囊，刚走入船舱，又遇见孟可的借题发挥、无理取闹。他一声威喝后，即罚孟可去无人处做二百个俯卧撑。孟可刚做了几个，他的部下、如今已升为百户长的灵猴带兵走来接班值勤。郑和为维护孟可威信，只对灵猴他们说，他正同孟可做俯卧撑比赛，孟可让他十个。说完，他也趴在地上与孟可一起做了起来，众人边观战、边喊加油。

孟可做了二百个之后，暗中与郑和较劲。两人各做了四百多时，孟可趴在地上服输了。

郑和又做了几个后，站起来笑说：愿赌服输，罚你清理酒桶。

孟可对郑和的体罚与用心，可谓是怨气中含感激、感激中生敬意，他笑了笑，只能遵命照办，动手清理摔碎的酒桶。

灵猴看着这些碎在地上的竹片，突发奇想：竹桶坏了，我看这些竹片还有用处，把它们截短加工，做成麻雀牌玩，多好！

众人立即呼应：真是，那太仓的打麻雀还真好玩！

郑和灵机一动：哎，是个好主意，把它们弄得好玩些，大家闲时玩玩，还可以打发海上的枯燥时光。

灵猴兴趣最浓，立即招呼众人收拾破碎了的竹桶。

朱棣定下“君主华夷”、北京为国之中心后，更加关注北京的京都建设。他一遍又一遍地审视着设计师们精心绘制的北京城设计蓝图，越看越兴奋，沉吟片刻后说：要知故乡事，当问故乡人，请那些画蓝图的匠人进宫，给朕解解。对，想着，将那位张辅从安南带回的匠人阮安也请来。

大约一个时辰后，一年轻太监将三位匠人引入行宫。他们进得宫来，惶恐得莫知所以，低头走到朱棣面前，纳头便拜，再也不敢抬头。

朱棣笑呵呵走向他们说：都起来，都起来，你们都是朕请来的客人，理应上座。

三匠人如在梦中，还是蒙蒙地跪在那里，直到朱棣将他们一个个扶起，才木木地站在朱棣面前。

朱棣看了看那位老者说：老人家就是蔡信师傅吧？听说南京紫禁城就是按你的图纸建造的，劳苦功高哇。

蔡信闻言，又颤巍巍跪于地上：草民不敢。

朱棣扶起他后，又走向那壮年匠人。那壮年倏然跪答：草民蒯祥，苏州人氏，是蔡师傅的徒弟。

朱棣又笑对另一匠人说：不用问，你就是安南阮安了？

阮安也蓦地跪拜：正是草民。

朱棣又一一扶起他们说：朕就是想请你们解解这设计图，听听你们规划的未来京城的样貌。

三匠人这才放松下来，先是蔡信讲解，后又蒯祥接上。听着他们的详细解说，未来京城、宫城的格局已经出现在听者面前，即：宫城居中，四面层层拱卫，主座朝南，中轴突出，两翼均衡对称。

朱棣边听边想象着未来都城的样貌，对中轴的构想尤为满意，兴奋中，即命昌盛召朱高煦、朱瞻基、杨荣等人一路陪同，就地视察。

蔡信、蒯祥边走边讲解：未来的北京城将呈凸字型，外城拱卫内城南侧，内城拱卫皇城，皇城拱卫紫禁城。

朱棣以脚尖点点正行走间的地面：你说的那条中轴线，就该在这附近吧？

蒯祥放眼四周，心下又量量距离，兴奋地说：陛下好眼力，我们如今正站在贯穿南北的中轴线上，这条中轴线将以外城永定门为起点，以皇城后门地安门以北的钟鼓楼为终点。

朱棣长长地舒了一口气，他转向阮安问：比你们安南的皇城如何？

阮安自愧不如：不能比，也不敢比，这是草民想也不敢想的格局。

朱棣朗声说：嗯，好，恢宏大气，坚固堂皇。要不遗余力，保质保期，因为她将是天下绝无仅有的皇都，她将成为世代后人的骄傲和纪念。

他又转向蔡、蒯两匠人：朕忘不了你们，子子孙孙也忘不了你们！

朱棣乘兴之下要沿街走走，他边走边问杨荣：夏原吉去天津接粮已经三天了吧？

杨荣答：回陛下，整整三天了，或许南来的粮船还未到港。

说话间，他们来到一条繁华街巷。这里招牌林立，商铺密集，丝绸、瓷器以及各种日用品琳琅满目。

朱棣走着，看着，喜悦之情溢于言表。正走间，他突然停在两间门板闭合、阒无人声的商铺前。他左右看看后，询问相邻的店主说：此店为何上了门板？

这家店主虽不知来者是当今皇帝，从阵势也判断出是一高官，于是毕恭毕敬答道：回大人，这丝绸店老板因为高堂亡故，阖家老小送老人家回乡安葬去了。

朱棣沉吟片刻：原来如此，去了多久？

店主说：将近一年了。

朱棣追问：他们说还回来吗？

店主摇摇头：不好说，难得找到这个借口回归故里，谁还会再回这里……他突然意识到自己说得太多，竟将下面的话咽了回去。

朱棣也不再问，锁起眉来朝前走去。毫无提防地，将近行宫门前，迎面便拥来一群高举状纸的将士，高喊着：贪官不除，国无宁日，请陛下留步！

未待朱棣发话，朱瞻基已接下了状纸，并清清朗朗念给皇爷爷听，原来他们状告的是都指挥使林将军，说他私自贪污众将士血汗屯田所产粮食一千石！

朱棣听罢问：尔等可有证据？

一都尉上前跪答：卑职若无证据，断不敢在行宫前拦驾告状。陛下亲征前，林将军命卑职将各营粮食集中保管，以备陛下征北之用，但不管用与不用，待陛下北征回来，定然返还，因为这是将士们自有的血汗粮。如今陛下早已凯旋而归，卑职一再催促还清粮食、分还给众人，可林将军不但置之不理，就在昨日，还有人亲眼目睹那些粮食已被人在光天化日下拉走。陛下，粮草可是众将士的命根子，我们只求陛下严密朝纲，主持公道，还我粮草！

朱棣听之震怒：大胆林书豪，竟敢侵吞军粮，据为已有，如若查实，定斩不赦！杨荣，着你速去北营彻查林书豪贪粮之事！

杨荣领命而去。

郑和船队继续南行。晨光之下，弘无在甲板上教授郑和道家气功。一招收手后，他远眺大海说：前面便是锡兰山了。

郑和认真辨识着远方一处处模糊的寺庙，感叹说：真是佛教圣地呀！我们得多备些贡品布施。

弘无一笑：老夫说过，这海天佛国之王佛性稀薄，怕是你备再多的布施，也欲壑难填，你可要小心些。老夫就不上岸了，正好同费信研磨一下航海日志。

郑和会意一笑，拜别弘无后，便率人登岸。

锡兰山国王阿列苦奈尔亲临港口，当他远远望见正朝港口驶来的郑和船队时说：这么大的船队上面，得装多少宝贝呀。郑和前次航行绕过了我们，让他捡了个大便宜，这回万万不可放过。他看了看众王子和身边的武将：只要你们勠力同心，劫下船上货物，足够我们享用好几年呢！

一王子忧虑说：听说郑和船队兵强马壮，怕不那么容易吧？

阿列苦奈尔瞪了他一眼：你哥哥西蒙从来不会说这种泄气话，没用的东西！你们记住，鲨鱼的力量再大，也斗不过地头蛇！只要照父王早就设好的捕大鱼的连环计做，他郑和也休想全身而去！

西蒙早已跃跃欲试：父王说得是。

午时刚过，郑和船队得锡兰山国允准，靠岸。当他率领众将士登岸时，岸上乐声缭绕，佛音四起，阿列苦奈尔已经率其王子、臣民恭迎港口。他们相互施礼问候后，郑和遵奉入乡随俗的惯例，在阿列苦奈尔陪同下，命人带足厚礼，在佛寺前进行了虔诚肃穆的布施仪式。之后，以汉、波斯、泰米尔三种文字镌刻《布施碑》。

阿列苦奈尔以同样的虔诚致谢后，即邀请郑和往佛山品尝鲜果。

郑和边走边向四周观看，只见山路崎岖，一边是悬崖，一边是森林，再往前行，一座木桥下就是深不见底的沟壑深渊。过桥登山，山路上错落均匀地设着一个个摆满鲜果的凉亭。每过一处凉亭，载歌载舞的亚热带性感少女们便媚意十足地留下一批郑和麾下的将士。当郑和发觉自己的将士已被鲜果、美色分割，且不见当地男人时，心中顿生不祥之感。

阿列苦奈尔见郑和面露警觉之色，说：山上是专设的招待贵宾之处，特使阁下请。

郑和轻声对身旁的孟可说了一句什么，孟可于是快步下山。阿列苦奈尔正要阻拦，郑和朗声喊道：众将士听令——

一时间，郑和洪钟般的声音在山间四处回荡。将士们闻声而起，顿时，分散山间各处的大明将士，全都挺枪拔剑地站了起来。山中女人见状，纷纷四处奔逃，阿列苦奈尔也胆怯地望向郑和。

郑和旁若无人地继续发令：美色、鲜果都是佛陀所赐，当你们享用时，切记心中有佛！

将士们见郑和神态有异、话有所指，心中更是不敢稍怠。

孟可也随即下令：紧跟郑大人，虔诚拜佛！

各头目闻声，即刻集合部属，跟紧郑和。

阿列苦奈尔讪笑着：特使阁下，出什么事了？

郑和一笑：我大明乃礼仪之邦，今来拜佛，本特使不能不再三嘱咐众将士，要心怀虔敬之心，以防疏忽。

他们继续攀爬，山顶上更是果鲜花芳，几笼猛兽也错落其间。一位少女边歌边舞，将一支孔雀羽毛敬献郑和，并妩媚风情地说：这些笼子里的兽，都经我们尊贵的国王驯化过，它们乖巧又热情，我打开笼子后，阁下便可舞动这支美丽的神羽。它们之中谁与阁下有缘，便紧跟阁下舞蹈。这是我国款待最尊贵嘉宾的礼仪，请阁下尽情享用。

郑和审视一下那些笼中兽，见个个眼露凶光，说不定都是刚捕获的饿兽。他宽然一笑：谢谢贵国的美意。但我大明君臣百姓，历来视天下生灵皆为兄弟姊妹，只可友爱，不可戏耍。他看了看阿列苦奈尔：请大王恕我皇命在身，遵奉在心，不便享用贵国至高礼遇。

阿列苦奈尔见郑和非同常人，便想脱身：既如此，阁下且尽情享用鲜果和美景，我先去山下安排一下斋饭。说着，他便率那些少女快步下山。

此时，日照山顶，将士们又热又渴。郑和叮嘱众将士，切莫碰触那些鲜果！他环视四周，见已无一锡兰山人，于是说：此地不能久留。

话音未落，灵猴慌慌张张地从山下跑来报告：启禀郑大人，山下木桥已被拆毁！郑和一听，知道情势有变，即刻发令，带兵下山。

果然不出郑和所料，阿列苦奈尔跑回王宫后，就布置他的王子们，各带一支兵马，准备天黑后，乘夜色抢夺船上物品。

最是难为女人心，素芳自十几年前，怀着西蒙被陈祖义劫往海上，之后又辗转成了阿列苦奈尔的王妃，虽日日锦衣玉食、深居王宫，却无一天不在想着故国、故人，又加眼见儿子日益离宗叛祖，对阿列苦奈尔亦步亦趋，甚至公然宣称他不知梁道明是谁，只知道自己是国王阿列苦奈尔的亲生儿子，是要接父亲王位的锡兰山王子时，她更是日日茶饭不思、以泪洗面。久之，视力已经非常模糊，走路跌跌撞撞，阿列苦奈尔早将她忘于一边。这一天，她听着宫中人的脚步声十分慌乱，一会儿又阒无人声。当她从随身宫女处得知山上发生的事后，更是心急如焚。她摸索着走出王宫，正磕磕绊绊地朝佛山走去时，山壑对面的明军发现了她，便大声质问：喂，你是什么人？

素芳听到乡音，顿时激动起来，她大声问：你们是大明人吗？

郑和立即跨过山壑朝她奔来：看样子，你也是大明人？

素芳停了一会儿，当她辨认出郑和的身份、人品后，确定这是个千载难逢的机会，于是说：我本是三佛齐梁道明的妻子，十几年前，被海盗陈祖义劫持至这里，如今已是……话未说完，她已泣不成声。

郑和又焦急又震动，单刀直入说：我是梁先生的朋友郑和，现在被骗入困境，只要我们能走出山去，我一定帮你们一家团聚。

人生最宝贵的是他乡遇故知，素芳一听郑和，这位名震大洋的大明总兵官竟是丈夫的朋友，真是兴奋又惊喜。她毫不犹豫地就告诉了郑和，半山腰有个通向王宫的山洞通道。

郑和谢过素芳后，立即兵分两路，一路由他亲自带领，通过山洞攻取王宫；一路由孟可指挥伐木筑桥，尽速与船队联络。

素芳与郑和的简短相见，使她又喜又忧。喜的是一家团聚有了指望，忧的是儿子利欲熏心，深恐他背叛祖宗，于是她在山中四处奔走，呼唤西蒙，只想叮嘱他千万别与大明为敌，做出伤天害理之事。没想到，就在她又忧又急地寻找儿子时，脚下树根一绊，竟失足落下悬崖。山间鸟雀惊飞，素芳却再难回到她朝思暮想的丈夫身边。

孟可带领众官兵修好跨越山崖的桥梁后，趁着夜色朝港口跑去，当他窥见林中潜伏的三路锡兰山人马后，立即命人向船队发出了遇险信号。

郑和一路穿过暗道，来到王宫墙外。灵猴身轻如燕，一个箭步潜入王宫，找到了阿列苦奈尔的寝宫。郑和在他的带领下，以迅雷不及掩耳之势，挥兵活捉了这个贪婪的国王。

指挥船上，当王景泓见到孟可发出的呼救信号后，立即命整装待发的兵将，冲向正在发起进攻的西蒙。一时间，火光冲天，杀声遍地。西蒙连忙带兵撤回王宫，岂料，途中却被埋伏在树林中的郑和伏兵俘获。

当官兵们将阿列苦奈尔和王妃、王子及其大臣们关入船舱后，灵猴来报说，素芳因眼睛模糊又心急山陡，已经坠崖身亡。

郑和听后，久久未语，终于沉重地说：一位贤良重节的女子，一位伟大善良的母亲啊。之后，他立即派人找到素芳的尸体，本想带她回到梁道明身边，以了她的心愿，可山高水远，天气又热，只好在当地妥为安葬。

万没想到，就在将士们将素芳棺木埋入半山墓穴，填最后一锹土时，一群和尚和信众，簇拥着一位德高望重的长老匆匆赶来。他们似乎并未见到墓前的郑和与众多将士，而是肃穆悲怀，只为超度死者而来。长老领经一起，众僧即口颂经文，在这如歌如泣的念颂中，信众们盘坐墓前，为死者亡魂祷告永生。

仪式之后，长老才转向郑和，举手抚额说：阿弥陀佛，施主受惊了。

未等郑和还礼，长老觑目环望众山说：此地山青水绿，本为佛家圣地，十几年来，却被一孽障弄得脏污不堪。罪过，罪过。

郑和本想问个究竟，长老却自顾自说下去：今得施主营救，真乃人之幸哉，佛之幸哉！

他话音刚落，信众们立即欢呼起来：谢郑和将军，谢大明王朝！

长老指指素芳墓地：逝者肉身在此，灵已升天，施主只管放心去吧。

郑和本想多问几句，可长老已飘然而去，众人也紧随其后。

郑和望着他们远去的背影，只好回到宝船。当议到如何处置阿列苦奈尔等人时，郑和思索良久：第一，阿列苦奈尔乃一邦国国王，国中臣民仍然以他为国之象征；其二，他处处披着佛的外衣，虽长老等人早已窥其脏污，却还有更多人迷惑其中；其三，对其如何处置，关乎大明的朝律，也关乎大明在海外的形象，兹事体大，还是押解回朝，由陛下裁夺吧。

众人听之有理，一片应诺。郑和又嘱咐着：他们在船上的日子，一要严格看管，确保不出意外；二要饮食从优，命医生保证他们的健康。

这一切安排好后，灵猴不安分起来，郑和望着他笑道：我知道你坐卧不安地想要什么。之后他转向众人说：灵猴此战立了大功，你想要什么奖赏，先说来听听。

灵猴嘻嘻一笑：上次立功，升我为百户长，官已经不小了，不要了，我只想押这群锡兰山人回朝，上了陆，也可以尝尝，嘿嘿。

众人一下子哄笑起来：女人味。

郑和历来不涉这个话题，他只当不解风情地说：好，你就随周满船队押运他们回朝，但要绕道旧港，将素芳母子的事告诉梁道明。

周满领命待发。灵猴乐得合不拢嘴。

海运天津的军粮久拖未到，北京北营的边军屯粮又被贪官私吞，一旦蒙古军来犯，粮草不济，如何了得！为此，行宫中的朱棣已经茶饭不香。夏原吉终于从天津返回北京，他一见朱棣就跪拜道：启禀陛下，运粮船遭渤海风暴，已经人、粮遇难了。

朱棣心情越发沉重：粮船遇难，这是第几次了？

夏原吉沉痛地说：大的已有三次，小的七八次了。

长此下去，损失的就不只是粮。

是啊，微臣也失信于边军了。

朱棣惊：失信边军？

夏原吉这才不得不说出事情的原委：陛下亲征漠北时，直到大军出征前夜，粮草仍未筹足，无奈之下，微臣只好找北营林将军通融，先向他借用边军屯粮，答应他陛下回师后即刻奉还。未料，这运粮船又出事了。

朱棣一听，暗叫不好，他眼睛一瞪：为何不早说？

夏原吉不明就里：陛下为何如此……

一旁的朱瞻基立即起身：我去北营救人！

朱高煦说：别急，带上皇爷爷手谕去。

朱瞻基抬脚便走：怕来不及了，瞻基就带着皇爷爷口谕去吧。

朱棣连忙说：好，快去，免得迟了误事。

夏原吉困惑地问：这是怎么回事？

朱棣这才解释：林将军借粮给你救急，被将士们误以为他贪污军粮，朕已派杨荣前去问罪。

夏原吉转身就走：微臣去给林将军做证。

林将军虽被洗净了冤情，捉襟见肘的军粮之困仍困扰着朱棣。他征询众臣有何办法，夏原吉说，昨夜微臣想了半宿，若以粮食换盐引或可解燃眉之急。朱棣让他说得详细些。

他说：命盐商将粮食运到指定的边防粮仓，方可换取盐引。

朱棣听罢大声叫好：好，如今最富是盐商，富者要更富，就没有想不出的办法，没有做不成的事，这就叫“人为财死，鸟为食亡”。朕看大可一试。再者，朕已派人查实，南方迁来的富户正在找寻各种借口返回南方，若不设法阻止，只怕京城还未建好，富户们都跑光了。朕左思右想，还是在西郊香山脚下划出一块吉壤，供北迁富户们做祖坟用。留住他们的祖坟，也就留住了他们的根、他们的心。众臣听罢，齐呼“陛下圣明”！

二十三

正是早春时节，南京城里店铺林立，柳绿花红，久别京都的解缙看着久违的街景，不禁神思缕缕。

行走间，远处传来一声热情的呼唤：这可是大绅兄？

解缙循声望去，一匹高头大马上，朝他微笑的正是多年同僚、户部大臣严季青。当他快步奔去时，严季青已经下马走来，他们相互施礼后，严季青热情地说：仁兄总算回来了。

解缙轻叹一声：哪里，愚弟是为回朝禀报安南督饷事宜而来。几年光景，南京城已视我为外乡人了。

严季青安慰说：南京还是那个南京，大绅兄想多了。

说着，他不禁拉起解缙的手：想想，王勃的感叹还是颇有道理："与君离别意，同是宦游人"，我今在南京，谁知他日会去哪里？走，愚弟还存了两瓶陈年杜康，去寒舍喝几杯。

两人来到严府把酒谈心。酒过三巡，严季青告诉解缙说，你回来得不巧，陛下北巡去了，如今是太子监国，大事、要事一律待陛下回朝再定。不过也好，正好可在京城多住些日子。

解缙慢饮一口说：官身不由己呀。

话未说完，家仆匆匆来报：大人，拱卫司的人已到客厅，说是要见老爷。

谁都知道，拱卫司登门定无好事。严季青有些慌乱：仁兄先喝着，愚弟去去就来。

拱卫司的人一见严季青便亮出底牌，说有人揭发，他利用手握盐引大权，贪污巨大。

此罪非同小可，严季青虽自问清白，可一经拱卫司之手，难料会是什么结果。他正在不知如何回答时，那拱卫司官员一笑说：此事说大可大，说小可小，严大人如果聪明些，拿出些盐引给拱卫司疏通各方官员，也就可抵罪了。

严季青深知官场的黑暗，为了保官保命，只得从命。待到送走拱卫司官员，重新回到酒桌上时，神情已经像换了一个人。

解缙关切地看了他一会儿问：可有什么大事？

严季青嘿嘿一笑：无大事，无大事，喝酒，喝酒。

敏感又自尊的解缙自然明白他有难言之隐，草草喝了几杯后，也就告辞而去。

古来之士，历来看重自己"一言以兴邦，一言以丧邦"之智识，自恃多才的解缙虽已因此而被贬交趾，可刚刚沉寂了几年，故态复萌，又怀揣自以为是的安南战略转移奏折赴京献策。既然圣上北巡，无缘面奏，何不向历来对自己怀有好感的监国太子一吐自己的雄才大略！

太子也知道，能有今日的太子位，解缙算是功臣之一，今日一听故人远道回朝，自是热情相见。他们一番问候、一番感慨后，解缙便基于几年的观察体验，说出了自己对于交趾的想法：从交趾的荒僻、位置与民情看，朝廷将交趾纳入版图，是件得不偿失的事。

太子笑笑说：对于此事，朝中大臣也看法各异。为了安南平叛，朝廷几次三番派兵征讨，确实得不偿失。何况这本是相邻邦国之事，管得太多，岂不劳民伤财？依本宫看，父皇为此事也颇费心思啊。

解缙闻之甚喜，于是将一本厚厚的奏折递上说：此乃微臣一些想法，既然朝廷看法不一，先请太子过目，看对日后的交趾存废，以及对安南的方略制定，有无参考之用。

太子接过说：解大人历来以国事为己任，且常有真知灼见，本宫定要仔细看看。可关于安南与交趾，事关重大，只能由陛下钦定了。他又笑对解缙说：解大人长途跋涉回到京城，不妨多住几日，有何需求，尽管直言。

解缙谢过告辞，心中不知是喜是忧。

为人运货的陆宽和他的麻衣邦弟兄们刚刚将船队停泊在古里港口，郑和的船队就如山般缓缓入港。陆宽和弟兄们见状非常惊慌，当他们见郑和船队的官兵、水手们只是忙碌地卸船卸货，并无打仗举动时，才放下心来。陆宽判定，郑和并不知道他们就是麻衣邦。虽如此，他们还是希望早些离开这凶险之地。于是陆宽催促货主早交货、早上路，因为还要赶往阿拉伯。那阿拉伯货主也心急如焚说：我不是不想早些上路，只是已与古里商人普拉卡击过掌。前次我的货已经给他，这次来，他要交我一批瓷器、丝绸与香料，可直到如今，还未见到他。

正说话间，普拉卡快步跑来。他心急火燎地说：真对不起，曾跟我击过掌的货主遭遇海难，连人带货都被海啸卷走了，这原先的约定可……

他急得四处张望，突然，眼睛朝郑和船队方向望去：拉姆先生，我欠你的货一定如数交出，我想与刚到港的郑和船队协商一下，买齐欠你的瓷器和丝绸。看样子，这位船主是大明人吧？能否请你向郑大人求求情？

霎时，一道关乎生死的难题横在陆宽面前。应吧，万一郑和认出他来，岂不等于自投罗网？不应吧，拉姆是老客户，虽不知他的底细，却知道他是大明人，刻意躲闪反会令人生疑。好在郑和并不认识他，亦即我明他暗，借此探个虚实，倒可心里有个底数。他嘱咐阿鑫检查船队装备，做好逃离准备，万一自己有个长短，千万不要因他而误了逃生机会，保护众弟兄最为要紧。交代完毕，他随拉姆与普拉卡直奔刚上岸的郑和住所。

一见面，陆宽对郑和恭恭敬敬先施一礼说：海上人阿潮参见郑大人。

他乡遇乡音，郑和十分高兴：听口音，看礼仪，先生也是大明人吧？为何自称海上人？

陆宽一笑：在下生于大明，长于大海，终日与海潮为伴，为了不被大海吞掉，故取名阿潮。

郑和非常赏识他的开朗幽默，看了看拉姆和普拉卡：三位前来，可有事要谈？

陆宽等三人相互补充地说明了事情的原委，说希望从他这里买些丝绸和瓷器。郑和十分作难说，前次来，已与拉兹击过掌，这次运来的丝绸、瓷器要全交他分销，为不失约，只能与拉兹商量。正说着，拉兹已合不拢嘴地朝郑和跑来。他们拥抱过后，普拉卡先对拉兹施了一礼，之后又倾述了他的遭遇和请求。

拉兹慨然答应说：在古里，不讲信用，便无资格经商，更没资格做人。我敬重你，普拉卡先生，为这样的人，我什么都可以做。我视你为朋友，为兄弟！

他们当场就将郑和船队上的丝绸、瓷器一批批卸到陆宽船上。接着，拉兹、普拉卡又与郑和连环击掌，签了各自的下次交货合同。

傍晚时分，弘无驾着小舟从海上测量归来，正遇麻衣邦的人往船上装货。他们一见弘无，立即警觉起来，因担心他向郑和船队告发，忙将他劫到船上，试图杀他灭口。弘无挣了挣背上的绳索，竟哈哈大笑起来。

阿鑫不解：死到临头了，你还笑得出来？

弘无说：老夫笑你们在海上闯荡多年，心胸还没针尖大！

阿鑫挥了挥雪亮的匕首：你难道不怕死？

弘无直视阿鑫：人活一世，难道就为生死？如是，还不如不来这个世间！

说得好，说得好！陆宽连连赞赏着走入船舱，当他见到弘无被绑、阿鑫挥刀时，立即一脚踢飞阿鑫手中的匕首。之后，即上前为弘无松绑，并厉声说：阿鑫，你疯了，怎么可以这样对待弘公！

弘无觑目看着来者：陆宽？

他的满腹话语一时不知从何说起，只是说：几个月不见，你竟跑到这里来了？

听着他的话，陆宽也顿生狐疑：弘公可是为郑和带路，为抓捕陆某而来？

弘无赧然一笑：张公子高抬老夫了。

陆宽警觉地问：弘公如何知道我的身世？

他屏退了众人，收去了满脸江湖气，沮丧又悲哀地说：明人不说暗话，张公子之称谓已是前朝往事了，家严已经走了近三十年。

弘无追问：难道公子就此甘心？

陆宽叹了一口气说：面对弘公，难说假话，我就直说吧。朱家天下已经绵延三十几年，在下蹉跎海上，也近三十年了，虽几次想过反攻大陆，但看看人家的天地和气数——他指了指舱外的郑和船队：也只能黄鹤一去了。

弘无试探着说：你同老夫说了这么多，难道不怕我去告密？

话音刚落，躲在外面的阿鑫等已拥到面前！陆宽斥退他们，大笑道：果若如此，你也不是阿里玛器重的弘无公了。

弘无换了一种口气问：你竟如此知我，可阿里玛那个老太婆却不懂我。

陆宽笑笑：她对弘公虽是又爱又恨，但对你的人品却是赞美有加。

弘无也笑说：无非是个飘来飘去的浪子。哈哈，老夫终生飘荡，不问名，不问利，不问今日王朝是谁家，只求寄身天地间，以天为盖，以海为榻，终老此生。

陆宽感叹着：弘公真是让人羡煞啊，要不是朱氏王朝一再追杀，在下真想追随弘公，逍遥为仙了。

弘无调侃道：张公子真的已洗净欲念，不再报仇雪恨，重夺天下？

陆宽苦笑：弘公取笑了，陆某非但再无奢想，这贱命也早已不足为惜。今日还活着，无非是为重生岛上我那些弟兄们，能多过几日太平日子。

弘无有意无意地点拨着：如此看来，张公子的胸怀真是不如朱棣于万一呀！你看他，北平漠北，南下西洋，《永乐大典》大书已竣，又筹谋迁都北京，以砥定君主华夷。古今皇帝，有几人能如朱棣一样胸怀天下、气吞山河！看来，真是今日华夏大帝，非他莫属啊！

弘无回到宝船时，已是深夜时分。郑和正命人去刺探那队运货华人的身份，弘无淡淡地说，他刚从那船上回来，不过是帮人运货的商船。郑和笑笑说，既然弘公已去过，就不必再去了。

陆宽深知情势诡谲，装好货后，连夜驶出古里港。

南京奉天殿内一片疑云，众大臣纷纷为主管盐引的严季青突然被押入大牢、又突然死于牢中而疑惑不解。他们见太子阴沉地走来，想问又不敢问。

太子见众臣各个狐疑，沉默良久说：本宫已很久未曾视察监牢了，众位有事早说，无事散朝吧。

众臣施过朝礼后，陆续朝外走去。目送着大臣们散朝的背影，太子对身边小太监说：去监牢。

拱卫司就是拱卫司，太子尚未来到监牢，纪纲早已闻风而动。他急命亲信尽快处置一批犯人，那妖道姑也在其列。

当太子在杨士奇的陪同下走入监牢时，杨士奇看看太子说：殿下不是说等过了祭祀日，再过来视察吗？

太子道：纪纲奸猾手狠，给他个猝不及防，或许还能看个真相。

话未毕，已见两个抬着尸袋的狱卒朝大门走来，他们一见太子，慌忙放下尸袋跪拜。

太子看了看麻袋问：里面装的什么？

狱卒慌忙答说是死尸。

太子仔细观看，见一条麻袋轻微地抽搐了一下。他厉声指着麻袋说：死尸还能动，打开看看！

狱卒只好打开麻袋。当太子趋前细看时，竟是到处寻觅不见的方诗君，他不由得大怒！

纪纲闻声赶来，狡辩说：此道姑乃陛下钦点犯人，微臣见她是个弱女子，并，并未处置。

太子知道此中必有蹊跷，而且还扯出了陛下钦点。他既不能莽撞从事，又不能让纪纲这恶人太过嚣张，厉声道：来人，将纪纲责打一百棍，之后收押！

话毕，即命人将方诗君送入宫中，请御医好生调治。

初夏时节，朱棣在完成北征漠北、兴建北京、选定皇陵等几件大事后，起驾回到南京。

一别数月，第一次临朝，桩桩大事便接踵而来。兵部尚未奏报，工部就抢先奏报卫河告急：有几处已经决堤，因年久失修，未决堤处也朝夕难保，万一汛期来临，便防不胜防。

朱棣未等他奏毕，即接话说：朕在北京就想，海运频频出事，河运通一段阻一段，如今卫河又告急，与其被动修修补补，劳民又伤财，还不如乘此时机开通运河为好。

夏原吉闻言趋前：陛下所言必将造福天下、造福后人，只是开通运河，这，这可不是花一点银子就能奏效的。

朱棣揶揄地望着他：银子，银子，朕的夏爱卿啊，你除了银子，还能算些别的账吗？

开运河事尚未议完，兵部又急忙奏报交趾陈季扩拥兵作乱之事。众臣对安南一而再、再而三地兴兵作乱极为反感，有人甚至主张彻底收回。朱棣将目光投向张辅问：英国公以为如何？

张辅趋前：启奏陛下，以微臣几次征讨安南看，这些乱臣贼子毫无感恩之心，臣愿再次领兵征讨。

朱棣颔首：好，爱卿领兵前去，迫令陈季扩表奏伏罪。他若不伏罪，则以武力讨平之！

一件件大事直议到午后方散，朱高煦朝思暮想的是尽快拿到盐引，以便既赢得父皇欢心、补充边疆粮秣，又可从中赚取大笔银两。

故此，下朝之后便命人召纪纲来见，可拱卫司的人哭诉说，纪纲已被太子打入大牢。

听罢，朱高煦连夜来到监牢。所幸，纪纲除挨了那一百棍外，在牢中早有多人伺候，因为这是他的半个王国。高煦问清前后缘由后，安慰纪纲再住几日，他自会向陛下保他出狱，因为他们还有更大的宏图未展。

纪纲因受太子所害，便加油添醋地将解缙如何串通严季青、两人如何私见太子等说得云山雾罩。

纪纲所说正是高煦扳倒太子所需，次日，他便来到乾清宫，又是层层加码地禀明陛下。朱棣本来就是想借太子监国考察他的继承人，没想到几个月间，竟出了这么多事，可他又素知高煦无时不想取太子而代之，于是速召他最倚重的大臣杨士奇。

杨士奇听了陛下的垂询后，气定神闲，不褒不贬，如实禀报，说太子为人仁孝，掌政稳健，凡有事关宗庙、祭物、祭器等事尽皆亲阅亲为，其余国之大事一律奏本圣上，遵旨奉行。之后总结说：殿下天资甚高，即有过必知，知之必改，素心爱人，决不负陛下所嘱。

杨士奇的一番话，听得朱棣一片欣悦。他终于长舒一口气问：解缙还在京都吗?

杨士奇答说已回交趾。

朱棣未动声色地说：这个书呆子，与其让他跑来跑去的，还不如让他待在一个有人看着的地方安全。

政治历来是险恶之地，何况是皇家政治。可怜解缙自恃敏慧多才，从来不知收敛，不知大智若愚的道理，竟无端成为朱家王朝内斗的牺牲品，惜哉，哀哉!

二十四

秋风乍起，日送寒凉，转眼又到徐皇后的忌日。

天尚未亮，朱棣便来到灵堂。他站在徐皇后灵柩前，轻语道：一晃，你我阴阳两隔，已经整七年了。有些话，朕只能同你讲。他有些哽咽：两个儿子虽然孝顺，却常常令朕心烦。炽儿天性仁厚，可作为储君，又少了些刚锐之气；煦儿因没得到太子位，一直心存怨气，不是状告太子，便是胡作非为。朕常常是治之不忍，不治又难忍。你说，朕到底如何是好？

他停了停，看着徐皇后遗像的眼睛渐渐模糊：多少年，多少事，朕在解不开的时候，都是你给朕出主意。可如今，朕担心，一旦有个意外，炽儿的太子位难保啊。为此，朕不能不做一件越俎代庖之事了。

诗君缓缓睁开眼，一直守在她身旁的王贵人含泪说：谢天谢地，妹妹总算醒来了。

诗君疑似已入阴曹，正要将王贵人当作徐皇后向其哭诉。

王贵人拉开窗帘说：妹妹你看，外面晨光多好！

诗君猛醒，幽幽地说：原来，阴阳之间就隔一道阳光啊。她看了看周围：姐姐，我是怎么又回到后宫的？

王贵人撩了撩她的额发：是太子救了你。

诗君这才恢复了意识，问：今日是什么日辰？

王贵人拭了拭泪：妹妹受苦了，连日辰都分不清了，今日是九月初六。

诗君即刻挣扎起身，王贵人忙扶她躺下。

诗君还是坐了起来：九月初六，是皇后忌日，我得去为皇后上上香。

当王贵人搀扶着诗君来到灵堂时，朱棣正孤零零一个人站在灵柩前，对着皇后低语。她们不敢惊扰，便静静地跪于一旁。未久，高炽、瞻基与高煦先后到来。

朱棣拭干泪痕，对两个儿子说：还记得你们母后最后的愿望吗？

高炽含泪点头，高煦低头哭泣。

瞻基抹了一把泪，轻声回答：皇祖母希望我们一家和和睦睦、齐心协力，共创永乐盛世。

朱棣抚着孙子的头：能慰朕者，瞻基也。

他转身对昌盛说：你忠实勤恳地侍奉朕十多年了，从今日起，也要像侍奉朕一样扶持瞻基。

昌盛跪地领旨。

瞻基叩头谢恩。

高炽感动地拍了拍儿子的背。

高煦心头一震，嚎啕大哭，他在哭母后，也在哭自己的命。

一旁陪祭的诗君也不由得泪水涟涟。

朱棣已知道了诗君又一次死里逃生的遭遇，一见这死而复生、如带雨梨花的姑娘，想到逝去的皇后虽与之姐妹相称，实则情同母女，心下生出许多愧疚和同情，于是问她此后想要什么样的日子。

诗君拭泪回答：诗君已是死过两次的人，早已别无他求，只求为皇后终老守灵。

朱棣感动地看着她：朕先替皇后谢过你。你有所不知，皇后的灵柩一直停在这里，就是为等北京陵墓修好了，送她去生前怀念的北京落葬。北方天寒地冻，朕担心你的身子再难承受，还是待在南方更好些。

诗君流下两行清泪，半晌说：那就求陛下赐我一处道观，也好将老屋的书搬过去，让买不起书的人，有个读书的地方。

朱棣听着，不禁更生怜悯。此时，正在一旁诵经的姚广孝连连恭贺朱棣：阿弥陀佛，此女深受皇后贤德之滋养，胸有诗书，兼怀天下，实乃难得，不如将闲置的“姚”府改作道观，也算物尽所需吧。

朱棣想了想，点头应允。

帝王自古皆多疑，这是由他的位高权显决定的，因为稍有不慎，就会轻者大权旁落，重者江山丧尽，朱棣尤然。

从心里说，他更喜欢小儿子高煦，可多年来静观他的行止心性，断定如传位于他，大明江山将薪火不保，甚至中途生乱，这就是他将太子位传予高炽的根本原因。

昨日在皇后灵堂上，自己刚说了几句喜爱并倚重皇长孙瞻基的话，高煦便禁不住嚎啕大哭。朱棣心里明白，他哭母后是假，哭他自己希望失落是真。既如此，与其久拖，不如从速，以免迟则生乱。

次日早朝，朱棣即平和又平静地诏告众臣，立瞻基为皇太孙，也就是钦定的隔代传承人，亦即朱棣位传高炽，高炽位传瞻基。从此，就断了高煦日思夜想的皇帝梦。此诏一发，朝堂一片贺声，只有高煦一脸黯然。

一件隔代立嗣的大事，在不声不响中完成后，朱棣顿觉一身轻松。早朝归来，他颇想看一会儿书，可没翻几页便瞌睡起来。

当他从小睡中醒来时，却见瞻基正偎在他脚边，读着他刚才看过的书。他一阵感动，想给孙儿讲一个永远也不结尾的故事。可故事刚开头，便被昌盛送来的快报打断了。

原来，是袭任了贵州宣慰使的宋斌上奏折说：部族首领宋阿袄，领着一些部族不肯贡纳税赋，请求朝廷派兵征讨。

朱棣刚打完漠北，不想南边再出战乱，于是，下旨镇远侯顾诚以怀柔之策处理。

第二份快报是，日本足利义满之子义持将军遣名僧坚中圭密来朝送来的讣告。朱棣对义满之死深表惋惜，他当即要昌盛记录了他称颂逝者之词，并追封他为恭献王。为表继续通好，又封义持为日本国王，以示允其继承其父之位意。为表隆重，特遣中官周全赴日吊唁，并祝新王登位。

朝野上下无人不知汉王朱高煦虽不是太子，却是战功赫赫、圣上最偏爱的子嗣，加之他分管市舶司，一切邦国、属国官员、巨商，来到大明者没有不想拉拢巴结他的。日本使者坚中圭密完成公务后，先是重礼拜谒汉王，继而，又邀约汉王到他的船上饮酒。高煦知道酒后必有文章，也便屈尊前往。

果然，酒席中，坚中将他带来的大批刀剑一件件展示给高煦看。高煦越看越爱，有几次甚至起身刀砍剑刺，兴奋不已。

坚中见状，讨好说：汉王若喜欢，坚中便半价卖给大人，并奉送这把宝刀予汉王。他指了指高煦手握的宝刀。

高煦笑了笑：本王眼下手头较紧，能否先付一半，过后补齐？

坚中深深鞠了一躬说：我们来大明一次不易，冒险卖此刀剑，全是为了买些大明特产回去补足家用。如不能全数付款，坚中只能请汉王体谅了。

朱高煦脸一沉，扬长而去。他知道，日本人这些刀剑不是那么容易脱手，先冷他们一下，压压价再说。

为给纪纲压惊，高煦特请他来淮扬楼散心。当高煦与纪纲说完坚中卖刀剑之事后，纪纲冷笑说：这群倭人！买什么买？抓他几个，看他不乖乖地将那些刀剑兵器送上门来！

高煦瞪了他一眼：还嫌乱子少啊？再捅出娄子来，你的脑袋就难保了！知道你这次能从监牢里爬出来，我费了多大力吗？要不是本王在父皇面前一而再、再而三地担保，你的脑袋早搬家了！

纪纲拍拍自己的头：纪纲明白，太子早就想取它了。

高煦猛灌一杯酒说：本王也憋屈呀，昨日，父皇又立了皇孙朱瞻基，这不明摆着是冲着本王来的吗！他知道太子无能，担心皇位传不到朱瞻基手中，便急急忙忙来了这么一招。

纪纲咂摸一下口中的酒：是啊，陛下虽然对汉王未动一丝声色，却用立皇孙断了汉王终生之念，厉害，实在是厉害！

高煦又干了一杯：那批盐引处置得如何？

纪纲凑近他的耳边：动了一些，正在风头上，不敢动静太大了。

高煦点头：你先筹钱去，买下那批兵器，余下的事慢慢来。

此时，坚中圭密与几名日本使节也来酒楼饮酒。他们恭敬地拜见过汉王后，正要落座。

朱高煦对坚中说：你们先将那批兵器分批送往本王指定的地点，随后便如数付款给你。

坚中走近高煦，深鞠一躬：遗憾得很，太子已将那些兵器买走了。

纪纲一听，跳了起来：太子的手也伸得太长了。

未等纪纲说完，高煦便拦住了他，脸色也由愤怒转为冷峻莫测。

朱高煦积压了多日的积郁甚至是绝望，终于找到了起死回生的契机，他岂能不争分夺秒！

次日午后，他急急忙忙来到乾清宫，绘声绘色、加油添醋地将太子从日使手中购买大批兵器的事兜了出来。

起初，朱棣并不相信，以为他又是因屡屡失位而诬陷太子，于是厉声质问：你可知诬陷太子，该当何罪？

高煦坦荡回话：与所告之人之事同罪。

朱棣听后，又看了看高煦，挥挥手说：朕知道了，退去吧。

高煦走后，朱棣百思不得其解：炽儿为何如此？难道他觊觎朕的龙座已经等不及了？不对，不对！朕的儿子朕知道，炽儿不是这样的人。

于是，即刻诏礼部秘密查清此事。近三更时，礼部匆匆来报：太子确实从日使坚中圭密手中买了一批刀剑。

打发礼部官员退去后，朱棣腿一软，跌坐椅上：高炽呀，高炽，你这不是为难父皇吗？不治你罪，难服天下，可若废了你的太子位，年纪尚幼的瞻基怎么办？

左思右想之后，他突然站起身来，豪气十足地自语：朕并未老，朕完全可以扶持瞻基。

他翻来覆去，一夜未眠，直到东方破晓时，才忍痛写下了废太子书。他又看了看置于案上的废太子书，呼着一夜的浊气，不知不觉地踱到院中。

此时，蹦蹦跳跳的瞻基跑了过来，亲热地喊着：给皇爷爷请安！

朱棣眼前一亮：瞻基，你怎么这么早起床？

瞻基仰头回答：瞻基牢记皇爷爷的话，早起三朝胜一日。

朱棣看着心爱的孙子，先是宽慰一笑，接着又重重叹息了一声。

瞻基关切地看着朱棣：皇爷爷为何叹息？

朱棣拍拍他的头问：你父王从日使那里买了一批兵器你可知晓？他见瞻基低头不语，心中更是一惊：你既然知道，为何不告诉皇爷爷？难道连你也有事对皇爷爷隐瞒？

瞻基眼睛一红：父王叮嘱瞻基不要说出去。

朱棣眉目之间即刻拧出一股怒气：为什么？

瞻基瘪着嘴：父王担心皇爷爷知道了生气。

既然知道皇爷爷会生气，为什么还要这么做？

父王不是对皇祖母承诺过，要友善王叔吗？

朱棣眉头一皱：你父王买兵器，与你王叔何干？

瞻基看着朱棣，小声说：父王从日使那里得知王叔要买那批兵器，因怕他惹祸，所以赶在王叔前面，将那批兵器买下了。

朱棣闻言，脸色霎时放缓：你父王果真是担心你王叔闯祸，才抢先买下那批兵器的？那批兵器如今放在哪里？

瞻基指指东边：兵部呀，买了就直接派人送去兵部了。

朱棣大舒一口长气，他抚着孙儿的脑袋：快去用早膳，今日皇爷爷带你上朝。

瞻基兴奋地朝自己王府走去。朱棣也急忙回宫，将写好的废太子诏撕得粉碎。

少有的，今日下朝，朱棣屏退了皇辇和护从，执意从奉天殿走回乾清宫。快入乾清宫门时，高煦快步从后面赶来，且边走边笑地问：父皇，有什么好事召煦儿前来？

朱棣并不理睬。待进了宫门，高煦刚要为父皇敬茶，朱棣猛击书案，厉声问：说，你汉王府里私藏了多少兵器？

高煦先被震得一愣，继而稳下心说：煦儿为护卫备下一些兵器，这违反了哪条朝律？父皇也真是……

朱棣并未稍减怒气：朕知道，捅破天的事，你也能找到理由。你与朕直说，为何三番五次地陷害太子？

高煦脖子一梗：父皇，煦儿再不喜欢他的绵里藏针，也不至于陷害他呀。我再浑，也知道他是我的一奶同胞。

朱棣冷笑说：知道就好。记住，此后再若犯浑，就滚回你的封地去，朕决不再姑息！

朱棣说着刚要转身，一个趔趄差点跌倒。高煦连忙上前扶住说：煦儿哪里也不去，不是因为京城繁华，而是因为这里有父皇。母后虽不在了，煦儿还可常去灵堂看看她。

说着，他眼圈一红，竟伤心地抽咽起来。朱棣心一软，瞪了他一眼，转身离去。

地处亚热带的玫瑰岛一年四季绿树成荫、繁花似锦，各色玫瑰更是葳葳蕤蕤，将整个岛屿装点成一个花树世界。葛三被郑和委任巡守重生岛海域，以缉捕随时可能出现的麻衣邦邦主陆宽。

自那晚与塔莎共舞后，似乎是爱屋及乌，对玫瑰岛及其周围的一切，他更情有独钟。灭族之后，虽然苟且活了下来，内心的凄苦无时不在。塔莎的出现，给了他极大的抚慰。他的眼前时常出现塔莎那难以言说的异国风情之美，那肤色，那眼神，那修长裸露的腿，那雅于玫瑰的体香，无不令他魂牵梦萦。

一日，他借带兵卒上岛取淡水为由，来到玫瑰岛，伴着一阵歌声，塔莎从花丛中走来。

葛三连忙走近问候，并抑制不住地抛却中国士人的含蓄，换作南洋人的坦直，赞美说：听到这美妙的歌声，就知道必有美女到来，万没想到，竟是塔莎郡主！

他侧开身子，边欣赏边说：塔莎郡主，你今日真是太美了，连玫瑰在你面前都黯然失色。

看着他的神情，听着他的赞美，塔莎发出一阵咯咯笑声。这是由衷的笑，开心的笑。她听过的赞美太多了，但从没像今日这样开心，这样令她心醉，因为她喜欢葛三那威武中见儒雅的气质、谈吐中见机敏的洒脱。笑毕，她微施一礼说：谢谢，谢谢葛将军。之后，她凝眉问道：葛将军，我不明白，郑和总兵官那么好的人，怎么会是太监？

葛三曾听人说过郑和的身世，他的先祖据说是先知穆罕默德的“圣裔”，爷爷与父亲都曾去麦加朝圣，被云南穆斯林称之为“哈只”。后因父亲参与叛乱，全家惨遭屠杀，剩下这个十一岁的小三宝被阉割后，被送往宫中当了内使。虽然遭际不同、身份不同，在葛三内心，却对郑和时常有种同病相怜的感觉。

此时，他甚至觉得自己比郑和更加幸运，最起码，自己还有追求心爱姑娘的资格。而郑和，即使喜欢塔莎，他能表露吗？

葛三不想对塔莎说得太多，于是笑问：你知道太监是什么吗？是谁告诉你，郑总兵官是太监的？

塔莎脱口而出：知道，是老鬼说的。

葛三莫明其妙：老鬼？老鬼是谁？

塔莎不好意思地笑红了脸：对不起，是一位老人。

葛三没有追问下去，想着自己与郑和的身世，心情不觉有些惆怅。他叹口气说：人生在世，有不少事是身不由己的。我想，郑总兵官身上会有不少故事。

塔莎点头：老，不，弘公也这么说。

只这么一句，葛三已然听出了弘无与玫瑰岛的关系。看看取淡水的兵卒已纷纷登船，葛三告辞说：天不早了，改天再来看你。

塔莎笑笑说：好，我等着。

葛三恋恋地朝码头走去，当他回过身来招手时，塔莎还站在原地目送着他。葛三见此，在路旁选摘了一朵玫瑰，快步跑到塔莎身边，为她戴在头上，塔莎高兴地吻了一下他的脸颊。

有了上次的“邂逅”，葛三便隔三差五地来到玫瑰岛，而且每次都会巧遇塔莎。似乎是心有灵犀的相遇，自然给他们带来无限的欣喜，带来说不完的话语，从天到地，到中国几千年的历史与文明，葛三满肚子诗书，终于得到了发挥的天地。

情窦初开的郡主似乎打开了天窗，她这才知道，除了玫瑰岛、南洋与大海，世界还很大很大，还有那么多她从没听过、从没见过的五光十色的东西，比如诗词、乐器……塔莎在对未知世界的向往与梦幻中，对葛三更生出种种崇拜与好奇。

此后，每到葛三带人上岛取水的时间，塔莎便有意无意地前往沙滩或水潭附近等候。

一日，晚霞将落时，葛三又来了。他见塔莎立于沙滩凝思，便静静地陪在她身旁。塔莎转头嫣然一笑，拉着他来到玫瑰园。葛三顺手摘下两片树叶，贴在唇边，即悠悠地吹出几曲优美的旋律。

塔莎看看他，眼睛注满崇敬与柔情：吹的什么曲子？这么好听，好听得让人想哭。说着，果然泪眼盈盈。

葛三疼爱又怜惜地搂起这位看上去天不怕地不怕、其实却多愁善感的南洋郡主，贴在她耳边说：是昆曲《牡丹亭》中的一段。

塔莎并不挣脱，她靠在葛三怀里轻语：《牡丹亭》，你讲过，没想到这么美，那杜丽娘一定更美吧？

暮色悄悄潜入玫瑰园，葛三将她带向玫瑰深处：再美也美不过你。

塔莎被他说醉了，软软地躺在葛三怀里。他们狂吻着，颠荡着，低吟着。两人喘息一阵过后，葛三折下几枝玫瑰，小心抹掉茎上的花刺，为塔莎精心制作了一顶玫瑰花环，戴在她的头上。

塔莎忘情地说：此刻，我就是大明王妃，这花环就是我的凤冠！

葛三一把抱起她，风一样地旋转，似乎满园玫瑰也疯狂起来。

周满船队行驶在大洋中，周满笑眯眯地看着灵猴矫健如猴地在甲板上翻跟斗。

翻了一阵，灵猴犹觉发泄不尽，于是嘟囔着：周大人，其实，还是你们当太监的好，起码不会像我们，沾不着女人便憋得慌。

周满一听灵猴提女人，心里十分别扭，他皱起眉头问：开口闭口都是女人，娶亲了吗？

灵猴一阵冷笑：我的周大人，你说说，像我们这种长年累月漂在海上、过了今天不知明天的人，能娶亲吗？就是娶了亲，还不是扔下个活寡妇！如今，我最羡慕的便是葛三。他娘的，我们栽好了树，他倒日日夜夜躲在玫瑰岛那个美人窝里逍遥！

周满笑了笑：我倒以为，郑大人如此安排甚好。若要换上你，用不了几年，那满地芳香的玫瑰岛，还不变成了骚气冲天的猴窝！

灵猴大笑：骚就骚，我可真盼着有这么一天。

周满收起笑容：你呀，先等等吧。郑大人交代过了，我们先去旧港，将西蒙母子的事告诉梁道明。到时候，你可以领弟兄们上岸歇息半日，接接地气，买些东西。先要说好，你可不能胡来！接着，我们还要去重生岛装些货物回去。

灵猴上前一揖：周大人，您的大恩大德，灵猴定当重报。

两日后，周满船队停泊于旧港码头。周满将船队事务和众官兵交代给灵猴后，就在几名护卫护从下，趋访旧港宣慰使梁道明去了。

梁道明热情欢迎周满的到来，寒暄中，梁道明预先备下的酒宴已经摆了上来。酒过三巡后，周满详述了他们巧遇梁夫人与其子西蒙的经过和结果。当梁道明听到爱妻坠崖身亡前，还叮嘱儿子记住自己是大明人、他的生父是梁道明时，不禁浑身颤抖，声泪俱下。

周满站起身来，斟满一杯酒，恭恭敬敬地洒于地下，说：请梁大人节哀，下官就以这杯酒，代船队官兵祭奠梁夫人吧！

梁道明急忙站起身说：我替亡妻谢谢周大人，谢谢船队官兵。他饮尽杯中酒后，不禁掩面失声痛哭。

周满劝道：可以告慰的是，下官已带回了令郎西蒙。

梁道明忙问：我的儿子？他在哪里？

周满说：在船上。下官本想带他一起来，可他死活不想认你，只承认他是阿列苦奈尔的王子。

梁道明先是一愣，接着请求道：我能不能见见他？

周满点头：当然。

他们离开梁府，走下码头，进入船舱。梁道明见了西蒙，积蓄心中十余年的父爱早已按捺不住。他踉跄几步走上前去，伸出双臂，想好好抱抱儿子。西蒙却连连后退：你是谁？别过来，别过来！

看着挺拔劲健、五官酷似自己的儿子，梁道明百感交集：我是你的父亲梁道明。

西蒙似乎受了天大的侮辱，激愤大喊：我只有一个亲生父亲，他是锡兰山国国王——阿列苦奈尔！

霎时，梁道明手在颤抖，嘴唇也在颤抖：难道你母亲没告诉过你，你是大明人，你父亲是梁道明？

西蒙疯了般地大喊：别提大明，是大明人杀了我母亲！你肯定是大明的奸细！滚，你给我滚出去！

爱妻屈死，儿子被毒化变节，在南洋苦心经营了几十年的家，转眼只剩孑然一身。梁道明万念俱灰，他只想回归故里，救回儿子。于是，他将宣慰使一职转让给德高望重的施进卿后，便上了周满的船，一同回归大明去了。

二十五

大海茫茫，须发皆白的梁道明站在甲板上，显得苍老了许多。

周满走来，安慰着他，他却一语不发。哽咽良久，他才伤心地说：我找了他们母子十余载，岂料会是如此结果？可怜素芳茹苦含辛地抚养儿子长大成人，如今，她已命丧黄泉，儿子却成了这般模样……

周满见他凄然如此，真不知如何才好。此时，旁边船上忽然有人高喊灵猴。灵猴循声问着快速赶来的船上人：你们要去哪里？

葛指挥派我们看看葛轩是不是还活着，那人指指近旁的小岛说：他就被我们安置在那岛上，咱们一起去看看怎样？

好，你等我问问周大人。

他将此事报告周满后，热心的周满立即答应：好啊，他要是命大还活着，咱们就将他带回家去。

说着，他即派灵猴带几个兵卒上岛。他们很快就爬上那片荒岛，边找边喊：葛轩，葛——轩——，你还活着吗？

他们声音喊哑了，腿也越来越酸软，丧气地说：八成是没了，这么个鸟儿都不屙屎的地方，不病死，也该被什么兽吃了。

正要返回船上时，葛轩循着人们的喊声钻出了山洞。大家看着这似人似兽的东西朝他们走来，不由得又惊又怕，当认出来者就是葛轩时，又不约而同地连连后退。

葛轩倒大声笑了起来：你们还没忘了我，还来找我？这，这真是，你们就是我的再生父母啊！说着，他又感动得大哭起来。

他越感恩戴德地快步跑向他们，他们越快步后退。葛轩这才明白过来，他擦了擦眼泪：你们是怕染上我的病吧？告诉你们，我的病全好了，不光病好了，还得了大把珍珠。

灵猴一听珍珠，即刻惧意全消：珍珠，还大把？葛轩，我看你是被病烧糊涂了吧？

葛轩不容分说，拉着他们钻进一个山洞，唰的一声抖开一个大包袱，亮出一堆莹光闪闪的珍珠。

灵猴吃惊得两眼放光：葛轩，说说，你小子是从哪里弄来的这些宝贝？

葛轩咽了口唾沫，摆开架势说：我被葛大人安置到山洞后，留下的吃食吃光了。饿了，就到山上采到什么吃什么。渴了，就雨水、露水，找到什么喝什么。怪吧，过了些日子，病全好了！

灵猴愣了半天，说：这真叫大难不死，必有后福！说说，这珍珠是怎么来的？

葛轩来劲儿了：嘻，这才叫歪打正着呢。一天夜里，我正躺在洞里胡思乱想，突然从外面传来一阵窸窸窣窣的声音。我走出山洞，借着月光一看，是一条大蟒正从海边爬向一个洞穴，它身上的鳞光在月光下闪闪发亮，吓得我嗖的一下躲回山洞。可它离我这么近，万一吃我怎么办？得想个办法。次日天一亮，我便上山砍了几杆竹子，将竹子削成竹钉，钉在蟒蛇经过的地方。以后几天，再没听到窸窸窣窣的声音。怪呀，我跑过去一看，那蟒蛇已经浑身是血地死在竹钉上。我用棍子捅了捅，它的肚子已被竹钉划开，从里面露出一堆珠光闪闪的蚌粒，原来这蚌粒便是珍珠！

听完葛轩死里逃生的经历，众人撕破喉咙地欢呼起来，为他大难不死，也为他发了大财。灵猴说：别磨蹭了，收拾起你的珍珠，周大人还在船上等着呢！

四海之内皆兄弟，海上人对此体会更深，何况是郑和统领下的官兵！一见死里逃生的葛轩，周满立即在船上摆酒，为其洗尘压惊。他嘱咐众人，今日不论官兵，除驾船、警戒者外，一律尽兴而饮。

在欢腾饮宴中，船队到了重生岛码头。守候在那里的葛三一见葛轩，两人相拥而泣。之后，他与周满商量说，因葛轩已被解除兵籍，还是请大人将他带回国去为宜，周满也以为此议甚好。

葛轩为感激周满、灵猴等人的救命之恩，说死说活要将所有珍珠送给周满，再由他分给众弟兄。周满看着死里逃生的葛轩说：你自己留下一些，其余就献给陛下吧，这可是你用命换来的。

葛轩感动得说不出话，他给陛下和自己各留一份后，硬是塞给上岛救他的弟兄每人三颗珍珠。之后，又挑出三颗最大的塞给葛三。之后，又丢给他两颗小的。

奉天殿，昌盛朗声宣读：贵州镇远侯顾诚禀奏：吾皇万岁，万万岁！微臣顾诚遵奉圣意，在贵州地界弹压与安抚并行，乱局已去，处处太平，各族百姓深感皇恩，纷纷归附。

昌盛话音未落，贵州一酋长宋阿袄跌跌撞撞跑到殿前。他以头磕地奏道：吾皇在上，贵州宋阿袄冒死进京面奏，本州宣慰使偷天换日、奸诈残忍，假借朝廷之名，欺压弱小部落，致使百姓无家可归，四处逃亡。

听了他的话，刚刚面露微笑的朱棣皱起双眉。有顷，他安抚宋阿袄在京多住几日，允诺朝廷定会派人查实。

陛下的话虽令宋阿袄感激涕零，但终归尚无最后裁决。为免夜长梦多，他决心上下打点，力争赢得权贵们的呼应。

宋阿袄酋长到了京城，自然要住最讲究的客栈。这样，既可显示身份，也便于结识上等人。

果然，次日，他便从一客商处得知，京城里权势最大者除皇帝、太子外，就属汉王。可汉王高高在上，谁能攀附得上？

此时，那客商一拍脑袋说：还有一人，就是国舅爷王重。自徐皇后仙逝后，听说他妹妹王贵人便是当今后宫最得宠的人。人说谁要结识了他，没有办不成的事。

宋阿袄问：如何才能结识这国舅爷呢？

客商似乎谙熟社交之道：这好办，国舅爷刚回南京，差不多每天都在淮扬楼，不是被请，就是请人，你只要坐在那里饮酒饮茶，准能碰到。其实，那淮扬楼也是汉王常去的地方，要是你运气好，说不定还能遇上汉王呢！

次日中午，正在淮扬楼饮茶的宋阿袄果然遇到了前呼后拥走进来的王重。当他确认此人便是国舅爷时，便恭恭敬敬上前施礼说：贵州宋阿袄久闻国舅爷仁德好义，广交天下，不知能否屈尊，赏敝人做东一饮？

商人出身的王重，被他的谦恭弄得本已云山雾罩，又一想贵州山高水长，历来出药材、出珍宝，若与其相交，说不定可为将来带来无限商机，于是允诺就座。

先是众人对王重无尽的阿谀奉承，酒过三巡后，宋阿袄举起酒杯，说起此来京城的目的和经历：虽说圣上已受理了我的状纸，却无最终的圣裁，故此，想请国舅爷托娘娘递个话，这可是关乎贵州万民生命财产的大事啊！

他话未说完，众人便举杯嚷嚷起来：这还不是小事一桩！宋酋长，你初到京城，不少事都不晓得。你到大街上问问，谁不知道当今后宫最得宠的就是国舅大人的妹妹王娘娘！这点小事，只要国舅爷想管，还不是几句话的事！

宋阿袄一听，为王重续酒后，又塞上一块翡翠，并且说：只要能得到圣上对他奏书的圣裁，日后必有厚谢。

王重回到南京后一连数日与亲朋宴饮，还未见自己的妹妹，今日既受宋阿袄重礼托付，便来宁寿宫觐见贵妃妹妹。

王贵人见到久别的兄长，真是喜出望外，忙命人斟茶、摆糕点、端鲜果。她刚刚坐定就问：兄长此来京城，是为何事？

王重欠欠身说：咱家在北京的生意已经越做越大，父亲的意思是，在京城再开一家分店。

王贵人听得眉目舒展：父亲高兴就好，父母大人的身体可好？

王重斟酌着说：父亲年纪大了，北方冰天雪地，能好到哪里去？

他刚面现愁容，立即想到此来的目的，于是笑眯眯地说起宋阿袄的事。

王贵人笑笑说：兄长别看我在宫中锦衣玉食，可也得事事小心。后宫不得干预朝政，这是先帝定下的规矩，妹妹我怎敢在皇上面前多言？

王重面现愠色：这不过是件小事，与朝政何干！

王贵人冷笑道：皇家无小事，兄长还是清清白白经商吧。说着，就打发人摆宴，王重只好喝了一顿闷酒。

入夜，一腔闷气的王重应邀来到醉香楼，他只想在这里尽情宣泄一番。

与邀他前来的陆公子刚进前堂，满脸堆笑的老鸨便迎了出来。没想到，当他们点名头牌歌妓醉香时，老鸨却十分为难地说：真对不起二位爷，醉香今日被人包了。

憋了一天闷气的王重终于找到了出气口，他猛击桌案说：你不就是想赚钱吗？大爷有的是银子，把那家辞了！

老鸨为难地说：银子自然是越多越好，老身也看得出，大爷们是个个腰缠万贯，可这不是银子的事。我给几位爷挑几个色艺双全的姑娘过来，包你们满意。

陆公子也不高兴了：你知道我们是谁吗？我们玩儿的就是秦淮名妓，既然是朝着醉香而来，怎能不见醉香！

多年混迹于秦淮风流地的野猫和缺耳，他们发现了宋阿袄，就像老鼠掘到了一个谷仓。野猫热络地与陆公子打个招呼后，陆公子说：啊，张公子来了，你可是京城有名的路路通，你说这老鸨是不是太过分了？

野猫先打哈哈说：在下可不敢与你们这些绸缎王子、海盐王子、珠宝王子们相比，本人嘛，充其量不过是个掮客。这样吧，今晚兄弟做东，咱们就不为难老鸨了，换个地方乐乐去。

王重心有不甘：就这么走？岂不太没面子！

野猫压低声音说：你们知道包醉香的是谁吗？汉王！

众人一听，顿时泄了气。

王重叹了口气：真是不到京城，不知道什么叫权高钱多。难怪那个宋阿袄那么大方，可我收了人家的礼，还没给人办成事啊。

陆公子宽慰他：谋事在人，成事在天，王兄不必自责。

野猫与缺耳交换了一下眼神，众人说笑着，走入灯盏更加诱惑的春杏楼妃子阁。

宋阿袄求成心切，又派俩仆从打探汉王府所在。俩仆从果然摸到汉王府前。他们正在墙边探头探脑，朱高煦走出大门，吩咐车夫说：淮扬楼。说罢，登车而去。

俩仆从一溜小跑，回去报告宋阿袄。其实，就在他俩探知汉王要去淮扬楼的消息时，宋阿袄已通过客商从缺耳处得知同样的消息。缺耳非常热心地带着他早早来到了淮扬楼。他们刚刚拣了一处雅间饮了一盏茶，一身华服、假充汉王的野猫便在仆人簇拥下走了进来。野猫一见，十分不悦：怎么本王爷的包间竟来了两个闲杂人，小二——

他正要发作，缺耳低声下气地来到假汉王面前，深施一礼说：汉王息怒，您不记得小人了？

野猫收起怒气说：噢，是谭公子，巧了，我们又遇上了。

缺耳拉了一把宋阿袄说：你不是说死说活要拜见汉王吗，真走运，眼前这位便是。

宋阿袄又惊又喜，恭恭敬敬地施过礼：久闻汉王英名，今日得见，果然气宇不凡。

野猫得意地瞥了他一眼问：你要见本王，只是为看看我长什么样子？

宋阿袄躬身：小人不敢，小人实在是有要事禀报。接着，便将事情的来龙去脉说了一遍，并再三恳请汉王求陛下为弱小部落做主。

野猫想了想，又假作仁慈说：当年奢香上朝告状，便是因皇爷爷皇祖母皇恩浩荡，使边地百姓过上了平安富足的日子，她也争得了一世风光。这个忙本王愿帮，一定奏明父皇。

说完，他便起身说：来得匆忙，忘了一件大事，本王先走了。

野猫刚带人离去，缺耳就做数钱的手势。宋阿袄说：我已派人探好汉王府的所在，明日就将茶叶送去。

缺耳急了：你别多事，把东西交我就是。

宋阿袄脸露难色：茶叶可以先送给你，翡翠嘛，还是等事情办成再奉上吧。

缺耳双手一摊：这就难办了，我已告诉汉王了，今日不见翡翠，还以为我们骗他。你想想，他会帮这个忙吗？弄不好，还不知会惹出什么乱子呢！

宋阿袄摩挲着怀里的翡翠：我已送出一块了，一点回音都没有，要是再送出去一块，手头就拿不出像样的东西了。

缺耳眼珠一转：要不这样吧，汉王准是去了醉香楼，咱们再跟他说说去。

我先走一步，你随后便来。

宋阿袄点头说：这倒是个好办法。

遵宋阿袄之意，俩仆从已经来到醉香楼前蹲守，窥探汉王是否真来此地。他们刚一转身，见朱高煦正走下马车，朝醉香楼大门走去。之后，俩人一路小跑，奔向匆匆赶来的宋阿袄：酋长大人，汉，汉王刚进大门，就是我们在汉王府前见过的汉王……

宋阿袄挥挥手，叫他们退去，之后大步走进醉香楼，在高喊“汉王殿下到——”的喊声中，缺耳拉着宋阿袄进了一间僻静屋子。

葛三与塔莎相依相偎地坐在他们曾经野合过的花荫处。多情自古，处处皆诗，自那次野合后，俩人都从心里钟情这片花荫，他们还不约而同地给它命名为“那地方”。而且只要到了“那地方”，便无尽地相互倾吐，无尽地燃烧，无尽地你死我活……今天癫狂之后，葛三抚在塔莎小腹上的手突然腾地举了起来，他惊喜地问：塔莎，几个月了？他好像在动。

塔莎温柔地笑着：记不清几个月，我也感觉他开始调皮了。

葛三耳贴她的腹上：我听听，是儿子，还是女儿？

塔莎突然推开他，坐了起来：不管是儿子是女儿，你都不能打孩子的主意！

葛三连忙解释：我不会跟你抢孩子，让他叫声父亲总行吧？

塔莎看着他乞求的目光，又软软地偎进他的怀里：对不起，我们玫瑰岛的规矩，孩子只认母亲。

葛三紧搂着她，从衣袋摸出葛轩送他的莹光闪烁的三颗大珍珠：我知道，我一定照规矩办。他将三颗珍珠交给她说：这就是我的誓言。

塔莎爱不释手地欣赏着珍珠笑：我怎么读不出？

葛三一颗颗点着三枚珍珠念道：我——照——办——

塔莎接过珍珠，试探着问：麻衣邦的人早已离开重生岛，你们还准备守多久？

守到总兵官下令撤退为止。

塔莎还想问什么，葛三猛地抱着她滚向花丛中去。

俩人正陷于狂热的甜蜜中，远方传来三声急切的唿哨声，这是葛三与亲兵的约定。

葛三蓦然起身，安抚了塔莎几句，便朝海边走去。塔莎看着几个熟悉的身影下船，心中咯噔一跳，急忙跑去找母亲。

阿里玛听了女儿的叙说，十分镇定地说：别慌，总会有办法的。

海边，陆宽迎着葛三走来。葛三正要盘问，从身后传来阿里玛的喊声：修船的，你们来得正是时候。

陆宽会意：是啊，有酋长的吩咐，我们怎敢怠慢！

阿里玛笑笑，吩咐侍女说：快去，带他们去看看那些该修的船。

陆宽回身对船上人喊道：麻利些，带家伙上岸！

站在沙滩的葛三听到他们要带家伙，不由得握紧腰间宝剑，并向亲兵使了个眼色。尽管他看到正朝岸上走来的七八个人手里提的确是修船工具，还是不敢稍加放松警惕。

已到日落时分，按玫瑰岛的规矩，葛三只得带着亲兵下岛上船。他命令船上官兵，无分日夜，密切监视岛上的修船人。

玫瑰岛上的夜总是分外迷人，可迷人的夜色并没带给他们一点轻松与浪漫。阿里玛又给陆宽续了一遍酒，接着，塔莎给他叉了一条新烤的鱼。

陆宽看了看这对热情的母女，眼里闪出一抹泪光：十几年来海上漂泊，早就不知家的味道了。他有点说不下去。

塔莎打断他的思路说：陆叔，我一见你上岸撞上了葛三，真是快吓死了。

陆宽深情地看着阿里玛母女：上次，你们得知明军要上重生岛搜捕麻衣邦，给了十多艘好船让留守兄弟得以逃命。我一想，你们剩下的肯定都是旧船了，趁着现在没货可运，便带了些修船的家伙，想给你们修修那些旧船废船。没想到，你们果然与我心有灵犀。

阿里玛抚抚胸口：我也是急中生智，以后可不能这样冒险了。她忧虑地看着他问：对将来，你有什么打算？

陆宽饮了一口酒说：我此番来，就是向你们告别。

塔莎不舍地问：告别？

阿里玛急问：准备去哪儿？

去一个大明胳膊够不着的地方。请放心，不管到哪儿，我都会派人给你个信儿。如今我最不放心的就是你们母女俩，你们可要……

阿里玛眼泛泪光：不要担心我们，只是你们麻衣邦的兄弟们，可要担惊吃苦了。

塔莎又为陆宽续了些酒：陆叔，那个葛三实在不简单。我从他嘴里探不到一点消息，你得提防点。

陆宽点头：我们虽然日日提着脑袋过日子，倒也惯了，何况个个都是七尺男儿！

阿里玛不服地笑笑：又弹老调子，男儿怎么了？女人又怎么了！接着喝酒。可我还得提醒你，大明船队守了你这么久，绝不会轻易放过任何一丝线索，千万得当心！

葛三脚踏重生岛沙滩，眼望迷离变幻的玫瑰岛，心却如脚下的潮水，起起落落，沉闷有声……他早已知道，陆宽乃张士诚之子，所谓“成则为王败为寇”已成历史箴言。张士诚落败朱元璋，他的后人侥幸未死，也只能沦落为海盗。对于陆宽，葛三却心存同情，为他的侠义，或许更为同是天下沦落人的遭际……可如今，他皇命在身，何况自己身份已遭人非议，即使有心帮他，也不一定能找准机会。

葛指挥，那些人确实一直为玫瑰岛修理破旧船只。派去监视的兵卒回来禀报。

葛三决定亲自探访，以便随时把握情况。他挑了一个不喜欢多事的百夫长随行。俩人刚刚登岛，便被一群巡察海滩的女子拦住。

葛三笑问：怎么，你们不认识我了？

一位女头目也笑脸相迎：葛大人，请回吧。我们岛上出了点小事，不让外人参与。

葛三悄声说：船队医官给岛上孕妇配了些安胎药，我送给酋长就走。他边说边拨开女子的箭头，朝前走去。

女子喊道：我数三下，大人要不停步，我便发箭！

葛三顿觉蹊跷，以前从没有过这种情形，今天这是怎么了？他换了一种语气说：请你们塔莎郡主出来跟我说话！

等待塔莎时，葛三漫步海滩沉思。如果这些修船人是麻衣邦，这玫瑰岛肯定也就不会平静了。

没待他理清思绪，塔莎已朝他款款走来。葛三并不说话，只是直直地盯着她。塔莎倒先笑了：是不是想知道岛上出了什么事？随我来吧。

葛三跟在她后面走了不久，便听到远方传来一阵阵惨叫声。葛三一惊：出什么事了？

塔莎并不回头：别急，一会儿你便知道了。

他们来到王宫旁，只见阿鑫被吊在一棵大树上，一位身材修长劲健的女子，正抡圆长蛇般的藤条鞭抽打着他。阿鑫早已皮开肉绽、血流如注。

阿里玛一脸铁青，见塔莎领来葛三，只对葛三点了点头。

葛三正要上前说话，陆宽带着几个修船匠忧心忡忡地走来。他黑着脸说：阿里玛酋长，饶过他吧，已经打了一夜，再打下去，命都没了。

阿里玛气犹未消：本酋长最恨轻妄之徒！我玫瑰岛的女子可以跟任何她喜欢的男人通好，但决不容许男人粗暴强奸她们！

陆宽连连致歉：酋长说得对，都怪在下对徒儿管教不严。他看了看身边的弟兄：他们以后绝对会记住这次教训！

葛三走近阿鑫，见他已经气如游丝，也不禁求情说：阿里玛酋长，饶了他吧，真要出人命了。

塔莎也跟着求告母亲，阿里玛这才转过脸说：看在葛大人的面上，今天就饶了他这条贱命。日后谁敢如此犯浑，休怪我手不留情！

阿鑫被放下后已经不省人事，葛三对陆宽说：快背他上船，让我们船上的医官好好调治一下。

说着，他瞥了一眼陆宽，陆宽也看了他一眼，然后吩咐一个壮汉背上阿鑫，一行人来到船上。

医官仔细检查过阿鑫的遍身伤口后说：虽是皮肉之伤，却是伤得很重，而且伤遍了全身，先给他上些药。不过，这么重的伤怕是一时难得恢复啊。

陆宽看着阿鑫痛苦的样子，一言不发地蹲在一旁抽烟。

葛三看了看他说：看样子，你们同阿里玛酋长很熟吧?

陆宽冷冷地说：我们修船的，跟哪个岛的人都认识，只是人家从来不把我们当人，不然，怎么能把人打成这样！他狠狠捏了一下烟袋。

葛三说：依我看，老大可不是一般的修船匠。

陆宽吐出一圈烟雾：大人倒是说对了，我一家世代修船，什么旧船、烂船在下都能修。他笑了一声：大人说说，在下能是一般的修船匠吗！

他见医官已为阿鑫上完药，于是对葛三深深一揖：谢大人救命之恩，来日定当厚报！

然后对阿坚说：背上阿鑫上岛吧，那么多活还没干完呢！

葛三目送着他们下船，心中对这位沉稳的修船匠不禁刮目相看。

百夫长问：还要监视吗?

葛三反问：你说呢?

在陛下的恩准下，方诗君终于如愿以偿地重新回到自己的故居——方府。只不过，时过境迁，家中再无亲人。

经此生死蜕变，她已将仇恨与悲伤化为悲悯，把故居改造成一座道观，只想读书修道，用余生救助比自己更加不幸的人。

已是深冬，窗外大雪纷飞，坐在昔日“逊志书斋”案前潜心读书的一位书生，冻得瑟瑟发抖的手，连书页都翻不开。

诗君走近一看，见他只穿一套单薄破旧的衣衫，她轻问：公子何以如此?

书生先是羞涩不语，后来才说，只因无以果腹，前天才将棉衣当了。

饱经人间冷暖的诗君不再多问，片刻后给他端来一碗热粥说：喝下吧，暖暖身子。

书生将粥碗放在案上，深深一拜说：多谢！

之后，书生便狼吞虎咽地喝下稀粥，饥饿已活生生地吞噬了读书人的斯文。

看着他寒馁交加的样子，诗君不由得一阵辛酸。

工部尚书宋礼采纳民间高人“借水行舟，引汶济运，挖诸山泉修水渠”之良策，使会通河道得到了充沛的水源。

朝堂上，朱棣龙颜大悦，说：只要能打通运河，我大明就如同开通了一条贯通南北的大动脉！到那时，何愁不水足粮丰、万民丰足！

受其感染，朝堂文武也个个笑逐颜开，奉天殿一片祥和。

少顷，朱棣转向纪纲：近日，那个贵州来的宋阿袄可有消息？

纪纲趋前道：启禀陛下，他正不停地四处送礼，试图求人通融陛下。见朱棣不语，他补充说：是否将他关入大牢，免得他招惹是非？

朱棣瞟了他一眼：宋阿袄虽不过是一名边地酋长，却事关多民族地区的治理，还是慎重周全些好。

太子趋前一步：依儿臣之见，宋阿袄还是不宜在京久留。

朱棣一笑：一个宋阿袄，何以牵动如此多人？

太子说：他到处送礼，求人疏通，的确牵动了不少人，有人还找到了儿臣。

朱棣沉吟片刻，说：贵州民族众多，一直未建行政省，宣慰使也只能任命当地土司。众爱卿说说，这么一个错综复杂的地区，是依靠实力强大的宣慰使治理，还是靠各部落首领为宜？

太子直言：依儿臣之见，还是靠宣慰使为好，当年的贵州宣慰使霭翠就是一个成功之例。霭翠去世后，其妻奢香为稳定西南政局、加强汉彝融合，也做出过不小的贡献。

朱棣连连点头：如此说来，对于宋阿袄的处理，众卿心中有数了吧？

刑部尚书金纯道：陛下，就以“验治皆妄”罪斩首为好。

礼部尚书吕震急忙反驳：依微臣之见，宋阿袄虽然糊涂虚妄，但尚罪不至死。

朱高煦眼一瞪：杀了他是为稳定大局，清净朝廷，有什么当不当的！

正争论间，太监昌盛匆匆走入。他在朱棣耳边说了几句什么，朱棣霎时脸色铁青，怒气冲冲地盯向高煦。高煦一见，惶恐地问道：父皇，儿臣又怎么了？

朱棣吐了一口怒气：怎么了？宋阿袄死于谁之手？你为何如此大胆，扰乱朝纲？

朱高煦莫名所以，只是木木地望着父皇：什么，宋阿袄死了？我杀的？

朱棣气得两手发抖，他指着朱高煦：还在这里装傻，宋阿袄的仆人正跪在宫外喊冤，说是汉王为了谋取财宝，杀了宋阿袄。除了你，难道还有第二个汉王！

朱高煦瞪圆双眼：什么，我杀了宋阿袄？他配我杀吗？

满朝文武闻言，个个惊得说不出话来。

朱棣喘了几声粗气：纪纲，着你即刻查实此事。

纪纲愣愣地看了几眼朱高煦，又偷看朱棣一眼，刚欲转身，朱棣抬手制止：慢，此事你别染指，还是由刑部办吧。

朱棣说罢走下龙墩，怒指朱高煦说：朱高煦，此事若确实由你所为，朕必割下你的脑袋！

一大臣连忙下跪求情：陛下息怒。那宋阿袄不是留着也坏事吗，如今他既死了，岂不更好？

朱棣一阵冷笑：亏你还是朝廷重臣！朝廷杀他是因为他四处贿赂、谋取权力、败坏朝纲；皇子贪财杀人是罔顾朝纲、谋财害命、抹污朝廷。这一正一邪怎能混淆！此事若传到贵州，那些边远部落岂不要趁机造反！

朱高煦听罢，更是大声喊冤：父皇，此事真的不是儿臣干的。

朱棣大手一挥：先将他打入大牢，事情一旦查实，斩无赦！

此时，太子与纪纲不约而同地跪求圣上息怒。

朱棣赤红着眼睛，字字铿锵地说：王子犯法，与庶民同罪。你们谁再为他求情，罪当同犯！

几度死里逃生的诗君深知饥寒交迫的滋味，自那日施粥给书生后，虽每日让他以粥充饥，可看着他瑟瑟发抖，还在苦心读书的样子，一心想帮他度过严寒。只因手头拮据，无钱为他赎回棉衣，苦思冥想之后，只好揣着父亲的一个墨砚来到当铺试试运气。

当她站于当铺柜台前时，野猫和缺耳正在当翡翠。缺耳巧舌如簧地讲着价钱：掌柜的，我这兄弟还说你如何如何识货，我看未必。这从贵州来的珍宝，你竟给三百两银票，哎呀呀。

掌柜一笑：珍宝珍宝，无价之宝，说低就低，说高就高，你们要是嫌低，拿走好了。

他将目光转向一旁的诗君：姑娘想当什么？

缺耳一把推开夜猫：行了，低就低点，这翡翠再好，也不能当饭吃！

掌柜喜笑颜开：还是这位兄弟说得对。

于是成交，数钱，俩人嘻嘻哈哈走出当铺。掌柜看着他们的背影，嘲弄说：哼，这些飞毛贼，不定从哪里弄来的翡翠。

诗君不懂他们的交易，将砚台递给掌柜，说要赎回书生的棉衣。

掌柜摇头不接，诗君沮丧而归。

太子心急如焚地来到关押朱高煦的大牢，朱高煦一见他来，便转身面壁。

太子近前，压低声音喊道：二弟，二弟，跟皇兄说句实话，宋阿袄之死，是否二弟所为？

朱高煦冷笑道：解恨了吧？哈哈，还轮不到你来问口供，滚！

说着，他不禁悲从中来：想不到呀，同胞兄弟竟以此种手段陷我于死地。

太子又急又冤：二弟，为兄是为救你而来，你怎么如此胡言？

朱高煦哭喊着：太子殿下，别黄鼠狼给鸡拜年了。死就死吧，早死还能早些见到真正疼我爱我的母后。

朱高煦大哭起来，太子也忍不住黯然泪下，他无奈地走出牢房。

二十六

太子忧心忡忡地来到乾清宫，本想将高煦在大牢中的情形如实禀报父皇，并跪求父皇饶他一命，可当他看到父皇正紧皱双眉听刑部尚书金纯的禀报时，只好站立一旁静听。

宋阿袄仆人一口咬定，说宋阿袄确实给汉王送了一块翡翠和一车茶叶，是汉王的同伴收下的，之后又一起去了醉香楼。次日清晨，宋阿袄被人发现时，已裸身冻死街头。

朱棣与太子听得惊悚又沉重。少顷，朱棣问：查清那日朱高煦人在何处吗？

金纯答：那日，汉王确实去过醉香楼。

朱棣追问：与何人同去？

金纯如实禀报：平日都是与纪纲同去，那天纪纲娶妾，没出门，汉王便带随身仆从去了。我们也拷问过醉香楼的老鸨，她说那晚的确有一个穿着怪异的男人，进门便莽莽撞撞地说要找汉王。她打发他几句，就忙别的去了。

金纯话未说完，礼部急报，说宋阿袄之妻正在贵州，四处蛊惑部落民众发起暴动。

太子打断金纯：等等，此事定有蹊跷。京城距离贵州数千里，快马都得跑死几匹，他们怎能如此快地就得知了宋阿袄的死讯？

朱棣点头赞同：看来，宋阿袄之妻非等闲之辈，她是想利用暴动，迫使朝廷支持宋阿袄。

太子担忧地说：他们若知道了宋阿袄已死，将会如何？

朱棣转问太子：依目下情势，你以为朝廷应如何动作？

太子答道：先抚后兵。

如何抚？

令贵州镇远侯顾诚先安抚参与暴动的百姓，再重重抚恤宋阿袄亲属。

他们要的是朝廷的尚方宝剑，并以此抗衡慑服其他部落，岂止是区区安抚所能满足！

太子呆呆地说：这……

朱棣果断地说：贵州之事绝非小事，必须尽快决策！

太子颤声问：父皇不会拿二弟开刀吧？

朱棣转过身去：多行不义必自毙，他自己不争气，谁也救不了他！

为人父者，无不想做慈父；为人君者，无不想做明君。朱棣被这两种情感绞割得实在太苦。

入夜，他走进宁寿宫。王贵人小心翼翼地迎入他后，长跪不起。

朱棣看了看她娇柔楚楚的神态后，语带柔情地问：爱妃，你，怎么了？

王贵人怵怵地说：臣妾听说汉王与宋阿袄的事后，心下甚为不安，臣妾求陛下饶恕汉王吧。

刚想换换心情的朱棣突又烦躁起来：他咎由自取，谁也不得为他求情！

见她仍跪于地上，便说：起来吧，朕累了，想早些歇息。

王贵人头垂得更低：还有一事，臣妾不知当讲不当讲。

朱棣打了一个哈欠：讲。

王贵人将兄长王重为宋阿袄求情之事说了一遍。朱棣倏然起身说：你歇息吧，朕还有事。说罢，便转身走了出去。

周满一行在泉州登陆时，正遇满剌加国王拜里迷苏剌率王后、大臣540余人来朝朝贡。依照朝廷旨意，泉州全城特别是市舶司处处结彩、举城欢迎。

早已耐不住寂寞的灵猴告假后，直奔艳栖楼。老鸨一见，禁不住高喊着：高爷呀，您可来了，我们那些姑娘想您想得一连病倒好几个了。

灵猴向来出手大方，他拿出一颗珍珠晃了晃说：我有那么招人爱吗？爷知道，她们想的是这个。够吗？来两个鲜的、嫩的。

老鸨尚未来得及答话，外面进来俩人，一见灵猴，立即亲热地喊道：灵猴，高爷，你可回来了！

灵猴喜出望外：呵呵，原来不只是姑娘们，连这些大男人也都想着我呀！野猫、缺耳，你们一直在泉州啊？

两人连连点头，灵猴连忙招呼老鸨：给爷选六个姑娘。

说着，三个人笑眯眯地走入姑娘们的香巢。

次日，心满意足的灵猴回到船队后，即随周满一起，护送身为国宾的满剌加国王使团，和沦为罪人的锡兰山国王及其亲属去往南京。

朱棣自是泾渭分明，得知满剌加国王使团到达后，他亲往奉天门迎接，并赐国王金绣龙衣二袭、麒麟衣一袭，还有各种玲珑精巧的金银器物。

对锡兰山国王阿列苦奈尔，则历数他的无德无义无道！这位奸诈伪善的国王，竟将一切罪责推给他口口声声称之为最宠爱的王子西蒙。一向以父王恩宠为荣的西蒙，几乎不敢相信自己的耳朵。当他辨清父王的真面目后，竟一气之下，意欲冲向朝堂巨柱，一撞身亡。怎奈他全身被缚，难以动弹。

听完阿列苦奈尔父子的罪状后，大臣们多数主张立斩他二人。朱棣想到锡兰山乃大明邦国，思索片刻后，便命暂将他们打入大牢，待后裁决。

圣旨刚下，门外传来一阵撕心裂肺的呼喊声，是梁道明身披麻衣跪于殿前。他喊着：罪民梁道明求陛下赐我一死，以换不孝儿西蒙一命。

朱棣起初不明就里，当得知西蒙原为梁道明骨肉，梁妻始为阿列苦奈尔的婢妃、后又坠崖身亡后，他感动得久久未语。

身为人夫、人父的梁道明不到痛不欲生的境地，怎能如此？他不禁走下龙墩，扶起梁道明说：起来吧，只要西蒙有悔改之意，朕便留他一命。

朱棣尚未从亲情与王法的漩涡中游出水面，太子匆匆进殿禀报说，他已命宋阿袄的仆人认证过高煦，他们一口咬定说，就是这个汉王约宋阿袄去的醉香楼。

太子话音未落，刑部尚书金纯即趋前禀报：臣已审过王重，他供认说，宋阿袄确实求过他，并送了一块翡翠，而且有人做证，证人都是从北京回到南方来开分号的阔少。

朱棣沉吟片刻说：这一下就牵出两件事来。其一，宋阿袄托王重未能奏效，又去求朱高煦，如此看来，宋阿袄的仆人所言为实，他们确实带了两块翡翠进京；其二，迁徙北京的富户，还是不愿在那里扎根，那些阔少就用回南京开分号之伎俩，再返南京，他们是在阳奉阴违、耍弄朝廷啊！

朱棣越说越气，当即宣诏：朱高煦肆意妄为、不遵王法，斩！

次日，南京城里到处贴出告示，百姓们争相观看，不识字者甚至不断央求识字人大声念念。当听清告示所言后，人们大声惊呼起来：皇帝老儿真的要杀亲生儿子了，听说那汉王也实在是霸道。

此时，灵猴大步走来，见众人密密麻麻围在告示前，他身子一弯便钻到前面去了。一见是诏告欲斩汉王的告示，他又急又气，将正念告示的长者踢翻在地后，便扬长而去。众人扶起倒地长者，对着他的背影又点又骂。

入夜，纪纲提着一篮子酒菜，走进关押朱高煦的监牢。朱高煦斜睨他一眼后，并未说话。

纪纲走近前来，刚叫了声“汉王”，朱高煦便半阴半阳说：本王进来了，你倒没事啊！

纪纲讪笑着：那天，我不是当新郎去了吗。

朱高煦暴跳起来：你还真当本王蠢到自己去杀人啊！

纪纲放下菜篮：我自然不信，汉王若真想杀人，也用不着自己动手啊，可汉王为什么不去喊冤？

朱高煦大笑：喊冤？哈哈，我汉王喊冤？哈哈……父皇早就想拿我出气呢。好啊，我倒想看看，他下得了狠心杀他亲生儿子吗？

纪纲哭丧着脸：汉王，奴才求求您了，告示都贴出来了，那人若不是您下的手，就大声喊冤吧，陛下的手可不是吃素的。

朱高煦看了看篮子里的酒菜，冷笑道：原来，你是来给本王送断头酒的？也好。

说着，他抄起一罐酒仰头喝下，之后，又将酒罐朝墙砸去：要喊冤，也熬到法场去喊。本王就是要用项上人头，赌一赌与父皇的父子之情！

话虽如此说，他的眼角却不由得滚下大颗泪珠。

皇帝要斩杀亲生儿子之事，已经传得沸沸扬扬，有人称快，有人大赞陛下的英明。

方诗君道观里的书生们已经无心看书，个个激昂鼎沸，议论纷纷：王子犯法，与庶民同罪，这才是清明世界！大明有望了，这才是明君治世！这个汉王的确无法无天，早该杀了！杀一儆百，看以后谁还敢任意胡为……

诗君默默听着，当她听到关于贵州翡翠云云时，突然想起那日在当铺里见到的那两个可疑之人，她越想越觉蹊跷，何况事关汉王性命！于是翻箱倒柜，欲找一些值钱的东西，但翻找很久也是徒劳。于是横心一下，将先父遗下的房契装在身上，走出门去。

正在乾清宫中等着送酒的朱棣坐卧不宁，当他看到端着酒罐走进宫来的昌盛后，眼睛不由得湿润起来，问道：怎么是你来送酒？

昌盛有些呜咽地说：奴才不放心陛下，这才想着过来看看。

朱棣颤抖着手接过酒罐。

昌盛倏然扑地哀求：老奴恳求陛下，再给汉王一个改过的机会吧，汉王可是先皇后最疼爱的儿子啊。

朱棣颤声说：别再为这个逆子求情了，朕就是担心自己下不了这个狠心，才命刑部广为张贴告示。

昌盛还是不肯起身：说句实话，老奴也以为汉王将很多事做过了头，但若真的让他命归黄泉，老奴担心，陛下的心也会流血呀。

一句话，说得朱棣抱着酒罐跌坐榻上。

昌盛连忙爬起，扶住陛下：陛下，陛下！

朱棣拂去昌盛的手：无碍，只是有些头晕。

昌盛连忙起身：老奴去叫御医。

朱棣摇摇头：罢了，朕不去看那逆子便是了。

昌盛接过酒罐，扶他躺于龙榻。刚欲退下，朱棣拍拍榻沿：坐吧，陪朕说说话。

昌盛一惊，复又习惯性地跪于榻前。

朱棣体谅他年事已高，让他起来。他重重叹息一声：此刻，朕更理解梁道明的心了。只是，朕非但不能像他那样代子偿命，还得亲自下诏杀子。九五之尊的皇帝呀，谁能说出朕的苦。

诗君揣着先父遗下的房契走在街上，心里掀起从没有过的风暴：难道我要用先父的唯一遗产，去救灭我十族的仇人之子吗？父母若地下有知，会作何感想？可徐皇后待我如再生父母，被冤的汉王，可是她最疼爱的爱子啊。

她心乱如麻，几欲置之不管，重返她的道观。犹豫间，《德经》上两句话浮于心上："上德不德，是以有德……上仁为之，而无以为也……"想到自己虽生于世上，却早已心属道理，已无心人间事，与其耽于俗世的仇杀，何不超脱世外，做些去伪存真的好事。

于是复又前行，来到当铺，她尽详尽细地询问前次来时遇到的那两个当翡翠之人的来历。掌柜说，并不知当客来历，但是其中一人倒是当铺常客。

诗君请掌柜让她看看他们当来的翡翠，毕竟是大家闺秀，细看过后，便断定是块珍品，理应是宋阿袄从贵州带来欲打点宫廷的宝贝。于是，以房契赎回，掌柜也乐得做了桩赚钱的买卖。

怀揣翡翠的方诗君离开当铺后，匆匆赶往乾清宫，要求晋谒朱棣。昌盛虽也知道她是何人，还是抱歉答道，陛下龙体欠安，无论何人，概勿打扰。

诗君无奈，只好转往东宫求见太子。东宫太监却回话说：汉王午时问斩，太子送汉王去了。

人命关天，情势趋紧，诗君只能铤而走险。她急返乾清宫，跪于宫前大声喊冤。喊声惊动了朱棣，他问：何人竟敢在此处喊冤？

昌盛颤声答道：是诗君姑娘。

朱棣一惊：她有何冤情？快召她进来。

诗君进殿便拜，之后呈上翡翠，述说完这翡翠的来历后奏道：奴婢只求陛下召宋阿袄的仆人，来辨认一下这块翡翠，若此物原是宋阿袄的，便证明汉王实属冤枉。

突来的逆转，连朱棣都以为此乃梦中桃花。他急切地说：起来说，再说得详细些。

诗君起身后说：奴婢以为，这翡翠若是宋阿袄行贿给汉王的赃物，汉王怎会拿到当铺去当？难道汉王缺这点钱用吗？还有，那两个当翡翠的人都是市井无赖，汉王怎会与他们有交集？

朱棣连连点头说：着宋阿袄仆人与当铺掌柜午门听候。

午时将近，面无血色的朱高煦已被带入午门外。

太子一见，急急上前：二弟，你还有未了心愿吗？

朱高煦看了看他，冷冷地说：当然有，再不说就来不及了。

太子语带呜咽：说吧，为兄定为二弟尽力。

朱高煦打断他说：难道父皇连最后一面都不肯见我？他就这么嫌弃我？说着，他也抽噎起来。

太子劝道：二弟就体谅一下父皇吧，他都，急病了。

朱高煦大笑几声后，又大哭起来，之后他怆然跪地，仰首望天：苍天呐，你有眼吗？我朱高煦冤啊，冤啊——

此时，灵猴挤出人群，大喊：汉王，小的愿代汉王一死！

朱高煦看了灵猴一眼：兄弟，你叫什么名字？我下辈子报答你。

灵猴啪地跪于地上，哭着说：小的叫灵猴，是汉王从死牢里救出来的。

灵猴话未说完，午时鼓声响起……

世间很多事情看似巧合，实则情理相通。

葛三派人将陆宽与被鞭打重伤的阿鑫送回玫瑰岛后，他借故休整两日，陆宽便率领麻衣邦驶向大海。

阿坚嘟囔着：阿里玛酋长真够狠的，竟将阿鑫打成这样！

立于船头的陆宽面无表情地说：她也不易呀，若无此狠心，玫瑰岛的女人早被人糟蹋光了！

他回头看了看他们：这回你们都长记性了吧？

阿坚笑笑说：不过，阿鑫也没白挨这顿打，要不，咱们还真的难以脱身。

陆宽点头：这就是阿里玛的高明，既教训了咱们，又救了咱们。

阿坚如梦初醒：噢，原来如此，一个苦肉计！

陆宽似是自语：女儿部落，没有一个智慧又侠肝义胆的领头人，怎能在海盗出没的大海立足！

阿坚佩服地连连点头：还真是，玫瑰岛虽算不上多富，却也过得平平稳稳。

陆宽极目四周海域：看样子，我们真的要浪迹天涯了。

月明星稀，庞大的宝船夜航海上，更像一座海上宫殿。

弘无陷入探微知著的忙碌之中，他带着几人一会儿观天象，一会儿探海况，继而将牵星板测出的数据标于海图上。

此时，王景泓笑呵呵地来到郑和面前说：这麻雀牌还真是个不错的东西，大伙儿玩着，再也不说漫漫海途无聊了。

郑和看了看忙碌着的弘无说：赌博是无聊者的避风港。你看看弘公，我从没听他说过无聊二字。通告各级头领，夜深了，夜值的人要严密观察海况和航路，万不能有丝毫疏忽，更不能再玩麻雀牌了！

王景泓肃然领命：是，下官即刻传令下去！

郑和来到弘无身边，笑笑说：整个船队，唯弘公上船后便没闲过，学生看了，真是感动万分。

弘无指着牵星板：海图与这些仪器唯航行中才能测算精确，而且须一遍遍测试，一遍遍修改，才能将一份精确细密的图标留给后人。有良心与使命在，老夫哪敢有些微轻忽！

郑和肃然起敬说：有弘公精神在，大明下西洋之举，更是功在千秋啊！

大约半个时辰后，弘无从船舱走上甲板。风平浪静中，他望望一天明月，又望望夜间飞旋的海鸟，自语道：这海鸟的叫声为何如此急促？难道要来风暴？

伴在一旁的王景泓笑说：弘公不是在吓我们吧？您看这海面，真是少有的平静呢。

弘无也一笑：王将军忘了，风暴起于青萍之末、海啸来自海底之音？海面越平静，突来的风暴、海啸越猝不及防。他指指声音渐渐加大的风帆：还是先落下帆吧，晚了，怕来不及了。

此时，郑和也走近前来。弘无并未看他，只自顾自说：小心驶得万年船，赶紧落帆！

王景泓只觉老人家有些怪异，他刚笑望郑和，郑和见弘公一脸严肃，立即果断下令：降帆！

命令刚刚传出，突然乌云袭来，海水颜色急骤变深。

弘无说：看来，临近海域刚才一定发生过大风暴，不用多时，雨峰就将朝我们压来。

郑和闻言，立即下令各船队做好抗击风暴的准备！未料，暴风雨比预料的快得多，霎时间，天像被捅了个大洞似的，高天水注恣肆不羁地朝海面泼来，巨浪已飙过宝船的最高桅杆。

水手们各就各位，紧张地操作着。风浪一阵紧似一阵地扑来，郑和在风雨中上下巡查，心里不停地向天妃祷告。

有弘公稳操胜券的指导，有郑和指挥若定的统领，有众将士众志成城的战斗，翌日巳时，艳阳高照，大海一片碧蓝。

风暴过去了，宝船率领船队继续向南进发。可此时，书生费信却病倒了。昏迷中，他不断梦见妻子贫病交加，日日守在门前等他回家。想着这凄恻的梦境，他的病更重了。

郑和陪医官为他诊脉。医官诊过脉后，笑笑说：费大人并无大碍，只是心事太重，若能放宽心来，身体会很快复原。

待医官走后，郑和坐在他床沿上，喂了他几口热水说：古人讲“行万里路，读万卷书”，先生有那么好的学问，若能将这远下西洋当作读书、走路、做学问的机会，岂不是天赐良机！依我看，先生不如多看看大海，多记记沿途风光，与我们历经的风险与荣光，或吟诗或笔记，那将是为后人留下的不可多得的珍宝呢！

听了郑和的开导与启发，费信果然很快康复，开始了航海笔记的写作。

二十七

听完诗君的叙说，朱棣竟眼冒金星、一阵晕眩，之后他急忙摆手说：快，去午门。

昌盛闻言，立即与诗君搀扶着身子有些摇晃的朱棣走出乾清宫。

午门前，刀斧手手握大刀，只等一声“斩”令。朱高煦声嘶力竭地喊着：父皇，冤啊，儿臣没杀宋阿袄，也没见过一个贵州人，儿子冤啊——

刑部尚书金纯看了一眼头上的太阳，又看了一眼爱莫能助、正闭目祈祷的太子。

突然有人高喊：陛下到——

一群护卫如风般拨开围观人群，朱棣匆匆下辇，无力地朝高煦走去。高煦一见，嘶哑着声音边哭边喊：父皇，儿臣冤啊——

朱棣这才恢复了王者之气：冤在何处？

我没杀宋阿袄，我连他是谁都不知道。

宋阿袄的仆人可在？

刑部官员闻声，立即将宋阿袄的仆人带到朱棣面前。

朱棣指着朱高煦：你们见过汉王吗？

仆人跪答：见过，主人派我们去汉王府观察过。后来，汉王约我们主人一起去醉香楼，我们主人便……

朱棣逼视仆人：你再仔细认认，叫你们主人去醉香楼的汉王，是不是眼前这个汉王？

仆人上前辨认良久：带我们主人去醉香楼的不是他，但我们主人去醉香楼见的就是这个汉王！

朱棣心又开始沉重，他亮出翡翠问：这是你家主人送给汉王的翡翠吗？

仆人接过翡翠，仔细辨识后：是，就是这块。

朱棣又问：那么，为何送给汉王的翡翠又到了当铺？又是谁将它当到当铺去的？

当铺掌柜闻言，上前跪答了那日有两个人去当铺当翡翠的经过。当说到野猫名字时，灵猴立即跑过去说：陛下，小的认识野猫，让他快说说那两个人的模样。

朱棣示意后，掌柜大体描述了一遍那两个人的长相。诗君补了一句说：其中一人耳朵缺了一块肉。

灵猴立即“啊”了一声：我知道他们是谁了，那个耳朵缺肉的人外号叫缺耳，另一个外号叫野猫，他俩常做坑蒙拐骗的事。他娘的，准是他们假冒汉王骗了翡翠，又杀了人家！没想到，他们竟害到汉王头上了！难怪，我在泉州遇到他们时，他们还闹着要跟我下西洋。

没等灵猴说完，刀斧手已经除去朱高煦颈上的死枷。朱高煦对着灵猴深深一揖：谢你临危做证，本王一定厚报！

朱棣瞪了他一眼：要谢，你就该谢诗君，她才是你的救命恩人！

高煦不明就里地看着朱棣。朱棣沉着脸说：着灵猴带着拱卫司速去泉州抓捕嫌犯。待他们回京受审后，再来裁决此案！

得陛下圣旨，纪纲携灵猴星夜往泉州羁押缺耳、野猫返回南京。未待用刑，两个市井无赖便全盘招认说：我们本想假冒汉王骗到宋阿袄那块翡翠，从此衣食不愁，没想到，他竟识破了我们，为减少麻烦，只好将他干掉了。

纪纲让他们在供状上摁下指纹，顺便押上王重，便跑入正在朝议的奉天殿。他气喘吁吁地递上供状奏道：启禀陛下，这是缺耳与野猫的供状，他们全招了，汉王可以放了吧？

朱棣这才点着头，舒了一口长气。

纪纲又问：陛下，王重如何处置？

朱棣问：王重人在何处？

纪纲说：微臣已经让他候在殿外。

朱棣高声说：着王重进殿。

王重被押上金殿后，趴在地上不停地磕头：陛下饶命，陛下饶命——

朱棣盯了他片刻说：朕不但饶你不死，还要给你个官做。

王重被弄蒙了，他抬头四顾，众文武也低声议论起来。

朱棣走下龙墩，俯首看着他说：抬起头来，朕封你为督官。督什么呢？督促北京那些迁徙富户在北京扎根。朕给了你们一块吉壤做祖坟，你们的根必须扎在那里。此后，不管你们那些富户因为什么原因，只要跑掉一个，朕就拿你是问！

王重虽然知道此事难为，为保全性命，还是重重地叩头谢恩。

没想到，宋阿袄之案刚了，贵州的思州与思南两个土司又开了战。听完礼部奏报，朱棣龙颜震怒：将两个土司一并抓捕问罪！之后对众臣说：先皇重用当地上司，本以为他们都是当地人，自会爱土爱乡，为他们的乡民谋福，岂料他们反而成为当地一害！众臣议议，该如何治理贵州？

众臣议论后，定出了一个“改土归流”的办法，即设立贵州布政使司，下辖八府，并正式任命了贵州省和下辖府州县的官员。自此，贵州才安定下来。

人道是“知子者，莫若父”。反之，知父者，又何尝不是莫若子？在此次冤案中，朱棣不得已对朱高煦下罪死诏，朱高煦也因之对父皇绝望。可在午门前，当他看到父皇竟忘了九五之尊的威严踉跄赶来时，更真正体味到父皇威严之下包藏的慈父之心、慈父之爱。当他再次走进乾清宫时，真的有种隔世之感，恨不能像儿时一样扑进父亲怀里。可一想到皇家礼仪，只好规规矩矩地跪拜眼前的父皇，并且以额磕地，再谢父皇不杀之恩。

令他不解的是，父皇并未说话，只是神情复杂地看着他。他本想再说些谢恩的话，话到嘴边却嘟囔说：父皇看到了吧，儿臣是被那两个无赖所害。

朱棣瞪了他一眼，让他平身之后教训着：不要觉得委屈，他们为何不害太子？这正说明苍蝇不叮没缝的蛋！

高煦站起身后，笑嘻嘻地问：父皇不会是真想杀儿臣吧？

朱棣语重心长地说：高煦呀，你要牢牢记住，你是朕的儿子，也是大明的儿子，你的一举一动都关乎大明江山。你还要记住，脑袋一旦砍下来，是长不回去的！

他踱了几步说：京城是个多事的地方，朕还是给你个封地吧。你看青州如何？那原本是你七叔的封地，富庶又平静。你七叔被削藩后，朕一直留着此地。

高煦闻言，重新跪地，急得眼汪热泪说：父皇就真的如此嫌弃儿臣？儿臣可是一刻也不愿远离父皇，还有母后。

朱棣再一次心软下来：好了，好了。这次蹲监，你身心都受了大伤，还是先养养再说吧。

高煦叩头谢恩后，朱棣再次嘱咐他说：你要多多反省，以后少给父皇找麻烦啊！

人同此心，百姓往往更比皇家多温情。不惜以命赎子的梁道明幸得皇恩后，踉踉跄跄来到牢房，劝说儿子西蒙认罪。

一向傲慢跋扈的西蒙原以为自己乃锡兰山王子，实在不情愿认梁道明为父，当他将阿列苦奈尔与梁道明对他的感情和态度做了比较后，尽管做王子的雄心不死，却不能不在事实与生死面前，认梁道明为自己的生身之父，并最终答应认罪。梁道明终了心愿，携子出监。

经历了大难的朱高煦，似乎终于识得了人间滋味，勿论其人贵贱高低，有恩即当厚报。

那晚，他设宴淮扬楼，专为酬谢灵猴的救命之恩，纪纲一旁作陪。灵猴一见如此阵势，真是受宠若惊，反倒感恩戴德起来。在相互披肝沥胆的话语中，他们觥筹交错，喝得十分尽兴。

饭后，当他们走出雅间时，迎面碰到了也是刚刚出狱的西蒙。做惯了一国王子的西蒙向来骄横狂妄、睥睨一切，何况还憋着一腔窝囊气！他一见曾在船上看管他的灵猴，更是怒气上升，死死地瞪了灵猴几眼。

如今身价百倍的灵猴哪把他看在眼里，于是大大咧咧调侃道：西蒙，你小子运气好啊，要不是陛下看在你爹面上，剐你十次也够了！西蒙并不说话，走过去便将灵猴拳打脚踢一顿。朱高煦连喝几声，西蒙还是不肯住手。

纪纲不由分说，便将他扭住：你竟敢在汉王面前撒野，活够了吧？将他关入大牢！纪纲话音未落，跟随的拱卫司已经将他押出大门。

朱高煦饶有兴趣地问：他是什么人？

灵猴便将西蒙的身世说了一遍，之后又补充说：这小子命大，陛下看在他生父梁道明面上，不但免罪出狱，还亲自赐名叫梁守礼，就是叫他以后守礼遵德，好好侍奉他父亲。

朱高煦边听边露出一抹不易察觉的微笑，之后转向纪纲：先给他一点苦头吃。他在西洋长大，说不定，以后还能派上一点用场。

走出风暴之夜的郑和船队继续朝南驶去。夕阳西下，耀眼的火球闪烁着对大海深沉眷恋的金黄。面对这神秘圣洁的景象，郑和庄严发令：晚课开始！

传令兵闻言，立即跑上宝船船顶，挥动起一面金黄色大旗。各船队百夫长见此旗语，即刻指挥各自麾下人马，跪于指定地点朝拜妈祖。他们虔诚地祷告着，不少人都沉浸于自己的祷词中，久久伏跪不起。

王景泓站起身，泪光莹莹地走向郑和：难怪不少将士说，如今做了早晚课，就觉心里踏实多了，好像妈祖的慈爱时刻都附着在自己身上。

郑和微笑说：长年驶于海上，单调的日子难免使人感到沉闷孤寂。日日早晚祷告，既能求得妈祖保佑我们顺利航行，又能使将士们感到温馨的母爱，这是远航的人们不可或缺的精神依傍啊。

王景泓深以为然：是啊，妈祖已是将士们心中最崇拜的女神，又何尝不是他们日夜思念的母亲和妻女！

当他们走到面对北方的甲板一角时，只见费信仍是满面泪痕地长跪不起。

郑和见状，轻轻蹲下身来，抚抚他的肩背。

费信睁开泪光闪烁的双眼说：方才，我见到妈祖了，她的手是那样温软，她的笑是那样慈祥。

郑和说：是啊，妈祖无时不在我们身边，无时不佑护着我们的灵魂。他扶费信起来后问：先生身体可好些？费信感动地点点头。

郑和换了一种兴奋的语调说：先生既已贵体无恙，我们何不边赏月，边对酒赋诗？也好为华夏诗国留下我们下西洋的一笔！

费信也兴奋地说：大人此议甚好。

他们刚要转身，弘无兴奋走来：终于进入波斯湾了！图上显示，忽鲁谟斯是西洋大国，来自欧亚的各国番商都在那里交易。

郑和说：弘公，波斯湾地区是大明帝国之外最强大的帖木儿帝国领域。我们此次往访，真可说是前无古人呐！

弘无朗笑问：那么，能否说也是后无来者呢？

郑和远望大海说：不敢，我们的后人会比我们更聪明，更有魄力，走得更远！

弘无笑得更响：此正老夫所愿也。

费信被他们的兴奋感染着，不禁赋诗曰：

巨轮西进史无前，烟波浩渺远接天。
此身长系郑元帅，弘公图划月正圆。

郑和听罢，不禁连连击掌：好诗，好诗，虽元帅者，郑和不敢，费公此诗确为我华夏诗国添了少有的一笔！将来后人读了，也知道我们下西洋的多彩多姿，弘公的学问与情怀。

弘无笑道：不敢不敢，老朽不过一介海疯子，岂敢入诗！这一抔溅满飞沫的长髯更不敢留给后人看。说罢，三人哈哈大笑起来。

几日后，郑和船队停泊于忽鲁谟斯海岸。人种各异，东西遥远，当郑和晋见忽鲁谟斯国王，彬彬有礼地呈上大明皇帝的信函与赠礼后，国王激动得立即起身相迎说：早就听说东方有一个文明古国，那里富足文明，礼仪周全，今日从使者的风仪举止上，也就可以想见了。说罢便大摆宴席，并以当地别样风情的歌舞助兴。

郑和也为这远道趋访深深陶醉。当他在国王陪同下参观市场，见一山羊爬竿的把戏时，更被逗得开怀大笑。虽是游逛参观，也一刻不辱使命，一路上他将看中的此地物品一一告知手下，命他们或购买，或以瓷器、丝绸等交易。

次日，郑和与当地伊斯兰教徒一起往庙堂礼拜时，一对陶瓷水瓶上蓝宝石般的色泽吸引了他。他仔细观察着，虽造型、质地远不如大明产品，可那色彩、光泽却是别开生面。

于是走访民间陶艺人。那艺人十分朴实地笑笑说，并不是我的手艺好，而是我们这里有一种叫做苏麻离青的泥土，这种土只要在适当的火候下烧造，就会呈现出蓝宝石般的色泽，还会出现银黑色结晶斑，即“铁锈斑痕”，俗称“锡光”。

郑和听了十分高兴，当即命人买下艺人一堆陶品。之后又对采购官员说：这种原料用在陶品中都如此出色，若是用在我们的瓷器上，大明瓷器岂不更上层楼！尽量空出船舱，多买些苏麻离青土带回去。

那官员说：泥土分量太重，装多了，超载怎么办?

郑和想想说：说得是，我们先将货物送往古里，然后再去天方。

救回朱高煦后，诗君即赶回道观收拾那些书籍家什去了。

正在一旁读书的书生不知发生了什么事，抬头问道：诗君姑娘，你这是……

诗君歉意笑笑：抱歉，这房子已经易主，我们得另觅他处。

几位书生闻声站起说：此后，我们若想读书，就无书无房了。

正说着，纪纲破门而入，虽然满脸堆笑，诗君还是本能地连连后退。

纪纲涎着脸说：姑娘别害怕，我是来给姑娘送房契的。案子结了，当铺掌柜愿意将房契还与姑娘。

书生们听了连连雀跃，诗君却木木地看着纪纲，直到他悻悻退出。

正在此时，满剌加王子丹走了进来：请问，我可以进来看书吗？

诗君定定神说：欢迎光临。

在这道观读书，诗君不光供书，还供水供茶。

看看已经日光西斜，一熟识书生站起身说：今日是此道观的吉日，久闻姑娘琴艺超群，不知能否弹唱一曲，以饱我们这些穷书生的耳福？此话一发，众书生立即响应。

诗君温婉一笑：既蒙诸位不弃，小女子便不揣冒昧，弹唱一曲《牡丹亭》吧。

众人刚要抚掌欢迎，诗君又补一句：整日读经穷理，是该轻松一刻。既是自娱自乐，就需人人参与，待我弹唱毕，诸君必须各人吟诗一首。

众书生响应说：此议甚好。

这一日，他们弹唱吟诗。虽都是清苦书生，有琴音诗词相伴，却人人陶然怡然。特别是王子丹，更在这华夏文明中痴迷忘返。

未料，此事却传到宫廷中。

那日上朝，先是礼部发难：启奏陛下，臣闻方诗君道观名为读经看书之地，实则成了闲散书生们唱曲娱乐之所，长此以往，怕是要出事的。

朱棣示意他继续说下去。

礼部大臣道：光我大明学子尚可容忍，如今会同馆的番人也争相前往。他们不识一个汉字，纯属为诗君姑娘而去。

另一官员插话说：听说，那方诗君还常为他们弹唱小曲，岂不是伤风败俗！

礼部大臣道：更有甚者，听说那个满剌加王子已经对诗君姑娘痴痴迷迷了。

朱棣终于忍不住了：朕怎么越听越糊涂了？道观用丰富的藏书为京城学子提供了一个读书的地方，难道却要反功为过？何谓伤风败俗？吟诗弹唱？为来访番客介绍些我大明的传统文明？还有，被邦国王子崇拜？这难道皆为伤风败俗？请问诸位爱卿，你们哪位愿意辟出自己的府第，拿出自己的藏书，供无家可归的学子去坐去读？你们哪位愿意陪同他们吟诗弹唱，还要供茶供水？

众臣顿时鸦雀无声，敛神静气。

朱棣继续说：国强则自信，盛世则开放。朕以为，诗君姑娘不但无过，反而有功。汉有蔡文姬，唐有文成公主，我大明就不能有方诗君？着礼部立即与满剌加国王、王妃和王子丹商议，若王子丹确实有意诗君，朕便册封方诗君为公主，并赐婚他们。

众臣听得忽然转过弯来，不由得跪地高呼：陛下胸襟高远，可喜可贺！

二十八

经过宋阿袄之死的冤案，朱高煦虽然身心受损，却又一次测出了父皇对他深沉的疼爱。他知道，父皇除了想方设法要教育他之外，绝对不忍使他受到更大的委屈。既如此，何不趁机丰满自己的羽翼？于是，他暗自立志，养精蓄锐。那天上午，他正在后花园舞剑，仆人通报说灵猴求见。他目不离剑说：让他进来吧。

灵猴受宠若惊地来到一旁甬道，边欣赏汉王剑术，边啧啧赞叹着：真是一手好剑术啊！小人敢说，大明上下无一人可比！

汉王瞄了他一眼，收剑说：可惜，真委屈了这把好剑啊。

灵猴尚未明白汉王所言何意，汉王便问起他下西洋的所闻所见。

灵猴正愁无处夸耀白话，于是，从南洋的湿热到大海的风浪，再到南洋女人的美艳风情，滔滔不绝地白话起来。

汉王斜睨他一眼：你这猴性怎么总也不改，就不能长点出息，讲讲南洋各国的军事，和我们与邦国之间的关系？实在说不清，就讲讲哪个王打败了哪个王也行。

灵猴搔搔脑袋：我只知道西爪哇王打败了东爪哇王，之后，还杀了我们170多个弟兄。

汉王讽刺地说：数得清南洋有多少种女人，却不知道那里有多少王国，本王真想给你换个脑袋！

灵猴嘿嘿一笑说：汉王可别这么说，我可是还立了两次大功呢！

朱高煦收剑落座之后，说：先别说这些，本王只问你，能不能画出一张各国分布图？不用太复杂，只要有个记号就行。

灵猴真如猴子一般抓头搔耳了：我哪会画图？我只听说，宝船上那幅海图清楚又细致，有个在海上漂了几十年的弘无老头就站在宝船上，走到哪儿画到哪儿，连郑和都对他施弟子礼！

汉王高兴地拍了一下他的肩说：这下你可以显显神通了。下次下洋，你能不能把那幅图取来给本王瞧瞧？

灵猴吓得浑身一激灵：偷？不敢，也不行。郑和将船队管得滴水不漏，我连进宝船议事厅的资格都没有！不过，孟大人可以进去。要不，汉王让他想想办法？

朱高煦凝神沉思：只要能拿到海图，用什么办法都行。

他想了想说：此番出洋，你把那个梁守礼，就是西蒙带上，说不定他有用处。

灵猴问：他不还在大牢里吗？

汉王挥挥手：这你就不必操心了，本王要一个梁守礼出狱，还不是一盏茶的工夫！

海外漂泊几十年，梁道明虽然积攒下了大笔家业，且在南洋有了相当的声望地位，可到头来，却是妻子莫名而死、儿子浑噩入监。幸得陛下开恩，不但下旨释放，还赐名“守礼”，这也算不幸中的万幸，老来的安慰了。没想到这个心高气傲的儿子回家并不以此为家，对他这个老父也无丝毫父子之情、孝悌之心。因为在他的意识中，他始终是锡兰山国的得宠王子，他的未来是锡兰山王位。所以，出监之后的他无心在家陪侍老父，只想在南京这个繁华之地、温柔之乡舒舒筋骨、养养羽毛，以便日后重铸大业。

对于多灾多难的儿子，老父梁道明却更加疼爱。从黄昏至深夜，他总是倚杖门外，等待儿子回家。

这天夜里，已经北斗西移，还不见守礼回来。他一面打发仆人四处寻找，一面倚杖门外苦等。

仆人终于匆匆跑回告诉他说，少爷又被拱卫司抓走了。

他只晃动了一下身子，“孽——子”两字尚未说完，便口吐鲜血、倒地身亡了。

且不说满剌加王子丹对诗君姑娘钟情已久，对大明亲善崇敬的国王夫妇又何尝不盼望与大明攀上一桩政治婚姻！所以，当大明礼部官员款通了陛下圣意后，满剌加在南京的王室、官员一派欣然，国王亲自入朝晋见皇帝，代子求婚。

朱棣更是慨然应允，并派人接诗君入宫，封为公主，赐予丰厚嫁妆与男女仆从三百名。同时，还命周满率船队护送，并封其为主持诗君婚礼的大明皇帝正使，封正在南洋追剿麻衣邦的葛三为副使。

满剌加国王听后，当即打点行装，与王后一行先行回国，准备迎娶诗君公主。

如此的峰回路转，诗君既无多少喜悦，也无太多的犹疑，因为她实在窥不透朱棣的心机：是因对她一家过于残忍的愧悔而安抚？是因追念徐皇后的遗爱而对她爱屋及乌？还是仅仅是对一个孤苦无依弱女子的怜恤？对在黄泉路上走过几个来回的诗君来说，这已经都不重要。既然苍天不肯收留，她就留得此命在人间，多读些书，多走些路，多为人间做些善事。何况经历过那么多风刀霜剑后，王子丹的痴迷与钟情，于她更显珍贵，那就随遇随缘，远离这块伤心地，也许能少些心伤和回忆。

大难不死的葛轩随周满返回南京后，既无亲友，又无家可归，也曾一阵自叹凄凉。不想，当他背着那些人们见所未见的大珍珠去珠宝店时，从店掌柜到伙计们都惊得瞠目结舌。掌柜问他货从哪里来、要价多少。谈到珍珠来历时，他竟绘声绘色，已忘了交易价格的事。这珠宝来历听得掌柜跃跃欲试，暗下决心，倾家荡产也要留下此物。他又问要价多少时，不懂行情的葛轩大着胆子伸出两个手指。

掌柜问：两万两？

葛轩其实想的是两千两，一听掌柜开口就是两万，他巴不得连连点头。

掌柜也暗自心喜：成交。

葛轩莫名成了怀揣重金的富人，他先给周满送上一笔厚礼，后就提出再次随他下洋做生意。

周满知道他发了大财，成全同船的朋友岂不是天经地义之事，自然满口答应。

葛轩兴冲冲走出大门，没走几步，迎面碰上灵猴。灵猴听了他发财后的计划后，先要他请客，后就出主意说：再跟船队出去？不划算，你知道他们何时回来？那苦还没吃够啊？再说，就是回来了，大批船货一到，你那点私货也斗不过大宗官货呀！我看你不如去琉球贩硫磺，路近，还能赚大钱！

葛轩一拍大腿：还是你行，要不，怎么叫灵猴呢！行，就听你的。说罢，塞给他一把碎银子：晚上自己去玩吧，挑俩嫩的，兄弟就不陪了。

灵猴高兴得顺手给了他一拳：这才是好兄弟，发了大财，再多给些啊！

按照郑和的部署，葛三一直率领他的船队，一边在南洋建货仓，一边在海上搜寻陆宽的麻衣邦。可日夜奔袭巡察，却不见麻衣邦的踪影。葛三既为暗自放走陆宽而欣慰，又为辜负郑和而自责。

正自纠结，一支船队驶近说：报告葛大人，遵照大人之命，本船队已在海上搜寻三个半月，仍未见麻衣邦踪影。这边话音未落，另一船队匆匆驶近报告：报告葛总指挥长，旧港海域的渔民说，一支倭寇船队神出鬼没，经常抢劫周围诸岛。

葛三想了想说：既然至今找不到麻衣邦，我们就全力剿灭倭寇，还大海一个太平！传令第三分队，在旧港汇集！

他正要指挥旗舰掉转船头，第三船队急急驶来，分指挥兴奋地喊道：报告总指挥长，玫瑰岛新添了好几个孩子，塔莎郡主更争气，产下一个大胖小子，取名明娃！全队官兵听后，立即欢呼起来。

葛三更是掩不住满脸笑容，他喃喃着：明娃，明娃，聪明的塔莎。之后他下令说：向旧港进发，打跑了倭寇，咱们就开上玫瑰岛，看孩子去！

众官兵雀跃欢呼。

二十九

立于甲板上的方诗君回望渐行渐远的大陆，泱泱大明已成一块模糊无际的淡影。她收回扶在船栏的胳膊，双手合十，对着大明方向深深一拜。

细心的周满轻轻走来说：甲板风大，诗君公主还是入舱歇息吧。

诗君心情复杂地说：我只想多看看大明，日后，还不知何时再回来。

此时，灵猴走来。他先朝诗君施了一礼，后对周满说：周大人，不知葛大人能不能及时赶到满剌加？

周满一笑：放心，葛大人接旨后，自会日夜兼程赶去。

不知何时，梁守礼已默然立于船头。灵猴一见，立即快步赶去：梁守礼。

梁守礼似未听见，只是怅怅地望着大海。

灵猴拉拉他的衣袍：装什么聋啊，叫你呢！他正要给梁守礼一拳，却被梁一把拧住：我不叫梁守礼，以后叫我西蒙！

灵猴大笑：西蒙？还东蒙呢！

西蒙似乎受到了极大侮辱，挥拳便要向灵猴打去。灵猴大喊：周大人，他又要打人了。

诗君见西蒙愤怒中含着极大落寞，于是笑盈盈朝他走去，为他擦去他自己也未曾察觉的冷泪。

这笑颜、这关爱犹如一股暖流流入他冻结很久的心。他朝她深深一躬：谢公主。

诗君说：以后就叫我姐姐吧。

一句话更打开了他的泪泉，他止不住频频擦着抑制不住的泪水。

诗君说：姐姐第一次下海，你能给我讲讲大海吗？

西蒙兴奋地遥指远方，讲得欲罢不能。

方诗君一行到达满剌加湾时，码头上张灯结彩，青年男女在亚热带风情的音乐声中，跳着奔放热烈的舞蹈。王子丹在宫廷乐队的演奏声中牵起诗君的手，走上披彩的牛车，一路朝王宫奔去。

王宫里也是一片喜庆，等在王宫的国王夫妇热情接待着周满一行。

先期赶来的葛三正襟危坐在王宫里，却不知是真是梦。他万没想到，他这个被当今皇帝满门抄斩的前朝老臣黄子澄的幼子，九死一生后，竟成了皇帝敕封的副使；他更没想到，这位被当今皇帝祸灭十族的方孝孺的幼女方诗君，如今还活在世上，并且成为了皇家公主。

他摇了摇发涨的脑袋。一位细心的宫女见他满头汗水，连忙递过一方湿巾。葛三接过湿巾，正擦拭着额头，欢快喜庆的乐声中，王子丹携诗君已步入王宫。

百年难逢的皇家跨国婚礼，自是热烈，又执礼如仪。葛三瞪大双眼，既要不失礼仪，又想辨清诗君面目。当他看清她眉宇间的那颗红痣后，更加确认她便是方家小妹了。只是历经生死的诗君，更多了一份沧桑与成熟之美。葛三不由得一个趔趄，碰响了身旁一把藤凳。

诗君回眸一瞥，认出了童年玩伴黄三哥，刚要像儿时那样脱口呼叫，却见他一脸煞白，满脸汗水地僵立在那里。诗君即刻封住已经启齿的双唇，低头避过时，汪入眸子里的泪水已经莹莹闪闪。

王子丹捏捏她的手，两人双双走向国王夫妇，去接受他们的祝福。

次日，阳光灿烂，涛声依依，王子丹与诗君的婚礼在王宫隆重举行。国王夫妇端坐主位，周满和葛三以大明特使之尊主持婚礼，祝他们的幸福如榕树般长绿，祝他们的爱情如大海般绵长！这婚礼惊动着国都全城，人们蜂拥而至，人人以一睹大明公主芳容为快。

主持完诗君婚礼后，周满暂留南洋宣示友邦，葛三继续在重生岛周围追踪围堵麻衣邦。

虽是一场不能相认的天涯相逢，可是，无论在诗君，还是在葛三心中，都多了份牵绊与远念。

国运日隆，临近各国也纷纷靠拢示好。奉天殿内，早朝初始，礼部便禀奏说，鞑靼阿鲁台昨日遣使送来五百匹贡马，请陛下定夺。

朱棣未等他说完，便笑眯眯说：着鞑靼使者进殿。

使者应召进殿施礼后，便递上一札奏书。朱棣看看后，笑问：久违了，你们太师阿鲁台何以要给本朝贡马？

使者又上前一拜说：回陛下话，太师阿鲁台大人说，经多年观察体悟，只要我们友好大明，大明历来与我们两相和好、以礼相待，而我们那两个喜欢窝里斗的蒙古兄弟瓦剌和兀良哈，却随时都想吞并我们，只有大明才是我们可信赖的邻邦。

朱棣朗声一笑：难怪贵国太师被称为草原孔明，果然是位通达之士。

使者趋前施礼：谢陛下。

朱棣沉吟片刻：好，为他的苦心，为两国和睦为邻，朕便册封阿鲁台为和宁王。请你回去后，如实转告朕的意思，以期共同珍惜我们的所期所望。

午后，朱棣小憩初醒，外间来报少师求见，他连忙起身吩咐请进。

当姚广孝施过君臣礼后，朱棣笑问：大师四方云游，一向可好？

姚广孝又施一礼说：谢陛下挂记。老衲一番云游，边看边想，更觉陛下英明。余者不说，且说郑和下西洋之策，就已一业兴、百业旺啊！老衲且行且看且喜，那以景德镇为中心的瓷业、以苏州为中心的丝织业、以松江为中心的棉纺业、以芜湖为中心的印刷业、以福州为中心的造船业，以及其他如冶金制造业、日用品制造业、造纸业等皆为亘古未有的繁荣发展。只是一些郡县官吏仍在穷追建文余党，长此以往，怕是要牵连更多的无辜者了。

朱棣听着他的叙说，忽而兴奋，忽而思考：朕已明白大师之想，时至今日，应该是时过境迁，该了则了吧？他踱了几步回过头说：是啊，世间万物，通则畅，拥则塞，我泱泱大明，总不能缠在一些旧账上举步不前。识大局者，就应放眼天下，拓展未来，这就是朕力排众议、决计派郑和下西洋的初衷。

姚广孝击掌赞佩起来：陛下真是心胸愈宽，悟性愈深呐！

朱棣乘兴将案上一沓奏折递与姚广孝：大师且看。

姚广孝看罢奏折，更是喜不自胜：真乃神速啊，眨眼之间，南北大运河已经开通？依老衲浅见，开运河、施漕运，此正如陛下所言，通则畅，拥则塞。陛下如今南修武当，北建宫殿，远下西洋，君主华夷，再加开通南北大运河，迁都北京城，已是天时好、地利盛、国运昌隆之壮举、之大象啊！

朱棣兴奋地站了起来：知朕者，大师也。

他又叹口气说：只是人和不易，心齐更不易呀，大师有何良方？

姚广孝朗声说：施仁义，济众生。

朱棣连连点头。

北迁国都是朱棣永固帝国皇权的大战略，可他深知，这不光要伤及满朝文武的切身利益，还要改变他们心理上、感情上乃至各家老少安身立命的习惯思考。为此，他才与从北平起事到靖难南京，一贯理解他、支持他的姚广孝预先契合、沟通。以他们之间的一贯默契，朱棣大可打开天窗说亮话，直截了当要姚广孝在朝会上做说客。可如今他已是一国之尊，只能以这种方式要姚广孝在悟中觉、在觉中冲锋陷阵了。姚广孝不光悟性极高，对朱棣更是愿意赴汤蹈火，他怎能不极尽唇舌之力！

可即使如此，在朝议此事时，双方还是剑拔弩张。刚提及迁都事，便遭到众臣的一致反对。面对这种早已料到的局面，朱棣静观不语。姚广孝先是沉静体察，继而便不急不缓，纵论不竭起来：诸位所言，老衲确实不敢苟同。且说北京的风水地貌，其沧海环其东，太行峙其西，后枕居庸，前襟河济，东南转漕，秦晋入卫，形胜甲天下，此正乃顺天为皇居之地。

姚广孝尚未说完，夏原吉即趋前反驳：少师所言，却也言之成理。臣以为，北京宫殿建成后，即可称之为陪都。陛下大可南来北往，以免耗资巨大，用于迁都上。

朱棣笑道：朕素知夏爱卿算盘精到，可你是否算过另一笔账，漠北残元势力会因我们给了他封号就不再挑衅大明？万一他们又来南侵，我朝北征漠北，南京、北京，哪个地方更利于统一部署？且此种战争绝非一次两次，长此以往，辎重粮草、军械兵马的运费将需多少银两？朕倒想听听你算算这笔大账。

夏原吉不再申辩，只扑通一声跪于丹墀。未待朱棣作出反应，只听扑喇喇一阵声响，众大臣跪于一地。

此时，朝堂一片静寂，似乎空气都已凝固。面对这种猝不及防的场面，朱棣再没说话，他只默默起身，走出大殿。

因为迁都之事的君臣对峙，朱棣宣旨七日不朝。待七日后，各自想好，上朝再议。

未料，七日后，当朱棣走入奉天殿时，众文武早已低头跪了一地。他环视了一下满地朝臣说：昨日，河南布政使朱文褒奉上一份奏折说，他宁可弃官，也难服迁都。好哇，朕赞赏他的勇气，却唾弃他的愚顽！作为大明臣子，若只看鼻子尖下的一点小利，却看不到长远大计……朱棣话未说完，纪纲慌忙跑入奏报：陛下，不好了，不好了。

朱棣怒目训道：朝堂之上，大呼小叫，成何体统！

纪纲举起手中一幅布帐：陛下，这是万民上书，吁请陛下停止迁都。

朱棣霍然脸色铁青，半晌不语。

静寂中，几位须发皆白的老臣默默上前，手托冠冕，请求告老还乡。

朱棣一个个盯了他们一阵后说：是都老了，既然你们去意已决，朕就成全你们。之后，他高声宣诏：传旨，削去朱文褒一切官职，悉数没收其家产，举族戍边！话音落处，朝堂一片寂静。

圣心不快，加之连日多雨，朱棣的风湿病犯了。他卧于乾清宫内，全身疼痛。宁王朱权听说后入宫探视。他先施礼问安，并奉上江西特产香艾粑说，据说，此物食之，可驱寒湿，陛下如不嫌，可食之一试。

朱棣感于宁王手足之情，不觉疼痛大减。他靠在床上吃了一个艾粑，连说：不错，好吃，难得十七弟这份好心，朕就多吃几个，你坐，坐。

朱权坐于朱棣床前：臣弟此来为探望陛下之病，也为清明即到，想为父皇、母后扫墓。

朱棣听着连连点头，朱权接着说：再者，臣弟听说陛下要迁都北京？

朱棣警觉地说：是，此意已定，十七弟可有异议？

朱权换了一种语调：陛下的朝中事，臣弟无权也无心去管。可迁都之事，关乎朱氏江山，臣弟若再不说话，就无颜面对父皇母后了。

朱棣冷笑道：那就把你要说的话都说出来。

朱权站起身说：平民百姓都牢记圣人之言“父母在，不远游”，难道贵为九五之尊的四哥就不记得吗？

朱棣强忍怒火：孔圣人还有一句，叫做“游必有方”，十七弟难道忘了？四哥所以力排众议，坚持迁都，都是为了家国大计。

朱权忍不住声音高了起来：大计，大计，四哥做什么都是出于大计，这才叫胜者王侯败者寇，你皇帝老子做什么都有理！

朱棣大怒：大胆！你说了这么多，还不是为了那没到手的半壁江山！

朱权梗着脖子：你只说对了一半。不说了，押我进大牢吧！

朱棣挥挥手，急剧地咳嗽起来。朱权回头看看，大咧咧走出殿去。

朱棣命纪纲进殿，着他派人日夜监视宁王府动静。

已是清明，这一天，细雨霏霏，忽断忽续，当朱棣率皇亲国戚、文武大臣来到孝陵祭祖时，朱权已跪于太祖墓前大放悲声：父皇、母后啊，请恕儿臣不孝，儿臣须臾不敢遗忘圣人所教“父母在，不远游”之礼，本想终老守在京城，守在父母身边，可四哥不准，非要逼儿臣远走他乡不可。儿臣想，走就走吧，有他在，父母皇陵总不致无人供奉。没想到，四哥如今又要迁都，迁都！父皇、母后啊，连草民百姓都遵从的古训，四哥都不要了。你们的心能安吗？能安吗！

朱棣强压怒火，吩咐朱高煦说：快扶起你十七叔来，别哭坏了身子。

当朱高煦俯身扶他时，他却一把将侄儿推开，呼天抢地冲向墓碑：父皇、母后，四哥要撇下你们，迁都北京，就让儿臣来陪伴你们吧！

说着，他一头撞在墓碑上，气绝身亡。

孝陵前的人们都惊呆了。回过神来的朱棣也大哭道：十七弟，不该，真不该呀！迁都并非四哥一意孤行，那也是遵从父皇遗愿呐。

他扑跪在地说：父皇，母后，你们看到了吧，不是儿子逼十七弟，儿子苦哇。儿子深知父皇远迈汉唐之宏愿，才日日睡一更、起四更，南下西洋，北征漠北，修大典，疏运河，建北京。如今，壮阔的版图已经铺就，神圣的江山，特别是富足的江南已经稳定，可退居漠北的蒙元却一日不得消停。此时还不北迁震慑，岂不误国误民！可儿子文无萧何、子房，武无卫青、霍去病。最难的是，我那一个个皇弟、皇子，不是胡作非为，便是处处设障。儿子知道，如今只有父皇、母后才会体谅儿子。

众臣听到此处，齐齐跪地：陛下歇歇吧，臣等定当紧随陛下，远迈汉唐！

朱棣被昌盛搀起后，拭拭眼泪说：众卿起来吧。之后，又蹲下身来，抚着朱权的身子说：厚葬宁王！

清明祭祖、宁王殉身后，整个夏日，朱棣身心俱疲，再也没提迁都之事。那日朝会，议完国事后，他说：北京来报，天寿山之长陵已经修竣，朕拟择日送皇后灵柩北上，以入土为安。

高煦闻言，立即跪地请往：父皇，儿臣请父皇恩准，陪母后北上。

朱棣挥挥手：不，朕将亲送皇后灵柩去北京，皇孙瞻基随朕前往。你和太子都留在这里，京城由太子监国。

太子趋前领旨，高煦长跪殿上，久久不起。众臣明白，陛下先行、亲送皇后灵柩落葬北京，就是为了推进迁都的步伐。连宁王之死都未能阻止他的脚步，谁还能动摇他的这一决策？

移灵当日，宫廷里处处披白幛、挂白花，南京城中全城戴孝。吉辰到来，朱高炽、朱高煦兄弟眼含热泪，亲扶母后灵柩至城北门。朱棣登楼北望，只见天清气爽，这才走下城楼，命两位皇子止步。

兄弟俩跪地磕头后，送父皇一行出城。

高煦跟在后面痛呼：母后，带上煦儿吧！

朱棣虽并未回头，却听得眼睛湿润，步履也蹒跚起来。瞻基连忙扶他登上皇辇，他却执拗地非要骑马不可。

他们进入北去的驿道，每遇桥头，瞻基都跳下马来，跪地呼喊：皇祖母当心，我们要过桥了，瞻基领您走。

朱棣看着孙儿，眼里满是感动与爱意。

徐皇后灵柩到达北京时，已是晚秋时节。那一天，长寿山畔、长陵陵前，秋风阵阵，漫山肃杀。一片哀乐声中，群臣长跪，瞻基哀声痛哭。朱棣俯身向下葬的灵柩说：皇后，你伴朕风雨多年，到头来，倒先走了。朕知道你喜欢北京，才为你选了这块怡人之地，安心睡吧，等着朕。

此情此景，说得大臣们个个泪湿衣襟，也领略了圣上心怀的另一面。

安葬礼毕，朱棣带着孙儿瞻基纵马奔向长城。他们拾级而上，登上城垛。瞻基被长城之险峻、北国之寥廓激动得连连高呼，之后对朱棣说：瞻基只知皇祖父事事深谋远虑，登上长城，才懂得皇祖父力主迁都北京的道理。

朱棣这才将压抑了半年多的心舒解开来，因为他寄希望于他看好的孙儿，知道他的天下迟早要由这个孙儿守护拓展，于是，手挥马鞭，遥指大漠，为孙儿讲起天子戍边、君主华夷的治国之思，他要将他的治国之纲传给他钟爱的孙儿。

他们回到北京行宫，祖孙俩日夜相守。这是朱棣的预先设计，也是他带孙儿北来的目的之一。他要将天下传给孙儿，他必须让孙儿领悟他治理王朝的一切宏图大略。

这一天，边将来报，瓦剌首领马哈木对我朝给鞑靼阿鲁台封王极为不满。他们蠢蠢欲动，有进攻我边境的动向。这正好是朱棣耳提面命、教导其爱孙的机会。他当即命准备粮草辎重，调集五十万大军，说要带着皇孙去北国征战一回，并顺便让瞻基领略一番我们的疆土，和令我们时时不得安宁的劲敌。

三十

大军风驰电掣般朝北进发。朱棣连连传旨，命将士们记取上次北征教训，千万小心谨慎切勿轻敌，但有异动，务须及时奏报。

马踏草原，一路向北，已经过了饮马河，除了偶尔惊散了的黄羊、野驼，仍是一片静寂。久经沙场的朱棣明白，马哈木绝不会轻忽他的亲征，他们是在以虚待实，正在撒开口袋，试图四处包抄。

朱棣命大军警觉在先、行速在后，沉着冷静地向草原深处进发。直到第三天的黄昏后，才在一处谷地遭遇了一支瓦剌骑兵。可未待交手，瓦剌兵马便如鸟兽散。这诡谲之势更令明军狐疑，经严审俘虏方知，瓦剌首领马哈木听说大明皇帝亲征后，早已躲到忽兰忽失温去了。将士们听说忽兰忽失温离此地只有百余里，个个跃跃欲试，请求闪电直击！

朱棣听后大笑说：这哪里像桀骜不驯的马哈木？好，朕既然来了，不管他要什么花招，也得会会这位老友！

部将们担心俘虏走漏消息，纷纷奏请杀掉他们。

朱棣挥挥马鞭，命部将放掉俘虏，说：朕就是要让他们回去报个信，让马哈木调集所有兵力向我们开战。否则，他们东一股、西一股的，我们的粮草耗不起。

部将们听了，齐呼“陛下圣明”！

久经战阵的马哈木等的就是朱棣来“相会”。他所以退入忽兰忽失温，就是看中了这里地势复杂、多山多谷。他们早已将一支无敌的骑兵隐于群山背后，只等明军到来，便沿山而下，包抄冲杀！

正是月明星稀时分，明军步兵浩浩荡荡开入山下。马哈木素知明军人多，兵虽骁勇，马却少而不精，一旦钻入他的包围圈，就会成为撞不出羊圈的绵羊。想到即将看到的胜利图景，他不禁咕嘟嘟喝了几口奶酒。之后，即挥刀命隐蔽已久的骑兵，以疾风暴雨之势冲向明军！

就在黑压压的瓦剌骑兵快要接近明军时，明军阵势也如魔术般迅疾变化。霎时，大片步兵已退向两厢，一支骑兵风驰电掣般奔腾而来。他们手持火铳，对准瓦剌骑兵连连发射！瓦剌骑兵面对这魔幻般的变化与射击，除了连连中弹落马，便是收不住地朝前冲去。

站在山顶的马哈木惊得目瞪口呆：这，这是什么？啊，神机营，神机营！他听过，却从未见过的神机营。仓皇间，他带着几名亲兵从山后逃跑了。

明军却越战越有章法，神机营发完一轮火铳之后，即刻朝两边闪去装火药。此时，闪出来的神箭手即瞄准瓦剌骑兵的马腿连连发箭。几万瓦剌骑兵在明军火铳和神箭的打击下，很快丧失了大半。他们知道已无退路，只能朝前冲去。

此时，朱棣携领中军，指挥左右两侧夹击，一起包围了瓦剌残兵。杀尽了瓦剌骑兵之后，朱棣知道马哈木已大伤元气，于是命大军乘胜追击！

颁毕诏命，朱棣正想对爱孙分析战局战势，传授自己的用兵之策，朱瞻基却不见了。他环顾左右，大声呼喊，仍未见回音。此时，护卫身旁的杨荣说：皇孙或许追击残敌去了。

朱棣焦急得尚未回应，杨荣立即纵马：微臣这就去接应皇孙！

少年气盛的朱瞻基第一次来到莽莽沙场，第一次经历千军万马中的血肉厮杀，兴奋之中更多了一种争强好胜。他看着如山倒下的瓦剌败兵，抑不住沸腾的热血，猛击战马，竟仅率十几骑亲兵，便包抄到瓦剌退兵的前沿！幸亏对方不知他是皇孙，且已被打得心惊胆战，一心只想摆脱他们的追击，哪知这仅有的追兵却咬住不放！瓦剌骑兵头目见此情形，忽然打了一个口哨。他的兵马立刻停止后退，反而回过头来，包围了瞻基的追兵。

包围圈越来越小，跟随瞻基的部将回头一看，他们已经远远脱离了主力军，心中不由得忐忑起来。他蓦地打马横在瞻基面前：殿下，战局至此，不能不即刻发起攻击，可我们只有十几骑兵马，一时难断胜负。末将这就率部进击，掩护殿下撤退。

说罢，他又命一校尉：你只管护卫殿下后退，别回头！

话音未落，瓦剌骑兵已如风卷来。朱瞻基哪肯后撤？他奋力扬剑，左劈右砍。部将大喊：殿下快撤！

可瞻基已经杀入敌群。瓦剌头目听到明军喊那少年为殿下，更是立功心切，喊着：活捉那穿红袍的小子，他是大明皇孙，哈哈，皇孙！

就在瓦剌骑兵团团围拢瞻基的时候，杨荣率部赶来。他东劈西砍，杀得瓦剌骑兵人仰马翻，才从死人堆里救出瞻基。

几场殊死大战，瓦剌兵马死伤两万，被俘获者无数。杨荣说：经过这场大战，瓦剌几年内是恢复不了元气了，陛下真是圣明啊！

瞻基挥了挥手中利剑说：皇爷爷，我们何不再向北追，追他到老家去！

朱棣笑指远方道：你的眼睛比皇爷爷好使，使劲往远望，能望到草原的尽头吗？

瞻基果然踮起脚，朝北望了片刻，摇头说：只是越望越深，再远，就是云盖荒草了。

朱棣笑道：我大明的北疆广袤无边，在这一望无际的草原上，只能教训一下那些不守规矩的人，岂能除恶务尽！

杨荣说：陛下，我们的粮草也用得差不多了。

朱棣马鞭一扬：班师回朝。

朱棣一路凯旋，回到南京的时候，已是初冬时节。第二天朝会上，兵部奏报，英国公张辅第三次平定交趾叛乱，亦已告大捷。

朱棣听罢奏报，龙颜大悦说：好啊，这就叫南北凯旋，国强民乐！拟旨，一要大赦天下，二要整顿朝纲，清明天下。

众臣听了，不禁山呼：陛下圣明！

朱高煦听了，却万念交缠：失去太子位，他本已耿耿于怀，看到父皇北征不用自己，却带了乳臭未干的侄子瞻基，更看清了自己在父皇心中的位置，乃至未来的前途命运。他不甘啊，自己明明自小到大，深得父皇宠爱，后又屡立战功，如今却连失机会，眼看理应到手的皇位，一步步将从大哥之手，传到侄子头上，他怎能甘心！

于是叫纪纲来府中借酒谈心。酒过三巡，他又豪饮一杯说：命啊，这就是命，我若拥有一个王国，绝对经营得胜过帖木尔！

纪纲听到此话，刚刚举到唇边的酒洒了一半。他忙朝门外看了一眼，才应和道：那还用说！

朱高煦说：还是说眼前的事吧。父皇不是说了，要大赦天下吗？你要好好查查，凡是太子党的人，一律不得赦免。特别是解缙，他若出了监，太子的党羽更会如虎添翼！

纪纲笑了笑，连连答应着：汉王放心，这点小事，不劳嘱咐。

几天后，纪纲即拟出两份在押罪犯名单：一份是罪行不大、又悔罪良好者，一份是罪孽深重、又至死不悔者。当他应召乾清宫，递上这两份名单时，朱棣一一过目后问：解缙还在监中？

纪纲露出一抹阴笑说：还在牢里发牢骚呢。

朱棣放下那名单，感叹说：可惜了那满腹诗书啊。

朱棣此话自然可做两解：一是一位满腹经纶的大才子却蹉跎岁月，仍关在牢里发牢骚，放了吧；一是虽然可惜了他的满腹诗书，可也不能不杀啊。

阴险诡诈、又秉承了汉王之命的纪纲，正好钻了这个空子。他就以后者之解，提着酒菜来到牢中，请解缙饮酒。久在官场的解缙一见，便知死期将至。不知他是将皮笑肉不笑的纪纲当作最后一个阳世中人，还是当作最后一个政敌，两人竟交杯换盏，越喝越酣畅，越说越痛快。解缙从朝廷说到人生，从人生说到命运，最后，竟还唱了起来。

解缙的话已经说到深夜，当纪纲命人将他押到荒郊野外时，一场少有的初雪不期而至。大雪纷飞，趔趔趄趄的解缙不知何时竟丢掉了鞋子，一双冻得发紫的脚踩在雪地上，仍在大喊着：痛快，痛快，拿酒来。

就在一铲铲白雪压在他身上时，他还在吟着一首七律：

到死方知万事哀，
浪得此身一凡胎。
魂本洁来雪中去，
驾雪飞升青天外——

解缙虽死于阴谋，死得寂寞，但当这世称天下第一才子不明不白死于狱中的消息传开后，还是在京城的士人、学子中，如同炸开一个闷雷。有的义愤填膺，纷纷要联名告御状，有的惶惶不可终日，不知何时这厄运也会落到自己头上，更多的还是含泪赋诗，或追念，或祭奠，或讽喻。这就忙坏了拱卫司，他们或跟踪，或潜伏，凡有文人聚会雅集之处，都要混入其中，试图收集臧否朝廷的言论和反诗，以图多多邀功请赏。

可当他们将一些祭奠解缙的诗词呈与朱棣时，朱棣却压了下来，因为解缙之死，实在令他愕然又疑惑。他喜欢他的才气，又厌恶他的敏感与多嘴。

尽管如此，在他要为太平盛世营造和谐气象的时候，他绝对没想杀他。可有人却偏偏要利用他的疏忽妄杀了他，以此制造不和谐的事端。他知道，造此事端者是他离不开、又不喜欢的拱卫司，可后面的人真的就是他的爱子吗？他不能不多看看。就因为他的这些考虑，闹闹攘攘的京城，才避过了一场文字狱。

时光悠悠，转眼又到一年一度的端午节。春风拂柳，万象生机，朱棣携爱孙瞻基率众臣前往上林苑，莅临端午节的传统节目——射柳。

他知道孙儿骑、射俱佳，便想考考他的文采几何，于是随口说了句“万方玉帛风云会”。之后，他望向孙儿，问他能否联一下句。

瞻基上前一揖后，诵曰：一统山河日月明。朱棣喜形于色，含笑点头说：朕孙可教。

他顺手从一小太监举着的托盘中取了一杯酒，欣然饮下。

在溪水那边，林荫深处，纪纲正同他的拱卫司部属们饮酒助兴。素知纪纲喜好的部属们每到他酒兴渐浓时，都更加对其阿谀谄媚，以图提拔；纪纲则越是听到吹捧得体的话，酒兴越大，乃至忘乎所以。当他又一次进入这种状态后，为了测试一下自己在朝臣中的威势，看了看不远处正在游园的大臣们，便命手下说：反正是节日游乐，一会儿射柳时，不管我射中与射不中，你们知道怎么说吗？

众部属同应：当然都要喊“中了”。不然，纪大人的面子往哪儿搁？陛下会怎么看？

纪纲得意地说：这才是我的拱卫司！说着，他便连发三箭，可三箭皆未射中。

拱卫司的喽啰们却大声叫喊：中了，中——了——

一旁的大臣们虽已看清他们在混淆视听，但想想这本是拱卫司们的本色，也是他们历来的行事风格，理他做甚！于是个个视若未见，只在一旁冷笑。

这一幕却没逃过溪水对面朱瞻基的眼睛，特别是当他瞥见大臣们的冷笑，便跑过去细看。当看清拱卫司在作假，于是气愤地大喊：明明没射中，你们为什么高喊中了、中了?

朱棣听了，眉头紧皱起来。他从解缙死之蹊跷、士人才子们诗词的暗讽，到纪纲从来的行事为人，想到因此造成的朝廷形象及风气，不禁忧虑重重地自语着：长此下去，朝廷内外，岂不到处黑白颠倒、指鹿为马!

于是厉声说：当众造假，混淆视听，欺君欺臣，还不拿下！于是，纪纲及其部属当即被绑缚入狱。

刑部见陛下终于下诏羁押纪纲，乐得连连称快，于是一面连夜秘审，一面抄他的家。

初始，纪纲仗恃陛下素来的宠信，又有朱高煦这座强大靠山，仍然傲慢而不以为然。当审判官出示他窝藏的大批兵器证据后，他挺直的腰才塌了下来。可他刚要说出幕后指使者，审判官便下令割去他的舌头，之后将其暴打致死。

次日，在朱棣听完刑部关于审讯纪纲并处死的奏报后，他断定，纪纲没说出的幕后指使者就是朱高煦。他痛心，又不能不给这个不知轻重的儿子一些警示，于是，降旨削去朱高煦两支护卫。

周满以陛下特使身份主持完方诗君的婚礼后，便带着西蒙、灵猴与众官兵赶往郑和船队。当郑和与弘无听说梁道明已经过世的消息，不免一阵悲伤，又听周满说起他还带来了西蒙时，弘无对郑和说：梁先生已经故去，如今这个可怜的家族，也就剩他这唯一的儿子了，让我带在身边吧。我既可教他些航海和调试这些仪器的学问，也可尽尽老友之责。

郑和深以为然地躬躬身说：还是先生想得周到，此议甚好。

船队继续西行。途经锡兰山时，郑和准备派出一支船队访问锡兰山新国王。他见西蒙眼望那个方向神情落寞，便问他是否想去锡兰山看看，顺便祭拜一下母亲。

西蒙却泪光闪烁地摇了摇头，心里发誓说：母亲，等着我，总有一天，我会让您以我为荣!

他倏忽想起朱高煦曾让他多留意些船上的事，于是信步来到正在低头写着什么的费信面前，问道：费先生，你每天低头写作，都写的什么？有用吗？

费信抬头笑笑说：我们每天行走，遇到这么多的地貌风物、异域人情，不记下来，岂不可惜？

西蒙懵懂地看着他：记下来又如何？

费信笑说：眼下看来，也许用处不大，留给后人，就大有用场了。

西蒙似乎刚有所悟，弘无陪郑和走了过来。他指着远方说：前面便是柯枝国了，它东倚大山，西临沧海，南北滨水，是古印度半岛的重要海港啊。

费信兴奋地走到弘无面前：弘公的牵星板真是精准啊，从前的记录，古里与柯枝国都是华盖星四指，弘公的牵星板测出的则是：古里四指，柯枝国三指一角。

郑和笑笑说：这些航海宝贝可是弘公穷尽一生的绝学啊，他无私地奉献给我们，岂不是造福今人，功在千秋！

弘无连连拱手：言重了，言重了，正如人们所说，老夫不过是个海疯子而已。

人们看着他那把被海风吹得飘飘洒洒的胡须，不由得扬起一片笑声。

第二天辰时刚过，他们来到了柯枝国，因为先有旗语致敬，柯枝国王早已派礼官等在码头。郑和等官员上岸后，礼官命仪仗前导，将郑和让进花车，一路朝王宫走去。

国王在车马声中早已迎候于王宫前。郑和走下花车，先行柯枝国礼仪，接着，即在乐声中代大明皇帝赐柯枝国王可亦里印诰，以皇帝名义封他为柯枝国王，并封其国中之山为镇国山。之后，国王陪同郑和等官员来到镇国山，庄严肃穆中，郑和命人将朱棣亲自撰写的碑文镌刻碑上。

国之交往，历来是严肃的政治在前，轻松的宴乐在后。当晚，国王在宫中宴请郑和一行。酒过三巡，国王可亦里对郑和说：敝国使臣从大明回来说，他们在大明曾吃过一种叫做豆腐的东西，味美爽口，非常好吃。皇后听了，十分好奇，她很想学学做这种东西的方法。

郑和听了，边敬国王边说：承蒙国王、王后厚爱，明晚下官就在船上宴请国王、王后和众官员吃豆腐宴，并当场表演做豆腐的技法。国王听了非常高兴。

第二天薄暮时分，红色地毯从码头直铺到宝船大厅，在中国韵味的锣鼓和笙管笛箫演奏中，柯枝国王、王后携众官员被迎上宝船，迎入大厅。

不多时，郑和举杯宣布豆腐宴开始。他们饮着杜康酒，吃着由豆腐和豆芽烹制的近百种菜肴，听着中国乐曲，宾主吃得眉开眼笑。国王向郑和举杯说：难怪不少海岛国国王争相往访大明，渤泥国王一去便不想回国，直到死于南京。听着这美妙的中国音乐，饮着这杜康酒，吃着这绝美的豆腐宴，怎能不让人神往大明！

郑和与他碰碰杯说：谢国王褒奖。其实，无论音乐舞蹈、美食佳果，都是各有所长，如贵国歌舞的火辣狂热，贵国花椒、咖喱的美味刺激，我们也视为珍品。本官远赴重洋往访，就是为交流你我，增进友情，共享共荣。

国王说：如今人类你争我夺，战乱频仍，就是因为实在缺少郑大人这样的胸襟和善意了。本王无他，只要是郑大人看中的敝国产品，尽可以敞开贸易，互通有无。

郑和同他碰了下酒杯，一饮而尽。此时，做豆腐表演已经开始，王后和柯枝国官员不断惊呼。最后，郑和将一套做豆腐的工具献给王后，王后感动得深深施礼。

之后几日，郑和带领贸易官员巡访市场，遍访特产，以瓷器、茶叶等交易了大批花椒、香料。

几个月后，郑和派周满船队运回大批苏麻离青、胡椒、苏木、硫磺等，并专门上书朱棣：胡椒、芍药、硫磺、犀牛等四五十种药材虽为国中珍稀之物，太医却知之不少，唯苏木与苏麻离青，知之甚少。苏木，梗可提取丝绸着色染料，根为解毒良药；苏麻离青为青花瓷重要着色原料，番人尚未广泛知晓，臣往伊斯兰地区宣示皇威时秘购此物。

朱棣读之大喜，称郑和不仅能带兵远洋，还是经商奇才。

他笑说：远征漠北时，不少士兵中了毒箭，正好用郑和的苏木根为他们解解毒。

何止如此，第二年南方瘟疫流行，朱棣广施仁政，除减免税收外，还将郑和带回的硫磺免费分发百姓，为他们消毒灭毒，拯救了不少灾区性命。

也是在这场瘟疫中，葛轩从琉球运了好几船硫磺回来，看到市场正缺货，他又做起了大发横财的旧梦，决心待时甩出，卖个大价钱。

官府闻讯后，不但强令他低价卖出，还命他再次出海贩运。他越算越不划算，于是软磨硬泡，不肯出海。官府岂肯吃这一套，便以偷税之罪，将他抓捕入狱，并没收其全部家产。至此，葛轩这个暴发户也就只能认命了。

告别柯枝国后，郑和船队继续南行。天气越来越热，郑和与弘无来到甲板上凭栏远望。郑和面对渺渺沧沧的大海说：弘公提议在古里建立中转站，真是高瞻远瞩。

弘无告诉他，他曾在海上结识过来自那里的朋友，也看过他们手里的简图，那里真是民风淳朴，最讲诚信，而且是个天然的海道要塞，来自四面八方的客商都在那里贸易。

郑和指着前方问：前几次，我们都是沿着阿拉伯海东侧去的波斯湾，此次为何要横渡阿拉伯海，直达亚丁？

弘无笑了笑：嘿嘿，人说旧路易走，新路便达，老夫昨晚细观罗盘指针，如今的船头所向是一条到达亚丁的直线。走此航线，便可缩短近半个月的航程，我们何不一试，也好为后来者再辟一条新航线！

郑和由衷地赞叹：先生总是胸有宏图，造福后人啊！

弘无说：老夫再有宏图，若无知音鼎力践行，也是白搭，这条海路若真的开辟出来，也是将军功居其伟！

接着他哈哈一笑说：以后的事不说了，还是说眼前吧。亚丁可是阿拉伯地区的贸易枢纽，我华夏的物品、文明到了那里，即可集散于大洋周边邦国，我们也可从那里带回闻所未闻、见所未见的珍奇物品、别样文明。

大约半月后，他们来到了亚丁王国。仪仗规模宏大别致，处处洋溢着伊斯兰教的特色。可迎候他们并接受封赏的却是一位大臣，大臣代国王大摆歌舞宴，之后诚惶诚恐地举杯致歉说：我王因疾病在身，不能出迎，万望郑将军海涵。

郑和举杯齐额说：无妨，无妨，我们共饮此酒，恭祝大王早日康复！

酒宴后，郑和即在大臣陪同下趋往王宫拜见亚丁王。当他走入寝宫时，只见国王的面部臃肿歪斜，几位亚丁医生正在商量是否施以手术。国王一面忍着疼痛，做出欢迎贵客的神态，一面为医生的无能为力而烦恼。

郑和安慰他说，这种病虽给大王带来些痛苦，但并无大碍，而且我大明医生不用动刀，也是可以治愈的。

国王一听，顿时振作起来，接着又长叹一声：可惜，亚丁与大明万里之遥，去哪里请大明医者啊！

郑和笑笑说：此事不难，本船队就有不错的医官。说着，便命人请来船队医官。

船队医官遵命赶来诊视后说，大王之病是因风寒湿痹引发而起，用鳝鱼之血敷脸可治标，疗效可见，若要根治，最好针灸加火疗。

国王治病心切，又见医生说得恳切，便同意由船队医生即刻火疗。可当看到医生将燃着火星的艾蒿烤向国王脸部时，王后和大臣都连连后退，侍卫却瞪圆双眼，拔剑指向郑和。郑和明白他们的心情，只微笑着鼓励医生认真治疗。

亚丁君臣见火疗并无大碍，且国王病症果然日渐好转，也就一日一次针灸与火疗。

几天后，国王的面目完全恢复，也再无疼痛。国王、王后释然而笑，宫中对大明医道一片叫好！

一天朝会后，一位落枕的大臣赶到船队求医。医官只给他拔了一次火罐，便当场见效。于是，亚丁人纷纷称赞中医为神医，并要求留些火罐，传授些拔罐和火疗医术。

郑和有求必应，慷慨赠送了好几套火罐，并命医官耐心传授医术。

友善异邦，互通有无，郑和以这样的遵循一路下西洋，所到之处，都播下了友谊的种子。

一场为亚丁王治病的行为，不光弘扬了中医医术，也深得亚丁王的友情。

他对郑和说：将军是我见过的最可信赖的使者，本王已晓谕国人，但凡将军看中的物品珍宝，一律允准交易。

故此，郑和在亚丁，用茶叶、瓷器、丝绸交易了很多珍奇宝物，还亲眼见到了被国人称作“祥兽麒麟”的长颈鹿。

入夜，当郑和带着满身的光荣与成功回到船上时，却从心底里生出一阵惆怅。他非常渴望身边能有一位亲人，有一个能让他尽情倾诉自己快乐与痛苦的亲人。可他没有，一个也没有。

初谙世事，他的家人便死于一场屠杀，剩下唯一的自己，还惨遭阉割。直到分配到昔日燕王、当今陛下门下，才一步步走到今日。别人见他风光无限，只有他自己才知道内心的凄苦。

万籁无声，和衣床上，当他望着舷窗外的月亮，想着就要到达的天方时，祖父与父亲向他讲过的天方圣地，已经模模糊糊地映在他的眼前：似乎是父亲攥紧他的手，紧跟在祖父后面，正随着朝拜的信众朝教堂走去，他的心在激跳。

“三宝哥，等等我——”他回过头，见阿云正姗姗赶来。

他心里甜甜的：阿云？我说过，等我们长大了，带你去天方朝圣。哈，我们长大了，来天方了。

他刚要拉阿云的手，走过来的却是塔莎。模糊间，他那被塔莎吻过的脸发起热来。他急着寻找逐渐模糊的阿云，可越来越清晰地走向他的却是塔莎，身穿大明服饰的塔莎……

他深吸一口气，喃喃说：噢，我的女神，你，你终于来了。

接北京奏折后，朱棣决定再次北巡视察皇宫建设，安排迁都事宜。行前，将《务本之训》赐予太子，嘱其熟读此书，谨慎监国。

经过九死一生，发了横财的葛轩万没想到，做着发财梦的他，却被关入了大牢。在阴湿黑暗的牢房中，他想念最多的是生他养他的那个小山村，村中的小院，院中的茅屋，母亲的荒坟。

他痛彻心扉地哭了起来。快到寒食了，他真想为母亲上上坟，烧些纸钱。

就在此时，刑部官吏又来审问。他熬不过那些逼审拷打，除将他如何与葛三相识、随他下西洋、病入荒岛、突发横财一一供述出来外，又交代说，葛三并非他的本家兄长，他其实是黄子澄的幼子黄轩。

本为一桩经济小案，如今却牵出一件朝廷大案。如此，刑部便不能不将此案呈报监国太子。太子见此案情，筹谋再三，也不知如何裁决为好，于是征询几位近臣。

一位近臣想想说：朝廷既已解除了追查建文余党令，黄轩又在征讨安南时立了奇功，如今又是海晏政清，此事还是不再纠缠为好。

太子深以为此话有理，想到同是前朝重臣后人方诗君的处理结果，说明对他们宽仁以待，还可化仇恨为感恩，为天下立太平，为朝廷立功业，于是不再追究黄轩，葛轩一案由刑部按律裁决即可。

纪纲之死使朱高煦少了一个心腹和羽翼，他也因此更加用心笼络并控制拱卫司。当拱卫司头目上报了他们窃得的葛轩案信息后，他即命人强力威胁葛轩，说你若求保命，就要一口咬定葛三，也就是黄轩，是太子精心安插在郑和船队的密探，以图与逃至海上的建文密谋，伺机反攻，夺回皇权。

葛轩思谋再三，招出葛三的真实身份已后悔不迭，再若如此招认，不但与他情同兄弟的葛三命不能保，自己也难逃一死。于是，大哭一场后，趁夜，将撕裂的衣服结成绳索，上吊身亡。

刑部正不知如何将这样的结果上报太子时，朱高煦却软硬兼施找上门来。他大骂刑部疏于职守，致使重要案犯死无对证，并说据拱卫司侦查，葛轩并非自杀，而是太子为掩盖其密派黄轩进船队、以图联络建文造反的阴谋，杀人灭口。最后还威胁说，陛下北巡，出此大案，你刑部难辞其咎，若不尽快如实奏报陛下，你们便不只是失职，更要酿成大祸了。

刑部官员听罢，不禁一身冷汗，于是连夜书写奏折，快马北上。

北京行宫中，朱棣一面听取蒯祥奏报关于北京新都的建设状况，一面构想着如何使新的皇都更加齐备辉煌。他想了想说：城墙、城门、紫禁城、宫殿都已竣工，可不能忘了还要建造坛庙啊。

说着，他站起身来踱了几步：坛庙关乎风水、社稷，少师是佛门大师，你还是先去登门请教，之后再绘图建造。

蒯祥刚刚遵旨退去，刑部奏折就递上案来。他越看越觉事情严重，高煦夺嫡之心早有显露，如今又将黄轩、葛轩之事一股脑儿绑在太子身上，并扬言太子要联合建文篡位谋反，实在牵强。可太子性情过分仁厚，又太重骨肉亲情。他叹了口气：此子太不懂政治啊，政治岂容温情！温情恰如千里大堤之蚁穴，一招不防，即可堤毁人亡。

朱棣正陷入对两个儿子的心性、图谋的思考中时，他派去寻找“张三丰”的胡濙转道北京特来奏报。当奏明他所走之路、所去之处仍无建文消息时，他心下踏实了许多。于是，他一面命胡濙继续寻找建文下落，一面命其往南京查访太子与汉王，看其有无异动。

他所以将此事交与胡濙，自是因为此人做人做事严谨忠诚，还因其长时在外巡查，与两皇子素无私交，不致偏袒任何一方。

几日后，料理完这些急待裁决的事，朱棣纷乱的心静了下来，刚要养养神，蒯祥送来了天坛设计图。他审视着，想起随他而来的姚广孝。这位佛门弟子、他一日不可或缺的智囊如今已年过八旬，可这八旬老人从不肯入住赐与他的府第，来到北京就住庆寿寺。他很想与他面议未来的天坛，于是命人召姚广孝入宫。

一个时辰后，姚广孝蹒跚进宫。他刚要施礼，朱棣笑呵呵地扶他入座。赐茶之后，请姚广孝审图，说：朕所做的一切，皆是愿国泰民安，我大明佛缘又深，故此，朕想做一件法器，为前人超度、为后人祈福。朕知道，大师已为天坛的构图竭尽心力，不知此法器为何物才好？

姚广孝看完图后说：贫僧已到迟暮之年，怕是只能为陛下做这最后一件事了。说着，他即提出，如此绝无仅有的天坛，最相称的法器唯有铸一大钟矣。

真是心有灵犀，姚广孝此意正合朱棣之心。然而，即使自以为深知朱棣的姚广孝也没想到，朱棣一开口就是铸一口那么宏大的旷世之钟，它不光体量宏大，上面还要铸上23万字的佛经铭文！

姚广孝领旨后，立即广招天下能工巧匠，监造这口举世无双的大钟。

三十一

两个月后，胡濙派人送上密奏，所列七桩大事都表明太子十分忠诚，事事孝谨，这才解除了朱棣对他的疑心和担心。既如此，也就更证明了朱高煦的野心，与为了实现自己的野心，而对太子的种种诬陷。想到此处，朱棣一声长叹：此子难教，再不忍，也难姑息了，何况他早已劣迹斑斑，罪愆不轻。于是下旨，将其剩下的三支护卫削去两支，将他的封地由青州徙至更小的乐安州，并严令接旨即赴封地。

朱高煦接旨后悲恨交加。悲的是，父皇竟如此狠心，再也不顾父子之情与他的昔日战功；恨的是，他的同胞兄长朱高炽，想不到，千里迢迢，还不忘向父皇告御状，非要将他置于死地而后快。但皇命威威，他只能领命而行。

高炽也万没想到，父皇这次会如此严厉。毕竟手足情深，此番兄弟别离，不知何时才能相见。高煦离京那天，他早早赶来送别，可高煦却高视阔步，看也不看他一眼，便跨马绝尘而去。看着一路飞起的烟尘，太子只能伫立轻叹。

北京新建皇宫的大殿前，却是一片繁华，笑声朗朗。陪侍朱棣身旁的蒯祥比画着：此为紫禁城，由奉天殿、华盖殿、谨身殿及大殿下的台阶与中轴线，正好构成一个“土”字，象征着，普天之下的皇天后土，皆由陛下开拓，亦由陛下恩泽所沐。

朱棣听得笑意盎然。

是啊，皇宫之起点为天安门，亦皇龙之首；其左为太庙，其右为社稷坛，亦龙之左右双目。从端门、午门向后延伸，经御花园，出玄武门，直通钟鼓楼，再向德胜门，正好构成一条长长的龙身。

如此精妙的设计布局，怎能不让朱棣龙颜大悦？朱棣率众臣沿着蒯祥讲解的线路一路北行，听之，看之，不禁心花怒放。

回到行宫后，他即挥笔下诏，命夏原吉陪太子、皇孙即刻北上，以使他们看看今日的北京，尽早筹谋迁都之事。

郑和船队驶离亚丁湾，一路南下。将至红海时，随着天上翻滚的乌云，无边无际的飓风遮天蔽日而来。骤然间，帆折索断，庞大的宝船连同后面的船队，就像海上浮木，任其摔打飘摇。

郑和与众将士被这突降的天灾惊得魂飞魄散。大风中，他们只能下意识地跪在甲板上，祈求妈祖保佑。

飓风更加疯狂，船队被其裹挟着颠荡漂流，众将士不得不停止祈祷，奋力抗击。无奈难与天争，有人被甩入咆哮的大海，有人抱住桅杆狂吐。郑和伫立船头，指挥若定，平复着将士们的惊慌。

日出日落，狂风逐渐平息下来。弘无仔细辨识，船队已经出了红海，随洋流漂向另一片大陆。狼狈又疲惫的船队终于靠了岸，他们急需补充淡水，可放眼看去，港湾各处的船只杂乱不堪，且船上并无几个人。

弘无喃喃说：这是个干旱大陆，船上人或许都登陆抢水去了，难道我们到了黄金海岸？

他们泊入港湾，看着这片荒瘠燥热的陌生地，人们不禁生出种种焦虑。

为鼓舞士气，郑和突然像诗人般挥臂大喊：太久了，我们渴望陆地和蓝天，看这大陆多么广阔，这蓝天多么蔚蓝！她吸噬着太阳的炙热与火红，让太阳的颜色都变得那么瘦弱和清淡……

他这充满诗意的语言和呐喊的确奏效，将士们顿时活跃起来，有人举头望天，有人也跟着呐喊。而最兴奋活跃的还是两个孩子：一是西蒙，他蓦然感觉到已经到了传说中的海盗之港；另一个是小黑哥，他似乎闻到了一股隐伏在血液中的熟悉的气息。

弘无发觉了小黑哥情绪的变化，他摸了摸他黝黑光滑的脊背，生出一种神秘的联想。

此时，郑和早已派出懂得多种语言的通事，在护卫的保护下，上岸探察去了。

来到乐安封地的朱高煦并不服输，他要以此地为大本营，绝地反击。他命人设计制造了一种铁锹，农时掘地，战时击敌。

铁锹制成，他亲自操起试验后，十分满意，于是下令：凡乐安六十岁以下、十四岁以上之男丁，均须按护卫编制起来，人手一把铁锹，每日习武训练一个时辰，其余时间在田农耕。

此制施行后，他还亲自视察指导。正在他陶醉于自己的计划中时，下人来报：太子与皇孙接旨北上，将途经乐安。

朱高煦得此讯息，下意识地抄起身边那把铁锹，脸上的肌肉不觉连连跳动。

几日后，朱高炽一行来至乐安城下。眼望城墙，他下令放慢了车马行速。一心想早些见到皇爷爷的朱瞻基不解地看看父亲，朱高炽却兀自跳下车来。他先命护卫严加护卫皇孙与夏大人，之后转对夏原吉说：夏大人且陪瞻基在此歇息片刻，我入城看视一下皇弟便回。

夏原吉劝道：陛下正在北京盼着太子和皇孙呢，还是不要耽搁为好。

太子笑笑说：皇弟受封乐安，本已心中不快，他若得知我们父子路过他家门而不入，岂不更加郁闷！作为兄长，我也实在有愧于他。

瞻基通达地说：按规矩，理应瞻基拜望皇叔，还是让孩儿代父前往吧。

高炽摇摇头：父王与皇叔毕竟是手足兄弟，此事你也难以代替。他看出儿子的忧虑，笑笑说：放心，皇叔不会难为父王。你就在此地歇息，切不可鲁莽。说罢，他仅带两名小太监便走入城去。

朱高煦听到太子进城造访的通报，他既不出门迎接，也毫无兄弟相见的热望，而是命侍卫将自己反背绑缚，只等被押处斩状。

太子本是怀着一腔兄弟重逢的融融之情而来，一见此状，惊得不知说什么才好。他急急走近高煦问：二弟，你这是？之后大喊：是谁如此大胆？说着，便为高煦卸掉臂上的绳索。

高煦却冷着脸说：太子爷千里迢迢来此乐安，不就是为拿我朱高煦的吗？我先自绑了，岂不免了殿下费事！

听着他的话，高炽先是震惊，后竟心酸得涌出一股泪水：兄长在你的心目中，竟是如此不堪？

他擦了擦就要滴下的泪水说：二弟，从小到大，无论何时何地，为兄有过不护着你、不让着你的事情吗？

高煦定定地瞪着他，一语不发。

高炽回忆着：记得，你六岁那年，与马和赛马，因为跑不过他，你拔剑便向他刺去。幸亏父皇手疾眼快，一刀拨转你的利剑，接着，就将你拉下马，挥起马鞭……

高煦接话：我记得，是你扑到我身上，替我挨了那一皮鞭。他也伤感起来：日子过得真快，那时候多好，父皇、母后都在身边，可如今……

高炽搂搂他的肩：时光不能倒流，虽然母后已经升天，可父皇健在，我们兄弟健在。

高煦也似乎一下子转换了心情，说：乐安虽小，倒也别有一番天地，为弟就陪兄长，看看这块巴掌大的封地吧。

说着，即命侍卫备马，他们从城市备防，到勾栏瓦市遛了个遍。

高炽见天色不早，担心瞻基和夏原吉着急，于是提出告辞。

高煦则热情挽留：兄长千里来访，为弟怎能不尽尽心意！

回到王府后，他高呼备酒。高炽知道难拂二弟情意，于是，派一小太监出城通报，以免瞻基和夏原吉挂怀。

小太监没出王府大门，便被高煦手下胡搅蛮缠地拉住喝酒。小太监不敢违太子命，正要闯出王府，一个下人提起酒壶，便咕嘟嘟灌了他一肚子酒。

等在城外的瞻基与夏原吉眼见天色已晚，仍不见太子踪影，不禁心生疑惧。

瞻基急中生躁，想带兵进城。夏原吉急忙劝阻：万万不可，殿下若带兵进城，汉王便有了借口为难太子了。

话虽如此，他也一时想不出更好的法子，于是急得围着马车团团转。

当郑和得知此地为东非海岸的木骨都束时，他决定带领一支亲兵上岸，看看这块闻所未闻、见所未见的新大陆究竟是什么模样。

弘无从小黑的反应中，感觉到他或许会带来某种契机，于是建议郑和带上他。

小黑上岸后，果然分外兴奋。他觉得这里的环境、气息似乎都与他遗忘了很久的记忆十分相似。看看眼前这砌石为城、垒石为屋的城市，他不禁笑出了声。

正要往前走，突然传来“啊哈、啊哈——”满含警告似的叫声。接着，一支冷箭便朝弘无射来，反应敏捷的小黑一把推开弘无，那箭正好射在他的肩上。

郑和连忙下令将士们做好战斗准备，同时嘱咐众人，没有他的命令，决不能轻举妄动!

选好一块隐蔽地后，他命通事对躲在石头城里的人大声喊话：我们是大明船队，是来与你们交朋友的——

石城中人见射了他们，他们不但未还手，还喊话要交朋友，大不像以往来抢水的强盗，便探出头来观察。

当他们窥见被射伤的孩子竟是与他们一样的黑皮肤时，急得大喊起来。小黑似乎听懂了那喊声，他也不顾疼痛，跟着连连喊叫着。

通事惊讶地看着他：你懂斯瓦西里语?

弘无也惊讶地望着他。

当通事与他对话时，小黑却费力地说：我只记得几个单词。

见此情形，弘无才明白，原来跟了他这么多年的小黑并不是哑巴，只是语言不通而已。他高兴地搂紧小黑，眼睛里涌满泪花。

不多时，城门开了，走出一位首领样的老人。通事快步走去，行礼后，说一个孩子受了伤，急需治疗。随着老人的手势，一个黑人立即背起小黑，朝石头城跑去。

通事趁势快速说明郑和一行的来意，老人终于露出一口白牙，笑眯眯地欢迎郑和一行入宫面见国王。

解除误会后，大家发现，此处黑人淳厚善良，不拘礼节，尽管远客到来，还是以治疗小黑的箭伤为紧要。

就在宫中医者为小黑治伤时，发现他背上有一自己部落的纹身标记，于是匆匆禀报。

王妃闻讯赶来，她盯着小黑左看右看，查遍全身后，确认小黑就是十二年前被海盗抢走的儿子。母子失散，悠悠十二载，如今重新团聚，真是又悲又喜。

国王闻报大明使团到来，并送来自己失散多年的儿子，真是喜不自胜。黄金海岸历来以金色沙滩享誉于世，国王既要对远方贵客表示尊敬，又要展示一番自己王国的美丽富饶，于是，下令摆酒于王宫前的海滩上。

王命一下，沙滩后面的椰树、蕉林上很快装饰起只只点点的彩幡。继而，从椰林深处传来疾疾缓缓的鼓点。随着鼓点，半裸的黑人男女跳着土风舞，将那蔚蓝的大海、金色的沙滩舞得心旷神怡。

在此风情中，郑和对国王开读大明皇帝诏敕，赏赐珍品；国王、王妃一遍遍敬酒、致谢。

无独有偶，上岸后的西蒙也遇到了一位故人，这是一个多年前与他相识的海盗头目。他们久别重逢，寒暄一阵后，那海盗问他，何以一国王子竟会堕入如今地步？

西蒙天涯遇故知，便一五一十说起他的遭际。那海盗听后，连连叹息：你就这么认命了？

西蒙眼眶发红：我当然不想这么活下去，可又有什么办法？

海盗拍拍他的肩说：兄弟，我算活明白了。你不管想干什么，都必须要先有钱！有了钱，往小里说，你可以自由享受，往大里说，你可以重新夺回你的王子位，甚至当国王！

西蒙摇头叹息：这道理谁不懂，可钱从哪里来？

海盗告诉他：非洲有很多别处找不到的宝贝。这些年，我们在这里积攒了很多财富。你西蒙要是能拿到郑和船上的罗盘什么的，我就能用大把的钱跟你交换！

海盗的话，重新点燃了西蒙夺回王位的欲望。于是，他趁郑和等人参与国王酒宴的机会，匆匆赶回船上，见四面无人，便偷偷摸向宝船，并直奔宝船大厅。他约略知道，弘无的航海仪器大多锁在警戒森严的角落里。

正要翻找，一侍卫朝他走来，满脸堆笑地问：梁公子独自一人来到总兵官大厅，有何公干？

西蒙来到船队后，承弘无一路照顾，从郑和到他的侍卫、部下，都知道他是侨领梁道明之子。倚仗父亲的威望，西蒙也博得了众人的信任。西蒙突然心生一计，将眼睛盯向大厅中央悬挂的航海图说：闲话少说，请你帮我即刻执行总兵官将令，将这航海图摘下来！

侍卫警觉地问：真的是总兵官的命令？

西蒙着急地说：郑大人现在王宫，正等着当地人对此图做些修补呢。

侍卫闻言，立即与西蒙一起摘下图来，精心叠好后交到西蒙手中。

郑和、弘无在王宫海滩前与国王等木骨都束众官员觥筹交错后，向晚而归。

他们一进大厅，便见悬挂海图处已经空空荡荡。郑和急问侍卫，侍卫如实禀报。郑和未待听完，先将此玩忽职守、不能尽职的士兵绑缚监护舱，待审明定罪。随后立即派兵，分几路羁拿西蒙归案！

三十二

朱高煦频频劝酒，朱高炽盛情难却。

几杯酒下肚，朱高煦狂笑几声后，指着朱高炽说：兄长今日之太子位，是我让给你的。他日若登皇位，不会拿我之血固你江山吧？

朱高炽闻言大惊，用袖筒拭去额头汗水后，心里慢慢镇定下来。原来，二弟陪着自己饮酒，并非想尽地主之谊、兄弟之情，而是……

此时的朱高煦除了野心，便是诡计。他借着酒气，一而再、再而三地以语相激，试图激怒太子做出什么失当之举，此其第一计。其二，便是城外的朱瞻基久等父王，难免急中生乱，带兵入城。无论哪种情形，都可给他提供太子非难他的借口。他也因此，可以借机陷害太子。

太子因想到既已派太监出城报信，城外人自不至于莽撞行事。故此，他便佯装不胜酒力，不管高煦再说什么，只管趴在案上，鼾声连连。

高煦知道兄长的酒量不致如此，于是，借出去小便之时，嘱咐侍卫说，只要城外人冲入，你们便将他们就地拿下。

暮色将至，瞻基与夏原吉越发慌张。他们连续派出几拨人问询，都被挡在城门外。

夏原吉以为再也不能死等了，于是交代护卫保护好皇孙，他将闯入城中，接出太子！

说罢，骑马奔向城门高喊：圣旨到！请打开城门，户部尚书夏原吉领旨前来面见太子！

守城人不敢擅自做主，连忙派人禀告汉王。高煦推想，此时的夏原吉能有什么圣旨？何不将计就计，待他进城后，办他一个假传圣旨之罪。

城门一开，夏原吉直闯进去。守城官员拦住他索要圣旨，夏原吉居高临下地瞥了他一眼道：给太子爷的圣旨，岂是尔等能看的！

此言一出，守城官也自惭形秽，于是敞开城门。夏原吉大步入城，直奔汉王府。高煦见他直闯王府，并不言语，只是定定地斜睨着他的一举一动。

夏原吉见太子醉在案上，便怒斥太监：既然太子与汉王兄弟饮酒，你们为何不出城通报？

太监闻言大惊：冤枉啊，夏大人，太子担心你们在城外着急，早已派王德出城通报，难道他？

夏原吉眉头一皱：我们在城外苦等，从未见王德踪影。他转身问朱高煦：乐安王，太子殿下带来两个太监，还有一个在哪里？

朱高煦大声喝问：那个出城送信的太监呢？

侍卫官大声应答：他喝醉了。

朱高煦哈哈大笑说：看来，咱乐安的高粱酒，真是名不虚传啊。他转向夏原吉问：夏大人，拿出你带来的圣旨吧。

夏原吉镇定自若地说：陛下口谕，命老臣送太子与皇孙速速北上，务须赶在明日日落前到达北京。

朱高煦万没想到，夏原吉所说的圣旨竟是一道口谕，刚要发作，太子站了起来，拱手说：谢二弟这顿好酒，为兄因皇命在身，只得连夜赶路了，容兄下次再来看你。

朱高煦已找不到留难的借口，只得放他们出城。

出了乐安，上了驿道，为补回耽误的时间，太子一行便晓行夜宿，一路向北。可走到山东、河北交界处，却见一个个骨瘦如柴的百姓，争抢着爬到树上扒剥树皮，路两旁的大小树木，都赤裸裸地站在那里任凭北风吹打。

太子见此情景，不由得跳下马来问询。一老者见是官府中人，而且气势不凡，也不由得豁出命来：这么简单的事还要问？百姓要是像你们大鱼大肉敞开吃，谁愿意吃这又硬又涩的干树皮！

太子心中一惊，笑笑说：不急，老人家，慢慢说。那粮食呢？你们为何不种地？

老人苦笑了一下：农夫不种地能干什么？可老天爷跟我们过不去，两年了，滴雨不下。听说皇帝老子为了下西洋，赋税还是年年照征，我们从土里刨出的那点粮食，还不够交税呢！唉，真不知哪年是个头啊。说着，这位又饿又委屈的老人扑通倒在地上。高炽连忙命人抢救，直到老人缓过气来，他才留下些散碎银子，怅然登程。

陆宽的麻衣邦神出鬼没，葛三率船队东奔西突，也未寻到一丝踪影。遵照郑和之命，他只好派出一个支队继续海上搜索，自己率另一些人留在满剌加建立货仓。眼见工程即将告竣，不由得生起探望诗君的念头。其实，这个念头已经在他心中埋藏了很久。从父辈起，作为前朝宠臣的方、黄两家本就过从甚密，比他小几岁的诗君，每次见到他总是哥哥长、哥哥短地呼叫。如今天地更迭，两个显赫一时的大家族，只剩了劫后余生的她与他，他怎能不想一见故人？何况他就在离她不远的船上！可若相见，又不无风险。

郑和虽未委派他前往，他仍可自寻一个理由，可隐姓埋名的他，一旦暴露真实身份，怕就性命难保了……想来想去，他觉得以诗君的性情修养，断不至于出卖自己。于是，拣了一个天朗气清的上午，他以船队特使身份，通报满剌加王宫，请求探视诗君公主。

诗君闻报大明特使探视，自是高兴又感动，在众多宫中婢女侍候下，迎出宫来。

诗君在婚礼上见过那位酷似黄轩的人后，曾引发一阵伤感。如今见到那人真的是已经被灭门的黄轩，而且特地前来看她，不由得全身僵滞起来。待打发婢女们退去后，她才语无伦次地说：黄，三哥……

早有准备的葛三行礼如仪：在下葛三。

诗君更加疑惑：难道是我认错了人？

葛三淡定一笑：公主没认错人。

诗君端详着他，更不知说什么好：那你？

与公主一样，黄轩本不该活，可鬼使神差地，却活了下来，而且还成了郑和船队的分指挥官。

诗君这才回过神来：那你此后，准备一直隐姓埋名？

葛三凄然一笑：人在海上，涛诡浪谲，安敢想什么此后？

诗君急切地说：黄家哥哥，请告诉诗君，能为你做些什么？

早已冰冻了的心忽然迎来一股暖流，葛三笑了：不不，君妹能有此心，黄轩就算没白活。

说着，他递上留在身上的最后一颗珍珠：记得那年过年我们猜谜语时，君妹将黄豆猜成了珍珠，并且说，世间最美是珍珠。今日，三哥能给君妹送来一样最喜欢的东西，日后不管身在何处，总算还了君妹一个心愿。

听着他的叙说，想着遥远的童年往事，诗君的眼眶已经汪满泪水。她接过珍珠，端详良久说：从前，是对珍珠情有独钟，总觉它是世上最美的东西，到了满剌加才明白，原来珍珠之所以成为珍珠，却是蚌的一种自卫，或者说包容。

葛三不解地望着她：此话怎讲？

诗君凄然一笑：三哥不知，蚌壳虽坚，蚌芯却柔软无力，偶遇砂粒掉入壳内，蚌芯为不让砂粒伤着，只好分泌出胶状液体包住砂粒。久之，液状变粉，粉又结壳，也便成了玲珑剔透的珍珠。没想到，蚌的修持，却成就了珍珠的剔透辉煌。

葛三听出，她是在借珍珠开导自己，于是深深一揖说：谢君妹开示。

两人正不知说什么才好，王子丹匆匆走来，看着他们深情的交谈，诗君又眼汪泪花，误以为他们有什么男女之情，不由得将手握起剑柄。

葛三视若未见，只优雅地起身相迎，以示礼节。

诗君则洒脱地笑笑：王子真是失礼，诗君母国派来特使，你怎好缺席如此之久？怎么办？只好罚你陪母国特使饮酒一席吧。

与诗君一会，是对黄轩重生后的最大心理慰藉，这不只是两个死里逃生、幼年玩伴的重逢，更是对葬身于朝代更迭中两个家族亡魂的祭奠。

他们疲惫的心暂时安定下来，诗君不懈地用她带出的华夏文明，如诗词、中医、刺绣等传授教化着满剌加民众。葛三为解除当地居民用水之困，则在建好货仓后，率领众将士打下不少水井。民众有了生命之水，欢呼雀跃，不知如何感激是好。他们只知郑和，不知葛三，于是将公主宫前的水井呼为“三宝井”。

几日后，周满率船队来到南洋，恰遇倭寇袭扰。葛三闻讯后，当即率船出击。这伙实力不弱的倭寇在葛三、周满的夹击下，损失惨重，仓皇而逃。

周满随葛三上岸，巡视过葛三率部建造的仓房后，脸上露出一种奇怪的表情。他大大夸奖葛三功绩后，说自己有圣旨在身，陛下要他们将葛三船队分为两支，一支留在南洋，继续追讨陆宽的麻衣邦，一支随他去古里，与郑和会合。

圣命在身，谁也不能耽搁，葛三、周满率船队一路南行。因久不见面，又行在茫茫大海上，虽有官阶高低之分，两人也相谈甚欢。每到得意处，葛三还绘声绘色甚至手舞足蹈起来。

此时，看着他的周满，往往尴尬又无所适从起来。

太子一行轻车快马，终于来到北京。朱棣一见久别重逢的爱孙，立即将他拉到膝前。太子却面带忧容，长跪不起，霎时将朱棣刚升起的喜悦冲走大半。

朱棣询问原委，夏原吉等却支吾不语。朱棣蹙眉再问，太子连叩几个头说：儿臣只求父皇速下圣旨，终止再下西洋。

朱棣问：难道朕的太子至今还是仅见下洋所耗银两，不见郑和五下西洋带回的光荣与昌盛？

太子再叩：启禀父皇，时逢永乐盛世，儿臣沿途所见，却是饿殍遍野，饥民处处，山野树木之老树皮，已被剥离充饥。这，这岂是海外荣光所能掩盖？

朱棣的眼睛瞬时遮来一片阴翳，他旋即问道：尔除眼见黎民疾苦，还见到了什么？

太子闻言一愣，他以为，父皇已经知道了他们的乐安所遇，笑笑说：高煦历来顽劣，并无谋害儿臣之意。

朱棣一听，知道绝非太子所言，于是连忙询问实情，随行太监便将他们在乐安的经历一一道尽。朱棣断然下旨，召朱高煦速来北京。

朱高煦奉旨来到父皇面前，刚要跪地施礼，朱棣大吼一声，令人扒下他的冠冕，囚于西华门！

高煦虽知道违抗圣命的后果，却抑制不住满腹的委屈与愤懑，决心誓死一搏。他挣脱开涌上前来的侍卫，边撕心裂肺地喊着“母后，母后——”，边冲向已经移灵至此的坤宁宫。坤宁宫中，皇后牌位前的香烛，被高煦的哭喊声震得摇曳起来，一缕香烟飘过画像时留下的阴影，就像皇后流出的两行清泪。皇后的亡魂，被皇权与亲情撕裂得再难安宁。

灵魂被撕扯得纷乱如麻的朱棣踱了一夜的步，彻夜未眠。太子高炽既不敢搅动父皇的梦，又不忍置手足的安危于不顾，只能长跪宫前，请求父皇赦免胞弟。

长夜终于过去，当瞻基晨起，要为皇爷爷请安时，见父亲仍跪在宫前。瞻基想扶父王起来，父王摇头不肯。他便轻轻走入皇爷爷寝宫，一语不发，跪于皇爷爷脚下连连叩首：皇爷爷，瞻基愿为皇叔赎罪。

朱棣终于坐入龙榻，叹了口气：起来吧，传话，让你皇叔穿上冠冕，亲自监斩跟着他闹事的那几个亲信！

一夜的监房反省，朱高煦终于明白，他的肆意横行，已经葬送了父皇对他的最后一点耐心。他尽管不忍失去他那些忠实的奴仆，还是不得不穿戴好冠冕走向刑场，亲自送走了那几个跟随他多年的忠仆。

当他做完这一切，重新回到父皇寝宫时，朱棣的眼皮只稍稍撩动了几下，就顺手扔给他一张写有“回乐安”的圣旨。接读圣旨后，高煦心如死灰般，跪地叩了三个响头，之后，一步一回头地走出行宫。

高煦一路前行，从行宫到城门。当他出了东南角门，回头顾望时，却见父皇正站在城墙上，望着他远去的身影。

此时他才发现，父皇已经苍老多了，那一缕迎风飘拂的长髯，已经添了不少银色。突然，一股热流袭来，他跪地磕了三个头后，挥泪而去。

葛三和周满船队终于来到古里，与郑和会合了。惊涛骇浪中旧部重逢，每个人都兴奋又亲切，每个人都有满肚子的话要说。

弘无一见葛三，立即问起玫瑰岛的阿里玛和塔莎。

葛三告诉他，玫瑰岛还好，这几年添了不少孩子。明娃快四岁了，非常聪明。弘无连同周围人听后，个个笑得合不拢嘴。

葛三停了一下，接着说：只是阿里玛酋长得了一种说不清楚的病。

弘无听后走向舷窗，久久未语，刚才一片惊喜的人们也沉默下来。

郑和沉吟片刻，走近弘无：这些年，弘公一路指导、一路陪伴我们，让我们的船队获益不少。如今阿里玛酋长卧病在床，弘公该回去陪伴了。

之后即发令说：葛三将军！

葛三上前一步：末将在！

本总兵官命你率一分队，日夜兼程，护送弘公速返玫瑰岛！

葛三听罢，不禁热血奔涌，眼前倏然映出塔莎和儿子的笑脸：是！

这可急坏了尚未拿出圣旨给郑和看的周满，他顾不得令出必果的军中规矩，将郑和拉到一旁后，急忙递上圣旨。郑和看后如一雷炸响，久久未语。

从心里说，自他亲自挑选葛三上船，到在海上的一切作为，他对他是欣赏且钦佩，可如今……他只好改口说：因葛将军另有军务，护送弘公的人选稍后再定。

人们退去后，郑和将葛三叫入另一船舱。他看了他一眼后，突然命人将葛三拿下。葛三先是一愣，继而明白了一切。

入夜，郑和提着酒菜来到关押葛三的船舱。他命人为葛三松绑后，又屏退左右，邀葛三饮酒。

两人杯起杯落，却默默无语。葛三猛灌一杯后，哈哈狂笑起来：哈哈，想来人生真妙，我黄氏早已被灭五族，我却还能横跨大洋与将军喝酒，岂不是天赐良缘！喝完此杯，即便将军当即索要黄某这多余之命，黄某也会笑对大海，大呼值得，哈，哈哈……

郑和却笑不出，他只浅浅抿了一口：是啊，人生死无可惧，最难的倒是求生不得、求死不能。

葛三早已听闻郑和家世，知道他是有感而发，便默默听着，继续对饮。

郑和指着自己说：今日，别人都称我为将军、总兵官，可我知道我是什么人。什么人？太监！太监是什么？是众人不屑、不耻、避之唯恐不及的悲剧角色，是垃圾、是污物、是鹰犬、是猫头鹰！他既是帝王的影子、奴仆，又是众人的克星与魔鬼！他可以为帝王喂饭、擦屎、舔屁股，他也可以投毒、政变，使一代王朝赫然变色……

葛三被他的剖白震惊了，他劝道：郑大人，我知道，你不像那些变态的太监。

郑和置若未闻，他又饮了一杯：我不想做太监，我也是一个人，一个顶天立地的男子汉！我出自名门，也有过崇高的信仰和追求，也仰望过圣地麦加，只求朝真主一拜，从此献身于他！可命运弄人，一场变故，就让我家破人亡，最终被裹挟、被阉割成了如今一个太监……可我不敢忘，就在我的梦想荡然无存时，是今日陛下、当时的燕王收留了我，并视我为子弟、为知己。他要强盛大明、兼济众生，他要探究大野、远惠生灵。面对他那群山的峰巅，我这区区小丘岂能不紧紧簇拥？在他高天的太阳照耀下，我这小小的星辰岂能不折射出一点光晕？

葛三早已被他的倾诉和忠贞感染了，不禁举起酒杯与之连连相碰：明白，明白，你就放心将我交给陛下吧，黄某绝无怨恨，绝无！

次日，郑和将葛三交周满带回朝廷，将葛三船队重新整编后并入别的船队。

他对船队官兵说：葛指挥另有要务，你们只听新指挥将令便是。

未料，几日后，郑和又接到一纸圣旨曰：着郑和率一众船队，并携沿途各国使者返京朝贺。

三十三

秉旨铸造的永乐大钟已经竣工。姚广孝看着这口旷世之钟，长长舒了一口气。

在场者无不为铸造之精美、形态气势之恢宏而赞叹。姚广孝高兴之余，命人取来粗大木棒撞击。轻撞，钟声清脆悠扬，回旋不绝于耳；重撞，钟声雄浑于空，震荡半城苍穹。钟声响过之后，姚广孝摇摇头颅，笑说：此钟声将老衲已震得头晕目眩。

朱棣听闻大钟的气势后，乘兴召众臣商议钟悬何处。大臣们你言我语，都说要选一处与此钟相称的寺庙才好。朱棣一锤定音：未必挂寺庙，就挂于皇宫旁的汉经厂吧。

众臣齐呼：陛下圣明！

几日后，朱棣批阅完一些加急奏折后，很想听听永乐大钟的钟声，便遣大太监昌盛请姚广孝进宫，商量撞钟吉日。不多时，昌盛回禀说，大师已卧病在床，说他不能为陛下效力了。朱棣闻言，立即吩咐备轿。

闭目盘腿坐于蒲团上的姚广孝，听到朱棣的脚步声时，徐徐睁开眼睛。朱棣见他虽面庞清瘦，却双目清明。他担忧又惊喜地上前一步：大师可好些？

姚广孝无力地说：阿弥陀佛，恕贫僧不能给陛下施礼了。

朱棣凄然一笑，屏退左右，自己拉过一个蒲团坐于大师面前：大师已经为朕做了许多，朕只希望大师听听永乐钟声。

姚广孝说：贫僧能听到，能听到……他歇了一会儿说：贫僧有一事想求陛下。

大师请讲。

请陛下放过溥洽大师。

朱棣沉吟着，凑前些：除此之外，再无他事要朕为大师做了吗？

姚广孝的嘴嚅动着，朱棣已听不清他的声音。似乎，仍在念着：阿弥陀佛……之后，一串佛珠从手中滑落……

朱棣闭目默立，轻声念着“阿弥陀佛——”，之后，对守在门外的昌盛说：请溥洽大师主持撞钟，为大师送行。

朱棣回到行宫时，悠悠钟声已经响起。他踱步庭中，感到一种从未有过的孤独。姚广孝的离去，使他失去了一个忠臣、知己、师友。

钟声缓缓停歇，他更感到一种无助的孤单。他大喊：有人吗，有人吗？

庭院四周响起嗡嗡的回声……

昌盛不知出了什么事，不由得惊慌跑来：陛下，奴才在，奴才在。

朱棣仍然无法平息自己伤痛与幻觉搅在一起的心绪，喘息几声后，挥挥手：你去吧，朕这里没事了。

小明娃推开阿里玛的房门，探进一颗圆溜溜的脑袋。躺在病床上的阿里玛见了他，顿时来了精神。明娃剥开手里的香蕉，塞入阿里玛嘴里。阿里玛轻咬一口，明娃也学着她的样子轻咬一口。祖孙俩亲昵地你一口、我一口地吃着，那香蕉滋味，似乎非同一般的甜。

此时，塔莎走进门来。几年时间，她已显得成熟许多。看着这祖孙俩，她感慨：要是阿爸在，就好了。

阿里玛叹了口气：那老鬼靠不住哇，需要他时，连个影子都抓不着。

明娃仰起头：祖母，老鬼是谁？

塔莎摸摸他的头，笑了：小孩子别问那么多。

正在此时，一侍女慌慌张张跑了进来，尚未来得及张口，弘无已急步闯了进来。他焦急地问：阿里玛，你怎么了？我可从来没见过你病成这样。

阿里玛见弘无突然到来，又急成这样，倏然将内心的惊喜掩饰起来，沉下脸说：你是没见过我病成这样，因为我每次生病，你都不知跑到哪里去了！

明娃见弘无陌生，躲到塔莎身后，又抑制不住地偷眼看他。弘无来不及尴尬，又惊又喜地弯腰伸出双手：别怕，你知道我是谁吗？

明娃怯生生地说：你是老鬼吧？

弘无尴尬地看了阿里玛一眼，阿里玛却被逗得笑出了声。塔莎忙牵着明娃走出门去，轻声说：他是你祖父。

翌日晨起，弘无背着竹篓走出阿里玛的寝宫。他已洗去满身脏污，满脸胡须似乎也已做过修剪。随着脚步声近，正与秀才玩得高兴的明娃回过头来：祖父！

听见这声稚嫩的喊声，弘无掩不住从没有过的欣慰，弯下身，抱起明娃。秀才见状，嫉妒得上蹿下跳地狂叫。

弘无呵呵笑着：秀才别闹，他是我的亲孙儿。

明娃问他：祖父是要背明娃去玩儿吗？这个从无父爱的男孩，显然对弘无有种别样情感。

弘无放下他：祖父要上山给你祖母采药，你好好跟秀才玩儿，等祖父回来带给明娃新摘的野果吃。

明娃目送弘无上山后，又回过头与秀才捉迷藏。玩儿着、玩儿着，秀才突然甩开明娃，发疯般朝山上跑去。明娃不明原因，紧追不舍：秀才，秀才，你去哪儿？

弘无爬到山上，刚寻到要找的草药，就见不少鸟雀惊惶乱飞，一些山野上的松鼠、草兔也惶惶地或上树，或跑向山顶。他望望大海，只见飞涌的浪花连同下面的海水迅疾地变幻着颜色，且颜色越变越深、越浑……

他暗叫一声：不好！之后，直朝山下跑去。

涛声自远而近，如群狮狂吼。明娃赤脚跑在山边，秀才见他趔趔趄趄一跤跌在地上，咬住他的裤腿便拼命拖拽。明娃望着远处的王宫，哭了起来。

此时，气喘吁吁的弘无跑向明娃，抱起他奔向山坡。然而，毕竟年纪大了，没跑几步便跌坐地上。他望望嘶吼狂叫、奔涌而来的海啸，无奈中，只好将明娃托举到一株大树的枝杈上，并谆谆嘱咐着：好好在树上坐着，别怕，大人没来，千万别下来！明娃瘪着嘴点头。

弘无只恨不能分身为二，但实在没有办法，他得下山去，通知其他人。阿里玛还在病床，他必须将她救出来。

弘无朝山下跑去，秀才也不顾一切地紧跟在他后面。可它跑了几步后，见明娃还在树上，又跑了回来。它跑了几个来回，还是不知跟谁是好。弘无这才想起它，回过头大声吆喝说：秀才，到乱跑，守住明娃！

明娃更慌，在树上大叫：祖父，祖父——

听着孩子的哭喊，弘无又转身回来，吻着他的额头说：明娃不怕，记着，你是男子汉。接着，他掏出最珍爱的烟斗：拿着祖父的烟斗，有他在，祖父就在。

自母亲卧病后，塔莎自然地世袭了酋长之职。许是因为已经做了几年母亲，她走出王宫，见到孩子们一副副天真的面孔，见他们钻花丛、爬树干玩耍的神态，眼里盈满了爱意。

一阵强风刮来，将她的纱巾吹走，她紧追不上，纱巾已被乱风吹向大海。突然，她望向大海的眼神惊呆了。只见那平日温情的海水，正如高墙般叠叠耸起，发疯般地向玫瑰岛扑来。她立刻想起不在身边的儿子，大喊着：明娃，明娃，你在哪儿？她边喊边去寻找儿子。

跑下山来的弘无一路趔趄，还是边跑边向园里采摘的人们高喊：海啸，海啸来了，快，快往山上跑。

人们闻声放下手里的活计，呼天抢地地向山上奔去。

气喘吁吁的弘无终于跑入王宫。此时，正忙前忙后伺候病中酋长的宫中卫士、宫女们，乍听海啸扑来，正不知如何是好。

阿里玛一见弘无少有的惊惶，忙问：外面怎么了？

话音未落，海水已经涌进宫来。弘无躬起身子，让阿里玛趴到他背上。阿里玛看看那越来越放肆的海水，笑了：我说，老鬼，别逞强了，你赶紧快跑吧。

弘无也顿时沉静下来：跑？你若跑不了，咱们就哪儿也不去，我就陪你在这里。

又一阵海浪涌来，宫女们要背他们出宫。弘无斩钉截铁地说：你们背不动我们，还是各自逃命去吧。

宫女们见酋长和弘无如此沉着，既不敢强背，又不忍放弃，只得慌慌乱乱地边往外跑，边喊人来救酋长。此时，又一巨浪扑来，宫女们已被卷入水中。

阿里玛环顾一片汪洋的王宫，感慨地说：怪我冤枉了你多年，自认识你以后，我就一直怨你不可靠。没想到，大难临头，还是你守在我身边。

弘无见海水汹涌着已经扑了过来，便紧紧拥住她：几十年来，我出海入海，一直想带你一起去海上遨游，你就是舍不得这玫瑰岛。呵呵，今日，我总算如愿了。

海水已经淹没了他最后的话，他们从容相抱着……

玫瑰岛已经是一片汪洋。塔莎带着一群女人、孩子吃力地往山上攀爬，而且边爬边喊：明娃，我的明娃，你在哪儿？

不知何时，海水已经慢慢退去，塔莎带着满身泥泞的女人们将岩边、树上的孩子们一个个抱下来，却唯独不见她的明娃。她知道，为了这些劫后余生的人，她不能哭，只能暗暗垂泪。

突然，一阵孩子的哭声伴着狗的叫声，从高处传来。她发疯般朝山顶爬去：啊，是明娃。他正坐在一棵树杈上，哭喊着母亲。已经叫得声音嘶哑的秀才，还在树下围着他喘息。

一片狼藉的玫瑰岛上，举行着酋长的葬礼。玫瑰花瓣丛中，阿里玛与弘无的遗体仍然紧抱一起。几位部落首领想分开他们，以便盛装埋葬，却怎么也分不开他们相扣的双臂。

塔莎一阵饮泣，说：他们生前聚少离多，如今，终于相拥相抱。他们既不愿分开，就不分了。

说罢，跪在父母身旁嚎啕大哭，生平第一次喊着：阿爸，阿妈，我爱你们——

她哭着，又拉起明娃跪下叩头。

奄奄一息的秀才见明娃叩头，也“唔唔唔”地跪于明娃身边，可惜，它一头磕下去，就再没爬起。

郑和秉旨，接来沿途各国晋京朝贺的使臣后，就劈波斩浪，一路返国。水手们各怀着激动的心情，站于甲板上朝家乡方向张望。就在进入东海海域时，突然传来消息：印度洋海啸波及南洋，玫瑰岛受灾严重。郑和立即记挂起那给他留下种种美好记忆的岛风岛民。更让他忧心的是，刚返玫瑰岛不久的弘无先生。

经过与各支队首领商议，决定派王景泓率葛三曾经指挥的船队，返回南洋各邦国救灾——因为他们最熟悉那里的海域与人情地貌，船队的大部分医官也随船前往。

三十四

身在乐安的朱高煦决心孤注一掷，夺回本该属于自己的皇位！

他日夜筹谋夺位的方略步骤，并许予众死党：事成后，将分别封赏将相公卿。

对孟可，则派人秘告他：一要对陛下表现得忠贞无二，赢得信任；二要对太子、郑和及其派系之人广造舆论，渲染他们急于取代陛下之心；三要伺机谋杀郑和，借以夺得再下西洋的主导权。孟可心领神会，命他的党羽，从勾栏瓦舍、茶肆酒楼到宫中角落，处处散布说周满原本就是东宫太监，葛三本为黄子澄之子，他们都是太子蓄意安排进郑和船队的太子党，如今葛三事发，周满、葛三带着十几条兵船逃到海上，目的就是在海上联合比邻诸国，策应太子取陛下代之。

这些谣言一传十、十传百，掌管天相的钦天监太监王射成也私下对人说，近日，他夜夜观天相，从不敢怠慢、可又越观越怕。

人问为什么，他哆哆嗦嗦说：大明要易主了。

此话虽是窃窃私语，却像是长了翅膀，在宫中扇起了一阵阴风。

当他张起理想的翅膀，无论飞翔在高天还是大海，都觉得心无涯兮力无穷；可一当剪断翅膀，落入平川，便生出载不动的惆怅、理不清的愁绪。

郑和便是怀着这样的心情，回到云南故乡的。踏入南京时，他本想如过去一样，早些拜见圣上，一吐下洋的种种探险和收获，圣上也将笑呵呵再颁下洋新旨。没想到，圣上远在新都北京，留守南京的皇孙朱瞻基绝口不谈下洋事，却只劝他歇息一下，返里祭奠先人……他放慢脚步，睁大眼睛，沿着久别的乡土，一步步走到已经荒瘠了的父母墓前。他一株株拔净坟头的枯草，又跑到镇子里买来一块墓碑，请人刻好碑文，竖到墓前。

此时，他才静下心来，在墓前连叩了九个长头，之后坐在那里，直至星空满天，再至晨鸟鸣叫。

离开父母墓地，走进昆明城里，想寻找自己的故宅，却见破宅犹在，人烟全无。见有人来，几只乌鸦从倒塌的屋梁中嘎嘎鸣叫着，飞向高空。

他痴痴地站了片刻，下意识地走向另一处小院。突然间，他感觉热流激荡，不由得喊着：阿云，阿云，三宝回来了。

回答他的却是一片岑寂。进入院落，只见处处凋敝，空无一人。他只好退到巷子里，喃喃着：阿云，这些年不管走到哪里，我一直把你装在心中，以为我们时时刻刻彼此相伴。可我回来了，却不见了你，莫非你，化成了塔莎？

正疑惑间，迎面走来一位中年女人。她怯怯地问：你，可是三宝？你不是做了大官吗？怎么？她看看他的一身布衣。

郑和未置可否，疑惑地问：你，可是阿云？不，不是。

女人笑了：这个三宝，真是贵人多忘事，连我都不认识了？我是小时候常陪阿云找你玩儿的阿朵。

郑和快速搜寻着儿时记忆：啊，你，你是阿朵？

女人笑了：我还以为你早已带走了阿云。以前，常听她说要去找你，后来就不见了。

郑和闻言，更加落寞。

在故乡，尽管处处残留着儿时记忆，今日郑和，却已成了一个陌路人。他只能回到北京，回到知他爱他的陛下身边。

可回到北京，到处嚷嚷着众臣上书叫停下西洋的消息。他五内俱焚，不顾一切地跑入宫中，要向陛下问个究竟。可当见到圣上一脸病容时，话到唇边又不得不咽了回去。更令他失望的是，圣上也没多说什么，只吃力地笑笑后，就命他好好养息养息。

他只得退出。刚走出午门，从南洋救灾回来的王景泓快步走上前来。两人同行一段路后，王景泓告诉他说，弘无公和阿里玛已经在海啸中双双遇难。

这不啻是一个晴天霹雳。他晃了晃身子，仰天长叹说：都走了，都走了，道衍大师，弘无先生，还有……他没说出阿云的名字：你们，都离我而去了……

他已经忘记了身边的王景泓，只顾喃喃着沿御河朝西走去。

愣在那里的王景泓知道他与弘无的感情，便不再打搅他。正欲举步，却被急急赶来的孟可喊住：王大人，一个人在这里发什么愣啊？

他看看西沉的太阳说：总算回到京城了，天也晚了，我们逍遥逍遥去。前门外有一处酒肆，僻静雅致，那里的葱爆羊肉、顺义老白酒可算京城一绝。走，下官做东，也酬谢一番大人在海上的多方提携。

来至酒肆后，孟可叫了满桌菜、两壶酒。他们三杯两盏，喝得脸红耳热。此时，孟可凑近王景泓，神秘又亲近地告诉他说，陛下已经病入膏肓，发觉太子不堪承继天下，虽有心废黜，却已无能为力。如今，陛下已拟好废太子诏书交与汉王，江山大事如此，王大人你何去何从，应该心中有数吧？

王景泓会意，说：我，能做什么？

孟可急切地说：杀掉郑和，夺得下西洋船队的指挥权！汉王已经有话，到时封你为王公！

王景泓意识到要出大事，猛干一杯说：君子一言，郑和已经回到北京，我这就去取他的首级！

两人走出酒肆。望着匆匆陷入暗影的王景泓，孟可越想越疑，以郑、王的关系，王景泓毫不犹豫地就要去杀郑和，是真是假？

他知道好酒好色的灵猴经常夜宿离此不远的杏花楼，于是急急赶往那里。当他走进楼时，见灵猴正搂着一个妓女，喝得酩酊大醉。他狠狠踹了灵猴一脚，就命跟随他的小六子赶紧跟踪王景泓，有何可疑之处，随时回报。

……长髯飘拂的弘无，潇洒干练又美艳霸气的阿里玛，他一个个答应过的对海外诸国的承诺……一路上，各种影像、各种话语、各种承诺比肩接踵朝他涌来……郑和跌跌撞撞地回到朝廷为他安排的家里。他浑身疲惫，刚要仰卧床上，修补一下破碎的心绪，阿云的幻影、塔莎的芳唇又交替地朝他袭来……

正在似梦非梦间，王景泓在用人的陪同下急匆匆走入门来。待用人退下后，王景泓先自喝了一杯热茶，便将孟可找他的事情原委说了一遍。

郑和听着，一切郁闷惆怅顿然退得无影无形。他整理了一下衣冠说：事关重大，要尽早禀告陛下。

说罢，他们急忙出门。虽觉后面有人跟踪，还是左拐右拐，甩脱跟踪人后，即一路朝午门奔去。

然而，夜已很深，对于没有令牌的他们，禁卫军只是以刀剑相对。无奈，郑和只得擂鼓鸣急。

宫廷里，一名小太监正端着托盘往朱棣寝宫走去。另一太监在后面喊着：小德子，王公公叫你这就去他那儿。

小德子犹豫不决地看了一眼托盘上的药碗。那太监接过托盘说：你快去王公公那儿，这药我给陛下送去。

喊话太监接过托盘，正要走入寝宫，突然传来一阵紧似一阵的擂鼓声。他加快脚步进入寝宫，捧起药碗送到陛下面前说：请陛下用药。

鼓声更急，朱棣接过药碗问：是什么人在擂鼓？你出去问问。

孟可得知郑和与王景泓来到午门，立即孤注一掷，带人追杀。一见正在擂鼓的郑、王二人，一个唿哨，他的人马即刻包抄过来。王景泓见状，倏然拔剑相向。双方尚未开战，迅疾围拢来的禁卫军已将他们绑缚着，推进乾清宫。

此时，正要就寝的朱棣与太子、皇孙已齐聚乾清宫中，听郑和禀报着事情的原委。

郑和尚未说完，一太监端起朱棣还没来得及喝下的药碗，仰头喝下后，即刻七窍流血，倒地身亡。

一干人等不由得大惊。

朱棣看了看郑和、王景泓说：郑、王两位爱卿保江山、固社稷，立了大功，来日定当重赏。

之后，他转向孟可等叛臣：今日太晚了，先将这群逆贼押入死牢，明日交刑部再审。

孟可知道，自己所犯之罪罪不容诛，趁天未亮，试图咬舌自尽。狱卒见他满嘴淌血，立即上报。刑部接报后，马上抢救并连夜审讯。同谋王射成经不住严刑拷打，供出主谋朱高煦。

本已疾病缠身的朱棣经过昨晚的一夜惊魂，更显苍老体衰。可如此重大的案情，刑部又不敢拖延不报。他们想来想去，还是先报太子，再与太子一起禀报陛下。

当太子与刑部尚书一路惊惶、又轻手轻脚走入陛下寝宫时，伺候陛下喝完药的太医刚刚退去。太子与刑部尚书参拜过陛下后，只得如实禀报了审讯结果。朱棣眯缝双眼听着，当听到主谋为汉王朱高煦时，不觉一下子从卧榻弹了起来：可有证据？

刑部尚书不觉又跪向前去：人证物证俱在。

朱棣听后，软软地瘫在榻上。良久，他长叹一声说：万没想到，万没想到朕一向娇宠的儿子竟要……他吞下了“竟要杀我”四个字，羞于出口，也不愿出口。他陷入了痛苦的思想斗争：对如此忤逆无情的逆子，不杀如何了得？可真要下令斩杀自己的骨血，又如何出得了口？他急促地咳嗽起来。

太子知道，父皇陷入了难言的痛苦之中，上前安慰说：高煦再浑，也不至要杀父皇，肯定是他身边那些佞臣做鬼。

朱棣痛苦地点点头：下旨，着即处死朱高煦身边的一切死党余孽，将朱高煦的子女悉数接回京城，朱高煦永世不得入京。

拱卫司缉拿孟可余党时，欲将孟可船队全体水师一一问罪。郑和得知后，立即向陛下陈情，将那些平日不被孟可看重、又未参与谋反的人与谋反者分开，允他们照常吃粮当兵。灵猴也因酒醉，幸留一命。

朱棣也不想滥杀无辜，因此恩准。

茫茫大海，一场海啸后，周满的船队失去了方向，只能随着洋流漂流。终于等来一个清朗的星空，阴阳官一手持板，手臂伸向正前方，另一只手攥紧绳端置于眼前。此时，他眼望方板上下边缘，将下边缘与水平线取平，上边缘与被测的北斗星重合。

周满迫不及待地追问：我们到哪里了？

阴阳官摇摇头：说不清，因为这牵星板只能测位置，测不出地名。他停了会儿说：可以肯定的是，这里是距大明很远的南边。

继续漂流，晨光初露时，远远看见浮出海面的一片影影绰绰的岛屿。他们不由得精神一振，相扶着走上甲板，仿佛见到了生的希望。

突然，一群美丽的鸟儿怪叫着飞过他们头顶，接着，远方岛屿上蹿出一个巨大的火球。它燃烧着、喷薄着，一瞬飞转，便落入大海。之后，一道道火流也随之钻入海中……

一阵巨响，船只被巨浪冲激得几欲翻飞。他们还没来得及做出反应，已经一个个摔倒在甲板上。爬起身后，周满才意识到，那是火山爆发，幸亏船队尚未驶向那里。他们只好快速拨转船头，向南驶去。

仍是不辨方向，他们只能任凭浪涛的冲击，无目的地漂流。

不知过了多久，接连不断的巨浪竟将船队推向了一个不知何名何地的海滩。饥渴无力的船员们爬到沙滩上，只想晒一晒千疮百孔的筋骨，缓一缓尚未完全死去的生命。

突然，双脚锁着铁镣、两臂抱紧一块破船板的葛三，浮现在一艘被海浪击打得已经散了架的破船旁。周满使出全身力气大喊：是葛三，别让他跑了！

几个力气尚存的水手闻言，立即游了过去，将葛三拖上沙滩。

三十五

虽是身心疲惫，朱棣照常临朝理政。这天早朝，赴南方巡视归来的钦差大臣禀报灾情说：微臣一路巡察，但见江浙苏皖多地干旱，虫灾泛滥……

钦差大臣话语初歇，户部尚书夏原吉便迫不及待地扑地奏报：近年来灾害频发，百姓难以果腹，如今又各国访者如云，且一住则一年半载，光是供养他们之费用，也足够灾民们度一半之荒了。

他还想说下去，朱棣打断他说：又来这一套了，算账的事散朝再说吧。

既有夏原吉开了头，众臣更是跃跃欲试。朱棣听了一会儿，宣布散朝，之后命夏原吉、宋礼等前往谨身殿商讨河道引流、缓解南方干旱之策。

几位大臣刚刚坐定，屋外炸起几声焦雷，继而便雷电交加。人们望雨心切，不禁引颈外望，可望了许久，却无滴雨落地。

未久，廊道里传来一阵阵慌急杂沓的脚步声。朱棣烦躁地询问：谁在外面？几声响雷就把你们吓成这样！

未待有人回话，朱瞻基惶急地闯入谨身殿，喊着：宫里着火了，快护着皇爷爷躲一躲！

他边喊边跑，一下蹿到朱棣身边，不由分说，便与太监昌盛搀扶起朱棣往外跑。

郑和正从回廊迎面走来，见此情景，连忙脱下身上的披风按入水缸浸湿，之后，将湿淋淋的披风罩在朱棣身上。

朱棣四顾周边浓烟，说：先救书籍，其他财物稍后再说。

郑和、杨荣等遵旨，领着在场的太监、护卫等从文渊阁中冒死抢出大批书籍。

被拖上海滩的葛三喉咙焦渴，却得不到一口淡水喝。他舔舔干裂的嘴唇，试图洇出一点唾液，然而由于长时间的脱水，津液都干了。趴在海滩上的他试图找些水喝，只见右侧是一望无际的沙漠，左侧却有一片树林。他刚要爬向那里，却见树林中有人影跑动。他想提醒周满，周满却正四处指挥，忙着救助伤者病者。他撕破喉咙大喊，仍是发不出一丝声音。情急之下，他爬近周满，用尽全身力气将他推翻在地。周满一愣，以为他要乘机逃跑，于是，翻身就压在葛三身上，众人也哄地围拢过来！葛三焦急地指着树林方向，那边已有人冲了过来，且边跑边射箭。周满这才明白过来，他急命众人趴在地上，不要轻易还击，因为他已看清，这是一群棕色皮肤的土著人，他们以树叶遮身，以弓箭为武器。

土著人见来者既不还击，又人多势众，也不敢贸然放箭，只怵怵地向他们慢慢靠近。爬在周满身旁的葛三在沙上画了一个布阵图，周满会意，立即命众人分组散开。见葛三仍艰难地爬着，他犹豫了一下，上前卸下了葛三脚上的铁镣。两个男人四目交汇，复杂的眼神道出了一切。葛三并未道谢，他活动了一下腿脚，突然用尽全力，踉踉跄跄地朝土著人奔去。

周满大惊，他拉起弓弦，慢慢瞄准葛三；土著人更不明来者用意，纷纷将拉满弓弦的箭矢对准了他。

由于身体太过虚弱，葛三接近土著时，一个趔趄摔倒在地上。当他费力地爬起身、抹了一把满头虚汗时，发觉两个方向都有无数箭头对准了他！他凄然一笑，用手势告诉土著人：他们是朋友，不是敌人。

土著人见沙滩上人们的箭头对准的是葛三，并无攻击他们的意思，于是他们走近葛三，并将他围在中间。葛三对他们打着和平、朋友的手势，酋长笑了，友善地将他拉了起来。

见此情景，周满微笑着朝酋长走去，之后，命水师官兵们从船上卸下一些种子、瓷器和生活用品赠予这些土著人；土著民接受着这些稀有礼品，不知如何表示感谢，只是手拉手地将水师官兵围在圈内，然后大声呼叫、跳跃。

少顷，又将他们领入树林。女人们出来了，她们将竹筒里的淡水一筒筒递给水师官兵，并用土法为受伤水师官兵疗伤。

暮色将近，土著人架起树枝树叶，烧烤猎来的野牛、野羊，款待周满一行。

然而，正当飘出阵阵肉香时，却自远至近，传来一阵阵野兽的狂吼声。土著人惊慌起来，他们连连打着手势，让众人爬上树去！

周满看看树林，估计树上藏不下这么多人，于是决定让伤者与部落女人上树，自己指挥强壮的士兵，以弓弩刀剑护卫。

葛三因伤势太重，爬不上去。周满蹲下身来，让葛三踩着自己的肩膀爬到树上。葛三和周围众人见状，都十分感动。酋长则拥抱周满后，对他的部属们哇啦啦说了一大串土语。

野兽们吼叫着朝这边扑来，周满指挥若定，命水师们弓箭齐发。刹那间，冲在前头的几头猛兽相继倒地！酋长带人挥动着火把，野兽们慌不择路地四散逃跑了。

众人在一片语音相杂的欢呼声中，又拥抱又伸大拇指。接着，继续烧烤。水师官兵们吃了一顿久未吃过的美味，不但和当地土著民结下了生死友情，土著民还不断伸出大拇指，赞美大明人的智慧、勇敢和仁义。

水师官兵们虽然得到了暂时的安定和休养生息，却并不知身在何处（其实，他们已到了今日的澳洲），他们不能永远漂泊，只要一息尚存，就要回归故土，复命朝廷。

日复一日，周满带领着水师官兵们修复船只，并一再叮嘱众人回忆来时的路。他说：等修好船、备好淡水，我们一定要赶回故土。

他的所想正是人人所想，听了他的话，个个跃跃欲试。唯独葛三，虽然身体已经复原，在这块陌生的土地上，也暂时得到了信任与自由，但他可以预料，一旦回到大明，他这条命怕是十有八九难以保住。故此，别人越是回家心切，他越心无所属。

周满明白他的心事，在日以继夜的相处中，更不断滋生出对他的同情乃至欣赏。

船只基本修缮完毕，归期将至。周满递给葛三一柄宝剑说：去林子里砍几棵木质好的树来，我们好带在船上备用。

葛三会意，他满含感激地看了周满一眼，转身离去。

一水兵望着葛三的背影说：大人，你让他去砍树，他会不会借机逃跑？

周满横了他一眼：你愿意留在这人不人、鬼不鬼的地方吗？瞎操心！

皇宫一场大火，将奉天殿、华盖殿和谨身殿烧成残垣断壁，朱棣看着这一片废墟，黯然神伤，陪伴一旁的郑和也只能沉默不语。

半晌，朱棣想起礼部前天奏报过的麻剌国王哇来顿本在归国途中病死于福州的事情，说：你曾去过麻剌国，哇来顿本也曾多次对朕夸奖你去他国时的友善得体，他的葬礼就由你和礼部去福州办理吧，一切规格照前几年死于南京的渤泥、苏禄国王办理。

郑和领旨而去。

帝王强大，强大到能指挥千军万马兴一国、灭一国；有时，他们又很脆弱，脆弱到日月盈亏、风吹草动，都能使他们改弦易辙，甚至一命呜呼。

这场宫廷大火，就使这位不可一世的永乐大帝反省了几日几夜。他怕因自己杀人太多而遭报应，他怕因自己的狂傲自大、一意孤行天怒人怨，他更怕因得罪天神祖先，江山尽失。想来想去，他当众下了一道罪己诏。

……朕心惶惧，莫知所措。意者于敬天事神之礼有所怠欤，或法祖有戾而政务有乖欤……朕之冥昧，未究所由，尔文武群臣受朕委任，休戚是同，朕所行果有不当，宜条陈无隐，庶图悛改，以回天意……

满朝大臣听了圣上的罪己诏，尽皆庄严跪地，不发一语。

朱棣环视一下跪满朝堂的群臣，缓缓说：朕乃罪己，非为罪众卿，都起来吧。

他歇了歇说：三殿无端起火，罪在朕身，朕所以下此罪己诏，就是想求言众卿，对朕之修身施政，直言阙失。自此刻起，今日朝会不分君臣，不讲朝规，想坐就坐，想起就起，只求畅所欲言，直抒胸臆。

此言一出，朝堂逐渐活跃，先还有所忌惮，后就更加侃侃放言，有人甚至将宫廷起火，归罪于不听群言、一意迁都。

气氛愈益活跃，众臣愈益放胆直言，最后竟激烈地辩论起来。朱棣越听越烦，便命赞成迁都与反对迁都的两派人都站在午门外辩论。他们辩得声音越来越大，有人声音已经嘶哑，有人甚至抡起笏板打了起来，太监们只得到处拉架。

夏原吉见此情景，便自站起来主动担责。他回到朝堂，扑地跪奏曰：彼等应诏直言，并无罪愆，唯臣等备员大臣未能协赞大计，以致如此。论有罪，也是臣等之罪。

忠臣就是忠臣，夏原吉总算为朱棣搭起一个收场的台阶。

翌日，满剌加国使者匆匆赶来，报说诗君公主因救灾劳累过度，又染瘟疫，已于数日前去世。

朱棣听罢不胜哀恸。想到麻剌国王不久前死于福州，估计其余外国使节也不会继续久留，便命郑和择日起航，命其代他赴满剌加祭奠诗君公主后，再护送延留京城的外国使节回国。

当郑和为玫瑰岛请封时，朱棣慨然准奏，封塔莎酋长为玫瑰国国王。

可惜，郑和此次起航已与往日大不相同。朱棣身体已大不如前，他两腿麻木，只能靠墙站立，凭窗南望，幻象中，似乎已看到郑和率船队起航的盛况。

三十六

蒙元残部虽早已被赶往漠北草原，他们的后人，特别是阿鲁台却一日也没忘记长城南面那广袤的膏粱沃土和都城里的繁华温柔。他们时时想要夺回失地、还原旧梦，故此，当他得知江南大旱、朱棣身体渐老渐衰时，更对大明加紧了骚扰试探，准备伺机反攻。他们先以迅雷之势乘夜袭击了大同，掳去不少金银粮草。

此事奏报北京后，朱棣大惊，立即召集兵部、吏部、户部、工部、礼部等五部尚书商讨对策。五部尚书所见趋同：陛下已四次亲征，每次情形略同，我征他逃，我退他扰。他们人少马快，无非是穷则抢点，饿则吞点，掀不起什么大浪。何况我大明南下西洋，四征漠北，如今又南方大旱，国家需要休养，陛下圣体更需要休养，不如诏令边疆兵将加紧守卫，以守为攻。

朱棣久久未语。他轻轻踱了几步说：虽说如此，朕还是难以释怀。别忘了，蒙元曾侵占中原近百年，他们能轻易忘记这块沃土吗？何况，马哈木野心极大，号称草原诸葛的阿鲁台计谋多端。兵骄必败，国骄必衰，众卿须得牢记呀。你们退下吧，朕再想想。

一连几日，朱棣日夜无眠，都在攻与守的争斗中困扰着。为了给儿孙铺平江山永固的路，还是决定再次亲征，于是临朝宣旨。

没想到，圣旨之音刚刚落地，夏原吉即抢步跪地曰：为江山，为陛下圣体计，臣夏原吉不能不斗胆进言。

朱棣笑望着他：朝堂议事，何须如此，夏爱卿，起来说话。

夏原吉置若罔闻，反而以额触地说：陛下切切不可亲征！

朱棣笑问：为何？

夏原吉道：陛下四次亲征，心劳体惫，虽王师所指，蒙元残部必望风而逃，但陛下圣体也多有所耗。为圣体安康计，只命边塞守军回击即可。再说，蒙古本游牧部落，地旷人稀，出没无常，每战皆是王师既到，贼寇鼠窜，可我朝却是兴师动众，兵马辎重消耗难以数计。加之近年灾害频发，饥民无数，南下西洋已难支撑，若再北征漠北，怕是国库就要被掏空。鉴于此，臣恳请陛下收回亲征之意。

话音未落，众臣皆扑地齐呼：臣等附议。

朱棣扫视跪于满地的大臣，高声说：朕非纸人，难道已不能跨马亲征！朕若不收回亲征之意呢？

夏原吉道：为国为民计，只能撤回下西洋船队。

朱棣蓦地站起身来：大胆！尔等难道已经忘记“普天之下，莫非王土”之语？国乃朕之国，民乃朕之民，难道尔等比朕更爱朕国朕民！尔等动辄为国为民，依朕看，尔等一切皆假，坏朕下西洋国策才是真！

夏原吉满腔委屈，又不能再争下去，只能绝望地摘下冠冕，置于地上。

朱棣更恼：此为何意？

夏原吉道：为明心迹，臣只能辞官归隐。

朱棣厉声地说：你坏朕国策，动摇军心，顶撞圣上，岂可一走了之？为肃纲纪，以儆效尤，打入大牢！

靖边修武，扬名立威，开创永乐盛世，从来是朱棣一生之所求，他更不相信自己的身体已无力亲征，于是，一扫反对亲征之声，磨刀秣马，指日待发。

出征前一晚，朱瞻基特来皇爷爷榻前请求同往。朱棣慈蔼地看着爱孙说：京都是皇家宝地，也是虎穴龙潭，你须留在此地，为皇爷爷守好，皇爷爷也将为你清理好骚扰我北疆的敌人。

翌日晨，浩浩大军出德胜门一路向北。原本还坐于车辇，可病痛多日的朱棣一见长城，立即精神抖擞地跨于马上，直奔漠北草原。

大军一路疾行，至达答兰纳木儿河时，仍不见一骑敌军。此时，明军辎重粮草已被远远甩在后面。朱棣举目四望，只见草原仍是茫茫无边，一片空寂。他命大军暂且在此安营，休整打尖，之后，命杨荣率军迎接粮草，命张辅、金忠率轻骑分头搜索敌军。

对征战者，最希求的是金戈铁马、战火纷飞，最难耐的是敌情不明、沙场沉寂。一连数日，张辅、金忠各率轻骑四出搜敌，遭遇的除天上偶有雄鹰、地上偶遇黄羊外，仍是一望无边的寂寂黄沙。

张辅性急地请求带上一月粮草，深入草原深处追击敌人；杨荣以为不可，因为兵马众多，不战也要消耗，再拖下去，粮草怕就难以为继了。

一天夜里，杨荣记起明日即为陛下寿辰，提议要为陛下沙场庆寿。朱棣感触良深地说：朕五次亲征，四次生日均在沙场度过，劳师在外，就不必铺张了。

众将帅纷纷请奏：唯其王师在外，更应寿诞辉煌，何况前三个寿辰都没过呢！

朱棣笑笑说：众爱卿之心，朕心领了。既在沙场，仍要严阵以待，除警哨外，众兵将抓紧歇息。

说罢，他即走入自己的营帐。可入睡未久，便飞来一梦：只见云雾蒙蒙中，一金甲神人朝他走来，说，上天好生如是者，在此何祥也！朱棣正要问个究竟，那神人便飘然而去……

夜色沉沉，帐外传来三记鼓声。自梦中醒来的朱棣急召杨荣入帐，他将梦中所闻所见备述给杨荣。杨荣想了想说：神人所言，岂不正是陛下所为，陛下一向好生恶杀，此正所谓上承天意也。

朱棣虽仍疑疑惑惑，但已明白了杨荣就解梦生出的劝谏之心。于是，命其当即草敕：诏鞑靼各部，罪只阿鲁台一人，余者不问。

日复一日，将士们仍是夜则枕戈待旦，日则四出寻敌追击。眼看秋风已起，敌军仍是踪影皆无，朱棣于是命众兵将捡拾昔日战死草原的汉家白骨，庄重掩埋，并且亲自撰写祭文，以兹纪念，之后，鸣金班师。

在京都闲置太久的郑和一旦率船队下洋，真如蛟龙归大海，无处不生风。他还有太多的承诺没兑现，太多的心愿没偿还。他承载着的各归国使节上得船来，也各各兴奋新奇，瞪着欣悦的眼睛，在船上到处游走，问这问那。郑和于是陪着他们参观船上种植的蔬菜、用黄豆发出的豆芽、养殖的淡水鱼。他指着游得正欢的鱼介绍说：此鱼名生鱼，也叫青鱼或乌鱼，它是离开水后能存活最久的鱼，繁殖力极强。这种鱼从大明带出后，已在南洋多处养殖，味美而极富营养。

郑和话音未落，就有两国使节争相说：我们国家还没有呢，郑大人能否让我带几条回去?

郑和大度说：好说，待阁下下船时，一定给您带上。

船上还养殖着鸡鸭鹅等物。此时，一母鸡下完蛋后，正“咯嗒嗒”地鸣叫。众人闻之，也学着起哄，一时间，满船都笑哄哄地鸣叫起来。

船的一角，几个手艺人正在酿米酒、做豆腐。使节们一看，又蜂拥聚到此处，且边看边赞叹：这就是我们在大明饮的美酒，吃的豆腐？真是太妙了，妙得不可思议。

众人兴奋着、议论着，已经到了占城。南洋诸国使臣就要在此地由各船队分别送回国去了。

郑和与南洋诸国使臣依依告别，并将他们在船上用过的瓷质餐具权作礼品，赠予他们带回国去，另将一些乌鱼送给索要此物的两国使臣。使臣们陆续与郑和道别，期待着再访大明。

船队继续南行，到达满剌加港时，郑和先拜望国王，言明此来是代大明皇帝祭奠诗君公主之意后，国王、王后与王子丹感激涕零。

他们备好祭品，命仪仗在前，乐队在后，前呼后拥着郑和、王子丹与诗君所生的两位小王孙，前往诗君公主墓。

当乐队奏完满剌加国乐后，郑和一脸肃穆，命所带船队炮手鸣放礼炮后，即以特使之身，面对公主墓行礼如仪。之后，宣读朱棣亲撰祭文祭奠，仪式堂皇肃穆。

一生坎坷的诗君，最终安享了皇室之尊，也算使她的亡魂有了一个安妥的归处。

遵照郑和之命，各分船队送毕各国使臣后，陆续来到古里汇集。祭奠完诗君公主的郑和船队，已经驶离满剌加，等在这里。他们交割完这里的事情后即启程返航。

船队开行不久，便听到一艘撞礁船只大声呼救。郑和立即命一艘大船靠近营救，并帮助修船。为保他们平安，还将遇险船员接到宝船上休整治伤。

这是一艘名叫达·康提的威尼斯商人的货轮，船主达·康提上得宝船，一双睁得大大的蓝眼睛立即闪出一股惊奇的目光。

郑和热情地以茶款待，他边有滋有味地品尝，边问这大明饮料叫什么。当得知名叫“茶”时，他伸出大拇指说：香，这茶虽不同于我们的咖啡——他细细品尝着：却有一种说不清的香味。

郑和笑笑说：当然，我们的祖先早就讲，自古佳茗似佳人嘛。

康提更是不懂，只是一脸懵懂地看着郑和。

郑和只得通过通译一一讲解。

康提终于懂了，笑着：大明人太聪明了，佳茗，佳人，东方的佳人……哈哈，阁下，我能多抱些回威尼斯吗？

郑和大笑：你想抱得美人归？看来，阁下真是位爱美人的情种啊。

康提也大笑：当然，真男人怎能不爱美人，难道将军不爱？

一句话戳痛了郑和的神经，他只能沉默地吞咽着自己的痛楚。

康提并未察觉，仍是笑着：是的，我爱美人，也爱美茗，我相信，我们威尼斯人都会爱她。我们能做一笔交易吗？

郑和说：阁下真是在商言商啊！

他抱歉说：很遗憾，船上不多了，阁下如喜欢，只能送你一些自己喝。若想大批交易，只能等下次我们来古里了。

达·康提立即与郑和击掌定约。之后，他向四处望望：请问，我能参观一下你们的宝船吗？

郑和慨然应允：欢迎。

说罢就要起身，康提却将眼睛盯向了高悬大厅的航海图。他仔细看着，赞叹着：噢，我航海贸易多年，还不知大海有这么大。啊啊，这航海图这么精确、细致，难怪你的船队没有触礁，我的船却坏成这样。这是谁绘制的？

一句话触到了郑和失去那张宝图的痛处，他沉静了一下说：这不过是一幅并不完善的航海图，可它也是我们的祖先一代一代亲自航海绘制的。

我不明白，远航大海，你们为什么不挂最完善的海图？

郑和的声音更加低沉：那幅最完善的图已经丢失。绘制那图的老先生，也于前年葬身于海啸中了，他叫弘无。

郑和的声音颤抖着，说不下去了，他将眼睛投向窗外的大海。

康提感动地说：对不起，我不该触动您的伤痛。我想，要是我，不，要是所有航海人都能有这样的航海图就好了，那会挽救非常多航海人的性命，会让我们走得更远。

郑和点头：我也希望如此，让我们努力吧。

之后，他们从轮舵到船桅到甲板再到卧舱……康提边看边赞叹：从没见过这么大、这么豪华、这么先进的船！他越看越兴奋：我曾读过一本意大利人马可·波罗写的书，书中说，在世界的东方有个非常神秘富庶的国家，叫中国。那里的人文明又智慧，那里有很多我们没见过的东西。后来，我遇到过不少读过这本书的人，大家都想去中国，可却找不到去那里的路。

郑和说：或许，不要多久，我们就会带着中国皇帝的圣旨和物产去看你们。

康提惊讶地望向郑和：你们就是中国人？这船就是中国船？啊，我太幸运了，一场触礁，却把我领到中国船上，见到了智慧又文明的中国人！

他平静些后问：马可·波罗说，你们那里物产丰富，到底都有什么？

于是，郑和带他参观货舱，从丝绸、瓷器、茶叶到各类植物、种子……他一路惊呼着：上帝呀，世间竟有如此丰富精妙的东西，能卖给我一些吗？

郑和看了看所剩物品说：我们正在返航，这些你都可带回你的国家。如需再多，下次我们可以多运些来。他们当下约定下次在古里交易。

达·康提和他的水手们跨上被郑和船队修好的船后，频频挥手，相约再会。

郑和船队一路驶向东北，来到了玫瑰岛。闻报郑和船队到来消息的塔莎，早已带着众多部属和仪仗在码头迎候了。

郑和深情地看着她。往日的纯净、热辣，取而代之的是一种成熟的洞察与沉静的思索。回到王宫后，郑和以钦差大臣之身，庄严地宣读完大明皇帝的敕诏后，又赐其冠带、袍服及大批的种子、瓷器和丝绸。

完成皇家仪式后，塔莎将郑和引入玫瑰宫殿，并叫来了长相酷似葛三的明娃。五岁的明娃睁着聪慧的大眼睛，问母亲该叫郑和什么。

塔莎困惑着，一时不知如何回答。

郑和一把搂过明娃说：叫舅舅，就叫舅舅吧。

明娃甜甜地叫了一声舅舅，并吻了一下他的脸。郑和与塔莎相顾一笑，顿时拉近了三人之间的距离。

郑和敛起笑容说：郑和此来还有一件大事，就是代表大明，也代表自己，祭拜阿里玛酋长和弘无先生之墓。

塔莎虽未言语，如湖水般的大眼睛却溢出了两行清泪。

看着塔莎雨带梨花般的面容，郑和非常想分担她心底的悲哀，想为她拭去泪水。可他的手动了动，又缩了回去，于是说：这些年来，我从弘无公处所得教诲受益终生，我也因之视他为师、为父，故此，离开北京前，我已为弘无公与阿里玛酋长制了一块墓碑。不知你能否答应我，就祭拜他们的机会，立下这块碑？

塔莎凄然一笑：我只能代黄泉下的父母说声谢谢了。

次日，郑和、塔莎携明娃来到弘无和阿里玛墓前。他们先命部属们在原先的墓碑旁竖好郑和带来的墓碑。之后，郑和即屏退众人，按大明规矩，亲自摆供、焚香、烧纸钱、扑地跪拜。

开始，站在一旁的塔莎、明娃只觉新奇又无所适从。之后，塔莎便拉起明娃，学着郑和的样子一起跪拜。只见墓碑上早已刻好：树碑人：孝女——塔莎 孝男——郑和 孝孙——明娃。

站起身后，塔莎泪珠闪闪说：难怪人说中国是诗礼之乡、礼仪之邦，这么一拜，那块如石头一样压在心里的悲哀轻多了，可对父母的思念却丝丝缕缕地渗入到灵魂中去了。

郑和说：谢谢你对中国文明的夸奖和认可。

跪拜后爬起来的明娃，却被碑上的中国象形字吸引了。他站在碑前，聚精会神地用手指摹画着。

郑和笑望着他：该送明娃去读书了。

塔莎有些茫然：读书？她似乎不知道什么是读书，去哪里读书。

郑和叫过明娃：明娃喜欢写字，来，舅舅教你写字。

两人随之蹲在地上，郑和在地上写了一个很大的“母”字，念道：母——他指着塔莎：就是她，你的母亲。

明娃也兴趣盎然地指着塔莎，大声读着：母，母亲——

郑和与明娃快乐地念着，塔莎却从母想到了父，明娃之父葛三。她轻轻拉了一下郑和问：葛三如今在哪里？他只见过明娃一面，就再无消息了。

郑和不忍心告诉她真相，只好故作淡漠地说：我们这些在朝为官、又下了大海的人总是行踪不定，他现在中国。

塔莎也不再多问，她只转过头去，遥望大海。

明娃虽不是郑和所生，可他们彼此却似乎心有灵犀，情同父子。于郑和，自是因为他对塔莎那份特殊的感情而爱屋及乌，可又何尝没有因葛三的不幸而怜及其子的同情！于明娃，自是因为对父爱的渴望。

为了这一切，郑和有意在岛上多停留几天，将船队休整和补充淡水都搁在此处进行。趁此，他每天都教明娃几个汉字，在会读会写“母”之后，他又教他“天、地、人、父亲、中国”……明娃每每白天学会，晚上又在皇宫里读和写。这深深触动了塔莎。

郑和船队起航的前一天，塔莎在皇宫摆宴，为郑和等将领饯行。

散席时，已是满天星斗。塔莎随郑和漫步沙滩，她看了看远方的星星说：有几个岛上女人向我请求说，希望跟着他们的男人去中国。我想来想去，她们的请求不是没有道理。因此，也想请你将明娃带回中国，交给他的父亲，让他去读书。

郑和听后十分震惊，他知道，玫瑰岛一向视孩子为命根，更不许女人跟着男人离岛。从阿里玛到塔莎，这在他的心里起了多大的风暴啊！

他闭目祈祷真主安拉说：真主啊，请赐福玫瑰岛吧！之后问：你想好了吗？

想好了。

你放心，我一定将他们安全带回中国。

你们的真主安拉真的灵验吗？

真主安拉无所不能。接着，他详细讲解了伊斯兰教的教义。

听完教义的塔莎说：我也想信奉伊斯兰教，可以吗？

郑和兴奋地说：当然可以。

那么，你可以带我去天方朝圣吗？

郑和听之一愣，他回过身来时，见星夜之中的塔莎，正在嫣然而笑。

此时的郑和似梦似幻，不禁脱口喊出：阿云！

塔莎不知阿云为何意，只懵懂地重复着：阿云？

郑和慌乱地解释着：阿云是一切美好的化身。

塔莎说：我正想取个中国名字，我更爱美好，我就叫阿云吧。

郑和只觉满天星辰落地……

朱棣只好带着甘与不甘的心情率大军班师回朝。开始，他还坚持纵马驰行，后来，在众将领的请求下，才坐入车辇。

车辇悠悠，秋雁南归的鸣叫声声传来，他心里不由得生出缕缕凄凉。凄凉中，他神思悠远，缥缈无界。云雾间，方孝孺、黄子澄、姚广孝、徐皇后……一个个朝他走来，有人一脸冷峻，有人笑影幽幽……临近榆木川时，他似乎回过神来，问：快到北京了吧？朕好像听到了钟声。

杨荣一惊，回答说：是，陛下，快到了。

朱棣不再言语，车辇继续前行。

冥冥中，朱棣似乎眼见秋风渐起、渐大，啸叫着，卷起团团落叶，直上高天……高天也昏暗起来，一条蛟龙在昏暗的高天中，被落叶裹挟着，发出无力的呻吟……

啊，啊——他感到无限干渴，拼尽全力呼喊：来人，来人啊——

杨荣等几位重臣听到他嘶哑无力的呼喊，立即命人停下车辇，来到辇前，只见他满脸苍白，语不成句。他们喊着：陛下，陛下……

朱棣喘息着：……朕，天数已尽……朕死后，传位，太子……丧葬，礼仪，一遵，太祖，遗制……说罢气绝。

杨荣等几位重臣想到朝中情势复杂，皆不敢哭出声来。他们议定，杨荣快马回宫秘报太子，此前不哭不祭，一切装得太平。

可京中密探无孔不入，杨荣前脚进京，朱高煦的眼线便星夜赶到乐安。高煦由此猜测，父皇或已驾崩。

杨荣紧急入东宫秘报，太子闻讯大哭。

尚未议定丧葬事，朱瞻基急急来报：汉王府已接连派出几骑出城，皇叔那边或许要生变。

太子闻言，即刻止住哭声，命杨荣部署各方兵力以防变乱，同时遣瞻基赴开平迎丧。

三十七

国不可一日无君，当杨荣衔新君之命，布置好京都全城戒严，又以重兵部署完拱卫京师之后，朱高炽即在乾清宫龙袍加身，登基为帝，谥先帝为“体天弘道高明广运神武神功纯仁至孝文皇帝”！众文武跪地山呼万岁。

正在此时，迎先帝灵车的朱瞻基着人回来禀报，先帝灵辇已入德胜门。新帝急忙换下龙袍，加披孝衣。顿时，从高挂汉经厂的永乐大钟，到全城各寺庙的挂钟同时撞响，钟声悠悠，北京全城行国丧之礼。

先帝驾崩、新帝登位的消息报到乐安后，朱高煦不觉跌坐在地。他万没想到这两件大事来得如此之快。呆坐一阵后，他腾地弹了起来，命人备马，说要进京为父皇吊丧。

部属听后苦苦劝阻：这可万万使不得，汉王若此时进京，必以谋反罪被拘捕。

高煦先还不服气：本王贵为皇子，父皇驾崩，都不能看他最后一眼？不能去哭他一声？

干号几声后，他终于明白了皇家的悲哀，不由得大哭起来：父皇，你就这么嫌弃煦儿吗？煦儿是不孝，曾经派人在父皇药碗里下毒，可那不是恨，只是气，气父皇本该给煦儿的皇位，却给了毫无战功的兄长。父皇，你，你为什么临走都不肯见煦儿一面？他越哭越伤心，最后哽咽得泣不成声。

宽仁遵礼、孝悌敬亲从来是朱高炽享誉朝廷内外的形象。首日临朝，他既不见喜，也不见威，满朝文武扑地山呼万岁后，他挥了挥手，命众臣站起后，便默默地看着他们。

重臣杨荣为解新帝之困，趋前安慰说：陛下无需忧虑，一切朝政循先帝之律，照行便是。

高炽微微一笑：有些事，确实照遵先帝之律即可，有些事，却万万不能。宣旨，从即日起，改年号为“洪熙”。

众臣听之一震，少顷，私语声起：不对呀，按常规，应是新帝登基一年以后，才可改年号啊。

高炽置若罔闻，问：齐泰和黄子澄还有后人吗？

众臣听之，更加困惑，不知他此问何意。

杨荣趋前答道：臣闻，齐泰有一幼子当年八岁，没被处死，已充军北疆；黄子澄有一子当年潜逃，后就不知所终……

高炽沉吟片刻：齐泰、黄子澄皆为大明臣子，当年曾为大明江山立过不少功劳啊，尽快派人找回他们的后人，赦免了吧。

他见朝堂上无一人发声，特意拉高声音说：请夏原吉、杨士奇、金幼孜进殿。

话音刚落，这三位大臣已被披枷戴锁推入殿来。朱高炽一见，立即走下龙墩，亲自为他们卸去刑具说：三位爱卿，委屈你们了。

他们三人刚刚站入群臣之列，朱高炽大声宣旨：为标榜弘扬杨士奇、杨荣、夏原吉、金幼孜四重臣忠贞向国之胸怀、直陈时弊之节操，今赐每人银印一枚，此印上刻“绳愆纠谬”四字铭言。持此银印，从朝臣到皇族直至朕身，凡有劣迹谬行，四爱卿但可尽奏直陈，绝不设阻，更不罹罪！

四人闻言齐齐跪拜：谢主隆恩！

众朝臣对新帝不能不另眼相看了，这平日宽和得近乎懦弱、礼让得近乎无能的太子，竟一切成竹在胸，魄力轰然而发！谁知他还有什么出乎意料的新政呢？

一年一度的科考已经临近。礼部尚书刘观不知新帝有何安排，于是上前奏道：启禀陛下，科考即近，今年的科考该如何安排？

未待他说完，朱高炽笑笑说：刘爱卿问得好，朕以为，自本朝开科至今，从来偏袒南方学子。科考本是举国之内，选贤授能，举贤能者共治天下，若行偏袒，非但不公，也要埋没人才。故此，从今年起，要纠此偏袒，给北方学子至少四成进士之比。

此时，信使送来太子奏折：江南多地百姓，因不堪赋税，已大量逃亡。

高炽看罢奏折，命众臣献策，大臣们纷纷进言减免赋税。

朱高炽环视众臣说：朕意不是减，而是全免。宣诏，凡流民重返故里者，免除先前所欠赋税，另免两年同样的赋税与劳役。

众臣刚要扑地谢恩，朱高炽又提高声音说：另诏，即召郑和船队归国，停止一切出海活动！

众臣闻言，你看我，我看你，终归齐齐跪地：陛下圣明，陛下万岁，万万岁！

散朝时，午时已过。众文武一语不发，各自沉入自己的思索中，走出午门，议论声起：

真是一朝天子一朝天啊，这才叫后发制人、未为晚矣。

先帝真若地下有知，不知作何感想？

朱高炽对父皇之敬之孝，并非假意逢迎。他敬重父皇的眼界、胸襟、魄力与大国之君的种种敢为天下先之举，可对他的好大喜功、无度杀伐和缺少对百姓的怜恤之心，却不能苟同。故此，他才要改良，要纠偏，施新政。可陈痾种种，千头万绪，要改起来谈何容易！

谨身殿里，已是三更，朱高炽一件件批复着如山的奏折，深觉满身疲惫。

此时，一位老太监端着一碗汤药跪于他面前：陛下，这道士开的丹药，虽能升阳提气，可老奴听人说，喝多了，是要伤身的。要么，陛下就别再喝了。

朱高炽放下朱笔，苦笑道：朕何尝不知，可若无此药，朕早就撑不住了。

正说着，外间通报太子求见，高炽连忙示意太监将丹药端出去。

此时，太子朱瞻基已匆匆进殿。他一见太监端着药碗慌慌张张自殿内走出，立即喝道：等等，你端的是什么药？

瞻基来了？

听到父皇在殿内的叫声，瞻基只好匆匆进殿。他施过礼后，趋前问道：父皇哪里不舒服？

朱高炽知道，太子是找他来理论下西洋之事的，便佯作怪罪说：见面就问父皇有什么病，你是否还想说，父皇理政也有缺失啊？

瞻基猝不及防，只好脱口而出：皇爷爷……

高炽接口说：父皇监国二十多年，岂能不知我大明朝政！

他激动得踱起步来：如今，我大明就像一只熟透的桃子，表面看来光鲜红润，里面却已有不少溃烂！我们对外，南下西洋，北征漠北，一面穷兵黩武，一面夸功撒钱；对内，农田荒疏，水利废弛，再加连年虫灾旱灾，百姓已经食不果腹，四处逃亡，难道我们还能指望那些番邦贡品，来养活那么多饥寒交迫的百姓吗？再不休养生息，等到你继位时，怕就……一阵猛烈的咳嗽，将他后面的话呛住了。

瞻基见此，再不敢说什么，只是连忙为他捶背。高炽喘息了一会儿，才缓过气来。

瞻基看着他问：瞻基明日即启程赴南京了，父皇还有何旨意？

高炽点点头：好，好，太子驻守故都，江南便可无虞，朕也可省下一大半心了。记住，新朝伊始，一切以俭朴、为民为宗旨。

新帝新政，朝务缠身，高炽每日以丹药维持，身体已日渐衰弱。这一切，被高煦派往北京的内线传到乐安后，朱高煦在幸灾乐祸中，反倒耐下心来：陛下，看来，你已经不需要我催你让位了。

是出于最后的怜悯，还是大海胸襟的启迪，周满在不知身处何地的天涯海角，放走了那位冒称葛三的黄轩。这位出身名门、九死一生的落魄公子是生是死？只能看他的造化了。

在这半原始状态的部落里，语言不通，黄轩却用他的智慧、善意与勤劳，逐渐赢得了酋长的赏识。见他们住处简陋，不能遮风挡雨，他就教他们以树枝、蕉叶编织屋顶；见他们只能吃些半生不熟的烤肉，他就教他们微火慢烤，在烤熟的肉中再加些海盐；见他们刀剑平钝生锈，他又教他们在粗石上磨砺；酋长拿出周满临别时留给他们的种子，他又教他们种稻、种麦、种蔬菜……天长日久，从酋长到众多民众，都视他为朋友，甚至公推他做副首领。

黄轩毕竟胸有文墨，生存下来之后，故园故国、塔莎、明娃便常从梦中走来。他不知自己能否再见到他们，但非常想记下他如何亡命于此、如何思念他们的心情。

一日，他在森林里发现了一种液色颇深的树汁，便拣了一支飞鸟遗落的羽毛做笔，试着以羽毛蘸树汁在石头上写字，竟十分清晰！兴奋中，他剥下一张张树皮，晾干做纸，这大大排解了他在这荒蛮之地的单调与思念，也给当时尚不知何地的今日澳洲留下不少早期华人的遗迹。

西蒙虽也九死一生，想做国王之心却从未淡薄。他用那幅航海图卖来的大笔钱财广招海盗，建立船队，购置兵器，然后便驾船北行，直奔玫瑰岛。

他诱惑众海盗说：玫瑰岛是个女儿国，那里的女人风骚美艳，却不会打仗。只要我们占领了玫瑰岛，财富任你们用，女人任你们挑。我们一旦做了那里的主人，大明皇帝就会封我为国王，这个国家的公侯将相自然就由我来封。我绝对公平，绝不食言，一定论功行赏！

海盗们本来就是一群为利而来、为色而往的亡命之徒，听了他的鼓动和诱惑，无不卖力搏浪驶船。不知经过多少凶险，他们终于来到玫瑰岛前。

玫瑰岛女王塔莎接到西蒙率海盗船队来袭的急报后，立即召集首领们议事。多少年来，玫瑰岛，这个女儿国遵循自食其力的宗旨，从不与外人相争，再加陆宽麻衣邦的相帮，很少遭遇大战事。今大股海匪扬言要血洗全岛，这些女人怎能不慌？

于是，有人提出往泉水里投毒，以此驱离海盗。郑和船队驶离时，有几名受伤水兵自愿留下。他们毕竟经过风浪，一位年长些的水兵说：诸位且不要慌，往泉水里投毒不是好办法，这会断了咱玫瑰岛今后的生路。

几位水兵商量后提出，首先要阻止海盗占领王宫，最好将他们引到山上。他们人地生疏，我们熟门熟路，只要他们爬上山坡，我们便可发挥优势！

塔莎听之有理，于是进一步商定后下令：老人孩子放哨、摇信号旗；有姿色的女人在山坡上引诱他们上山；男人和体壮女人在山上搬石头搬木桩。

几日之后，西蒙果然带着他的雇佣兵来到玫瑰岛。他在船上观察了一阵，只见玫瑰岛并无防备，岛上的女人们正散落各地劳作着。

西蒙便指挥海盗们大咧咧爬上岸，一群窈窕女子见老人们的山间旗语后，立即扔下劳动工具，载歌载舞地从四面八方朝山坡聚拢。

长时间海上漂流、想女人想得眼睛发蓝的海盗们，原本是朝王宫方向而去，此时，经不住美色诱惑，都按捺不住地朝她们追了过来。女人们并不慌张，她们且歌且舞且抛媚眼。海盗们嚷嚷起来：那个不错，别他妈抢老子的，她给我递眼色呢！

西蒙赶过来说：这是女儿国，漂亮女人多的是。先别想着这个，快，进攻王宫，只要占了这个岛，漂亮女人供你们玩个够，上！

海盗们哪肯放弃唾手可得的美艳？纷纷拥上山坡。就在众海盗到达山坡之后，美女们倏然四散，霎时，圆木、巨石、嗖嗖的箭矢疾雨般从四面八方朝他们袭来。与此同时，山上还到处飘起“明”字大旗……

西蒙一见，连连发令：撤，撤——他不知山上埋伏了多少明军，只得损兵折将地逃回他们的船上。

上船之后，惊魂未定的西蒙发令说：快开船，跑得越远越好！

船队迅速驶离玫瑰岛。可当西蒙回望时，既无炮声，也无一兵一船追击。他疑惑了：不对，明军怎么不追呢？我盗了大明船队的海图，他们肯定在四处搜捕我，如今撞上门去，他们岂肯放过？再说，花了那么多钱，好容易漂洋过海到了这玫瑰岛，眼看就能当上岛上国王……我不能上了她们的当……他大喊一声：我们上了塔莎那娘儿们的当了，掉转船头，重上玫瑰岛！

海盗们也附和着：是上了她们的当了，那娘儿们笑得可真骚。是得反攻，这么久没尝过女人味了。

说着，船开得越来越快。就要在玫瑰岛靠岸时，从南方风驰电掣地开来一支船队。西蒙觑目细看，船头猎猎飘展的竟是大明船队的旗号！他只好又一次下令逃跑。

这的确是大明船队，是周满返航的船队。多年来，郑和船队与玫瑰岛几乎建立了亲戚般的感情，走到这里总要休整一下，补足淡水，看看岛上需要什么。

当周满得知郑和已带船队归航，而且玫瑰岛刚刚遭受海盗入侵，他便带船队在玫瑰岛驻扎了一段时间。估计海盗不敢再次冒犯后，征得塔莎同意，将一些伤病船员暂留岛上后，便带领他的船队返回大明。

浓浓雾岚中，南京码头已经遥遥在望，又回来了！

郑和心中不知有多少喜悦、成就和种种新的设想要向陛下禀奏。可下得船来，码头上却再无往日的热烈隆重，没有仪仗，没有锣鼓。冷清中，只有朱瞻基派出的一位礼部官员上前迎接。他不由得心下一惊，一定是宫中出了什么事……于是匆匆上岸，进旧时宫殿，见到的却是朱瞻基，施过礼后说，他希望早日北上，向陛下复命。

瞻基听着他的话，思念皇爷爷的悲哀又悄悄爬上心头。他迟疑片刻，不得不将先帝已薨，新帝登基，如今正拖着病弱的身子日理万机，已无暇他顾的情形说了出来。

郑和尚未听完，已跌坐在地。与先帝，他们在朝为君臣，在心里则早已是父子。他早就说，如果说先帝是天空，他不过是大地上的一株小草；如果说先帝是大树，他不过是大树上的一根枝叶……如今，大树已倒，他这根枝叶也只有任其飘零、堕地……

他面北而跪，哇的一声大哭起来。听着他的哭声，瞻基也忍不住跪在地上，与他相扶而哭。

半晌，瞻基扶起他说：郑大人，节哀吧，别想得太多。你就先留在这里做守备，安置好出洋官兵后，便着手修缮报恩寺吧。

郑和知道，这就是新帝之旨，只得从命。

不管事情如何转折，答应过的塔莎的嘱托必须照行。郑和从悲哀中走出后的第一件事，就是送明娃上学。

那天早晨，郑和在前，夹着包袱的明娃在后。郑和问：黄明娃，你父亲如何称呼？

明娃响亮回答：父亲黄轩，母亲塔莎，祖母阿里玛，祖父弘无，舅舅郑和。

郑和笑了：我才问你一句，你就回答这么多？

明娃仰头回答：舅舅在船上不是教过明娃，想学好大明话，就得多说！

郑和连忙点头：对，对，今日去先生那里上学，可不能淘气哟。

明娃跑前几步，拉着他的袍袖：明娃不淘气，好好读书，舅舅就带我去找阿妈？

你想读书，还是想找阿妈？

都想。

郑和想起自己童年失去父母、日夜想念他们的心情，不由得生起浓浓的哀伤，他蹲下身来看了明娃好久。

明娃毕竟尚不懂人间太多悲苦，反问道：舅舅是想读书，还是想阿妈？

郑和怕孩子看到自己的眼泪，站起身来就往前跑。明娃一见，也在后面紧追，喊着：舅舅——

身为太子的朱瞻基比以前更加成熟，他既秉承父皇之旨监守南方，体察民情，就要像皇爷爷一样，微服私访，深入民间。

从江苏到山东，已经走了一个多月。他刚刚在鲁西落脚，私访乐安的部属就匆匆来报：在乐安的田间、村落，百姓们都日夜操练兵法，哪管正在田间耕地的农夫，只要一听号令，便立即变锹镐为兵器，彼此厮杀起来，看阵势，怕是汉王……

瞻基听罢大惊，当即修奏折一封，交侍卫快马进京，叮嘱说：着尔速禀陛下，本太子随后便到，详情面奏。

三十八

朱瞻基一行正要打马入京城，便见一信使飞马出城。信使见来者正是太子，于是飞身拜地，大哭道：请太子速速进宫，陛下，陛下……

太子虽未听清他后面的话，但一见他哭声甚哀，又臂缠孝带，已经明白发生了什么，于是连挥马鞭，飞奔入宫。

两天后，身在乐安的朱高煦得到了新帝驾崩的消息。他听之大喜，以为这不啻是送给他登基为帝的天降喜讯！他自然要提防对手朱瞻基。在他眼里，瞻基还是一个乳臭未干的孩子，且他人在南京，即使闻报赶来，也需几天几夜。况且从南京到北京，必须途经乐安，于是连夜将重兵部署在瞻基必经之路上。可是，一连等了几日，既不见瞻基的踪影，也未闻他北上的消息。正要派人打探，北京线人却匆匆来报：朱瞻基已经在北京登基称帝。

乍听，他还不信，难道他是从南京飞到北京的？接着，便仰天长叹：苍天呐，你为何如此偏心？

尽管如此，他仍然认为此时正是他夺取皇位的最佳时机，他必须启动他所有的力量就此一搏。

周满一行继郑和之后回到南京，当他向郑和禀报西蒙率海盗攻打玫瑰岛、南洋诸国纷争又起时，郑和忧心如焚，却身不由己。

周满毕竟是他的部下，虽一向视他为爱将，却也不是什么话都能说，可不说又实在苦闷，于是他打开一瓶绍兴老酒说：回来总算闲散多了，来，我们边喝边谈。

酒未下咽，周满又告诉郑和说，汉王已在船队安插了不少嫡系，最近又派人联络，我先还不明就里，回来才明白，原来是想趁先帝驾崩起事。

郑和更觉事态严重，他连忙写了一封奏折，命周满连夜送往北京，面呈新帝。

朱瞻基少年英纵，深得乃祖父朱棣真传，何况上有叔父汉王至死觊觎皇位的磨刀霍霍，下有百姓饥馁不堪的呼号，他只得祭奠父皇与迅速登基并行。

登基之后，他认真看了一遍于谦呈上的对应天、苏州、松江、嘉兴等地纳税负担的巡察记录，说：此乃先皇体恤民情的最后一份心意，朕为上承先皇之心，下抚百姓饥寒之意，上述之地所欠税赋，一律全免。随之，他手握朱笔，写了一个大红的免字。之后，他笑意盎然地扫视一周众臣说：朕一位位辨识了一遍众爱卿的面貌，发觉不少人已是三朝老臣，尔等对朝廷矢志不渝，忠心耿耿，朕心甚慰。

众臣齐齐扑地跪拜：陛下万岁，万万岁！

朱瞻基走下龙墩，一一扶起众臣：请起，请起。

他在群臣中寻找着：为何不见英国公？

此时，英国公张辅匆匆赶来，并急忙下跪：老臣迟来一步，望陛下恕罪。

瞻基忙扶起他：英国公起来说话。

张辅愤懑地说：这，这乐安王实在是胆大包天，祸心不死，竟然派人联络微臣，与他一起谋反篡位！

众臣听之震怒：他这是蔑视朝纲，欺负幼主，狼子野心，不除不快。陛下，他既不忠不义，陛下就再不能施仁了。

瞻基久久未语，之后说：先皇尸骨未寒，朕，实在不忍。

此时，太监禀报：启禀陛下，郑和派人送来加急奏折。话音未落，周满已进殿跪呈奏折。

瞻基看罢说：看情形，皇叔那边动静不小啊，足见已筹谋多时了。

张辅扑地请战：陛下，再若姑息，汉王就要逆天了！臣请领兵前往捉拿！

瞻基沉吟着：既如此，还是朕自己去会会皇叔吧。

瞻基亲率平叛大军，日夜兼程，来到乐安城下。他并不急于攻城，而是命大军死死围住城垣，之后，以飞箭射入劝降书，书辞温和，只命汉王出城迎接陛下。

久经战阵的朱高煦自然知道，比之朝廷大军，他的兵力如与之对抗，只是以卵击石，故此，当听说瞻基御驾亲征时，便即刻命人关紧城门，待而不发。

接读瞻基射入的劝降书后，虽感文辞温和，但也知道，即便投降，也没好日子过，于是便使出他惯用的无赖手法——举起永乐皇帝神牌，坐于城墙之上。

瞻基一见，陷入左右为难之中，或攻城或发箭，都有辱祖先；不理睬，又有损帝王之威。

杨荣见此，提醒说：既如此，那就以其人之道，还治其人之身吧。

瞻基立即明白，也命人请来永乐皇帝神牌，以给皇叔送神牌为由，大喊开门。朱高煦见此，没了章法，他再浑，也不愿背上目无祖上的污名，更何况他也知道已无路可逃，于是打开城门，束手就擒。

就在黄轩带领一帮部落中人修筑码头时，一条远来船只靠了岸。少顷，一个体魄健壮的汉子向他问路，黄轩往日虽与船队通事学了些番语，但对他说了好久，他还是听不明白。汉子于是返回船上，取来一张航海图请他标识位置。

黄轩一看大惊：这不是宝船大厅中悬挂的航海图吗？他料得此事蹊跷，怕直接询问反倒坏事，于是欲擒故纵地看了看说：这么大的图，到处画得曲曲弯弯的，谁看得懂，简直就是一张废物！

汉子不服气地冷笑说：不懂就别胡说，这可是郑和宝船上的航海图！我花了两袋金子买来的！

黄轩更显不屑地说：别说梦话了，郑和会将他的航海图卖给你？

汉子笑笑：当然不是他了，是他手下的西蒙卖给我的。

黄轩闻言，已无暇弄清这张图到底是买还是偷来的，他只想尽快拿回它，以便想办法送回大明船队，于是，抄起宝剑怒问：是不是你偷来的？

汉子也拔出宝剑，边说边逼近黄轩：干我这行的，本来就是非盗即抢，怎么来的，干你屁事！

黄轩知道不是他的对手，便利用自己的灵活身体，在他身前身后辗转腾挪，试图将他转晕后，抢回他已装入背囊里的航海图。

可是，毕竟两人体格悬殊太大，没战几个回合，黄轩便开始落败。与黄轩一起修码头的同伴一见，抄起工具，就呼喊着朝海盗扑来，船上其他海盗见状，也纷纷前来参战。

就在他们殊死格斗时，鬼使神差地，刚泊好船的陆宽朝这边走来。他看了一阵后，对随行的阿鑫说：我怎么越看越觉得那人像大明船队的人？

阿鑫惊惶说：是，那个受伤的瘦高个好眼熟，趁他们没发现我们，咱们赶紧走吧。

陆宽摇头：不对，他怎么一人在此？

正在此时，黄轩被海盗刺倒地上，海盗正要一剑刺下，陆宽捡起一颗石子，朝海盗腰眼击去！那海盗晃了几下，便倒在地上。黄轩见状，使尽全身力气蹦起来，直刺海盗胸口。

此时，其他几个红了眼的海盗，将黄轩围了起来。陆宽一声呼哨，麻衣邦一拥而上。

黄轩乘机夺下海图，正要谢陆宽，两人四目相对，不由得都退后两步：陆爷？葛指挥？

他们不知是该提防，还是该称谢。俩人哈哈一笑，看看已经吓跑了的海盗，同时收剑。陆宽问道：葛指挥怎么一人在此？

黄轩答道：唉，一言难尽。

也算他乡遇故人，既是亦敌亦友，又有助其抢回海图之恩，黄轩拉起陆宽与他的弟兄们，就朝林中驻地走去。

酋长早已听到跑回报信人的报告，因为确信副首领黄轩人好又能干，所以认定他的朋友都是好人、恩人，于是立即点起篝火，烤好野味，拿出土酒。

当黄轩、陆宽一行到来时，已是肉香、酒香飘满上空，听不懂的笑声、语声扑面而来。

陆宽与酋长及众头目一一碰过杯后，众人自去饮酒狂欢，剩下黄轩与陆宽，便把酒谈起各自经历。

因为原本身份为敌，自打交道起，又一个追剿、一个躲避，今既身处天涯海角、未知生死，于是披肝沥胆，都说出了自己的真实身份与所历所想。他们越谈越近，一种同是天涯沦落人的感觉，塞满两个人的心腑。当陆宽得知葛三已与塔莎生有儿子后，一定要拉黄轩返回玫瑰岛。

黄轩叹了口气说：谁愿意有家不回？可是不能回呀，我劝你也不要回了，因为回去便是送死，他们不会放过我们的。

陆宽一口饮干碗中酒：死？这么多年，我就是在生死线上奔来跑去的，可我还是不能不回！

黄轩说：你难道不……

陆宽笑了笑：我知道你要问我什么，可我的命早已不属于自己了，既如此，我就要趁着命还在时，把该做的事做完。当年，我们被洋流冲散时，一些人跟着我冲到了美洲，这些年，靠在那里淘金，总算安定了下来。可还有一些兄弟至今下落不明，我必须找回那些仍在海上漂泊的弟兄。再者，听说前些年，南洋发生过一次大海啸，玫瑰岛遭了大难，我必须回去看看，看能帮他们做些什么。

黄轩听着，久久未语，他又何尝不想与妻儿团聚，可凶险时时挂在头上，他怎能……他递上那张航海图：你既然执意回去，请千万把这张图带给塔莎，再请她设法送到郑和手中。

陆宽不解地问：那太监害得你流落至荒岛，你还要帮他？

黄轩一笑：这幅航海图，是多少代海上人用生命绘制的，若是失落在我们手上，岂不愧对祖先？

他抬头看看满天星斗说：再说郑和，他虽是个太监，却是一位真男儿，难得的航海英雄！

陆宽斟满两碗酒，与黄轩碰碗饮尽说：葛，不，黄大公子，我今天才明白，不管你如何出生入死、蜕皮换骨，血脉里流着的还是你黄家传统之士的血，这就是“为天地立心，为生民立命，为往圣继绝学，为万世开太平”啊！我虽不想帮郑和，却愿意成全你这份心。那么，对今后，你有何打算？

黄轩无限惆怅地说：我的路已经走尽了，只要能为祖先保住这张图，老死异乡又何妨？

那么，塔莎呢？你们的孩子呢？你就忍心都不管了？因为他一向视塔莎为自己的女儿，听到黄轩的话，陆宽激动又气愤。

听着他的问话，黄轩痛哭起来：黄某不是薄情忘义之人，我想过多次，我若回去，带给他们的不是幸福，只能是灾难。与其如此，还是将塔莎与儿子托付陆爷吧，黄某在此拜托了！

陆宽眼睛一红：没想到，我们竟是一对天涯沦落的逃犯。

他拍了拍黄轩的背：我先回去看看，你等着，我一定回来接你！

天有天寿，人有命数，朱高炽为帝命短，引动得朝廷帝来帝往，瞬息万变。海外诸多属国岂知如此变动？他们依旧定期朝拜。朱瞻基平复乐安之变未久，苏门答腊、爪哇、满剌加等国便派使节来朝。满剌加使臣跪拜新帝说：暹罗王见天朝近几年未再派船队下西洋，便又派兵威胁敝国，祈望陛下主持公道，宏恩不变，再泽友邦。

瞻基扶起使臣说：大明初衷未改，一日未忘友邦，一日未忘与友邦共享太平之乐的承诺。请阁下转告贵国国王，一俟下洋筹备就绪，大明船队定当前往趋访，一应事宜，朕之钦差特使定会秉公处置。

一应使臣一一谢主隆恩。

郑和在南京除了监修报恩寺，就是带明娃上学、写字、复习功课。天长日久，他与明娃的感情越来越深，常常下意识地以为明娃便是自己的儿子。可看看他的面貌，特别是那一对清亮的大眼睛，又活脱一个小黄轩。他不由得又常常想起黄轩，他智慧后面掩藏着的纠结，他勇武中的儒雅，他潇洒中的坚守……他本想保护他，甚至重用他，可又难违皇命，如今已不知他流落何方。

那天得闲，他踱到江边琉璃塔下，眼望江流入海的方向，喃喃着：黄轩，我郑和对不住你，对不住！

他又想起仍在海上下落不明的众弟兄：回来吧，我患难与共的兄弟，妈祖会保佑你们。

他正面江祷告，明娃远远跑来，喊着：舅舅，快回家，陛下召你进京呢！

心事浩茫、苦叹岁月蹉跎的郑和听到陛下召他进京的圣旨后，即刻杂念皆消。他拉起明娃赶回府去，即刻收拾行装，星夜奔往北京。

当他匆匆走入谨身殿时，新帝瞻基立即起身相迎，并牵起他的手赐座。郑和慌乱中欲跪地施大礼，瞻基笑望望他说：二十年来，爱卿六下西洋，艰难劳顿，如今也老了，又不是在朝上，免礼，免礼。

说着，将他扶到椅上。

郑和立刻想到海外诸多未了之事，深恐新帝以他老迈为由，而误了下西洋的夙愿。他腾地站起身来：微臣只不过鬓发白了些，但依然精神健朗，身体强壮，只要陛下颁诏，臣定不辱圣命！

瞻基笑笑说：朕知道爱卿心系西洋，壮心未酬，西洋诸邦国也在呼唤我大明。朕召卿进京，亦为此事，至于此去朝务作为，我们明日上朝再议。

郑和即刻跪地深拜：臣领旨。

奉天殿内，新朝新帝，万象更新。雄姿英发的瞻基稳坐龙墩，更显出一种青春朝气。

众文武山呼万岁后，瞻基亲切示意众臣平身，之后说：朕祗嗣太祖高皇帝、太宗文皇帝、仁宗昭皇帝大统，君临万邦，体祖宗之至仁，普辑宁于庶类，已大赦天下，纪元宣德，咸与维新。尔诸藩国远在海外，未有闻知，兹特遣太监郑和、王景泓等赍诏往谕，其各敬顺天道，抚辑人民，以共享太平之福。

陛下诏告既毕，鬓发斑白的郑和激动得跪地接旨。

继而，群臣齐刷刷跪了一地，齐呼：陛下万岁，万万岁！

过了一月有余，郑和精神勃发，踏上通往宝船的通道。他正挺胸前行，鬓发斑白的费信匆匆跑来：郑大人，请等等。

郑和回过身来时，费信已经来到面前，他喘着粗气说：请带上鄙人。

郑和热情地说：噢，费先生，先生若能同下西洋，本官自然欢迎，尊夫人如今可好？

费信咽下自己的悲痛说：内人已经过世，如今我唯一的安慰便是那部尚未完成的《星槎胜览》了。

郑和将费信送入宝船大厅，复回船头，面对齐聚刘家港的庞大船队威严发令：各船队听令！

距他约十丈远的左右两传令兵高喊：各船队听令——接下去，同等距离的一组四名传令兵，重复齐喊：听令——依此下传，甲板最前沿的一组十六名传令兵，齐声重复发令，喊声一浪高过一浪。

郑和威严发令：马船听令！

令声未尽，马船立即扬起红色“马”字旗。

战船听令！

战船立即扬起黄色“战”字旗。

依次下去，座船、粮船、水船、货船……听到军令后，各自扬起自己的旗帜。

报数！

副使王景泓喊道：钦差正使太监七人到！

依次续报：钦差副使监丞十人到！

少监十人，内监五十三人到！

都指挥二人、指挥九十三人到……

郑和亮起洪钟般的嗓音：众将士务必谨记：昼行认旗帜，夜行认灯笼，行船时，务遵前后相继、左右相挽之规矩，起航！

此次出航无论情景、程序皆与初次出航相同，但因没有了帝王临场检阅壮行的仪式，便少了许多皇家气派，似乎抽离了灵魂。

郑和手握佩剑，挺立船头，观大海扬波，任海风吹拂。他气宇昂扬中，又生出种种眷恋与凄怆。

天气晴好，海浪平和，船队风驰电掣，首站直抵占城。

行前，陛下曾与他深谈。由于近年来船队疏于下洋，海上支队又被季风打散、漂流于世界各地，南洋诸国纷争又起，且间有摩擦，调节其关系、安抚其心态，便是郑和此番下西洋的使命之一。

郑和知道南洋诸国的历史、位置与彼此之间的纷争好恶，若一国国出访协调，不光费时费力，且难收面对面沟通切磋之效，于是便派船分别奔赴南洋诸国发送请柬，隆重邀请各国国王至大明宝船赴宴。

明娃得知郑和心意后，跑到郑和面前跃跃欲试，要求亲自赴玫瑰岛接母亲塔莎来宝船赴宴。郑和自然明白他的心情，一个离家这么久的孩子，岂能不想早日见到母亲？于是特派一支船队，送明娃赴玫瑰岛。

为迎接各国国王赴宴，宝船上已经张灯结彩、仪仗张扬，每有贵宾到达，皆锣鼓演奏、礼炮齐鸣。

第一个到达的便是暹罗王。郑和闻报，立即迎至宝船舷梯。之后，沿铺有红地毯的宽阔通道，直入会客厅。郑和请暹罗王坐定后，先施礼拜见，之后，以大明钦差总兵官身份宣大明皇帝诏书：朕主宰天下，一视同仁，尔能恭事朝廷，屡遣使朝贡，朕用尔嘉。比闻满剌加国王欲躬来朝，尔阻于王国。

暹罗王听到此处，突然满头虚汗，颤颤巍巍地欲跪地谢罪。

郑和以手势劝止后接读：朕度之必非王意，皆王左右之人不能深思熟虑，阻绝道路，与邻邦启衅，斯岂长保富贵之道！

暹罗王不由得感激涕零，又欲下跪。

郑和复以手势劝止后宣读：王宜恪遵朕命，睦邻通好，省谕下人，勿肆侵侮，则见王能敬天事大，保国安民，和睦邻境，以副朕同仁之心。钦此。

本来挺直站立、聆听圣诏的暹罗王接诏书后，不由得又跪北朝拜：陛下圣明！

郑和见此，急忙扶他起身，并以圣上之名义赏赐丰厚的礼品。

暹罗王边接赏赐边说：陛下之心，小王深深领悟。拜托总兵官大人转呈圣上，小王一定遵从圣命，和睦友邦，严令部下，再不生事！

说话间，外面礼炮又一遍遍响起，受邀各藩国国王已陆续登船。郑和只得来来往往，对各国国王隆重迎接。

塔莎也在明娃的陪同下来到宝船，她在成熟中更添了一种端庄。一见郑和，就如同家人重聚，已忘记了外交礼仪。惶促的郑和不知如何是好，只好招来明娃说：这里人太多，带你母亲去船上观览一下吧。

塔莎这才在儿子的牵领下走出会客厅。

宽敞豪华的宴会厅已经座无虚席，宴会开始，郑和特意安排暹罗王与满剌加王坐于自己两侧。每每举杯敬酒，他都与席上诸王碰杯后，再分别一左一右地与之碰杯，并请左右两者碰杯。

开始斟酒上菜，每上一道菜、每添一种酒，郑和都详细介绍那酒那菜的掌故、来历、配料和特色，一道菜一个故事，一种酒一个掌故，至于味道，敬请各人品赏，什么东坡肉、西湖醋鱼、基围虾、宋嫂鱼羹……什么杜康、汾酒、茅台……客人们边吃边喝边听故事，菜已上完，国王们也都酒足饭饱、脸红肚胀，还是无一人离席。

主管饮食的官员为难地对郑和耳语：菜都上齐了，怎么办?

郑和笑笑说：将剩下的材料一锅端，用汤钵分好。

为避免等菜的尴尬，他让厨师趁隙表演拉面，看着一团白面瞬间从厨师手中变出那么多柔韧细长的面条，国王们无不拍手称奇！

欢呼声未尽，侍者又用精美的汤钵端出一钵钵大杂烩。郑和站起身来，绘声绘色地讲起佛跳墙一菜的故事。众国王听着这神奇的故事，不由得又品尝起这道能交好运的佛菜，并且由衷地感叹着：难怪大明被称为文明古国，连吃喝饮食都有这么多的文化，这么多的讲究！

郑和又与各国国王碰杯后，借这道菜讲起“和为贵”的古训与道理，各王听着频频点头。

人与人的和谐相处需要沟通、磨合，国与国的和平共处亦然，何况自郑和六下西洋后，在南洋诸邦国既率先垂范了“和为贵”的邦交精神，又无时不传播着中华文明中“仁、义、礼、智、信”等为人为国之道！

看到此番海上聚会的成果，郑和颇为自己不辱使命而安慰。他派遣一支支船队将诸国国王送走后，又特意为塔莎送行。

本来火热率真、浪漫得无所羁绊的塔莎，做了玫瑰岛国王后，似乎更加果敢决断，可一要离开宝船归国，却又依依绵绵地滚下了大颗泪珠。她自然舍不得已经健美中透着儒雅的儿子明娃，她又何尝舍得神秘莫测、欲近又远、欲远又近、如夫如兄的郑和！何况，一走近他们，葛三的形貌、气息就如影随形地时时映在她眼前……

她摩挲着儿子的头，终于又将藏在心里多年的话说了出来：明娃，还是跟阿妈回玫瑰岛吧，那里需要你。

明娃苦笑着：阿妈，我们不是说好了吗？我会回来看你的，但先要跟着舅舅去远航，走祖父没走完的航线，将来还要像舅舅一样，率领世界上独一无二的船队，探索广漠的大海！

塔莎遗憾又慰藉地笑笑：好，好，阿妈不挡你的路。

她回头紧紧抱住郑和，将头贴在他狂跳的胸前，久久不语，最后终于抬起头望着他，轻抚他的两鬓说：头发都白了，你可要保重身子啊。

郑和尴尬地痉挛着，久已干涩的眼睛湿润起来。

塔莎叹息一声，低头朝着宝船的舷梯走去。

三十九

船队到达古里后，经过几日休整，补充蔬菜、水果和充足的淡水，郑和召集各分支船队指挥来到议事厅。他站在那幅靠捡拾记忆重新绘制的航海图前说：弘公驾鹤西去了，船队失去了一位无可替代的舵手。我们虽然从他身上学了很多经验，但那些精致细密、内容丰富的图标却随着旧图丢失了，这幅新图是很难弥补的。

众人以沉默点头祭奠着弘无和失去的航海图。有顷，郑和以手中竹竿滑动海图说：我们未来的航程，将以三支分船队分路起航：一支队斜插阿拉伯海，直抵忽鲁谟斯，分头访问波斯湾诸邦国；二支队横穿阿拉伯海，直达祖法儿，分头访问阿拉伯地区诸邦国；本官带领三支队，将开辟一条横渡印度洋、直抵非洲东岸的新航线。

众人纷纷议论起来。

有人说大海汪洋，变幻莫测，走一条从没人走过的未知航线，风险太大；有人说，听说赤道太热，海水都是沸腾的，人到那里，还不煮熟了！

郑和听着，笑了：没有诸位想的那么可怕。海再大，赤道再热，那海也是死的，可我们人却是活的，以能动治不动，我们总有办法。何况没有冒险，就没有成功。我们若能开辟出一条新航线，就能为后代航海人除去很多风险、缩短很长的航程！

下面坐着的康都指挥愤愤插嘴说：我们凭什么赌着自己的命，为别人去探路？！

郑和看着康都指挥笑了：我的康大指挥呀，记得那位威尼斯商人达·康提，就是你领着人救他上船，并且陪他在宝船上参观的。当他张大嘴巴，惊呼从没见过这么大、这么豪华的船队时，也是你笑得最响，还在船上连翻了几个跟斗呢。

康都指挥在一片笑声中说：是，那又怎样？

郑和正色道：何止是达·康提，二十几年来，我们六下西洋，走过那么多海路，靠过那么多港口，可有人见过我们这样规模的大船、船队？

人们齐答：没有。

这就说明，我大明的船是当今天下最大最好的船，我们的船队是当今天下最大最好的船队！有荣誉就有使命，有强大就有责任！我知道，康都指挥是虔诚的佛教徒。八百年前，我们的老前辈三藏大师都能冒生命之险，遭万千磨难，去佛国取回真经，难道我们还没有三藏大师的胆量，没有三藏大师的佛心与我们的真主之心？

众人齐答：有！请总兵官大人放心。

可在另一个角落，却发生了另一种纷争：

孟可因参与朱高煦政变被治罪后，郑和出于宽仁之心，全力保其部属留在船队，不予问罪。可他们中，却有人仍是惴惴不安，还有人心怀怨恨。如今，听说要将他们编入横渡凶险难测的印度洋的支队，更是狐疑加愤恨，甚至猜测郑和是否要借刀杀人，借大洋的险恶，将他们推向海底。

灵猴更是惜命，于是煽动说：弟兄们，我们也一把年纪了，辛辛苦苦海上漂泊了二十多年，你们愿意把命丢进大海吗？

不愿意。

谁愿意，谁就跟着去！

声音从小到大，逐渐大到难以控制。

明娃觉得他们有意歪曲郑和的意思，一下蹿到灵猴面前：谁说郑大人试航新航线，就是让大伙儿送死？我看过我祖父的航海日志，每一线、每一湾都记得详详细细。他就想过走这条航线，只是因为他的船太小，加上设备不齐，才没走成。郑大人要走这条航线，是经过深思熟虑的。

灵猴一把拔出佩剑，吓唬他说：小兔崽子，这里也有你说话的份儿！

他的话尚未说完，葛三的部下呼地围上一群，有人甚至剑锋直指灵猴！因为爱戴老上司葛三，又因为他们与玫瑰岛感情深厚，自明娃上船起，便将他视作自己的骨肉般呵护：有种的朝这里来，欺负孩子算什么本事！

孟可的人一见，也都拔刀相向，一场火拼一触即发。

郑和闻讯赶来，他并不说话，只轻轻走到灵猴面前，将他的剑锋拨向自己胸口：从来没见你有这么大本事，要显本事，就往这里刺。

灵猴的胳膊哆嗦起来，接着，宝剑啪的一声落在舱板上。

郑和终于大喊一声：你们，跟着我航行海上二十几年，见过无数海潮澎湃，经过无数大海洗礼，没想到，心胸竟如此狭隘，目光还如此短浅，如老鼠般怯懦，以至为了探索一条新的、前人从未走过的航线，而被光荣所吓倒，被梦想所吓退。更丢脸的是，危言耸听，舞刀弄剑，兄弟相残。可悲呀可悲！这是你们的悲哀，更是我郑和的悲哀！

他啪的一声跪到地上：记着，洗脸，要靠自己的双手；雪耻，就要靠自己的自罚与勇气。都趴下，跟着我自罚俯卧撑。刚才胆怯、闹事者，自罚二百，我郑和带兵无方，自罚三百！

说着，他便趴在甲板上做起俯卧撑来，众士兵也紧跟其后。他毕竟已过甲子之年，身子已大不如前，撑了二百多次后，便显体力不支。

跪在身旁的明娃央求着：舅舅，快起来吧，明娃替你做。

郑和不语，脸已憋得发青发紫，豆大的汗珠嘀嘀嗒嗒滴在甲板上，他依然吃力地做下去。

一旁被罚陪做俯卧撑的灵猴都不忍了，哀求道：郑大人，您都六十多岁了，别罚了，我们再不打架了，一定跟着您横渡印度洋。

郑和终于做完三百个俯卧撑，说：真男人就要言而有信……话语未落，他喷出一口鲜血。

众人一见，惊得大呼：郑大人……

郑和挥挥手：莫慌，无碍的。

他从容地站起身来：弟兄们听着，有不愿冒险的请站出来，本帅可以让你们留在古里等候。

士兵们被他的胸襟、毅力震慑得心悦诚服，每个人都深怕在他的高大面前显出自己的渺小来，终于齐喊着：郑大人去哪里，我们就去哪里！

此时，王景泓陪同木骨都剌王子阿达玛来到郑和面前。此人就是昔日的小黑哥，他已经成长为一位健壮英挺的王子。他见了郑和先施一礼，之后说，前不久，听说弘无公已不幸逝世，他非常悲痛，经父王同意，他要去玫瑰岛吊唁如父如祖的恩公。没想到，在古里，能遇上阔别已久的郑大人，这真让他高兴！说着，就上前拥抱郑和。

郑和也十分激动，说：弘无公若地下有知，也会被你的深情而感动。

接着就介绍明娃说：这位是玫瑰岛明娃王子，阿里玛之孙，塔莎之子。

明娃对阿达玛深施一礼：幸会，尊贵的阿达玛王子。

阿达玛却一把抱住他，对他端详来端详去：真英俊，真潇洒，像大明人，又像玫瑰岛人！我们应该是亲戚。

他转问郑和：郑大人，按大明人的称呼，你说，他应该叫我什么？

他将郑和问笑了：他叫我舅舅，你说该称你什么？

阿达玛想了想，有些不甘地说：那，那就叫我哥哥吧。他接着说：人与人真是大不一样，明娃这么懂事懂礼，那个西蒙却简直像个恶魔！

这一下提醒了郑和：你见到西蒙了？他怎样了？

阿达玛说：他不知从哪里弄到一笔钱，雇了一群海盗，不是打这国，就是抢那国。前不久，还从木骨都剌掳走不少黑人，卖到别的国家为奴。

郑和听着，气得连连咳嗽，又喷出一口鲜血。王景泓见状，连连高喊医官：快，为郑大人诊病！

躺在卧舱中的郑和吃了些汤药后，还是一夜未眠，苍老的身子愈显衰弱。他在半睡半醒中喃喃着：西蒙如此作恶，不能不及早严惩，快，快些开船，去东非。

一旁陪伴的王景泓安慰着：是，是要惩治他，可还是要先保住身子啊。

郑和又咳嗽一阵：西蒙屡教不改，不能不管……那航海图，更不能丢失，若找不回，我们，以何面目去见祖先。

阴晴聚散，世事无常，单纯火辣的塔莎做了国王后，反倒时常陷入感事伤时的感叹中。她不羡这个王位，倒是时时怀念那段逝去的青春岁月，那时，母亲在，疯疯癫癫、说父亲又像朋友、说朋友更像父亲的弘无在，总是争着当父亲的陆宽在，让他痴迷销魂的葛三在，总是爱不够的儿子在……真是人生如大海呀，潮起潮落中，她的这些亲人，竟一个个全失散了，有的，再也回不来，有的，已不知流落到何方……

她望着窗外淅淅沥沥的雨水，和被雨水打落一地的残花落果，更是一阵伤感。此时，突然侍女来报：塔莎国王，一个重生岛的人求见。

重生岛的人？他们已久无音讯，会是谁呢？她狐疑着：请他进来吧。

又黑又瘦、浑身是伤的阿坚走进宫来。

阿坚？真的是你？她辨认着：你怎么成了这个样子？

阿坚先要了一碗水，咕嘟嘟喝下后，讲述了他们离开玫瑰岛后，如何在一次风暴中与陆宽失散，如何在一块不知叫什么地方的海岸，牲畜般地谋生，又如何鬼使神差地撞上西蒙，如何被他骗上船，并被他捆绑起来，准备献给郑和船队。

他又讨了一碗水，喝下去后说：我知道阿里玛酋长的菩萨心肠，她从来都把我们麻衣邦当兄弟看，这才拼死跳下西蒙的船，奔玫瑰岛求救。

阿坚一席话，使塔莎伤感又为难。伤感的是，又使她想起永远回不来的母亲，和不知流落何方的陆叔；为难的是，郑和正在衔命抓捕求她搭救的陆叔的麻衣邦。陆叔与他的弟兄们是玫瑰岛的生死弟兄，玫瑰岛是被大明敕封不久的王国，自己正是这个王国的国王，而郑和与葛三又是她最崇敬、最爱的人……

她踌躇良久说：你先在岛上养伤吧，郑大人返航时必经玫瑰岛，到时，我一定为你们求情。

无独有偶，大约半月之后，阔别玫瑰岛多年的陆宽登上岛岸。他一上岛，便被一群拉紧弓箭的少年对准了胸膛。他一个个辨认着他们的面孔，却无一熟悉，笑笑说：孩子们，你们听说过麻衣邦的陆爷吗？

一男孩瞪起眼说：别跟我们提什么陆爷，陆爷是海上大侠，要是他在，谁也不敢欺负我们玫瑰岛！

男孩突然眼睛一转：你是不是那个坏蛋西蒙的探子？

陆宽哈哈大笑：快去禀报你们酋长，就说一个老朋友来看她了。

男孩恼怒地说：别胡说！我们玫瑰岛国没有酋长，只有大明朝皇帝敕封的塔莎国王！

陆宽听罢一愣，继而点头说：啊啊，不是酋长，是国王，请你们带我去见塔莎国王好吗？

孩子们相互看了看，没了主意。此时，从山上走来的阿坚左看右看，见来者极像他盼了多年的陆宽，可又怕是因为想得心切而看走了眼。他紧走几步，一下子如孩子般扑了过来：陆爷，阿坚可见到你了！

陆宽也大惊：阿坚？你也在这岛上？！

他们三步两步奔向王宫，孩子们认识阿坚，便抛开他们，赶去王宫禀报。塔莎听罢，急忙赶到宫门迎接。陆宽与塔莎，对于这不是父女，又胜似父女的久别重逢，自是百感交集。

待到三个人在王宫坐定后，塔莎屏退侍人，亲自为陆宽与阿坚斟茶，诉尽别后种种。

当陆宽得知阿里玛与弘无已在海啸中双双葬身大海后，不觉天昏地暗，像狮吼般干吼两声后，泪水便扑簌簌流了下来……塔莎并不相劝，只为他端来一碗酒，便坐在他身旁，轻轻抚着他抖动的肩背。

阿坚为分散他的悲伤，试着讲述他们失散后九死一生的苦难。陆宽渐渐平复了自己的心绪，也述说了麻衣邦如何被洋流推搡着误入美洲，之后，在虽荒蛮、却富有的美洲过着淘金的安稳日子，以及返回途中，偶遇葛三的种种经历。

当塔莎得知葛三流落到一处不知名的大陆时，不由得生出种种怀疑，郑和不是告诉她，葛三已回大明吗？怎么如今又到了大海那边？

她不禁问道：你看清了吗，那人真的是葛三？

陆宽笑说：傻孩子，陆叔还能骗你！我们曾一起喝了一宿酒。他深为感慨地说：他是个好人，真正的炎黄子孙，一位真正的士……哎，你们的孩子呢？快让我见见。

塔莎一下子陷入种种迷乱之中：大明人太复杂了，郑和说葛三已回大明，陆叔却在一块荒岛上遇见了他……他既然一直率兵追剿陆叔，陆叔怎么会与他把酒尽欢，还一再夸他是个真正的士……陆叔又要见明娃，她不知如何回答，只能如实以告：孩子啊，你见不到了，他要学他祖父，跟着郑和下西洋了。

陆宽停了一下，说：也好，男儿要有男儿志，跟着郑和下洋，会学到一身真本事的。

塔莎点头：就是不知他阿爸怎么想。

陆宽说：我知道，你想葛三了。别急，即使我无能为力了，等阿坚去美洲时，也要先把他接回来。

塔莎警觉地问：你无能为力了，为什么？

陆宽笑笑：年纪大了，何况又世事难料。

塔莎看着他，总觉得他心里装着太多的事。

陆宽这才意识到，这些年来，尽管弘无与阿里玛是公开的同居关系，可他总以为阿里玛对他也有一份情，这份情几乎是支撑他永葆不老的精神支柱，不管流亡海上的日子多么苦，他心里总还残留着一块可以归来的温润宝地。当他得知阿里玛已经不在人世后，他感觉，在这人世间，已经再无牵挂。他真的已经老了，他必须把要做的事情抓紧做完。

陆宽一夜未眠，第二天一早，便要塔莎带他去祭奠她的母亲。塔莎担心他劳累又伤感，推说让他休息两天再去。正争论间，外面通报：木骨都剌王子阿达玛来访。

塔莎一时不知是从哪里冒出个阿达玛王子，她反复喃喃着：阿达玛，阿达玛……噢，她突然想起，弘无曾告诉过她，小黑哥已经找到了家，他原来是木骨都剌国王子，叫阿达玛。

塔莎正要下令请他进来，阿达玛已经健步进宫。他们互相看着，尽管当年的小黑哥已经长成一位高大健美、又平添了几分贵气的男子汉，可从眉目五官还是能辨出当年的样貌。两人愣怔了片刻，不由得抱在一起。

他们虽然肤色不同，语言各异，可多少年来，已经情同一家。塔莎要为阿达玛接风洗尘，阿达玛说：不，我在海上漂了近万里，就是为祭奠祖父与祖母来的，只有先拜过他们，我才吃得下、睡得着。

这样的孝心让人如何不感动！塔莎于是屏退等在宫外的车仗人马，轻装简从地陪同他们来到父母墓前。

陆宽一见阿里玛和弘无合葬一墓，心里颇觉失落。他站在墓前，鞠躬之后，便觉神思恍惚；阿达玛则不同，他跪于墓前，以头叩地，重重磕了三个头后，便放声大哭。直到哽咽有声、不停为他擦泪的塔莎扶他起来时，他才站于墓前。

他擦了擦模糊的双眼，指着碑文问：那上面是什么字？

塔莎念道：正面大字刻的是，阿里玛、弘无之墓；左侧下款的小字是，孝女塔莎、孝男郑和、孝孙明娃恭立。

阿达玛似乎明白了，庄重地摸摸那碑文问：能把我的名字刻在明娃后面吗？

塔莎看了陆宽一眼，陆宽长叹一声，半是回答塔莎，半是为说服自己地说：死者为大。弘无先生生前就与阿达玛王子互相认为亲人。既然王子有此孝心，又有何不可！阿坚，拿工具来，我将孝孙阿达玛的名字刻上。

看着陆宽铮铮凿凿肃穆庄严地刻字，塔莎指着一旁的小坟对阿达玛说：这是秀才的墓，你也给它培把土吧。父亲走后，它便绝食而亡。

阿达玛听完塔莎的叙说后，立即着着实实为秀才培了厚厚一层土。

正在刻字的陆宽听到塔莎称弘无为父亲，不由得手一抖，锤子敲在手指上，手上鲜血涌出。

塔莎忙拉过那手，将流血的手指含入自己嘴里，帮陆宽吸吮着血水。陆宽放下锤子，用手抚摸着她的长发，一股复杂的心情在心里翻搅之后，他抽回手来，默默地，一锤一锤凿刻下去。

聚散离合，本是人生中谁也逃不脱的遭遇。自父母遇难后，原本无忧无虑、今又成一国之王的塔莎却常觉人生孤冷，陆宽与阿达玛的不期而至，怎不令她兴奋！

从墓地归来，塔莎就在宫内摆好宴席，但她不要歌舞仪仗，不要侍女伺候，只想温馨随意，享受一下家庭式的晚餐。

离情别绪，话语不断，三个人都喝了不少酒。阿达玛说起来时海上遇郑和的情形，陆宽一听，立即叫他带自己去找郑和。塔莎闻言大惊：陆叔喝多了吧？他抓你还抓不到，你难道要自己送上门去？

陆宽笑笑：陆叔一点也没喝多。

塔莎问：那你……

陆宽说：因为有一件比我的命更要紧的事，必须见他。何况，我还受了葛三的托付。

塔莎想了想，还是忧心忡忡地说：我能替你去吗？

陆宽感动地说：孩子，有你这份心就够了。他摸着她的头：我一直以为，我是你的父亲，直到如今，我还是这么想。

塔莎点头：我也是。

陆宽干满一杯：有你这话，陆宽此生足矣！不必为我担心，好好照顾自己，看住玫瑰岛，我带回的那些金子别舍不得花。等我救出那些兄弟，阿鑫、阿坚会带着他们去美洲继续淘金，他们会不时给你送来。

塔莎似乎从他的话里听出不祥的意味：不，我一定跟你去。

陆宽笑了：傻孩子，你可是一国之王啊，自古讲“帅不离位”，国王怎能离开自己的王国？

塔莎也笑了：陆叔还把我当孩子啊！我不安排好国事，能那么鲁莽决定吗？放心，玫瑰岛固若金汤！

陆宽知道拗不过她，只好答应。

郑和尽管身子日渐病弱，还是带着他的分船队驶入印度洋。毕竟是一条全新航线，他走出船舱，站在甲板上观察海况，良久，他问阴阳官有何感觉。

阴阳官答道：虽然海风越来越热，但海水并不像传说的那么热。还有，海风虽不大，海浪却很高。

郑和思索着：我们首开这条航线，一定要多加小心，有何异常变化，要及时报告。

阴阳官点头：请大人放心回舱养息，如有异常，下官定当速报。

过了不到半个时辰，郑和与王景泓正坐在议事厅察看临时海图，忽觉两人坐得越来越近，直到最后挤在一起，与此同时，厅内桌椅也剧烈地晃动起来。俩人摇摇晃晃地走出船舱，正遇前来禀报的阴阳官，他气喘吁吁地说：报告郑大人，不好了，风浪越来越大了。

郑和果断地说：传我命令：速将前桅与主桅风帆降下，减速前行！

尽管已经令行禁止，船队的颠簸还是更加剧烈。郑和朗声发令：全体水师听令，各就各位，以防不测！

海浪更大，浪里船只如同几片落叶，任其漂来荡去，船舱内不固定的家具、物品倒伏窜动，舱中人也只好一个个趴在舱板上。

郑和抱住一根柱子，大声祈祷着：大慈大悲的妈祖娘娘，请保佑我郑和船队平安穿过这片大海，到达东非海岸。

水师们也个个虔诚，东倒西歪地跪在地上，跟着郑和祈祷。

不知走了多少日子，经了多少磨难，郑和终于率船队横渡印度洋，抵达了非洲东岸的木骨都剌。因为阿达玛曾向父王详述过他的生死遭遇，他与弘无、郑和以及玫瑰岛诸人如同家人的关系，国王如对家人一样接待着郑和船队。

郑和也强打精神，冠冕整齐地向木骨都剌国王宣谕了大明皇帝的问候，并赐予大批瓷器、丝绸、茶叶与种子，那里的土人载歌载舞，称大明是好朋友、好亲戚。

山不转水转，这句看似平俗的话，其实是由千百桩人生际遇总结出的。西蒙万没想到，郑和竟来到离他所据部落不远的木骨都剌王国。他知道郑和不是为追他而来，他们来到这里的目的，仍是为宣耀国威、联谊友邦、开展贸易。如今自己既已为一国之首领，郑和也该以王为尊，对他以国礼相待。但他毕竟只是个当地土人因怕他而不得不服的自封首领，名不正，言不顺，若再来一个胜过他的强者，遑论首领之位，怕是连立锥之地也没有了。与其如此，不如借此讨好郑和，呈请大明封他为王。于是，他派出使者，并以所俘麻衣邦的二十多人为觐见礼，赴郑和船上谈判，条件是以大明名义封他为王。

病中的郑和听说有邦国使臣来访，还是强打精神，来到大厅，以礼接待。当听说其首领即是西蒙时，已经十分错愕，听完他们的要求和条件后，更是气得连连咳嗽。

他强忍愤怒，心生一计。于是，以一副外交家的微笑说：兹事繁杂，先将麻衣邦的人留下，还是请你们西蒙首领亲自上船谈判为好。

送走西蒙的使者，郑和站于甲板上，心乱如潮。此时，王景泓走近说：下官知道大人的难处，且不说西蒙要求封王是何等荒唐，这二十几人的麻衣邦俘虏也让人作难。这么多年过去了，朝廷已经不再提麻衣邦的事。如今，西蒙又将他们献来，我们是放也不是，抓也不是。

郑和长叹一声：是啊，朝廷的宗旨本来是擒贼擒王，陆宽虽流窜海上多年，却是绝少胡为，还保护过不少海上华人。随着朝代更替，朝廷连陆宽都不提了，那些跟着他的人也不过为了活命，抓了他们，岂不害了无辜！可不抓又……先将他们关起来吧。

王景泓问：西蒙如何处置？

郑和说：他先盗图，后强占别人国土，抢掠贩卖黑奴，如今竟又要求封王，此人一无天良，二无王法，不抓难以平民愤！

贪婪往往使人愚蠢，但西蒙却不是个蠢人。使者走后，他便一直想着这步棋下得如何。待使者回来报告了郑和的答复后，他久久未语，之后详细询问郑和的表情，当使者详述了郑和先是连连咳嗽、后又笑容可掬地邀他亲自来谈时，他已确定，自己是下了一着差点赔了夫人又折兵的臭棋！

是啊，郑和向以航海为使命，自己偷了他的航海图，他岂能不知！你窃走他的命根子，他岂能放过你！而郑和做事，历来是足智多谋、善行善断的。

他越想越怕，于是，连夜装好吃食辎重，带着他的人和船，开往更远的、不易被人找到的海滨陆地去了。

西蒙的突然出现，又勾起郑和沉入心底的气与痛。他知道，那幅航海图，是多少代航海人用生命与心血绘成的结晶，又是弘无公竭毕生精力最后修补完善的。如果有它在，此番横渡印度洋、开辟新航线，就不会损伤如此惨重，以至十几名优秀水手葬身海底。

他又发起烧来，梦魇中，常常是弘公笑呵呵朝他走来，瞬间，又满脸失望地背过身去。自己想靠他更近些，弘公却总是躲他更远……这种疏远比责罚更痛，他的心又绞痛起来。

此时，塔莎的船逐渐靠近。在几个侍卫保护下，她登上宝船。先是王景泓恭迎，接着，从郑和卧舱中叫来明娃。

两眼湿红的明娃一见塔莎，呆住了，继而，就紧紧抱住了他日思夜想的阿妈。塔莎摸着儿子宽厚的脊背，感慨万千，却一时说不出话来。半晌，才轻声说：带妈妈去见舅舅。

明娃擦擦湿红的眼睛，半晌说不出话。

敏感的塔莎拉起儿子就走：走，去看舅舅！

她见到的郑和却早已不似往日，正像一捆枯柴般睡在床上。

明娃轻轻叫着：舅舅，阿妈来看你了。

见无回应，塔莎坐在床边，轻呼道：郑大人，郑和。

郑和却仍在幻境中飘游，或许是因为塔莎那轻柔的女性声音的呼叫，冥冥中，他看到阿云正朝他款款走来。他急急拉住塔莎的手：阿云，你，终于来了，走，我带你去天方……

塔莎摸摸他的头，叹息着：你怎么病成这样子？

郑和终于在塔莎的呼唤声中睁开眼睛。他久久地看着她说：我们，这是在天方吗？

塔莎喂了他两口水，笑了：你就是这样带我去天方？

郑和醒过来后，很觉不好意思。他想挣扎着坐起身来，塔莎重又摁他躺在床上歇息，之后说有要事相告，请他屏退闲杂人等。

待他人退去后，塔莎说，她是和陆宽一起来的，给他带来了那幅遗失了的航海图和葛三的消息，陆宽正在船上等着见他。

这消息似良药，似战鼓，郑和一下子坐起身来说：走，带我去见他。

你病成这样……塔莎先是因担心他的身体而不肯，后见他像听到号角般倾力前行，也只好紧跟几步，扶他下宝船，上了陆宽的船。

陆宽见只有塔莎扶着郑和上船，不禁十分讶异。他直盯着郑和，并不说话。

郑和喘息稍定说：让你上我的宝船，很危险，所以，我来了。

陆宽不解地问：危险？难道你不想抓我？

郑和说：原来想，不过，弘无先生曾多次对我说过，你虽与大明有跨世之仇，却是深明大义之人，故此我……

陆宽呆了片刻，之后，掏出腰间的酒葫芦，咕嘟嘟灌了几口酒说：难怪葛三说你是个真正的男子汉！这人世间真是说不清啊，弘公，葛三，你郑和，与我，我们到底是敌人、亲人、对手、朋友，还是……

郑和说：是啊，人世间的人和事，有时候，你越想弄明白，越难明白。不说这些了，周满已经告诉我，葛三在远海一个部落里，可惜路途遥远，我还没派人接回他，让塔莎国王……

塔莎困惑又忧虑地看着他们：怎么会弄成这样？我只愿，我们都如亲人一样，彼此相亲相爱。

陆宽珍爱地将航海图递到郑和手上：这是葛三用自己的生命夺回的。他再三叮咛，要我和塔莎交给你。

郑和颤巍巍地打开、辨识、抚摸，如同抚摸着失散多年的孩子。之后，眼眶发热地抱在胸前：这正是西蒙窃走的那幅图，你想要什么……他感激地望着陆宽。

陆宽笑笑说：明人不说暗话，我什么都不想要。我才是你们朝廷要抓的人，今日送来你们朝思暮想的航海图，我再把自己留下，就想换回我那些弟兄。

郑和看了陆宽很久，说：你的确是一位君子，更是一条硬汉。可你想过没有，我一旦带你回大明，你这条命便保不住了。

陆宽倒一身轻松起来：不来大海，便不知天有多大；不经磨难，便不知心有多宽！陆宽活到今日，早已忘了往日恩怨，何论朱明！他沉吟片刻说：如今，我已无所牵挂，只想让那些跟我飘荡多年的弟兄们还能活着，过几年安稳日子。为此，我即使死了也心甘。

郑和感动地说：既如此，我便放了他们。回朝之后，我再为你求情。

陆宽抱拳一揖：陆宽谢了！我还有个冒昧之请，我可以见见我那些弟兄们吗？

郑和慨然答应。接着，即领陆宽走入关押麻衣邦的船舱。陆宽一见他久别的弟兄们，分外激动。他说，郑大人已答应释放你们。之后，便详详细细地嘱咐他们：先随塔莎去玫瑰岛，阿鑫、阿坚都在那里等着你们。在玫瑰岛休整些日子后，阿鑫会带你们去美洲，那里的弟兄都等着你们去过安稳日子呢。

一位弟兄迫不及待地问：陆爷不跟我们一起去？

陆宽说：你们先走，我还有事情要办。

走出舱房后，陆宽恳请郑和：请放他们走吧，我留下。

郑和当即安排一个极富航海经验的百户带领一支船队，护送塔莎与那些人去玫瑰岛。

郑和、陆宽走上甲板，亲自将塔莎和麻衣邦的弟兄送下宝船。

塔莎回想着刚才的谈话与陆宽的神情，越想越不放心，她蓦然回过头来，拉住陆宽说：陆叔，你也跟我们一起回玫瑰岛吧。

陆宽抚着她的头，凄然一笑：傻孩子，我何尝不想，可我的命早已不属于自己了。

塔莎这才真正明白过来，她转过身来时，已经泪如雨下：郑大人，塔莎从未求过大明，今天就算我求你了，放过陆叔吧。

郑和通红着两眼，仰首望天：塔莎国王，我若是能做一点主，还用你求吗？

陆宽对郑和抱拳一揖：我从来以为，太监大多不是好东西，如今才知道，太监也有人性。

病中的郑和凄然一笑，更显虚弱：做太监，也是身不由己呀。

陆宽已走到船头，正色道：郑大人，您的心，我明白了；您的大恩，陆宽来世再报！拜托你照顾好塔莎。

话毕，他抱起甲板上一块铁锭，跃入咆哮的大海。

郑和见状急喊：我会为你求朝廷……

塔莎跌坐甲板上，失声痛哭：陆叔……

船内人听到哭喊声，纷纷跑上甲板。明娃更是一个箭步跑到塔莎身边，欲扶她进舱歇息。

恢复了冷静的塔莎，望望等在海上的船只，说：阿妈无碍，阿妈得回玫瑰岛了，你可要保重啊。

郑和的身子摇晃着，再也说不出什么。他只能在明娃的搀扶下，目送塔莎登船。明娃喊着：阿妈，保重——塔莎木然回望他们一眼，走入船舱。

月亮出来了，大海一片苍茫，涛声阵阵中，宝船朝古里驶去。大厅里，郑和抱着航海图坐于宽大的靠椅上。他突然睁开双眼，艰难地站起身子，朝舱壁走去。他趔趔趄趄地正要张挂那幅航海图，突然，巨浪袭来，宝船剧烈颠簸，他砰地跌倒在地上。

明娃闻声跑来，他边抱郑和边喊：舅舅，你……

王景泓快步跑来，随后是费信：郑大人，郑……

郑和艰难地笑笑，断断续续地说：……这图，总算找，回了……我们可以见，祖宗了……只是……

王景泓回道：是，郑大人。

郑和用力睁了睁眼：……景泓，你可要……将船队，带回去……

王景泓哽咽着：大人放心，景泓记下了。

郑和再次睁开眼睛：令，周满……再次启航，去接回……葛，三……他又费力地寻找费信，说：费，先生……拜托你，那航海图和，你的……航海笔记，多做些，给，后人……

费信已泣不成声：放心，我会的……

郑和已昏迷过去。昏迷中，阿云和塔莎交替出现在他眼前。终于，两个影像交叠在一起。他喃喃着：阿云，我们要去天方，天方……去……他已再无声音了。

明娃大哭：舅舅……

晨曦初露，涛声大作。船队伴着涛声、哭声，继续远航。天上，海燕齐飞；远方，晨钟渺渺……

费信呜咽有声，伴着晨钟悲吟：

海天一色渺沧沧，
天呼海唤破大荒。
谁人首劈沧海路？
——郑和，是郑和！
华夏英雄拓重洋。

郑和，这位出自名门、历经坎坷、终成人类航海史上第一人的海上英雄，自公元1405年至1433年，他率领二百多艘巨轮、两万七千多名将士水手，从刘家港启航，沿西太平洋，越印度洋，遍访南亚、西亚、非洲、太平洋。他的分队并曾闯美洲、大洋洲，直达格陵兰……历经28个春秋，终于创下了他七下西洋、七征大海，将华夏文明播洒世界、将华夏友善输往天涯海角的伟业。他书写了人类航海史的第一章，比哥伦布早87年，比达伽马早92年，比麦哲伦早114年。他让世界认识了中国，让中国融入了世界。之后，虽因明代后期和清王朝闭关锁国国策折断了我国海上文明的风帆，但由郑和绘制的海上辉煌，却将永远镌刻在人类海洋文明的史册上。